마셰리 장편소설

Beatrice

베아트리체
Beatrice

마셰리 장편소설

D&C
BOOKS

차 례

◆ ◆ ◆ ◆ ◆

◆ ◆ ◆ ◆ ◆

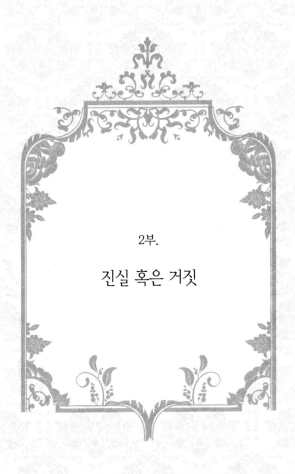

2부.

진실 혹은 거짓

9. 잊지 못할 하루

9. 잊지 못할 하루

· · ◆ · ·

"여기가 대체 어디야!"

클로이는 숲속을 헤매고 있었다.

'그냥 야영지에서 얌전히 쉴 걸 그랬어.'

하지만 저녁 식사 후 다들 바쁜 와중에 혼자 할 게 없었다. 오늘 처럼 여유로운 날은 처음이라 클로이는 이 지역의 나무와 풀을 살펴보기로 하고 길을 나섰다.

'조금만 둘러보다 돌아가야지.'

하지만 낯선 땅에서 아는 약초들을 발견하는 재미에 푹 빠져 결국 길을 잃고 말았다. 날은 점점 더 어두워졌다. 왁자지껄 들려오던 기사단의 말소리는 어느새 사라졌다. 들리는 건 사부작거리는 제 발소리뿐.

"큰일이네."

클로이는 점점 불안해졌다.

"내가 도망갔다고 생각하면 어떡하지?"

그런 오해를 받을 수도 있다. 전쟁 노예는 한 번 도망치면, 즉시 사형이라고 하지 않았던가?

"미치겠다……."

기사단이 가는 길은 늘 정돈되어 있었다. 영주가 미리 편의를 위해 다듬어 놓았으니까. 하지만 지금 그녀가 와 있는 곳은 덤불로 우거져 한 걸음 내딛기도 어려웠다. 헤매다 보니 날은 완전히 어두워졌다.

'대공이 날 찾으면 어떡하지? 분명 도망쳤다고 생각할 텐데.'

평소에 별로 시중이 필요치 않은 사람이니 아침까지만 무사히 돌아가면 모를 수도 있었다.

그때였다. 부스럭거리는 다른 소리가 들렸다. 흠칫 놀란 클로이는 자리에 멈췄다.

'동물일 수도, 사람일 수도 있어.'

둘 다 위험했다. 가만 신경을 곤두세우고 있자 다시 조용해졌다.

'잘못 들었나 봐.'

안심한 클로이가 다시 한 걸음 떼려는 순간이었다. 부스럭. 정체를 알 수 없는 이가 그녀를 따라 움직였다.

'뭐지? 대체 뭐야!'

등골이 서늘했다. 분명히 등 뒤에서 나는 소리였다. 돌아보고 싶었지만 그럴 수 없었다. 눈가가 바르르 떨렸다. 두려움이 온몸을 지배했다. 부스럭. 클로이가 아무런 움직임이 없자 뒤에서 또다시 소리가 들려왔다. 부스럭. 점점 가까워지고 있었다. 온몸의 털이 바짝 섰다. 울고 싶었다. 부스럭. 본능적으로 다리가 먼저 움직였다.

"흐윽."

클로이는 달리고 있었다. 심장이 천둥 치듯 쿵쾅거렸다. 눈물이 차올랐다. 가뜩이나 어두운 시야가 더욱 뿌옇게 보였다. 정신없이 내달리던 클로이를 누군가 뒤에서 강한 힘으로 잡아챘다.

"꺄악!"

무의식적으로 팔을 뿌리친 클로이는 상대가 의외로 쉽게 손을 놓아 버리자 뒤로 자빠지고 말았다. 엉덩방아를 찧으려던 순간, 클로이는 간신히 상대에게 붙잡혔다. 위기를 면한 클로이는 자신을 구해 준 강한 힘의 주인공을 바로 알아보았다.

"대공님!"

반가움, 안도. 순식간에 모든 두려움이 씻겨 내려갔다. 감동이 밀려왔다.

'살았다! 난 살았어!'

그러나 기뻐하는 클로이에 반해 대공의 얼굴은 차가웠다.

"일단 일어나."

엉거주춤하던 클로이는 얼른 자리에서 일어섰다. 대공의 분위기가 냉랭했다. 평소처럼 무표정한 얼굴이었으나, 그는 화가 난 것 같았다.

"정말…… 죄송해요."

눈치를 살핀 클로이는 얼른 상황을 설명했다.

"실은 나무랑 풀을 살펴보다 보니 길을 잃었어요. 도망가거나 할 마음은 정말, 정말 없었어요."

알렉산드로는 의외의 변명에 피식 웃었다. 그녀가 도망갈 거라고는 의심도 해 본 적 없었다. 아무리 자신을 두려워한다 해도 배신하고 도망치는 일은 없으리라고, 그런 알 수 없는 확신이 들었다.

실은 알렉산드로는 지금까지 클로이의 뒤를 쫓고 있었다.

"내 하녀에 관해서는 내가 판단하지. 우선 어떤 조치도 함부로 취하지 마라."

"알겠습니다."

그렇게 에반에게 단단히 일러두고 막사를 나왔다. 그리고 곧장 클로이를 찾았다. 정말 베아트리체 왕녀가 맞는지, 그때 엘파사 왕궁에서 본 그녀인지 제대로 얼굴을 마주하고 확인할 생각이었다. 그런데 정작 클로이는 세상모르고 풀과 나무를 보고, 만지고, 맛보는 데 푹 빠져 있었다. 또 이름 모를 것들을 주워 먹나 싶어 지켜보니 그녀의 눈빛이 매우 진지했다.

전에 있었던 일이 생각났다. 클로이가 풀뿌리를 입에 넣는 걸 보고, 배가 고파 땅에서 캔 걸 주워 먹으려는 줄 알고 기겁했었다. 그녀는 약초를 알아보고 시험 삼아 맛보았을 뿐일 텐데. 저도 모르게 옅은 웃음을 흘린 알렉산드로는 다시 클로이를 주시했다.

'눈동자가…… 갈색이었군.'

짙은 갈색 눈이 달빛에 반사되어 반짝였다. 두 눈 아래 작은 코가 보이고, 또 작은 입술이 보였다. 자꾸만 다람쥐가 떠올라 알렉산드로는 터지는 웃음을 참기 어려웠다.

'저 얼굴이 정말 스물다섯 살이라고?'

그녀는 아무리 많이 봐줘도 열여덟 살 정도였다. 이국적인 외모 때문인지 그로서는 그녀의 실제 나이를 믿기 어려웠다.

'왕녀는 결혼도 한 상태였지.'

그녀가 드레스를 입고 위엄 있는 얼굴로 서 있는 모습도 상상이 힘들었다. 제 눈앞에만 서면 덜덜 떨며 움츠러들던 그녀였다. 그도 처음엔 몰래 뒤쫓으며 지켜볼 의도는 없었다. 변태도 아니고. 한데 혼자 있는 클로이는 이제까지 그가 본 적 없는 얼굴이었다. 내뱉는 혼잣말조차 그가 알고 있던 목소리와는 달랐다. 초목을 하나하나 살피는 신중한 표정은 진지하면서도 귀여웠다.

'내 앞에선 연기를 하고 있었던 건가?'

아니, 그녀는 누군가를 속여 넘길 만큼 능숙하게 연기할 수 있는 사람이 아니다. 대공은 확신했다.

'설마 나 때문에 그렇게 덜덜 떨었던 건가?'

단순히 내가 무서워서?

'……그럴 수도 있겠군.'

자신은 그녀의 나라, 엘파사를 패전시킨 제국의 기사단장이었다. 게다가 그녀의 가족을 다 죽이고 왕녀인 그녀를 노예로 잡아오기까지 했다. 무엇보다 그녀를 죽이려고 했었다. 에반이 말리지 않았다면 분명히 죽였을 것이다.

'그래서 나를 그렇게 무서워했던 거야.'

돌이켜 보면 처음부터 그랬다. 저와 눈도 마주치지 못했고, 대답을 할 때는 긴장한 사람처럼 작은 목소리였다. 알렉산드로는 진짜 베아트리체 왕녀를 알고 싶었다. 제게 겁먹지 않은, 자연스러운 그녀의 모습을, 더 보고 싶었다.

그래서 조용히 클로이를 관찰하며 뒤따르던 그는 그녀가 점점 깊은 숲속으로 들어가고 있다는 사실을 깨달았다. 하지만 클로이는 전혀 의식하지 못했다. 그녀는 기사단 일행이 어디 있는지 의식조차 안 하는 듯, 갈피를 잡을 수 없는 걸음은 일행과 더 멀어지기만 했다. 그저 종종 멈춰 어두운 표정으로 주변을 돌아볼 뿐. 아니나 다를까 그녀가 정신을 차린 건 날이 완전히 어두워질 때쯤이었다.

알렉산드로는 정확히 현재 위치가 어디쯤인지, 어떻게 돌아가야 하는지 잘 알고 있었기에 별로 걱정되진 않았다. 하지만 클로이는 길을 몰랐다. 혼잣말을 들어 보니 분명했다. 사색이 되어선 펄쩍 뛰는 모습도 꽤나 웃겼는데, 알렉산드로는 이러면 안 된다는 걸 알면서도 모른 척 뒤를 쫓았다. 당황한 클로이는 열심히 길을 찾았다.

그러던 중, 그녀의 뒤에서 토끼가 나타났다. 사냥에 능한 알렉산드로는 대번에 토끼란 걸 알았지만, 클로이는 그렇지 못했다. 그녀는 뒤에서 무언가가 자신을 쫓아온다는 기척만 기민하게 감지했다. 토끼가 가까이 다가올수록 클로이의 표정은 울상으로 변했다. 참 웃기는 상황이었지만 그녀는 긴장한 기색이 역력했다. 더 지켜만 보기엔 그녀를 농락하는 기분이 들어서 이만 모습을 드러내려던 찰나였다.

클로이가 냅다 도망치기 시작했다. 한데 하필이면 그녀가 향하는 곳에 나무뿌리가 있었고, 걸려 넘어지겠다 싶어 얼른 튀어 나가 클로이를 붙잡았다.

그리고…….

―대공님!

눈을 맞추고, 환한 미소로 자신을 반기는 그 얼굴에 알렉산드로는 일순 짜릿한 기분이 들었다. 그와 동시에 가슴이 예리한 창끝에 찔린 듯 아파 왔다.

'왕녀가 나를 보고 안심하다니……'

알렉산드로는 자조했다.

'난 그녀의 원수일 텐데.'

갈색 해맑은 눈동자에 알렉산드로는 속이 복잡해졌다.

"일단 일어나."

붙잡은 어깨는 힘을 주면 그대로 으스러질 것만 같았다. 제 것처럼 단단한 뼈로 이루어진 몸이 아니라, 부드럽고 연약한 것들로 만들어진 작은 몸이었다. 알렉산드로는 그녀를 붙들었던 손아귀에 힘을 풀었다.

"정말…… 죄송해요."

제 눈치를 살핀 클로이의 얼굴이 어두워졌다.

"실은 나무랑 풀을 살펴보다 보니 길을 잃었어요. 도망가거나 할 마음은 정말, 정말 없었어요."

의심받을까 봐 불안한 듯했다.

'베아트리체 왕녀라……'

가만히 그녀를 내려다보던 알렉산드로는 일부러 냉랭한 목소리로 물었다.

"너를 어떻게 믿지?"

감쪽같이 자신을 숨겨 온 그녀에 대한 작은 심술이었다. 클로이는 두 눈을 동그랗게 떴다. 깜짝 놀란 얼굴이, 놀란 다람쥐 같았다.

"정말, 진짜! 진짜예요! 도망치려고 하지 않았어요."

그녀의 다급한 목소리에도 그는 꿈쩍도 하지 않았다.

"글쎄, 어디 출신인지도 모르는 너를 신뢰할 수가 없군."

"저는 엘파사에서 왔어요!"

"……."

알렉산드로는 도리어 허를 찔린 듯 멈칫했다. 당연히 숨길 줄 알았는데.

'이렇게 쉽게?'

질문이 끝나기가 무섭게 출신지를 밝혀 버리다니, 대체 무슨 생각이지? 솔직히 예상치 못했다.

"엘파사에 너처럼 검은 머리를 한 노예들이 있긴 했다. 기억이 나는군."

새빨간 거짓말이었다. 그는 관심 없는 일은 기억하지 않았다. 노예 중에 검은 머리가 있는지 붉은 머리가 있는지 눈여겨본 적도 없었다. 하지만 클로이는 믿었다. 그녀가 간절한 눈망울로 고개를 저었다.

"정말로 도망가려고 한 게 아니에요. 제발 믿어 주세요."

절박한 그녀에겐 미안하지만 알렉산드로는 여기서 장난을 끝내고 싶지 않았다. 확인하고 싶은 게, 몇 가지가 더 남았다. 잔뜩 긴장한 클로이의 귓속으로 엄한 목소리가 다시 들려왔다.

"기다리는 가족이 있어서 도망가려고 했나?"

"아니요!"

클로이가 펄쩍 뛰었다. 그녀를 속여 진실을 자백하게끔 유도하는 건 너무나 쉬운 일이었다.

"정말 아니에요!"

그녀는 좀처럼 보이지 않던 대공의 화난 모습에 굉장히 당황스러웠다. 거기다 도주하려던 상황으로 오해까지 받아 입에서 나오는 변명을 검토할 여유조차 없었다.

"가족은커녕 부모님도 안 계세요!"

클로이의 처절한 변명을 들으면서도 그의 표정은 변함없었다. 잠시 뜸을 들인 알렉산드로가 생각지도 못한 것을 물었다.

"네 부모 외에는?"

이번에는 어쩐지 조심스러운 목소리였다. 뜬금없는 물음에 클로이가 움찔해서 그를 바라보았다. 어둠 때문에 자세히 볼 수는 없었지만 굳은 입매는 여전했다.

'길버트.'

클로이는 고민했다. 말을 해야 할지 말아야 할지 갈피를 잡을 수 없었다. 길버트가 제국의 황궁과 연이 닿아 있다는 건 둘째 치고……

'그 인간은 입에 담고 싶지도 않은데…….'

표정이 미묘하게 일그러졌다.

'그래도 솔직히 말하는 게 낫겠지.'

거짓말을 했다가 들키면 나중에 가중 처벌을 받을지 모른다.

"그게……."

클로이는 입술을 달싹였다. 그때 알렉산드로가 그녀에게 한 발짝 다가왔다. 작은 목소리를 가까이서 듣고자 함이었지만, 그녀는 다른 뜻으로 해석했다.

'헉.'

주춤주춤 뒤로 걸음을 물린 클로이가 얼른 말을 이어 나갔다.

"나, 남편이 있긴 있는데……."

"있는데."

"두 번 다시 보고 싶지 않은 사람이에요. 제발 어디서 비명횡사라도 당하길 바라는, 그런 사람이요."

클로이는 이번에는 조금 꺼리는 기색이 있었지만 역시 순순히 대답했다. 알렉산드로는 단번에 그 불쾌한 얼굴을 떠올렸다.

'길버트였나?'

길버트는 그가 가장 혐오하는 종류의 인간이었다. 권력을 가지기 위해 욕심에 눈이 멀어 가족까지 해하려던 역겨운 인간. 그는 베아트리체 왕녀의 얼굴을 기억하진 못했지만 길버트의 얼굴만은 생생히 기억했다.

―그래도 혹시 모르니 엘파사의 왕족은 모두 멸하는 게 낫지 않으신지요? 싹까지 전부 없애 버리는 게 마음이 편하실 겁니다.

시종일관 비굴한 거짓 웃음을 지어 보이며, 자신의 아내까지 죽이라고 말하던 그 더러운 얼굴.

'그랬었군.'

알렉산드로는 그제야 자신이 왜 베아트리체 왕녀를 끝내 살려 뒀는지 기억해 냈다. 길버트는 그의 부모 중 누군가를 떠올리게 했다. 아내까지 배신하고, 가정을 와해시킨…….

반면 베아트리체 왕녀는 자신의 모습과 겹쳐 보였다. 어머니에게 버림받고, 아버지에게는 종마처럼 가문의 후사를 이을 것을 강요당하고 있는 자신. 부친에 의해 제 아버지 연배의 역겨운 인간과 결혼해서 살다가 버림받고 죽을 위기에 처한 베아트리체 왕녀. 당시에 그는 왕녀에게 묘한 동질감을 느꼈었다.

'그래서 왕족인데도 살려 뒀지.'

알렉산드로는 발을 동동 구르는 그녀를 느슨히 내려다보았다. 피차 불편한 관계였던 지난 과거를 굳이 되짚고 싶지 않았다. 그래서 그녀의 정체를 알고 있다는 걸 티 내지 않기로 했다.

"네가 결혼한 나이로 보이진 않는데."

믿기지 않는다는 듯 삐딱하게 되묻자 이번에는 즉각 대답이 나왔다.

"저 의외로 나이 많아요! 정말, 그 망할 인간 때문에 제가 도망갈 일은 없어요. 아니, 도망친 것도 아니었고요…….."

그녀는 제가 정체를 알고 있다고는 짐작도 못하는 듯했다. 클로이는 그저 오해를 벗기 위해 필사적이었다. 피식 웃음이 나왔지만 그는 최대한 심각한 표정을 유지하려 노력했다.

"난 네가 10대 후반의 소녀라고 생각했는데, 아닌가?"

알렉산드로가 능청스럽게 되물었다.

"이제 곧 스물여섯 살이 되는데요."

그의 눈빛이 일순 달라졌다. 본인이 직접 말했는데도 믿기지 않는 나이였다.

'곧 스물여섯 살이 된다…….'

심지어 저보다 몇 개월 먼저 태어난 셈이었다. 이런 시선에는 익숙하다는 듯 그녀가 덧붙였다.

"정말이에요. 저처럼 생긴 사람들은 다 어려 보여요."

제발 믿어 달라며 애처로운 클로이를 무심한 척 내려다보던 그가 몸을 돌렸다.

"일단 이 숲에서 나가야겠다."

"네!"

클로이는 조마조마한 심정으로 그의 뒤를 따랐다.

'이번에도 그냥 넘어갈 것 같아.'

게다가 숲속에서 헤매던 자신을 찾았으니 당연히 일행에게 돌아가는 길도 잘 알 것이다. 한데 몇 걸음 성큼성큼 앞서던 그가 이내 자리에 멈췄다.

'왜 그러지?'

돌연, 그가 갈피를 잡지 못하고 주위를 살폈다. 어두운 숲속. 고민에 빠진 듯 여전히 자리에 우뚝 멈춰선 그가 말했다.

"길을 알고 있나?"

불안한 눈으로 그를 지켜보던 클로이는 깜짝 놀라고 말았다.

'설마 길을 모르는 거야?'

"저는 헤매던 중이어서…… 대공님도 혹시 길을 잃으신 거예요?"

클로이가 조심스레 물었다. 제발, 그가 길을 모르면 정말 큰일이다. 제발…….

"나 역시 길을 찾던 중이었다."

하지만 돌아온 대답은 퍽 실망스러웠다.

'이 남자도 길을 헤맨다고?'

답지 않았지만 난감해하는 그의 태도를 보니 진심인 것 같았다.

'그럼 대체 여기서 뭘 하고 있었던 거야!'

펙 당혹스러웠다. 길 잃은 두 인영이 달빛 아래 덩그러니 섰다. 갈 방향을 정하지 못한 채, 각기 다른 이유로 두 사람은 침묵했다.

알렉산드로는 비어져 나오는 웃음을 애써 참았다. 놀란 숨소리를 들으니 클로이는 어지간히 당황한 듯했다. 헛기침을 한 그가 다시 진지한 목소리로 말했다.

"일단 이 숲을 나가서 너에 대한 처벌을 결정하겠다."

"……네."

클로이가 속상한 얼굴로 대답했다. 대공이 그렇게 하겠다는데, 제가 더 이상 할 말은 없었다. 그는 수풀을 헤치며 걸었고, 클로이는 묵묵히 그 뒤를 따랐다.

'근데 이 방향이 맞나?'

그가 길을 알든 모르든 클로이는 일단 따라가야 했다. 의심이 들긴 했지만 대공이 당당하게 앞장섰는데 그녀가 토를 달 순 없었다. 게다가 클로이는 잘못을 빌어야 하는 입장이었다.

'처벌이라니…… 그냥 넘어갈 줄 알았는데.'

그가 어떤 벌을 내릴까? 잘은 몰라도 큰 벌이 떨어질 것 같다. 도망치던 노예를 잡았으니.

'그래도 그렇게 가혹한 벌을 내릴 것 같진 않아.'

대공은 관대하니까. 그의 속내를 가늠하며 걷는 동안, 이상하게도 갈수록 수풀이 우거져 앞이 잘 보이지 않았다. 달빛도 닿지 않는 깊은 숲속. 들리는 건 두 사람의 발자국 소리뿐이었다. 클로이는 오직 그의 넓은 뒷모습만 쳐다보며 더듬더듬 걸었다. 의지할 사람이라고는 대공밖에 없었다.

"도망가던 게 아니라면, 여기서 뭘 하고 있었지?"

다시 들려온 그의 목소리에 클로이는 내심 안도했다. 혼자가 아니라는 게, 안심된다. 게다가 대공은 자신을 구해 주면 구해 줬지 해칠 사람은 아니었다.

　"제가, 약초를 좋아하잖아요. 오늘 딱히 시키신 일도 없고 그래서……."

　우습게도 클로이는 지금 서로의 모습을 온전히 볼 수 없는 이 순간이 대공과 지내 왔던 중에 가장 편안하게 느껴졌다.

　"그래서?"

　이렇게 말을 많이 하는 것도 처음 본다.

　'목소리도 진짜 좋단 말이야.'

　저음인 그의 목소리에는 안정감이 있었다. 저 사람이 하는 말은 믿을 수 있겠다는 생각이 들 만큼, 저절로 신뢰가 가는 목소리였다.

　"그래서…… 주변을 둘러보다 보니 여기까지 왔어요."

　둘뿐인 이 분위기 때문인지 저절로 쉽게 답이 나왔다.

　"내가 너를 너무 편하게 놔뒀나 보군."

　"아니, 그렇다기보다는."

　사실이었다. 아마 세리머니에서 가장 한가한 사람을 찾으라면 그건 저일 것이다. 대공은 뭐든 혼자 해서 클로이가 신경 쓸 일은 식사와 갑옷 닦는 일밖엔 없었다. 클로이는 그가 내릴 처벌이 무섭긴 했지만 자신을 죽이거나 세리머니에서 떼어 놓고 가거나 하진 않을 거라고 믿었다.

　'이 사람은 하녀로서 나를 나쁘지 않게 여기잖아. 이런 일로 큰 벌을 내리진 않을 거야.'

클로이가 그의 의중을 파악하려 이런저런 생각을 하는 사이, 대공은 또 다른 질문을 해 왔다.

"넌 왜 그런 것들에 그렇게 관심이 많지?"

"……약초요?"

"그래."

그건 자라 온 환경과 밀접한 관련이 있었다. 클로이는 움찔했지만 그의 얼굴이 보이지 않아서인지 그리 겁나진 않았다.

"제가…… 엘파사의 약방에서 자랐거든요."

말을 멈춘 그녀는 대공의 눈치를 살폈다.

'이미 시녀들이 알고 있는 사실을 그에게 숨길 순 없지.'

다행히 대공은 이상하게 여기지 않았다.

"그리고 거기서 오래 살았고요. 보고 배운 게 그거라서……."

자신감을 얻은 클로이는 천천히 말을 이었다.

"약초를 알면 필요한 사람들에게 도움이 될 수 있으니까요. 그래서 공부했어요."

그는 '노예인 네 주제에?' 하고 되묻진 않았지만 클로이는 지레 찔려서 덧붙였다.

"저는 노예로 태어나서 노예로 자랐지만, 약초를 아는 덕분에 다른 사람들에게 도움이 되었어요."

가만 듣고 있던 알렉산드로는 정말이지 이상한 기분이었다. 자신이 노예라는 사실을 어떻게 저렇게 담담히 받아들일까.

'노예로 태어나 노예로 자랐다…….'

그 말이 왜 저렇게 쉬운가?

'왕족으로 편하게 살았던 적도 있었을 텐데.'

그의 의문은 뒤이은 클로이의 대답에 더욱더 증폭되었다.

"그냥 제가 좋아하는 일을 할 수 있다는 게 행복해서요."

알렉산드로는 자신의 귀를 의심했다.

"다른 사람을 도와주면 기분이 좋잖아요."

굳어있던 그가 마침내 되물었다.

"네가 행복하다고……?"

"네."

클로이의 대답엔 한 치의 망설임도 없었다. 결국 알렉산드로는 자리에 우뚝 멈춰 섰다.

"악!"

두 발자국 앞서 걷던 그가 예고 없이 걸음을 멈춰 버려 클로이는 그의 등에 부딪치고 말았다.

"죄, 죄송합니다."

급히 사죄한 클로이는 얼른 몸을 바로 세웠다. 동시에 그가 몸을 돌렸다. 지나치게 가까운 거리였다. 그녀가 재빨리 뒤로 물러섰다.

'갑자기 뭐 때문에 이러지?'

순간 두려워졌다.

'호랑이라도 봤나? 이 사람은 호랑이라도 혼자서 상대할 수 있을지 몰라.'

혹시 칼은 가져오셨냐고 입을 떼려는 순간이었다.

"네가 어떻게 행복할 수 있지?"

대공의 이런 목소리는 처음이었다. 질문이라기보다는 네가 어떻게 그럴 수 있냐는 탄식처럼 들렸다. 말도 안 된다는 듯이 따지듯.

"네가 어떻게……."

알렉산드로는 이번만은 감정을 전혀 숨기지 못했다. 진심이라서 숨길 생각도 하지 않았다. 정말로 의아했다. 그는 제 자신이 굉장히 불행한 사람인 것을 잘 알고 있었다. 그의 가족도 모두 불행했다. 그리고 제 주위에 있는 대부분의 사람들도 불행했다.

행복한 사람은 책 속에나 존재했다. 책을 자주 읽는 것도 그 때문이었다. 알렉산드로는 행복해지고 싶었다. 책 속의 인물들처럼. 허구의 인물들은 가진 게 없어도 행복하고, 불행한 상황에서도 행복하다고 했다.

'말도 안 되는 일.'

모든 걸 가진 저 자신도 불행한데, 어떻게 가진 것 하나 없는 이가 행복할 수 있단 말인가?

어느 누구도 그럴 수 없었다. 제국의 제일가는 권력을 가진 그레이엄 일가도 전혀 행복한 사람들이 아니었다. 그리고 베아트리체 왕녀는 자신보다도 훨씬 불행해야 할 사람이었다.

"하!"

도저히 이해가 되질 않는다. 대체 어떻게 그녀가 행복할 수 있단 말인가?

베아트리체 왕녀는 이국의 노예한테서 태어난 사생아였다. 엘파사 왕족의 정통성을 의미하는 백금발과 파란 눈을 가지지 못했으니 버려졌을 것이다. 모친이 노예였으니 그녀의 말처럼 노예로 태어났을 테고, 길버트와 결혼하게 된 것으로 보아 왕이 뒤늦게 그녀를 데려온 게 분명했다. 평생을 노예로 살다가, 왕족으로 인정을 받았을 때 즈음 남편의 배신으로 나라가 망했고 왕은 죽었다. 그녀 혼자만 살아남아, 전쟁 노예로 끌려와 남의 수발이나 들며 살고 있는 구질구질하고 비참한 인생이었다.

그런데 도대체 어떻게…….

'행복하다고 저렇게 당당하게 말할 수 있지?'

그에게 '행복'이라는 건 감히 거짓으로도 꾸며 낼 수 없는 것이었다. 무엇보다도 간절하고, 그 누구보다도 절실했다.

어린 시절. 함부로 부르지도 못했던 어머니라는 존재가, 사실은 저와 가장 가까워야할 사람이라는 걸 깨닫고 난 뒤부터였다. 알렉산드로는 단 하루라도 마음 편히, 악몽 없이 잠들고 싶었다. 누구나 가지는 가족의 존재를 사랑하고, 서로에게 감사하며 살고 싶었다. 하지만 불행만을 겪어 온 그는 행복의 자취도 모른 채로 살아왔다. 현실에선 찾을 수 없는 거라고만 생각했다. 알렉산드로는 그녀의 대답을 기다렸다.

"저는 어차피…… 가진 게 없는걸요. 잃을 것도 없고. 그래서 목숨만 붙어 있다면 행복해요."

클로이는 굉장히 심각한 대공 때문에 잔뜩 긴장한 상태였다. 고요한 숲속에는 그의 숨소리만 들렸다. 오직 달빛과 어둠, 그리고 두 사람만 존재했다. 솔직하게 대답하지 않으면 실례가 될 것 같았다.

"거기다 제가 좋아하는 일까지 할 수 있는데, 행복하지 않을 이유가 없잖아요."

하지만 알렉산드로는 제 귀로 듣고도 그녀의 대답을 이해할 수 없었다. 그녀는 왕족의 삶을 살았던 사람이다.

"지금 넌 노예인데, 귀족들이 부럽지 않다는 말이냐?"

정확히는 왕족으로 살다가 다시 노예가 되었는데도 행복하냐는 물음을 던지고 싶었지만, 그녀의 상황에 맞게 질문을 바꿨다. 우물

쭈물하던 클로이는 머리를 긁적거렸다.

'뭐 이런 걸 묻지?'

당장 눈앞에 있는 그가 귀족 아닌가?

"괜찮으니 말해 봐라."

그녀가 주저하는 기색을 보이자 알렉산드로가 얼른 덧붙였다.

"어서."

"별로…… 부럽지 않아요."

"어째서?"

클로이가 왕족이 되어 불행했던 가장 큰 이유는 바로 길버트와의 결혼이었다. 노예일 때 그녀는 적어도 결혼이나, 하룻밤 상대로는 팔리지 않았다. 별로 뛰어나지 않은 외모 덕이지만 그녀는 그 사실에 감사했다. 하지만 귀족 영애들은 가문의 이름을 꼬리표처럼 달고 있는 이상 반드시 결혼을 해야 했다. 그리고 대부분은 그들의 선택이 아니었다. 클로이는 솔직하게 대답했다.

"정략 결혼을 해야 하잖아요. 생활에 제약도 정말 많고……."

알렉산드로는 대번에 그녀의 말을 이해했다. 당장 그 자신부터도 결혼을 강요당하는 입장이 아닌가! 제국의 제1가문, 그레이엄의 장남조차 피할 수 없었다. 자식이 결혼을 못하면 가문에 흠이 있다고 여기는 세상에, 하물며. 여자들은 사회적인 제약이 더 심해서 취미조차 사교계의 유행을 따라야 했다. 하지만…….

'아무리 그래도 노예 신세보다는 나을 것 같은데.'

세상 어떤 귀부인도 그 이유로 제 신분을 버리고 노예가 되길 바라진 않을 것이다.

"그래서 노예로 사는 게 더 낫다는 뜻인가?"

클로이는 말을 골랐다. 제국의 가장 높은 곳에 있는 고귀한 남자에게 이런 대답은 안 된다는 생각도 들었지만, 그는 솔직한 대답을 원하고 있었다. 예의를 차린 가식이 아니라.

"더 낫다기보다는…… 어쨌든 그 자리에도 고충이 있잖아요."

가진 것 없는 노예로 태어났다고 해서 귀중한 하루하루를 비관하며 살 수는 없었다. 겪어 보니 이 자리에도 나름의 행복이 있었다. 찾는 이의 마음가짐에 달린 일이었다.

'신분 상승 같은 먼 꿈을 그리고 아등바등 사는 건 전생에서도 충분히 했어.'

그렇게 열심히 살다 뺑소니를 당해 목숨을 잃었다. 그런 허무한 죽음을 맞이할 줄은, 정말 몰랐다.

'하고 싶은 게 많았는데…….'

운 좋게 환생한 그녀는 깨달은 바가 많았다. 삶은 영원한 게 아니다.

'어쩌면 내일은 없을지도 몰라.'

클로이는 신기루 같은 미래를 위해서가 아니라 오늘을 위해서 살기로 했다. 당장, 지금 이 순간을 웃으며. 그렇게 오늘 하루를 행복하게 보내고 잠들 수 있기를. 오로지 그것만 바랐다.

"게다가 저는 운이 좋았어요. 노예지만 제가 원하는 것을 할 수 있었고."

만약 제가 평생 노역장에서 살아야 하는 불쌍한 처지였다면 모를까, 그녀는 노예로 태어났어도 사람처럼 살 수 있었다. 태어나자마자 혼자가 되었지만 다른 노예들에게 거둬졌다. 전생을 기억해 남들보다 빨리 글자를 익혔고, 운명처럼 약방에서 자랐다. 굉장한 행운이었다.

특히 개망나니 기사 리오와의 일을 떠올리면 자신이 지금 얼마나 좋은 처지에 있는지 다시금 깨닫게 되었다. 지식 덕분에 노예로서 좋은 대우를 받은 것부터, 알렉산드로처럼 관대한 주인을 만난 것까지.

"저는 정말 운이 좋았어요. 좋은…… 주인님들을 만나기도 했고요."

클로이는 말을 마치고 다시 대공의 눈치를 살폈다.

'아부처럼 들렸나?'

하지만 그는 전혀 신경 쓰지 않는 듯했다.

'나도 진심으로 한 말이니까, 뭐.'

클로이가 살았던 노예의 삶은 반쪽짜리 왕녀, 베아트리체보다 훨씬 자유로웠다. 왕궁에서의 생활은 끔찍했다. 정통성이 없는 왕족은 그곳에서 완전히 이방인이었다. 함부로 밖을 드나들 수도 없는 데다 흙이 묻은 약초를 만지는 건 상상도 할 수 없었다. 사람들의 이목 아래 꼼짝없이 갇혀 있어야 했다. 게다가 클로이는 억만금을 준대도 다시 그 늙은이 길버트의 옆에서 살고 싶지 않았다.

"하지만 네가 귀족이라면 부와 권력을 누릴 수 있을 텐데."

"저는 부와 권력에는 관심 없어요."

'전생에서 내가 그렇게 살아 봤는데, 그래 봐야 죽을 땐 남는 게 하나도 없더라고요.'

현대의 부와 권력에는 사회적 신분도 포함이었다. 전생에선 몰랐다. 진정 자신이 원하는 게 무엇인지. 그저 남들이 욕심내는 걸 저도 원하는 줄 알았다. 돈, 명예, 직업, 신분…….

'전부 내가 진짜로 원하던 게 아니었어.'

그녀의 꿈은 사실은 부모님과 친척, 친구들의 욕망이었다. 남의 시선 아래, 그들의 욕망이 제 것인 줄 믿었다. 그 사실을 죽음으로 깨달았다.

마지막으로 눈이 감기기 직전, 그녀의 머릿속을 스친 건 돈이나 직업 따위가 아니라…….

'하고 싶은 일을 하지 못했던 것.'

오직 그것이었다. 가진 것에 만족하지 못하고 행복하게 살지 못했던 것. 그걸 가장 후회했다. 그래서 클로이는 현생에서는 행복해지기를 선택했다.

'많은 걸 욕심내지 않으면, 목숨만 붙어 있으면 돼.'

행복은 어느 날 갑자기 찾아오는 게 아니라 항상 제 옆에 있었다는 걸 깨달았으니까. 죽음을 경험한 그녀에겐 너무나 소중한, 두 번째 기회였다. 잃고 싶지 않았다. 노예로 태어난 이상 어차피 돌이킬 수 없었다. 이 삶을 받아들이고 만족하는 게 행복해지는 길이었다.

'너무 솔직하게 대답했나.'

클로이는 혹시나 대공의 심기에 거슬릴까 얼른 살을 덧붙였다.

"물론 부와 권력이 있으면 좋죠. 하지만 저는 제가 원하는 것을 할 수 있는 삶이 더 좋아요."

자신이 원하는 것, 즉, 약초나 만지면서 사는 게 더 낫다는 말이었다. 하지만 그 대답을 끝으로 대공은 아무 말도 없었다.

'어차피 날 이해하지 못할 거야.'

이해시킬 마음도 없다. 그의 인생은 그의 것. 제 인생은 제 것이니까. 대공이 얼어붙은 인형처럼 가만히 서 있기만 하자, 클로이는 지레 움찔했다.

'혹시 기분이 나빴나?'

순간 헉했지만 그녀는 이내 고개를 저었다.

'아냐, 기분이 나빴으면 당연히 뭐라고 했겠지.'

무려 '대공작'인 그가 노예인 자신에게 기분 나쁜 티를 참을 이유는 없으니까.

'에이, 몰라. 길이나 찾자.'

그녀가 슬금슬금 주위를 돌아보기 시작했다.

'내가 왔던 길이 맞는 것 같네.'

눈여겨봤던 큰 나무가 얼핏 보였다.

'역시 대공님. 믿을 만하다니까.'

여기서부터라면 기사단 일행이 있는 곳까지 길을 찾을 수 있을 것 같았다.

'근데 왜 안 가고 가만있지?'

클로이는 너무 어두워서 그가 정확히 어디를 보고 있는지, 어떤 표정인지도 몰랐다. 이리저리 둘러보다 안심하는 제 모습을 알렉산드로가 전부 내려다보고 있었단 것도 몰랐다. 사실은 단 한 번도 눈을 뗀 적 없었다.

'베아트리체 왕녀.'

알렉산드로는 상당한 충격에 빠져 있었다. 그녀의 대답은 제가 보기엔 전혀 상식적이지 않았다.

'아무리 운이 좋았다고 해도…….'

제국의 노예들은 노예 계급에서 벗어나고자 발버둥 쳤다. 그들은 전혀 행복하지 않았다. 전쟁 노예들은 더했다. 전쟁 노예들은 살해

당하기보다 자살로 죽는 일이 더 흔했다.

'부와 권력은 관심이 없다…….'

누가? 세상 어느 누가 그렇단 말인가. 아버지와 제 가문을 혐오하는 알렉산드로 저 자신조차도 태어나서부터 누려 온 부와 권력의 힘을 알았다. 그것이 함부로 가문을 벗어나지 못하는 이유 중하나였다. 천사나 도인, 책 속의 인물이 아니고서야. 부와 권력을 원하지 않는 사람은 아무도 없을 거라고 생각했다. 그러나 분명히 알 수 있었다.

'왕녀는 거짓말을 하는 게 아니야.'

그녀는 자신의 처지를 비롯하여 가진 것, 혹은 가지지 못한 어떤 것에도 부끄러워하지 않는다. 이제야 제가 그녀에게서 느껴 왔던 위화감들이 이해되기 시작했다. 그녀는 저런 상황에서도, 진심으로 행복한 것이다. 말없이 조용하던 알렉산드로가 다시 걸음을 옮겼다.

"대공님? 대공님……?"

그녀가 예상한 것과 전혀 다른 방향이었다. 클로이는 고개를 갸웃했다.

'왜 갑자기 방향을 틀었지? 이대로 직진하면 기사단이 있는 곳인데!'

그와의 편한 대화로 한결 자신감을 얻은 클로이가 조심스럽게 물었다.

"저어, 대공님. 이 길이 맞을까요?"

"맞다."

순순히 대답한 그는 묵묵히 걸었다. 클로이는 뭔가 의심스러웠지만 그의 짧고 확실한 대답에 대꾸 없이 뒤를 따랐다. 그가 자신을 다른 길로 데려갈 이유가 전혀 없다는 사실도 한몫했다.

한편, 저벅저벅 앞서 걷고 있는 알렉산드로는 스스로도 혼란스러운 상태였다.

'내가 왜 방향을 틀었지?'

극히 충동적인 선택이었다.

'내가 뭘 원하는 걸까……'

그는 일탈은 하지 않는 성격이었다. 모든 걸 철저히 계획 아래 통제하며 변수를 두지 않았다. 많은 수하들을 부리는 위치에선 그게 가장 알맞은 자세였다.

'대체 왜……?'

한데 속에서 갑자기 충동이 불길처럼 솟았다. 도저히 제어할 수 없는 영역이었다. 가야만 하는 길을 스스로 벗어났다.

'기사단장, 그레이엄 대공'이 아니라 '알렉산드로'의 결정이었다.

그녀의 이야기를, 더 듣고 싶다. 일행으로 돌아가면 클로이는 잽싸게 또 도망갈 테니까.

─저는 제가 원하는 것을 할 수 있는 삶이 더 좋아요.

방금 그녀의 목소리가 귓가에서 울렸다. 설레었다. 갑작스런 일탈이 그를 가슴 뛰게 했다.

'내가 원하는 게 뭔지 깨닫고, 그녀가 한 것처럼 한다면……'

그럼, 어쩌면, 나도 행복해질 수 있을지도 모른다. 머릿속에 생각이 가득했다. 클로이의 한마디 한마디가 마치 망치로 머리를 때리는 것처럼 큰 충격이었다.

그 누구에게도 이런 말을 들을 거라고는 상상도 못했다. 베아트리체 왕녀에게서는 더더욱 아니었다. 그는 그저 왕녀가 귀찮은 일들을 피하기 위해서 정체를 숨겨 오지 않았을까 하고 어렴풋이 짐작했었다.

이후로 둘은 별다른 대화가 없었다. 서로 다른 생각을 하며 묵묵히 길을 걷던 그들의 앞에 작은 계곡이 나타났다.

"우와……."

클로이는 작게 감탄사를 내뱉었다.

'이런 곳에 계곡이 있을 줄 몰랐어!'

계곡이라 하기는 민망할 정도로 작았지만 풀과 나무, 꽃이 어우러져 꼭 요정의 정원 같았다. 길을 잃은 처지에도 달빛에 반사된 물비늘이 너무도 아름다워 보였다. 정신없이 주위를 구경하던 클로이가 번쩍 정신을 차렸다.

'근데 여기, 맞는 길이 아닌 것 같은데…….'

분명히 지나갔던 길목에는 계곡은커녕 물줄기조차도 없었다.

'혹시 더 멀리 온 거 아냐?'

하지만 대공이 함께 있는 한 별로 걱정할 건 없었다. 짐승도, 사람도 무서울 게 없으니까. 때마침 내내 침묵하던 알렉산드로가 말문을 열었다.

"여기서 밤을 보내고 아침에 숲을 나가는 게 나을 것 같다."

"네?"

당황한 클로이가 눈을 깜빡였다.

"대공님, 아까 멈췄던 곳에서부터는 저도 길을 찾을 수 있을 것……."

"피곤하군."

그녀의 말을 끊고 대공은 널찍한 바위에 앉았다. 멍하니 서서 그런 대공을 바라보던 클로이는 어찌해야 할지 난감했다. 그는 한 번도 제 말을 도중에 끊거나 한 적이 없었다.

게다가 피곤하다니.

'저 남자도 피곤함을 느낀단 말이야? 저 사람이 정말 피곤해?'

어쨌거나 더 이상 대꾸를 할 수는 없었다. 피곤하다는데 제가 어떻게 감히 다시 길을 찾아보자고 할 수 있단 말인가. 저 몸을 업고 갈 것도 아니고.

"이 숲은 길을 찾기 어렵구나."

"저어, 그러면 제가 혼자 가서 길을 찾아보고 일행을 데려올까요?"

클로이는 아까 큰 나무를 본 데까지만 가면 길을 찾을 수 있겠다는 확신이 있었다.

"어느 쪽으로 가야 할지 알 것 같은데……."

"됐다."

대공은 단호하게 거절했다. 하지만 클로이는 이왕이면 대공에게 도움이 되고 싶었다.

'피곤하다고 했잖아. 침상에서 쉬고 싶을 거야.'

그녀는 본능적으로 호랑이 가죽 보료를 떠올렸다.

"저 아까 왔던 길이랑 야영지로 가는 길은 다 알 것 같은데……."

클로이의 말소리는 점점 작아졌다. 대공이 그녀를 무서운 눈빛으로 노려보고 있었기 때문이다.

"그럼 내일 아침에 합류하죠, 뭐……."

그는 그냥 쳐다봤을 뿐이지만 클로이에겐 그렇게 보였다. 계곡에 반사된 달빛 때문에 둘은 서로를 자세히 볼 수 있었다. 부담스러워진 클로이는 그와 제법 떨어진 곳에 앉았다. 두 사람이 침묵하자 계곡에는 듣기 좋은 물소리만 흘렀다.

수면에는 물비늘이 보석을 풀어놓은 것처럼 반짝였다. 클로이는 물속으로 손을 뻗었다. 물은 차가웠지만 날씨가 춥지 않아서 딱 기분이 좋은 정도였다.

"결혼은 네 주인이 시킨 것이냐?"

작게 계곡물을 첨벙대던 클로이는 갑작스런 질문에 당황했다.

'내 주인?'

길버트와의 결혼은 엘파사의 왕이자 그녀의 친부가 시킨 것이었다.

'근데 뭐…… 따지고 보면 주인이나 다름없지.'

클로이는 단 한 번도 왕을 아버지라고 생각해 본 적 없었다. 갑자기 약방으로 찾아와서 그녀를 찾고는, 제 의사와는 상관없이 데려갔으니까.

"그…… 그렇죠."

왕은 제 아버지라기보다는, 주인이 맞는지 모른다.

"결혼 생활이 즐겁진 않았나 보군."

"네. 정말 싫었어요."

클로이는 저도 모르게 얼굴을 찌푸렸다. 솔직히 떠올리기조차 싫었다.

"그런데 왜 도망치거나 하지 않았지?"

"음, 그때…… 제 친구들이랑 일하던 동료들에게 피해를 끼칠 것 같았어요."

클로이는 여전히 물에 손을 넣었다 뺐다 하면서 손장난을 치고 있었다. 알렉산드로의 시선도 자연스레 그녀의 손으로 닿았다. 하얀 손은 작고 부드러워 보였다. 제 반이나 될까? 그가 보기에는 여전히 성인 여자의 것 같지 않았다. 다시 시선을 올린 그는 클로이의 눈을 응시했다. 물속을 쳐다보느라 속눈썹으로 덮인 그녀의 갈색 눈동자를.

"그런 상황에서 타인을 걱정했다니. 지나치게 착한 척하면서 살았던 건 아닌가?"

내용은 비꼼 같지만, 말투는 그렇지 않았다. 연달아 이어진 그녀와의 대화에서 알렉산드로는 그 어느 때보다 진지했다. 설사 그가 비꼬았다고 해도, 클로이는 신경 쓰지 않을 참이었다. 그의 말이 맞았기 때문이다.

'내가 남 걱정을 하면서 살 여유가 있었나.'

타인을 걱정해서가 아니었다. 남에게 피해를 줬다가 벌을 받을까 두려웠기 때문이었다. 순전히 그녀 자신을 위한 행동이었다.

"좀 이상하게 들릴 수도 있는데……."

인과응보, 자업자득. 환생을 경험한 그녀에겐 분명 그럴만한 이유지만, 쉽게 말을 잇기가 어려웠다. 침묵이 길어지자 알렉산드로는 평소처럼 기다리기보단 다른 방법을 택했다.

"앗!"

몇 방울의 물이 그녀에게 튀어 올랐다. 깜짝 놀라서 대공을 바라보자 그가 평소와는 전혀 다른 표정으로 그녀를 바라보고 있었다.

'저 남자가 웬일이야?'

조금은 장난기 어린, 옅은 미소를 띤 얼굴. 클로이가 그간 한 번도 본 적 없는 얼굴이었다.

"어서 말해 봐."

잘생긴 남자가 미소까지 띠고 있으니 얼굴에서 빛이 났다. 클로이는 저도 모르게 가슴이 두근거렸다. 평소에도 저렇게 웃고 다니면 여자가 끊이질 않을 것 같았다.

"착한 척이죠. 그냥, 그 사람들이 죽으면 전부 제 탓인 거잖아요. 그 사람들은 아무 잘못도 없는데, 나중에 큰 벌 받을까 봐 무서워서요."

철저하게 자신을 위한 이타심이었다. 클로이는 여전히 손으로 물속에서 장난을 치고 있었다. 이젠 좀 편하게 앉아서 쉬고 싶었지만 그의 시선이 제게서 떠나질 않았던 것이다. 클로이는 고개도 들 수 없었다.

'왜 자꾸 쳐다보지? 사람 부담스럽게.'

지금이라도 물장난을 멈추면 눈이 마주칠까 봐 손을 뺄 수가 없었다.

"세리머니가 끝나면 뭘 하고 싶나?"

"전 그냥 호르헤 부원장님 약 창고 청소나 하면서 살고 싶습니다."

클로이는 정말 솔직하게 말했다. 그가 자신의 바람을 들어주었으면 하는 뜻이었다. 하지만 대공은 무슨 생각을 했는지 또 화제를 바꿨다.

"네 어미…… 모친은 강한 여인이었나 보군."

알렉산드로는 급하게 어미라는 표현 대신 모친이라고 말을 정정했다. 그 스스로는 깨닫지 못했지만 그녀가 베아트리체라는 사실을 알고부터 클로이를 노예가 아닌 친구처럼 편하게 생각하고 있었다. 나이도 비슷하지만 가장 큰 이유는 바로 동질감 때문이었다.

알렉산드로는 자신의 신세와 베아트리체 왕녀의 신세가 별로 다르지 않다고 생각했다. 기사단장에, 제국의 영웅이라고 불릴 만큼 대단한 남자지만 결국 알렉산드로는 가문의 도구로 팔려 갈 입장이었다. 게다가 결혼을 강요당하는 건 후대를 잇기 위해서였다. 자신이 원치 않아도 반드시 자식을 낳아야만 했다. 종마처럼. 그레이엄의 꼬리표를 달고 태어난 이상 저야말로 가문의 노예나 다름없었다.

그러니 베아트리체 왕녀는 또 다른 자신이었다. 다만 그녀는 행복했고, 그는 그렇지 못했다.

"저도 모르겠어요. 저를 낳으면서 돌아가셨대요."

클로이의 목소리는 담담했다. 그녀는 전생의 기억을 가졌기 때문에 정말로 괜찮았다. 진짜 모친이 살아 있었다고 해도 친모처럼 사랑했을지는 스스로도 의문이었다. 게다가 어릴 적 약방에서 다른 노예들의 보살핌을 많이 받았다.

'놀랐나?'

대공은 또 대답이 없어서 주위가 조용해졌다. 이제는 눈을 돌렸겠지 싶었던 클로이는 이만 쉴 겸 뒤로 물러나 앉았다. 살짝 눈을 돌리자 아직도 자신을 바라보는 그가 보였다. 한데 표정이 이상했다. 충격이 매우 컸나 보다.

'부모 없이 사는 노예가 얼마나 많은데, 혹시 몰랐던 건가?'

허리가 뻐근해진 클로이는 몸을 풀기 시작했다. 어깨도 돌리고 목도 좌우로 당겼다. 오늘은 특히 힘들었다. 그가 행군을 일찍 끝냈을 때 얼씨구나 하고 얼른 쉬었어야 했는데 괜히 나와서 고생했다. 속으로 투덜거리는 그녀에게 그가 또다시 말을 건넸다.

"살면서…… 분명 고통스러운 시간도 있었을 텐데."

알렉산드로는 어떻게 그 시간들을 견뎠냐고 묻고 싶었다. 어렵게 던진 물음이었는데, 가벼운 대답이 돌아왔다.

"그럼요. 하지만 죽을 만큼 힘든 일인 거지 진짜로 죽진 않잖아요. 시간이 지나면 다 잊히는걸요."

"……."

다른 사람이 한 말이라면 오만이 아니냐고 비웃었을지 모른다. 진짜 고통을 모르니 쉽게 말한다고, 비난할 수도 있었다. 하지만 베아트리체 왕녀는 자신보다도 훨씬 불행하고 고통스러운 삶을 산 사람이었다.

'저렇게 작은 여자가…….'

그런 일을 모두 겪고도 불행은 이겨 낼 수 있는 거라고 말했다. 귀로 듣고도 도무지 믿기지가 않았다. 알렉산드로가 기사가 된 것은 죽고 싶었기 때문이다. 차마 가문의 이름을 더럽힐 수 없어서, 명예롭게 죽기 위해 기사가 되었다. 매번 가장 선두에서 적진을 향해 뛰어들었지만 운명의 장난처럼 그는 끝까지 살아남았다.

"넌 정말…… 행복한가?"

그의 목소리는 평소와 전혀 달랐다. 확신을 잃은 불안함이 고스란히 드러났다. 언제나 고고하고 냉랭하던 그가 이런 분위기를 자아낸다는 게 의아했지만 클로이는 묻지 않았다.

"네."

그녀는 얼른 이 대화를 끝내고 좀 쉬고 싶었다.

'왜 이렇게 끝이 없어…… 뭐가 이렇게 궁금한 게 많아, 나한테.'

대공은 그 마음을 읽었는지 이후로는 아무 말도 없었다. 정말 피곤했다. 눈이 스르르 감기는 바람에 앉아서 졸던 클로이는 얼른 물가에서 떨어진 곳으로 자리를 잡았다.

"대공님, 이제 자도 될까요?"

"······그래."

클로이는 대공의 늦은 대답이 끝나기 무섭게 돌아누웠다. 딱딱한 돌바닥이지만 날씨가 따뜻해서 팔을 베고 누우니 괜찮았다. 알렉산드로는 여전히 그 뒷모습을 바라보고 있었다.

의도적으로 쳐다본 건 아니었다. 그저 도저히, 눈을 뗄 수가 없었을 뿐. 어렴풋이 추측했던 모든 것들이 제 사실과 달랐다. 모든 게 의외의 연속이었다.

그녀의 뒷모습은 작았다. 낡은 옷을 입고 불편하게 누워 있는 모습은 그가 알던 하녀 클로이가 맞았다. 하지만 그녀는 동시에 베아트리체 왕녀였다. 그녀에게도 어머니가 없다는 건 정말 충격이었다. 알렉산드로는 그녀가 가진 용기와 굳세고 단단한 모든 긍정적인 생각들을 당연히 모친에게 물려받았으리라고 예상했다. 모든 걸 다 가진 그가 갖지 못한 건 단 한 가지. 어머니의 사랑뿐이니까.

그의 어머니, 소피아는 단 한 번도 자식에게 사랑을 주지 않았다. 사랑이 뭔지 모르지만 책에서 말하기로는 마음이 따뜻해지고 기분 좋은 웃음이 저절로 피어나는 것이라고 했다. 하지만 소피아는 결코 자식에게 따뜻한 웃음을 준 적이 없었다. 제가 어머니의 친자식이 맞는지 사는 내내 의문이었지만 소피아의 출산을 지켜본 이들이 한둘이 아니었다. 알렉산드로에겐 친모가 없느니만 못한 존재였다.

그런데 클로이 또한 어머니에게 어떤 사랑도 받지 못했다. 이상한 기분이 들었다. 의외이기도 하고, 안타깝기도 하지만 솔직히······ 묘한 위로가 되었다. 동질감과는 달랐다. 심장이 뛰었다. 태어나서 한 번도 겪지 못한 여러 감정들이 동시에 가슴을 때렸다.

혼란스럽지만 싫지 않았다.

넌 어떻게 행복해졌지? 어떻게 모든 일을 이겨 냈느냐? 인생이라는 똑같은 고행길에서 어떻게 너만 특별히 행복할까?

알렉산드로의 머릿속은 눈앞의 여자에 대한 생각으로 가득 차있었다. 그녀는 베아트리체 왕녀이며, 제 하녀 클로이였다. 아니, 부르는 호칭이 무엇이건 더는 아무것도 중요하지 않았다. 그녀는…… 그저 세상에 단 한 명인 저 여자다.

노예가 된 베아트리체 왕녀의 뒷모습은 작고 볼품없었다. 하지만 어느 누구보다 고귀했다. 알렉산드로는 모든 게 저 달빛 때문이라고 생각했다. 어두운 밤을 밝히는 빛. 거대한 저 희망에 눈이 부셔서 잠을 이룰 수가 없었다. 이대로 눈을 감고, 잠들고 싶지가 않았다.

'나도 언젠가…… 행복해질 수 있을까?'

10. 알 수 없는 일

10. 알 수 없는 일

· · ◆ · ·

포근하다. 클로이는 제 얼굴에 닿는 부드러운 촉감에 볼을 비볐다.

'일어나야 하는데…….'

어제 숲을 헤매고 다녀 너무 힘들었다. 하지만 대공은 아침 일찍 일어난다. 그러니 저 또한 얼른 일어나서 그의 아침 식사를 챙겨야 했다. 늦게 일어나서 아찔했던 경험이 몇 번 있었다. 물론 그때마다 대공은 별다른 말 없이 넘어갔다. 하지만 클로이는 언제 그의 인내심이 바닥날지 조마조마했다.

"휴……. 일어나야 되는데……."

눈도 뜨지 못한 채 그녀가 중얼거렸다. 그러자 가까이에서 대답이 들려왔다.

"더 자도 된다."

익숙한 목소리였다. 믿을 수 있는, 안정되고 편안한 저음.

"으음…… 진짜요?"

잠결에 물었다. 발음이 거의 뭉그러져서 스스로도 무슨 말인지 모를 지경이었다. 그런데 또 대답이 들렸다.

"깨워 주지."

깨워 준다니, 클로이는 만족스러운 대답에 스르르 잠에 빠져들었다.

'근데 누구지.'

대공 같은데, 그가 할 만한 대답이 영 아니었다. 하지만 편안한 호랑이 보료 위의 그녀는 더 고민하지 못했다.

'너무 포근해…….'

부산스러운 소음이 들렸다. 밖은 시끄럽긴 하지만 자는 데 방해가 될 만큼은 아니었다.

'후암, 그래도 일어나야지.'

아침은 하루 중에 가장 바쁜 시간이었다. 결국 클로이가 몸을 일으키려고 손으로 바닥을 짚은 순간.

"……응?"

딱딱해야 할 바닥이 부드러웠다. 손에 만져지는 건 부드러운 털이었다. 무척 손에 익은 감촉. 불안한 기분에 번쩍 눈을 뜨자 막사의 천장이 눈에 보였다. 대공의 막사였다.

클로이는 벌떡 몸을 일으켰다. 그녀가 누워 있던 곳은 호랑이 가죽 보료 위였다. 만지고 있으면 부드러워서 침상 정리를 핑계로 한

참을 문지르다 나오곤 했던 바로 그것! 그랬다. 그녀는 대공의 침상 위에 누워 있었다.

"헉!"

놀란 클로이는 얼른 자리에서 일어섰다. 얼마나 급했는지 넘어질 뻔했다. 후들거리는 다리를 간신히 일으킨 그녀는 얼른 막사 안을 두리번거렸다. 막사의 주인, 대공은 다행히 안에 없었다.

'뭐지? 내가 왜 여기에 있지?'

숲에서 계곡을 발견하고 바위 위에서 잠들었던 것 같은데…… 언제 이곳으로 온 걸까?

"혹시 내가 꿈을 꿨나?"

기억이 잘못된 걸까? 클로이는 계곡에서의 일이 전부 실제로 일어났던 일인지 확신할 수 없었다. 일단 그 묘한 분위기도 그렇고, 대공과 나눴던 대화들도 그랬다. 단 한 번도 그와 그런 식으로 길게, 그리고 편안하게 대화를 나눠 본 적이 없었기 때문에.

'어제 그 남자는 뭔가 이상했어.'

평소와 굉장히 다른 분위기였다. 클로이는 얼른 제 신발을 살폈다. 진흙이 잔뜩 묻어 있었다.

'세상에.'

어젯밤 그 숲에 갔던 건 분명했다.

'그런데 왜? 어떻게?'

자신이 왜 지금 대공의 침상 위에 누워 있는지 아무리 자문해도 답이 나오지 않았다.

'아니지. 지금 계곡에 갔는지 안 갔는지가 중요한 게 아니야.'

이 침상에 자신이 누워 있던 것을 대공에게 들키면, 정말 크게 혼날 게 분명했다. 귀족이 누워서 잠을 청하는 곳에 감히 하녀가 눕다니. 그가 알게 되면 정말 불쾌해할 것이다.

'혹시 나를 봤을까? 아냐, 못 봤을 거야.'

혹시라도 봤다면 분명 깨우든, 일으켜 세우든 했을 것이다. 이미 사달이 났겠지.

대공은 자신이 여기 누워 잤다는 걸 아직 모르는 게 확실했다.

'근데 내가 왜 저기에서 잠들었지?'

언제 기사단 야영지로 돌아왔는지도 의문이지만, 제가 왜 저기에 누워 있었는지도 의문이었다. 클로이는 스르르 고개를 돌렸다.

'설마……'

윤기 나는 저 호랑이 털이 굉장히 부드러워 보였다. 저걸 만지고 있으면 그렇게 기분이 좋을 수 없었다. 갑자기 불안한 생각이 들었다.

'설마 나도 모르게 스스로 저 위로 올라간 건가?'

몽유병처럼?

'난 저 호랑이 가죽 보료를 좋아하니까……!'

저절로 얼굴이 찌푸려졌다.

"미치겠다, 정말."

하다 하다 이런 일을 벌이다니. 클로이는 스스로에게 질색했다. 아무리 저 호랑이 털이 좋아도 그렇지, 감히 대공의 침상에 누울 줄이야. 들켰다면 정말 큰일 날 행동이다. 얼른 침상을 정리한 그녀는 혹시 어딘가에 머리카락이 떨어져 있진 않은지 샅샅이 살폈다. 깔끔하게 뒷정리를 마치고, 그녀는 조용히 막사를 빠져나왔다.

다행히 대공은 어디에도 보이지 않았고, 기사단 일행은 다들 아침 식사를 하느라 정신이 없었다. 배가 고파진 클로이는 시종들이

밥을 먹는 곳으로 향했다. 토마스가 그녀를 보자마자 반갑게 손을 흔들었다. 클로이는 억지로 미소를 지었다.

"아침부터 얼굴이 썩었다, 썩었어."

다행히 그가 반갑게 그녀를 맞아 주었다.

"하하, 안녕히 주무셨어요."

"야, 너 도대체 어디 있었어? 밤새 보이질 않던데."

'내가 정말 숲에 갔었구나.'

하지만 이상한 점이 한두 개가 아니었다.

"저 숲속에서 길을 잃어서 헤매다가 새벽에 겨우 돌아왔어요. 근데 혹시 대공님 못 보셨어요? 아침 식사 아직 안 하셨는데……."

"이미 드셨어. 넌 도대체 하는 일이 뭐냐?"

토마스가 장난스럽게 나무라자 그녀는 머쓱해졌다. 제가 하녀로서 하는 게 정말 없었다. 일이라고는 식사 시중과 갑옷 닦는 게 전부인데 그것조차 제대로 못했다.

"그러게요. 진짜 반성해야겠어요."

"농담이야. 뭘 그렇게 심각해."

그녀의 복잡한 표정을 본 토마스는 얼른 아침이나 먹으라며 클로이를 옆에 앉혔다. 그의 옆에는 몇몇 시종들이 함께 있었다. 자연스럽게 안면을 튼 클로이는 그들에게 대공의 행방을 물었다.

"대공님은 훈련하고 계시던걸? 오늘은 좀 천천히 출발한다고 하셨어."

"아, 다행이네요."

"네가 대공님의 하녀인데 왜 모르냐?"

"……."

할 말이 없었다. 무안해진 그녀는 빵을 집어 먹으며 주위를 둘러보았다. 보통 아침 시간은 전쟁터 같은데, 오늘은 다들 여유롭게 즐기고 있었다. 칼을 가지고 훈련을 하거나 갓 목욕을 마친 듯 웃통을 벗고 돌아다니는 기사들도 간간이 보였다. 다들 표정이 평소보다 훨씬 밝았다. 클로이도 마찬가지였다. 편한 잠자리에서 늦잠을 잔 그녀는 몸이 훨씬 가뿐했다.

'근데 대공님은 어디 가셨지?'

지난밤. 금세 잠든 클로이와 달리 알렉산드로는 혼란 속에 밤을 지새웠다. 그녀의 고른 숨소리와 졸졸 물소리는 고요한 세레나데처럼 평화로웠다. 하지만 알렉산드로는 날이 밝아올 때까지 물가에 홀로 앉아 그녀가 했던 말들을 되새겼다.

—저도 모르겠어요. 저를 낳으면서 돌아가셨대요.

충격적인 사실을 말하는 목소리는 담담하다 못해 평온했다. 이제는 아무렇지 않다는 뜻이었다. 얼굴 한 번 본 적 없는 어머니가 그립진 않았을까. 살면서 얼마나 많이 제 어머니를 그리워하며 가슴이 시큰거렸을까. 그 상처가 아물기까지 얼마나 많이 스스로를 괴롭혀야 하는지 그는 잘 알고 있었다. 그녀 또한 누군가를 원망해본 적 있겠지. 제가 그랬듯이.

차라리 내게 처음부터 부모가 없었다면, 하고 바랐던 게 한두 번이 아니었다. 그의 어릴 적 기억은 자신을 향한 원망과 증오, 지독한 연민으로 가득했다. 실은 지금도 여전했다. 잠들지 못하는 밤이면 꼭 이런 부질없는 생각들이 차올랐다. 그럴 때마다 술로 속을 달래고 억지로 잠을 청했다.

그런데 너는 정말로 행복한가? 어떻게 그렇게 쉽게 행복하다는 말을 할 수 있지? 대체 어떻게, 행복할 수 있느냐? 너는 누군가를 원망하거나 미워하지 않느냐? 네가 가진 것을 전부 잃었는데. 잃고, 또 잃고. 내가 전부 죽이고, 빼앗았는데.

—거기다 제가 좋아하는 일까지 할 수 있는데, 행복하지 않을 이유가 없잖아요.

행복이라는 게 그렇게 쉽게 얻을 수 있는 거라고? 그렇다면 모든 것을 가진 내 아버님은 왜 행복하지 못한 거지? 이 제국을 발밑에 두고 태어난 나는, 왜 행복하지 않은 걸까?

—물론 부와 권력이 있으면 좋죠. 하지만 저는 제가 원하는 것을 할 수 있는 삶이 더 좋아요.

원하는 것을 할 수 있는 삶.

'나는 단 한 번이라도 원하는 것을 선택해 본 적이 있는가?'

열한 살, 어린 나이에 가족을 잃은 알렉산드로는 명예롭게 죽기 위해 기사가 되었다. 처음 사람을 죽이고 그가 느꼈던 죄책감과 스스로를 향한 경멸을 이겨 내기란 쉽지 않았다. 기사단장도, 대공이라는 작위 또한 바라던 게 아니었다.

—착한 척이죠. 그냥, 그 사람들이 죽으면 전부 제 탓인 거잖아요. 그 사람들은 아무 잘못도 없는데, 나중에 큰 벌 받을까 봐 무서워서요.

아무 잘못도 없는 사람들을 죽이고, 네 모든 것을 빼앗은……

'⋯⋯너는 내가 벌을 받아야 한다고 생각하느냐.'

트리거는 간만에 주어진 느긋한 아침을 즐기고 있었다. 나무 그늘 밑에 누워 꿀 같은 휴식 시간을 취하던 그때였다.

"이봐, 트리거!"

다른 마부가 급하게 그를 찾아왔다.

'크산토스에게 이상이 생겼나?'

헐레벌떡 일어난 그는 전혀 예상치 못한 편지를 한 통 받게 되었다.

트리거, 형이다.

세리머니는 잘 되어 가고 있니? 부모님과 나, 그리고 티아나는 모두 너를 자랑스럽게 생각한단다.

갑작스럽게 편지를 보낸 이유는 다름이 아니고 너의 결혼과 관련된 일이다.

형도 잘 안다.

결혼하고 싶지 않다고 했었지?

하지만 다시 한번 생각해 보는 게 어떻겠니?

네게 청혼이 들어왔단다. 남작 가문의 아름다운 아가씨란다.

형도 네 입장은⋯⋯ 충분히 이해한다.

하지만 네가 이 결혼을 한다면 너 또한 작위를 얻게 돼.

그리고 남작 영애는 굉장히 아름다운 분이셔.

잘 생각해 보고, 빠른 시일 내로 답장을 주길 바란다.

추신, 만약 네가 결혼을 한다면 최대한 빨리, 수도에서 예식을 올리길 바라시더구나.

부모님과 너와 나의 미래를 위해 올바른 결정을 하길 바란다.

'남작가 영애가 나랑 결혼을?'

트리거는 편지의 내용을 믿을 수가 없었다. 도대체 남작 영애가 평민인 자신의 뭘 보고 결혼을 하려는 건지 알 수가 없었다. 큰 기회인 것은 분명했다.

'왜 하필 나지? 장남인 형이 차라리 더 나은 조건일 텐데.'

형은 큰 철물점을 운영하는 소문난 부자였다. 귀족 영애와 결혼하려고 부단히 노력했지만 번번이 실패했다. 아무리 생각해도 의아했다.

'영애께서 청혼서까지 직접 보내면서 나와 결혼을 하고 싶어 한다고……?'

청혼서는 남자들이 보내는 것이었다.

'뭔가 이상해.'

트리거는 고심하다 편지를 접었다. 그는 제 직업이 좋았다. 제국의 기사단, 그것도 기사단장의 마부 아닌가. 제국의 영웅을 바로 곁에서 모시는 게 꽤나 자랑스러웠다.

'결혼하면 마부는 그만둬야겠지.'

남작가에서 허락할 리가 없었다. 그것도 탐탁지 않지만, 진짜 문제는 바로 제 마음이었다. 그의 마음이, 전혀 다른 데 있었다. 이미 단단히 박혀 빼낼 수가 없었다.

"트리거 님, 혹시 대공님 못 보셨어요?"

어젯밤 내내 보이지 않던 클로이가 아침에 말쑥한 얼굴로 그를 찾았다.

"글쎄, 아까 칼을 가지고 공터로 가시던걸."

"아, 감사합니다."

"따라가지 않아도 될 거야."

"왜요?"

"크리스 경이 함께 계시거든."

"아하!"

안심한 클로이는 옅은 미소를 지었다. 크리스와 대공은 자주 어울렸다. 크리스 스캘로웨그는 굉장히 성격이 좋은 기사로, 둘은 친구 같은 사이였다. 그 두 사람이 시간을 보내는 중이라면 굳이 따라갈 필요가 없었다. 할 일도 없을 테니까.

"너 지금 할 거 없냐?"

"……네."

클로이는 모두가 자신을 한가한 하녀라고 생각하는 것 같아서 민망했다. 다들 바쁘게 제 몫의 일을 하는데, 저만 할 게 없었다.

"그럼 잠깐 이리 와 봐."

트리거는 사방을 두리번거리더니 인적이 드문 나무 뒤로 클로이를 이끌었다.

"무슨 일이신데요?"

"쉿, 조용히 해."

트리거는 한참이나 주위를 살폈다.

'왜 저러지?'

똥 마려운 강아지처럼 안절부절못하던 그는 아무도 없는 걸 확인하고 클로이의 앞에 앉았다.

'이렇게 보니 귀여운 소년 같네.'

트리거의 얼굴엔 아직 젖살이 남아 있어 청년과 소년의 경계에 있는 것처럼 보였다.

"왜 그러세요?"

"그게……."

입만 달싹거리던 트리거는 어렵게 말문을 열었다.

"나 사실은 집에 청혼이 들어왔어."

"우와, 정말요?"

소년티를 벗지 못한 그는 무엇이 그렇게 불안한지 초조하게 손톱을 깨물었다.

'아직 결혼을 할 만큼 나이가 많아 보이진 않는데.'

번쩍 고개를 든 그가 자백하듯 말했다.

"근데…… 난 평민인데, 상대는 남작가의 아가씨야."

"이야, 트리거 님 능력 좋으시네요."

초조한 기색을 읽은 그녀가 일부러 장난스럽게 대꾸했다. 그가 조금이라도 긴장을 풀기 바라서였다.

"하지만 난 이 결혼을 하고 싶지 않아."

"아니, 왜요?"

"남작가의 사람이 되면, 분명히 내게 다른 직업을 가지라고 요구할 테지. 하지만 난 대공님의 마부인 게 좋거든."

"아하, 하지만 대공님의 마부라면 솔직히 남작가에서도 그냥 하라고 하지 않을까요?"

"물론 그럴 수도 있지. 그레이엄 대공님을 곁에서 모신다는 건 굉장한 영광이니까."

그럼 뭐가 문제냐는 듯 어깨를 으쓱해 보인 클로이가 다시 트리거를 응시했다. 그는 여전히 심각했다.

"정말로 내가 결혼을 하고 싶지 않은 건."

"네."

클로이는 진지한 얼굴로 트리거를 주시했다. 하지만 그는 왜인지 클로이를 똑바로 쳐다보지 못했다. 표정이 어두웠다.

"말씀하시기 힘들면 안 하셔도 돼요. 저도 말하기 싫은 것들이 있는걸요."

"……."

"결혼이 하기 싫으면 하기 싫은 거죠. 저도 하기 싫어요."

트리거는 그제야 고개를 들었다. 그의 두 눈에 금방이라도 쏟아질 듯 눈물이 넘실거렸다. 클로이는 흠칫 놀랐다. 도적단의 공격에서 듬직하게 보호해주던 그는 없었다. 뭐가 그렇게 괴로웠던 걸까?

"무슨 일 있으신 거예요? 말 안 하셔도 돼요."

"나는."

"네."

"나는…… 남자가 좋아."

"네?"

"나는 여자보다 남자가 더 좋다고."

그녀의 입이 쩍 벌어졌다. 상상도 못한 일이었다. 갑자기 왜 이런 엄청난 고백을 제게 하는지 당황스러웠다. 일단 클로이는 서럽게 우는 트리거를 달래 주기 시작했다.

"그럴 수도 있죠, 뭐."

"아무도 몰라. 형밖에."

"저는 많이 봤어요. 괜찮아요."

그는 고민했을 것이다. 이곳에서 동성애는 귀족의 별난 취미 정도로만 이해됐다. 귀족들은 즐길 수 있지만 평민들은 공공연히 드러낼 수 있는 성향이 아니었다. 따돌림을 당하거나, 재수 없으면 마을에서 추방당할 수도 있었다. 평민인 그는 누구에게도 당당하게 밝힐 수 없었을 것이다.

"난…… 정말 결혼하기 싫어."

"그럼 하지 마세요."

"하지만 우리 부모님과 형이 내가 결혼하길 바라."

"부모님은 모르시는 거예요?"

"형만…… 형만 알고 있어."

클로이는 조금 주저하다가 그의 등을 토닥여 주었다. 트리거는 그녀가 친구라고 부를 수 있는 사람 중 한 명이었다. 노예가 제 몸에 손을 댔다고 기분 나빠하지 않을 것이다.

'그가 고통받지 않았으면 좋겠어.'

수도에서부터 함께했던 트리거는 심성이 착하고 물심양면으로 그녀를 도왔던 고마운 사람이었다.

'왜 이 사람은 하필 이때, 이곳에서 태어난 걸까?'

순간 어이없는 웃음이 터졌다. 대체 누가 누구를 불쌍하다고 여기는 건지.

'난 노예로 태어났지, 참.'

어떤 사람은 태어나자마자 세상을 발밑에 둔 고위 귀족이었다. 어떤 사람은 태어나서 눈도 뜨기 전에 버려진다. 모든 인간이 똑같이 귀하고 소중한 건 아니다. 적어도, 이곳에선 아니다.

"갑자기 무슨 뚱딴지같은 소리야?"

크리스가 바닥으로 칼을 내던졌다. 기사의 상징이나 다름없는 칼을 내던질 만큼, 어지간히 어이없는 말을 들었다.

"아니, 남은 매일 가족들한테 피곤한 편지 받느라 힘들어 죽겠는데. 여기서는 또 웬 행복 타령? 더위 먹었어?"

그가 피곤한 듯 인상을 찌푸리자 알렉산드로가 웃으며 대꾸했다.

"너는 명백히 행복해 보이진 않는군."

손을 허리에 얹은 크리스가 고개를 저었다.

"예, 예. 대련해 주시는 것만으로도 저는 영광이니까요."

크게 한숨을 내쉰 그는 떨어진 자신의 칼을 다시 집어 들었다.

"아무 말이나 뭐 좋습니다. 들어 드리지요."

칼을 세운 그가 진지한 얼굴로 대공을 마주 봤다. 알렉산드로는 칼을 잡고는 있었지만 칼끝은 땅을 향했다. 저를 상대로 긴장할 가치도 없다는, 일종의 도발이었다. 지금은 빈틈투성이로 보여도 달려드는 순간 돌변하는, 무서운 상대라는 걸 수년간의 경험으로 알고 있었다. 칼을 고쳐 잡고 눈싸움을 하며 적당한 때를 기다리는 크리스의 얼굴에 땀이 맺혔다.

"스캘로웨그 경, 더는 대련을 시시하게 만들지 마라."

"……."

나른하게 풀어진 상대의 눈빛만으로 크리스는 열이 받았지만 섣불리 덤벼들지 못했다. 그는 대공과의 실력 차이를 누구보다 잘 알고 있었다.

'저 자식은 왜 모든 게 완벽하지? 완전 반칙인데.'

평소 알렉산드로는 평화롭고 조용했다. 칼질보다 독서를 훨씬 좋아하는 사람이라는 걸, 크리스는 몇 년 동안 그와 함께하며 알게 되었다. 하지만 본인의 기호와는 별개로, 알렉산드로는 천부적인 싸움꾼이었다. 칼이 있든 없든 상관없었다. 말을 타고 달리든, 맨몸으로 서 있든 그는 언제나 이겼다. 정확히 적을 쓰러트릴 수 있는 방법을 본능적으로 알고 있었다.

'부전자전인가?'

그의 아버지, 던칸 또한 이름깨나 날리던 유명한 기사였다. 그레이엄의 권력은 군사력과 거대한 자금이 바탕이었다. 게다가 던칸은 물리적인 힘뿐 아니라 말로도 사람을 제압하는 방법을 알았다.

'아주 무시무시하신 분이지.'

알렉산드로는 그 분위기를 그대로 닮았다. 말수는 적어도 상대방을 두렵게 만드는 데 탁월한 재주가 있었다.

"네가 아는 사람 중에 행복한 사람이 있나?"

"……글쎄, 아마 내 큰누이?"

크리스는 말을 마침과 동시에 그에게 달려들었다. 대공은 맞부딪치는 대신 몸을 틀어 피해 버렸다. 딴에는 넘어져 일어난 지 얼마

되지 않은 저를 위한 배려였다.

"또 쓰러트리기엔 미안하다 이건가? 응?"

대공의 마음을 읽은 크리스는 기사로서 자존심이 상했다.

"그 세심한 배려 무척 고맙군!"

휙 몸을 돌려 덤벼들었지만 알렉산드로는 가볍게 몸을 피했다. 넘을 수 없는 산. 칼을 부딪칠 때마다 그와 저의 격차가 확연히 느껴졌다.

"네 누이와 연락을 하고 지내는 줄은 몰랐군."

"내가 유일하지. 우리 가족 중엔 말이야!"

크리스의 큰누이는 가문의 정원사와 눈이 맞아 야반도주했다. 그녀는 신분, 부모와 가족 모두를 버리고 도망 다니는 생활을 택했다. 크리스의 부모님은 그 일로 몸져누웠고 큰누이는 가문에서 제명되었다. 그녀는 평생 지녔던 '스캘로웨그'라는 성을 잃었지만, 대신 성실한 남편과 조용히 잘 살고 있었다.

"또 있나?"

"글쎄, 생각을 좀…… 해 봐야겠는걸!"

크리스가 또다시 대공에게 달려들었다. 이번에는 정확히 그의 목을 노리고 칼을 휘둘렀지만 대공은 이번에도 싱겁게 피해 버렸다. 크리스가 연달아 칼을 휘둘렀다. 대공은 이번에는 크리스가 칼을 휘두르는 틈을 타서 몸을 피하며 그의 배를 발로 차 버렸다.

"으윽!"

둘 다 웃통을 벗은 채였다. 충격이 상당했다. 분하다는 생각이 가시기도 전에, 대공의 담담한 목소리가 들려왔다.

"내게는 공격보다 방어에 신경 써야 하지 않겠나."

"……."

크리스는 빠드득 이를 갈았다. 물론 알고는 있었다. 하지만 마냥 방어에만 신경 쓸 수도 없었다. 어차피 그가 마음먹고 저를 공격한다면 방어는 제대로 먹히지도 않을 테니까.

알렉산드로는 속마음을 잘 드러내지 않는 편이지만, 그가 싸우는 방식을 보면 성격을 어렴풋이 알 수 있었다. 대공은 집요했다.

한 번 마음먹은 상대는 절대 포기하는 법이 없었다.

간만의 휴식 덕분인지 알렉산드로에게 인사하는 표정이 다들 밝았다. 막사로 향하는 길에 그는 간밤의 클로이를 떠올렸다. 우연히 봤지만, 제 침상에서 달게 자는 얼굴이 눈을 뜨고 있을 때와는 달랐다. 반짝이는 눈동자가 담긴 두 눈은 감겨 있었지만, 입술은 살짝 벌어져 작은 앞니가 보였다. 고른 숨소리는 숲속의 세레나데처럼 평화로웠다. 꿈속에서 뭔가를 간절히 잡고 있는 것처럼 살짝 오므린 두 손이 그의 시선을 끌었다. 원래 저렇게 작던가. 비교하고 싶어도 다른 여자들은 어떤지 눈여겨본 적이 없어 알 수가 없었다.

결국 알렉산드로는 뜬눈으로 밤을 새웠다. 원체 잠도 별로 없는 데다, 머릿속도 어수선했다. 좋아하는 책까지 펼쳤는데 집중이 되질 않았다. 중간중간 그녀가 몸을 뒤척거릴 때마다 자꾸 그녀 쪽을 확인하게 되었다. 여자의 잠든 얼굴을 본 적이 없던 알렉산드로는 신기했다. 깨어 있을 때는 절대로 알 수 없는 얼굴이었다. 게다가 그녀를 보면 볼수록 자꾸 떠오르는 동물이 있었다.

'다람쥐.'

한번 그렇게 보이니 도저히 떨쳐 버릴 수가 없었다. 작은 눈, 코, 입도 그랬고, 제 어깨에도 미치지 못하는 작은 몸집도 그랬다. 특히 그녀의 눈동자가 아주 많이 닮았다. 열심히 오가며 움직이는 모습조차 다람쥐와 판박이었다. 알렉산드로는 저도 모르게 미소 지었다.

'어쩌면 이미 깼을지도.'

물가에서 곤하게 잠든 모습을 보니 뒤늦게 미안해졌다. 그래서 모두가 잠든 이른 새벽에 데리고 와서 막사에 눕혀 놓았다. 여자를 그렇게 안아서 옮겨 본 건 생전 처음이지만 조금도 기분 나쁘거나 불쾌하지 않았다.

'많이 피곤했을까.'

아침에는 설핏 깬 것 같았지만 일부러 그녀를 깨우지 않고 더 자라고 하고 나왔다.

'기억할지는 모르겠지만.'

클로이의 잠결 목소리를 기억해 낸 알렉산드로는 피식 웃었다. 그는 이왕이면 그녀가 계속 잠들어 있기를 바랐다.

대공의 막사 앞에 앉아 있던 클로이는 멀리서 그를 보곤 얼른 자리에서 일어났다. 몸이 땀으로 젖어 있었다.

'수건하고, 시원한 물을 가져와야지.'

얼른 준비해 돌아온 클로이는 막사 입구에서 머뭇머뭇 그를 불렀다.

"대공님, 들어가도 될까요?"

"들어와라."

이내 허락이 떨어졌고, 그녀가 조심스레 안으로 들어갔다.

"운동을 하셨다고 해서 가져왔어요."

탁자에 물이 담긴 대야를 내려놓고, 옆에는 수건을 두었다. 마침 목을 축이고 있던 그가 물통을 내려놓고 그녀를 응시했다. 매일같이 보던 '저는 착실히 시중을 들 준비가 되어 있습니다.' 하는 표정이었다. 언제나 그렇듯 눈을 마주치진 않는다.

그는 자연스레 그녀의 시선을 좇았다. 두 손을 공손히 모으고 있는 클로이는 아무것도 특별할 것 없는 바닥만 쳐다보고 있었다. 순간 그의 한쪽 눈썹이 불만스럽게 치켜 올라갔다. 가만히 그 모습을 내려다보던 알렉산드로는 느릿하게 입 안에서 혀를 굴렸다. 이상한 기분이었다.

마침내 그녀가 침묵을 의식하고는 슬쩍 위를 올려다보았다.

'헉.'

아니나 다를까 그는 있는 대로 인상을 쓴 채였다. 이렇게 싸늘한 표정은 처음이었다. 대공은 원체 감정 표현도 적었고, 주로 무표정한 얼굴만 봐 오던 클로이에겐 큰 충격이었다.

'화났나 봐. 어쩌지…….'

가뜩이나 풍채도 남다른 이가 제게 화가 나 있으니 클로이는 난감했다. 게다가 지은 죄도 있었다. 무릎 꿇고 사죄라도 해야 하나

고민할 때쯤 그가 한 발짝씩 다가오기 시작했다. 클로이는 침을 꿀꺽 삼켰다. 마침내 그가 코앞까지 다가오자 본능이 그녀를 뒷걸음 치게 만들었다.

'얼른 죄송하다고 해야겠다.'

클로이의 다리가 후들거렸다.

'무릎을 꿇어야 하나?'

무엇부터 죄송하다고 해야 할까. 어젯밤, 버릇없이 대꾸했던 일? 몽유병으로 돌아다닌 일? 대공의 침상에서 잠든 일? 아침에 늦게 일어난 일? 식사를 제대로 못 챙긴 일?

'어휴, 한두 가지여야지.'

그의 손이 무섭게 다가왔다. 클로이는 눈을 질끈 감았다. 입술을 달싹이려는 순간. 대공이 먼저 말을 꺼냈다.

"에반에게 곧 출발하겠다고 전해."

그는 수건을 물에 적셔 물기를 짜냈다. 그러고는 시원하게 이마를 닦으며 무심히 돌아섰다. 멍하니 이를 바라보던 클로이는 정신을 차리고는 잽싸게 인사했다.

'역시 이번에도 화를 내지 않으려나 봐.'

행여나 그의 마음이 바뀔까 잽싸게 막사를 빠져나갔다. 알렉산드로는 아무렇지 않은 척했지만 귀로는 예민하게 그녀의 행방을 살폈다. 급하게 천막이 펄럭이는 소리.

'벌써 나갔나.'

그녀가 재빠른 건 알고 있었다. 하지만 가끔은 너무 빨랐다. 기억에 남은 건 항상 뒷모습뿐이었다.

'그녀는 지금 내 하녀니까.'

충실히, 제 명령을 빨리 이행하려는 건 확실했다. 항상 공손하게 꾸벅 인사를 하고 막사를 나갔으니까. 오늘따라 유독 그게 더 거슬렸다. 하지만 알렉산드로는 정확히 제 기분이 나쁜 이유를 알 수가 없었다.

케니스 아레한 자작의 성이 보이기 시작했다. 두 번째 영지였다.

길을 가는 동안 클로이는 람붓 백작령과는 사뭇 다른 모습에 놀랐다. 백작령은 잘 정리된 비옥한 경작지가 눈에 띄었다면, 아레한 자작령은 그저 삭막했다. 버려진 땅처럼 농지에는 웃자란 잡초들로 가득했다. 변방이라 그런지 제국 안이라도 영주에 따라 차이가 컸다.

'과연 아레한 자작은 어떤 사람일까?'

클로이는 엘파사에서도 수도 생활만 했기에 변방의 영주들이 다스리는 영지 생활은 어떤지 짐작할 수 없었다.

그간의 여정은 조용했다. 트리거의 고백 이후로 클로이는 그와 더 가까운 사이가 되었다. 제 비밀을 털어놓은 사람은 클로이가 유일하다고 했다. 그럼 그의 형은 어떻게 알게 된 거냐고 묻자, 들켰다고 했다. 그 일에 대해서는 자세히 말하고 싶지 않은 듯해서 더 묻지 않았다.

클로이는 자연스레 토마스와 트리거 셋이 함께 어울렸다. 두 남자는 다른 듯 비슷한 성격이라 함께 있으면 심심할 틈이 없었다.
하이디는 무슨 이유에서인지 한참 우울해하며 그 누구와도 어울리
려고 하지 않았다. 기사 와일러의 시중을 드는 일이 힘든가 했는
데, 토마스와 트리거가 앞다투어 걱정할 필요 없을 거라고 말했다.
클로이도 예전처럼 한가하지 않아서 신경 쓸 겨를이 없었다.

대공이 그녀의 도주 사건을 언급하며 처벌을 내렸다. 그래 봤자
가벼운 일이었고, 하녀인 그녀가 당연히 해야 할 일들이었다.

'그럼 그냥 처음부터 시키지.'

이제 클로이는 저녁뿐 아니라 매 식사 시간마다 대공의 옆에서
시중을 들어야 했다. 게다가 행군을 할 때 그의 옆에서 수건을 대
령하고, 저녁 시간에는 매일 그의 막사에서 칼과 갑옷을 닦을 의무
가 생겼다.

'왜 이제 와서 갑자기 일을 이렇게 많이 시키시는 걸까.'

너무 놀고먹는 게 티가 났나.

'그렇다면 어쩔 수 없지.'

가장 피곤한 일은 따로 있었다. 늦은 밤마다 그가 단련하는 자리
에 따라가서 수건을 들고 기다리는 일이었다. 게다가 그녀는 매일
호르헤에게 편지도 쓰고 있었다. 대공은 항상 모든 일과를 끝내고
몸을 단련하기 때문에, 그때쯤이면 클로이가 완전히 지칠 무렵이
었다.

처음에는 그의 웃통 벗은 몸을 감상하느라 바빴다.

'세상에, 정말 어디 하나 부족한 게 없다니까.'

달빛 아래, 진지한 얼굴의 그가 칼을 들고 검무를 추듯 유연하게
움직이는 모습은 한 편의 아름다운 예술 작품 같았다. 하지만 그것

도 하루 이틀이다.

'어휴, 피곤해 죽겠네.'

너무 익숙해진 나머지 이제는 앉아서 졸지 않는 것만도 다행이었다.

'그래도 절대 잠들면 안 돼.'

한번은 대공을 지켜보다가 너무 피곤한 나머지 앉아서 꾸벅꾸벅 졸고 말았다. 어느 순간 정신을 놓았는지 클로이는 기억도 없었다. 그런데 눈을 떠 보니 이미 아침이었고, 제가 또 대공의 침상에 누워 있었다.

'헉!'

클로이는 너무 놀라서 헐레벌떡 일어났다. 내려오면서 바닥에 무릎을 찧었지만 아픔을 느끼지도 못할 만큼 당황스러웠다. 혹시라도 그가 안다면 호되게 야단맞을 일이었다.

'처음도 아니잖아.'

벌써 두 번째였다.

'내가 정신을 잃을 만큼 피곤하면 여기로 오는구나. 진짜 큰일이다.'

몽유병 같은 증상이 있는 게 분명했다.

'이게 다 이놈의 호랑이 털 때문이야.'

클로이는 호랑이 가죽 보료를 아주 좋아했다. 만지고 있으면 그렇게 포근할 수가 없었다. 그러니 제가 피곤한 날에는 대공 몰래 침상에 들어와서 자는 듯했다. 그는 새벽같이 일어나 운동을 나갔으니까.

'들킨다면 뺨 한 대로 끝날 일이 아니야.'

노예가 감히 귀족의 침상에서 잠을 자다니. 겁도 없이. 그가 아무리 관대하다 해도 노예가 자기 침상에 누워 담요를 더럽힌다면

화를 낼 게 분명했다. 하지만 클로이의 '몽유병'은 한두 번으로 그치지 않았다.

'세상에, 내가 또!'

또다시 클로이는 헐레벌떡 일어나서 모두의 눈을 피해 막사를 나섰다. 하녀인 제가 대공의 막사를 들락거리는 일은 별스럽지 않은데, 혼자 찔려선 어쩔 줄을 몰랐다.

'몽유병은 정신병의 일종 아닌가? 내가 행군을 하면서 스트레스를 많이 받나?'

그녀는 스스로를 단속하려고 부단히 노력했다. 밤에만 조심하면 되는데, 그를 따라가기엔 도저히 체력이 따라 주질 않았다. 당연했다. 대공은 기사단에서 가장 먼저 일어나서 제일 늦게 자는 사람이니까.

일련의 일들이 있었던 후로, 대공과 클로이는 부쩍 가까운 사이가 되었다. 몇 달간 매일 얼굴을 보며 지내 왔으니 그럴 만도 했다. 게다가 대공의 처벌로 인해 클로이는 이제 거의 대공 옆에 딱 붙어 있어야 했다. 그래도 그 시간들이 예전만큼 불편하거나 지루하지 않았다. 알렉산드로는 부쩍 말이 많아졌다. 클로이는 요즘 들어 그의 작은 변화들을 알아챘다.

"넌 하늘을 자주 올려다보는구나."

별스럽지 않은 주제로 뜬금없이 제게 말을 건다거나,

"형제, 자매는 없었나?"

제 신상에 대해서 자세히 물어볼 때도 있었으며,

"눈송이꽃이라는 약초는 어떻게 생겼지?"

갑자기 약초에 대해서 물어보기도 했다. 클로이에게 가장 반가운 주제는 역시 약초였다. 기사단장인 그가 약초나 재료학에 관심을 가진다면, 기사단 간호과에서도 호르헤의 연구를 더 지원해 줄지도 몰랐다.

'정말 관심이 생겼나 봐!'

제게 설명을 듣다 시간이 너무 늦어 밤에 훈련을 가지 않은 적도 있었다. 만약 그가 지겨워했다면 클로이도 절대 그러지 않았겠지만 대공의 질문은 끊이지 않았다. 클로이는 주로 대답만 했다. 대화의 주도권은 철저하게 대공에게 있었다.

'이 남자가 이런 면이 있었어.'

그녀는 매일 조금씩 대공에게 놀라고 있었다. 이제 그녀에게 알렉산드로는 '무서운 기사단장'에서 '인정 많은 귀족 주인' 정도로 바뀌었다.

'뭔가 좋은 일이 있나? 요즘은 참 자주 웃네…….'

클로이는 진작 그의 변화를 눈치챘다. 하지만 알렉산드로는 달랐다. 그는 자신이 얼마나 말이 많아졌는지, 전보다 얼마나 자주 미소 짓게 되었는지 몰랐다. 제게 일어난 기적 같은 변화를 전혀 알아차리지 못했다. 이제는 억지로 잠들기 위해 술이 필요하지 않아졌다는 사실조차, 그는 몰랐다. 누구보다 예민하게 다른 사람을 알아차리는 사냥꾼이지만 스스로를 돌아보는 일에는 기민하게 반응하지 못했다. 그럴 수밖에 없었다.

알렉산드로에게 일어난 변화들은, 전부 생전 처음 겪는 것이었다.

11. 대공님의 은밀한 취향

11. 대공님의 은밀한 취향

· · ◆ · ·

일행은 겨우 두 번째 영지인 아레한 자작성에 도착했다. 길을 오면서도 알 수 있었지만 자작의 영지는 매우 가난했다. 케니스 아레한은 남작에서 자작이 되며 영지를 하사 받았는데, 영지를 운영하기에는 능력이 모자랐다. 영지민들은 높은 세금을 내며 어려운 살림을 이어 나갔다. 개중에는 몰래 떠나는 이들도 있었다. 마을에 도착한 기사단 일행은 영지의 규모에 비해 초라한 환영 인파에 놀랐다.

'성은 되게 좋아 보이는데.'

마을과는 반대로 자작성은 꿩장히 화려했다. 심지어 람봇 백작의 성보다도 치장이 호화로웠다. 자작의 성은 높은 벽과 단단한 성문으로 둘러싸여 있었다.

"제국의 기사단입니다!"

마침내 육중한 성문이 열리고 기사단이 입성했다. 안에는 무장한 사병들이 있었다. 사병이 있는 게 이상한 일은 아니었다.

'근데 분위기가 도대체 왜 이래?'

아레한 자작은 젊은 사람이었다. 그는 웃고 있지만 다른 가신들은 전부 무표정이었다. 마치 기사단의 방문이 탐탁지 않은 듯이. 성대한 연회를 위한 차림새가 아니라, 전투를 위해 무장한 사병의 모습은 클로이에게 위화감을 심어 주었다. 이상한 분위기를 느낀 것은 클로이뿐만이 아니었는지 다들 긴장한 얼굴이었다. 하지만 무슨 생각인지 대공은 옅은 미소를 짓고 있었다.

익숙하게 아레한 자작의 가솔들과 인사를 마치고 그는 평소와 다름없이 기사단을 연회장으로 이끌었다.

클로이는 얼굴이 뜨거워서 들 수가 없었다. 자작의 성을 안내받는 내내, 모두가 그녀를 흘끔거렸다. 성의 시종과 시녀들은 대공을 대하듯 그녀를 정중히 대했다. 이유는 간단했다.

'이 빌어먹을 옷 때문이겠지.'

아레한 자작의 영지에 다다르면서, 클로이는 대공이 명했던 대로 백작령에서 하사받은 망측한 옷을 꺼내 입어야만 했다. 촉감도 부들부들, 은은하게 빛나는 이 마법의 옷은 클로이를 처음 보는 사람도 감히 함부로 대하지 못하게 만들어 주었다. 트리거와 토마스는 이런 망측한 옷은 도대체 어디서 난 것이냐며 비웃었지만 그녀는 딱히 할 수 있는 말이 없었다. 이 옷에 얽힌 사정을 말하려면 대공의 밤 생활까지 말해야 했다.

'나를 미동처럼…… 어휴.'

알렉산드로의 취향이 어떻든 그녀가 다른 사람에게 함부로 말할 수 있는 것이 아니었다.

"이곳이 저희 성에서 가장 아름답게 꾸며진 침실입니다."

시종은 그렇게 말하며 클로이의 눈치를 살폈다. 그녀의 마음에도 들었으면, 하는 기색이었다.

"제국의 영웅이신 그레이엄 기사단장님을 모시게 되어 더없이 영광입니다."

클로이는 모른 척 헛기침만 했다.

'대공이 쓸 침실인데, 뭐? 나한테 뭘 바라는 거야?'

시종이 다시 말을 이었다.

"긴 여정으로 인해 피곤하진 않으신지요?"

"조금 피곤하긴 합니다마는……."

피곤하지만 클로이는 제가 피곤하다고 쉴 수 있는 그런 위치가 아니었다.

"그레이엄 단장님께서 피곤하면 먼저 쉬게 하시라는 명을 내리셨습니다. 세탁물과 그 외에 필요하신 게 있으시다면 제게 맡겨 주십시오."

클로이는 순간 움찔했다.

'대공은 나를 정말 그…… 그런 방패로 쓸 생각인가?'

혼란스러운 클로이와는 다르게 시종들은 정중하기 짝이 없었다. 그들의 그런 태도에 낯이 부끄러운 것은 클로이뿐이었다. 시종들은 대답이 없는 그녀의 모습을 쉬고 싶다는 뜻으로 받아들였는지, 그녀를 침실 안쪽으로 안내하고는 정중히 인사한 뒤 물러갔다.

철컥.

두 시종은 문이 닫히는 소리가 들릴 때까지 고개를 들지 않았다. 마침내 그들은 조용히 복도를 빠져나왔다. 모퉁이를 돌아서면서 한 시종이 다른 시종에게 말을 걸었다.

"영주님께서 람붓 백작님께 조언을 구한 게 천만다행이야. 워낙 처세술이 없는 분이셔서 걱정했는데."

"그러게."

다른 시종이 맞장구를 쳤다.

"그런데 저 미동 말이야."

그의 목소리가 한층 더 낮아졌다.

"아무리 그레이엄 대공님의 총애를 한 몸에 받는 아이라고 해도 그렇지, 너무 거만하지 않아? 말 한마디 제대로 안 하잖아!"

비밀스런 이야기를 하듯 속삭이는 그의 목소리는 둘만 들을 수 있었다.

"소녀같이 곱상하게 생기긴 했지만 그래 봤자 남창인데!"

시종은 피식 웃으며 말을 마쳤다. 순간 다른 시종의 발걸음이 뚝 멈췄다.

"왜 그래?"

무슨 일이냐는 듯 묻자 돌아온 것은 날카로운 비난이었다.

"너 미쳤냐?"

자리에 멈춘 시종은 남창이라는 경박한 말을 내뱉은 시종의 얼굴을 똑바로 바라보며 말했다.

"람붓 백작님의 서신 기억 안 나? 대공님께서 한시도 떼어 놓지 않고 예뻐하는 마부 소년이라고 했잖아!"

"아니, 난 그냥……."

"게다가 그레이엄 가문에서도 이미 알고 있다는데, 막말로 남창이든 아니든 제국의 영웅이신 그분께서 어떤 취향이든 우리가 알 바 아니지. 우린 그분 덕택에 이 성에서 전쟁의 여파 없이 조용히 평안하게 살 수 있었던 거라고."

막힘없이 말을 내뱉은 시종은 다시 복도를 걸어가기 시작했다.

"두 번 다신 그분이든, 그분의 애인이든 욕보이지 마."

"……"

멍하니 서 있던 시종은 재빨리 그를 뒤쫓았다.

"아니, 그래도 웃기잖아. 지가 뭐라고……."

그렇게 말하는 시종의 목소리는 한결 자신감을 잃은 듯했다. 다른 시종은 조용히 발걸음을 옮겼다.

"어떻게 생각하든 상관은 없지만 말은 조심하는 게 좋을 거야."

그가 날카롭게 경고했다.

"그레이엄 가문을 등지는 순간 쥐도 새도 모르게 사라질 수도 있으니 말이야."

그 말을 들은 시종은 조용히 입술을 다물었다.

'던칸 그레이엄.'

혁명의 독재자, 전쟁 군주. 제국의 누구나 알고 있는 황제의 대리인이었다.

험프리는 닫힌 문을 바라보며 초조하게 손톱을 물어뜯었다. 벌써 2주나 황궁 회의가 미뤄졌다. 그러나 재상을 포함한 어떤 그 관리들도 감히 상소문을 올리는 경거망동을 하지 않았다. 그들은 잘 알고 있었다. 황제이자 황궁, 제국을 움직이는 이는 던칸 그레이엄이었다. 그에게 대항하며 원로 정치를 외치던 이들은 이미 싸늘한 시신이 되어 가문의 영지로 돌아가거나 사막으로 보내졌다. 사막의 야생 동물들이 가장 고급스런 입맛을 가졌다는 우스갯소리가 나올 정도였다.

　하지만 던칸이 2주 동안 그 어떤 정사에도 모습을 드러내지 않자 사람들 사이에서 뒷말들이 오가기 시작했다. 험프리는 잘 알고 있었다. 사람들이 동요하고 헛소문이 나도는 것도 그럴 만했다. 던칸 그레이엄이 정치에 뛰어들고부터 지금처럼 오래 자리를 비운 경우는 없었기 때문이다.

　그렇지만 던칸은 자신의 오래된 세월만큼 견고하게 입지를 다져 놓았다. 그 어떤 군주들보다 강력한 참모진이 던칸의 곁에 있었다. 그들은 보이는 곳에서든 보이지 않는 곳에서든 자신들의 황제를 위해 열심히 일하고 있었다.

　그런데도 험프리는 걱정을 그칠 수 없었다. 던칸은 자신의 집무실에 틀어박혀 하루에 한 끼 먹을까 말까 하며 힘든 시간을 보내고 있었다. 아무도 만나지 않았다. 그가 끔찍한 두통에 시달리는 것을 알게 된 험프리는 주치의를 부르고 싶었지만 던칸은 그조차 거부했다. 험프리는 어찌 할 바를 몰랐다. 제 주인의 이렇게 나약한 모습은 처음이었다.

던칸은 어떤 일이 있어도 무너지지 않을 것 같던 절대 권력의 무법자였다.

'이게 다 그 편지 때문이야.'

람붓 백작에게서 온 장문의 편지를 받고부터였다. 두문불출하던 던칸은 마침내 오늘 아침, 험프리를 불렀다. 그가 간단히 말했다.

"더 이상 내게 알렉산드로의 일을 알리지 말거라."

"예?"

잘못 들은 줄 알았다.

'가장 신경 쓰시던 일 아니었나.'

던칸은 두 번 말하지 않았다. 그의 공허한 눈빛을 본 험프리는 자신이 잘못 들은 게 아님을 확신했다.

"예, 알겠습니다."

험프리는 다시 고개를 조아렸다.

"그 어떤 일도 내게 알리지 말아야 한다."

던칸의 말투가 결연했다. 험프리는 어렴풋이 의도를 짐작했다.

"저어, 그렇다면 클라라 반도라스 영애의 일은 어떻게 할까요?"

한 달 전에 던칸을 찾아왔던 클라라 반도라스는 자신의 아버지만큼이나 야망이 큰 여자였다. 알렉산드로의 가장 유력한 신붓감 후보였던 그녀는 자신이 알렉산드로와 결혼해야 하는 열두 가지 이유를 보고서로 작성해 던칸에게 '모종의 거래'를 요청했다. 던칸은 자신의 전 아내였던 소피아가 떠올라 클라라가 마음에 들지 않았다. 당장이라도 집무실을 나가라고 말하고 싶었지만, 클라라는 매우 아름다웠다. 아주 많이. 어쩌면 알렉산드로가 좋아할지 모른다는 희망 때문에 던칸은 그 거래를 받아들였다. 무엇보다 클라라는 알렉산드로의 침실에 발을 들여 본 적이 있는 유일한 여자였다.

"그냥 놔두어라. 클라라가 마음에 든다면, 알렉산드로는 무슨 수를 써서라도 가질 테지."

실낱같은 희망 한 자락도 포기할 수 없었던 던칸은 클라라의 요구대로 그녀를 기사단이 방문할 네 번째 영지로 보내 주었다. 클라라는 길을 돌아가는 기사단보다 더 빨리 그곳에 도착할 것이다. 던칸은 아름다운 미소를 짓던 클라라의 얼굴을 떠올렸다. 그 옆에는 하나뿐인 아들의 무표정한 얼굴도 함께였다. 던칸은 알렉산드로가 성인이 된 후의 얼굴만 기억했다.

어린 시절의 얼굴은 어쩐지 떠올리고 싶지 않았다. 마지막으로 기억하는 어린 알렉산드로는 그레이엄 저택에서 인형처럼 넋을 잃은 모습이었다. 잊고 싶은 그 일이 떠올라 던칸은 체념 섞인 신음처럼 말했다.

"하지만 그 애가 마음에 들지 않아도…… 이제 상관없다."

클로이는 대공의 침실에서 무료하게 시간을 보내고 있었다.

'정말 할 일이 없네. 심심할 정도야.'

대공은 연회에 참석해야 했고, 기사단 위원회와 함께 영지를 둘러보고 회의를 하는 등 할 일이 많았다. 반면 클로이는 그녀가 해야 할 모든 잡스러운 일들을 성의 시종들이 앗아 갔다. 트리거나 토마스를 만나서 수다라도 떨고 싶었지만 이 옷을 입고 나가는 순간 제게 쏟아질 부담스런 시선을 또 마주할 자신이 없었다.

　"일거리를 가져가도 좀 남겨 놓고 가져가지."

　클로이는 했던 침대 정리를 또 하며 시간을 때웠다. 주인도 없는 침실에서 편히 쉬고 있을 수는 없었다. 대공은 갈수록 편하게 대해 줬지만 클로이는 저와 알렉산드로의 위치를 정확히 인지하고 있었다.

　현대 사회와 이곳은 판이하게 달랐다. 귀족의 권한은 상상을 초월했고, 지금은 알렉산드로가 제게 관대할지언정 언제 마음이 바뀔지 몰랐다. 귀족의 총애를 얻은 수족들이 건방지게 굴다 개죽음 당하는 꼴을 몇 번 본 적이 있었다. 클로이는 그런 일을 당하고 싶지 않았다. 살아남기 위해서는, 자신이 어떤 위치에 있는지 똑똑히 직시해야 했다.

　'근데 너무 심심하네.'

　그녀는 창가로 다가갔다. 창문에서 바라보는 정원이 무척 아름다웠다. 무료하게 시간을 때우느니, 정원에 무슨 꽃이 있는지 살펴보기로 했다. 직접 정원에 가 볼 수 있다면 더할 나위 없이 좋겠지만, 성주의 허락도 없이 들어갈 수는 없었다.

　'꽃이 많다.'

　정원은 겉보기엔 정말 아름다웠다. 하지만 관리가 안 되던 곳에 갑자기 꽃들을 옮겨 심었는지 꽃대가 축 늘어져 있었다. 아레한 자작의 영지는 사막 지형 비슷했다. 그래서 그런지 초목이 그동안 본 것과 다른 형태가 많았다. 창문에 달라붙다시피 정원을 구경하던 클로이는 시간 가는 줄 몰랐다.

유독 눈에 띈 것은 큰 꽃나무였다. 붉은 꽃잎, 노란 수술. 화려하고 큰 꽃들이 휘황찬란했다. 이곳에선 흔한 나무인 게 분명했다.

"저건 뭐지?"

그녀가 혼잣말하듯 중얼거리자 뒤에서 대답이 들려왔다.

"카나리아 나무다."

놀란 클로이가 뒤를 돌아보자 언제 돌아왔는지 대공이 서 있었다. 딱 한 발자국 뒤에 그가 있는 것을 안 클로이가 잽싸게 옆으로 자리를 피하고 공손하게 인사했다.

"다녀오셨어요."

아직 저녁도 아닌데 또 저렇게 금방 연회장에서 돌아왔구나. 아레한 자작의 난감한 얼굴이 절로 그려졌다.

'원래 떠들썩한 걸 좋아하는 사람이 아니니까, 뭐.'

그러려니 생각하고는 대공의 지시를 기다렸는데, 그는 아무런 움직임도 말도 없었다. 궁금해진 클로이가 조심스럽게 올려다보는데, 그도 마침 자신을 보고 있었던 듯. 눈이 마주쳤다. 그의 눈동자는 신기하게도 가을 하늘처럼 푸른색이었다.

'아니, 아름다운 바다색?'

에메랄드! 에메랄드빛 부서지는 파도처럼 빛나는 무언가가 그 안에 있었다. 그녀는 대공의 눈동자가 참 예쁘다고 생각하며 뚫어지게 바라보다가 움찔 눈을 내리깔았다. 감히 귀족의, 그것도 대공의 눈을 똑바로 바라보다니. 그의 너그러움에 자꾸만 선을 넘게 되는 자신이 당황스러웠다. 다행인지 대공은 여전히 아무 말 없었다.

숨 막히는 정적을 참지 못하고 클로이가 슬그머니 시선을 올렸다. 전보다 더 조심스러운 행동이었다. 눈치를 살피는 그녀를, 그는 말없이 바라만 보았다. 다시 눈이 마주치자 이번에는 푸른색 동공을 머금은 그윽한 눈매가 조금씩 휘어졌다. 무표정일 때는 싸늘한데, 신기하게도 웃으면 그렇지 않았다. 눈초리가 살짝 휘어지는 동시에 퍽 다정해 보였다. 그가 웃고 있으면 클로이는 어떤 말이든 건넬 수 있을 것 같았다.

'요즘 정말 자주 웃네.'

대공은 큰 소리를 내며 웃진 않았지만 항상 눈이 먼저 휘어지면서 입술이 예쁜 호선을 그렸다. 그러면서 하얗고 고른 치열이 드러났다. 정말 잘생긴 사람이구나. 얼굴을 멍하니 구경하던 클로이는 새삼, 제가 태어나서 본 남자 중에 알렉산드로만큼 잘생긴 남자는 없다는 생각이 들었다. 순간 얼굴이 달아올랐다.

'어휴, 진짜 얼굴이 너무 아깝다. 더 자주 좀 웃지!'

그런 그녀를 마주 보고 있던 대공이 미미한 웃음기를 거두지 않은 채 물었다.

"나와 정원을 산책하겠느냐?"

웃으면서 말하니 평소의 냉랭한 목소리와는 전혀 달랐다. 클로이는 우습게도, 지금 대공이 세상에서 가장 다정한 사람처럼 느껴졌다. 그리고 생각했다.

저런 얼굴을 한 남자가 가자고 하면, 불구덩이라도 따라가겠다고.

다행히 옷을 갈아입어서인지, 흘끔거리던 시선이 확 줄었다. 대공은 정원을 산책하며 자신이 아는 나무와 꽃에 대해서 이야기했다. 클로이는 이런 사막 지형 비슷한 곳은 처음이었기에 그의 설명을 관심 있게 들었다.

'바람이 많이 부네.'

물기 없는 따가운 바람에 머리가 잔뜩 헝클어졌다. 그녀의 머리카락은 어느덧 목까지 내려와서 하나로 묶일 정도였다. 그가 머리카락을 자르지 말라고 한 뒤로 클로이는 머리를 그냥 방치한 상태였다. 행군할 때 조금 불편했지만 그가 명령한 일이니 어쩔 수 없었다.

휘이잉.

바람이 매섭게 불었다. 클로이가 눈여겨봤던 카나리아 나무의 아름다운 꽃송이들은 바닥을 뒹굴었다. 알렉산드로는 저 카나리아 나무를 좋아하지 않았다. 더러워 보이는 게 가장 큰 이유였다. 흙바닥을 나뒹구는 붉은 꽃들은 피로 물든 전장을 연상시켰다. 한바탕 바람이 그치고, 클로이는 아쉬운 얼굴로 떨어진 꽃송이들을 물끄러미 응시했다.

"붉은 꽃을 좋아하나?"

"딱히 붉은 꽃이라기보다는…… 그냥 예뻐서요."

그렇게 대답하면서도 그녀는 질펀하게 흩어진 꽃송이에서 눈을 떼지 못했다. 알렉산드로는 개중에 가장 멀쩡해 보이는 꽃송이를 하나 주워 들었다. 유심히 살폈지만 그의 눈에 피처럼 붉은 빨간색 꽃잎은 전혀 아름답거나 예뻐 보이지 않았다. 노란색 수술도 그랬다. 빨간색과 노란색의 조화는 너무 화려해서 예쁘기는커녕 경박스럽고 천해 보였다. 어떤 아름다움도 찾을 수 없는 꽃이었다. 알렉산드로는 작고 수수한 들꽃이 더 좋았다.

'향기도 너무 진해.'

유심히 카나리아 꽃을 바라보던 그는 들고 있던 꽃송이를 클로이에게 건넸다. 클로이는 그가 왜 꽃을 제게 건네는 건지 의아했다. 그녀가 선뜻 손을 뻗지 못하자 그가 눈짓으로 재촉했다. 클로이는 조심스레 카나리아 꽃을 받아 들었다.

그의 손에 있을 때는 커 보이지 않았는데, 그녀의 손에서는 컸다. 꽃송이를 받아 든 클로이는 향기부터 맡았다. 붉은 꽃잎을 코에 가져다 댄 그녀의 얼굴은 평온했다. 숨을 들이마셨다 내쉴 때마다 작은 어깨가 살짝 올라갔다가 내려오기를 반복했다. 행복한 미소가 지어졌다. 그녀는 다른 손으로 부드러운 꽃잎을 쓰다듬었다. 클로이는 모든 면에서 그 꽃이 참 예쁘다고 생각했다. 향기, 촉감, 생김새까지.

말은 하지 않았지만 알렉산드로는 그녀의 생각을 알 수 있었다. 그는 꽃송이를 하나 더 주워 들었다. 마냥 경박하고 천해 보였던 붉은 꽃잎. 이번엔 그 속에 클로이의 반짝이는 눈동자가 보였다. 신기하게도 더는 카나리아 꽃이 역겹지 않았다. 핏물이 낭자한 전장이 떠오르기는커녕, 별처럼 반짝이는 클로이의 눈동자만 보였다.

알렉산드로는 그녀를 따라서 향기를 맡았다. 너무 진해서 역했던 냄새가 신기하게도 더는 그렇지 않았다. 클로이가 제 옆에 있어서 그런지 항상 그녀에게서 나는 풀잎 냄새가 났다. 상쾌한 향기. 이렇게 보니 제가 좋아하는 들꽃만큼 카나리아 꽃도 예뻐 보였다. 두 사람은 각자 꽃을 한 송이씩 손에 들고 정원을 걸었다.

시끄러운 연회장에서 벗어난 알렉산드로는 향기로운 정원에서 마음의 평화를 얻었다. 본인은 몰랐지만 꽃잎을 매만지며 천천히 손장난까지 치고 있었다.

"어떤 꽃을 제일 좋아하지?"

'제일 좋아하는 꽃?'

갑작스런 질문에 클로이는 곰곰이 생각했다.

"딱히 어떤 한 종류를 좋아하진 않는데요."

"그래도 네 취향이 있지 않나."

꽃이라면 다 좋았다. 남자에게 선물받아 본 적도 없고, 정원을 꾸밀 기회도 없던 그녀에게 꽃은 다 예뻤다.

"다 예쁜데……."

하나를 선택하지 못하고 대답하자 그가 다시 물어 왔다.

"장미는 어떻지?"

"장미는 다 예쁘죠. 어떤 색이라도 예뻐요."

"백합은?"

"백합은 우아하고, 향기도 너무 좋아요."

"안개꽃은?"

"폭신해 보여서 좋아요. 장미가 없어도요."

"화려한 꽃 말고 들꽃도 좋아하나?"

"그럼요. 제비꽃도 예쁘고, 산수유, 진달래…… 다 너무 예쁘죠.

특히 들꽃은 비 오고 나서가 제일 예쁜 것 같아요."

묵묵히 그녀의 대답을 경청하던 알렉산드로가 질문을 바꿨다.

"싫어하는 꽃은 없나?"

"없는 것 같은데…… 다 나름대로 예쁘잖아요."

알렉산드로는 그녀가 나열했던 꽃들을 떠올렸다. 장미는 너무 흔하고, 화려한 데다 귀족 영애들의 전유물처럼 여겨져 그는 좋아하지 않았다. 하지만 다시 생각해 보니 색도 다양하고 향기도 좋은 꽃이었다. 모두에게 사랑받는 이유가 있었다.

백합이야말로 그가 좋아하지 않는 꽃이었다. 그 모양이 드레스 자락처럼 답답해 보여서 싫었다. 그러나 클로이가 백합을 들고 향기를 맡는 모습을 떠올려 보니 그렇게 답답하게 느껴지지 않았다. 검은 머리, 하얀 백합. 너무나 잘 어울렸다.

안개꽃은 장미를 위한 들러리라 꽃이라고도 여기지 않았다. 한데 안개꽃 다발을 들고 있는 클로이가 방긋 웃는 모습을 상상하자 안개꽃이야말로 정말 특별하게 느껴졌다. 그녀의 말처럼 장미가 없어도 예쁠 것 같았다. 들꽃은 산에 자주 다니는 그가 원래 좋아하는 것이었다.

다만 알렉산드로는 비 오는 날을 좋아하지 않았다.

'하지만 물기를 머금고 흙냄새를 풍기는 들꽃들은 예쁠 것 같군.'

어느덧 둘은 정원의 반이나 걸었다.

"너는……."

다시 말을 건네려던 알렉산드로가 멈칫했다. 클로이는 정원을 둘러보느라 정신이 없었다. 그는 마음을 바꿔 입술을 꾹 다물었다. 모든 꽃을 좋아한다는 그녀에게, 이 정원은 보석 상자나 다름없을 것이다. 말을 건네는 대신 알렉산드로는 카나리아 나무 아래 서 있는 클로이를 오랫동안 눈에 담았다.

검은색 머리카락과 대비되는 붉은 꽃송이들이 그녀의 옆에 너울거리는 게 꽤 인상적이었다. 지금 이 순간이 오래도록 기억에 남을 것 같다. 이 맑은 하늘과, 조금 강한 바람, 진한 향기, 붉은 꽃나무. 그리고 그 아래……

알렉산드로는 이곳저곳을 둘러보는 호기심 많은 작은 뒤통수에서 눈을 떼지 못했다. 그러다 문득, 그녀가 어떤 기분인지 지금 무슨 생각을 하고 있을지 궁금해졌다.

'혹시 나와 같은 생각을 하고 있을까…….'

묻고 싶었지만 그는 더 이상 방해하지 않기로 했다. 정원에 자주 오지 못하는 클로이가 마음껏 눈요기할 수 있도록. 어차피 그녀는 항상 제 곁에 있을 것이다. 기회는 충분히 많았다.

클로이와 산책을 마친 대공은 케니스 아레한 자작과 그의 가솔들, 기사단 위원회와 함께 만찬에 참석해야 했다. 그녀의 도움을 받아 연미복을 걸친 그는 클로이에게 쉬어도 좋고 다시 정원을 산책해도 좋다고 말했다. 하지만 클로이는 하울과 크산토스를 확인할 겸 트리거를 찾았다. 둘은 마구간의 짚더미 위에 앉아서 자연스레 수다를 떨었다.

"그럼 오늘 보름달이 뜨는 거예요?"

"어, 근데 일반 보름달이 아니고, 1년에 딱 한 번만 볼 수 있는 거야."

제일 큰 보름달이라고 했다.

"아마 오늘 마을에서도 축제가 열릴걸? 더군다나 우리가 영지에 왔으니 꽤 성대하게 연다는 것 같아."

"트리거 님은 가실 거예요?"

클로이가 눈을 빛내며 물었다.

제국에서 열리는 축제. 당연히 한 번도 가 보지 못했다. 더구나 변방에서 열리는 축제이니, 먹을거리며 볼거리며 특색 있는 것이 많을 것이다.

"하울이랑 크산토스도 건강하고, 이상 없으니 뭐. 한번 가 보려고."

"우와, 재밌겠어요."

초롱초롱한 클로이의 얼굴을 보면서 트리거는 피식 코웃음을 쳤다.

"난 그냥 소원만 빌고 올 거야."

"소원이요?"

"너 진짜 아는 게 하나도 없구나? 1년에 딱 한 번 뜨는 제일 큰 보름달은 소원을 빌면 이루어 준다고들 하지. 그래서 축제를 여는 거고."

"그런 걸 믿으세요?"

'현실적인 사람인 줄 알았는데.'

트리거가 달에게 소원을 빌러 가다니, 뭔가 어울리지 않았다.

"내가 할 수 있는 건 소원이나 빌고 기도하는 게 다인데, 이런 거라도 해 봐야지."

미안해진 클로이는 할 말을 잃었다. 그의 노력을 헛된 미신이라고 치부하려던 것은 아니었는데, 그렇게 되어 버렸다.

"꼭 이루어질 거예요. 저는 트리거 님 소원이 이루어지라고 빌게요!"

그녀의 진심 어린 응원을 듣고 트리거는 피식 웃었다. 누군가 자신을 이해해 주는 사람이 있다는 사실 자체로 큰 위안이 된다. 클로이는 항상 사람을 편안하게 만들어 주었다. 저보다 훨씬 어려 보이는데, 가끔은 훨씬 더 나이 많은 사람처럼 현명하게 느껴졌다.

"고맙다. 나만 축제에 가려니 좀 미안하네. 너도 가고 싶을 텐데."

"전 괜찮아요."

그녀의 담담한 반응에 트리거는 살며시 미간을 찌푸렸다.

"넌 가끔 보면 진짜 욕심이 없는 것 같단 말이야. 너 무슨 종교 있냐?"

클로이는 웃음을 터뜨렸다.

"아뇨, 저 종교 안 믿어요."

"흠, 그래?"

"네. 저도 욕심 많아요. 근데 바라는 게 많은 삶보다 가진 거에 감사하는 삶이 더 행복하더라고요. 살아 보니까 그래요."

그녀의 덤덤한 대답에 트리거는 물끄러미 클로이를 응시했다.

'꼭 할머니처럼 얘기한다니까.'

"솔직히 말해 봐. 너, 요즘 유행하는 이상한 종교 믿지?"

클로이가 까르르 웃음을 터뜨렸다.

"진짜 아니에요!"

"너 나중에 가서 같이 기도하러 가자는 둥 해 봐. 조상의 덕이 다 했다는 둥 헛소리하면 진짜 친구고 뭐고……."

"우리가 친구예요?"

클로이가 두 눈을 동그랗게 뜨고 물었다. 민망해진 트리거는 헛기침을 했다. 그러고는 다른 곳을 바라보며 괜히 지푸라기를 괴롭혔다. 이윽고 시선을 벽에 꽂은 그가 말했다.

"너 내 비밀 알지?"

클로이가 고개를 끄덕였다.

"나는 네가 저 말들 똥 닦아 주고 풀 뜯어다 먹여 주고 할 때부터 만났잖아."

"네."

"그때부터 솔직히 네가 좀…… 이상하다는 생각은 했다."

클로이는 피식 웃었다. 무슨 말을 하고 싶은지 알 것 같았다.

"네가 노예든 하녀든. 서로 이 정도 알고 지냈으면, 흠흠. 친구…… 아니냐?"

클로이는 환한 미소로 답했다. 그녀가 들었던 말 중에 가장 기분 좋은 말이었다.

"아, 아니, 이게……."

길버트는 눈앞에 펼쳐진 광경에 입을 다물 수가 없었다. 결혼식 이후로 버넷 후작과는 여러 번 만남을 가졌다. 버넷 후작은 던칸 그레이엄에게 많은 불만을 안고 있어서, 길버트는 마음 놓고 험담을 할 수 있었다. 그러던 중, 버넷 후작은 꼭 보여 주고 싶은 게 있다며 그를 초대했다. 간신히 던칸의 기사들을 따돌리고, 버넷 후작의 호위들과 향한 곳은 엘파사와 접경 지역이었다.

험한 산맥이 많은 엘파사의 특성상, 인근에는 사람들의 발길이 거의 없었다. 한참을 산을 오르던 중 멀리서 칼이 부딪히는 소리, 장정들의 기합 소리가 들려오기 시작했다.

'설마.'

길버트는 불안한 심정으로 버넷 후작을 뒤따랐다. 그리고 눈앞에 나타난 건 연무장이었다. 그럴듯한 시설을 갖춘 데다 규모가 상당했다. 저 멀리에는 작은 신전과 용병들의 숙소가 보였다.

'신전까지 지어 놓다니…….'

꽤 많은 말들이 오갔다. 자세히 보니 마구간도 거대했다.

'사람들의 눈을 피해 몰래 사병을 양성하고 있었어. 대체 왜……?'

"놀라셨습니까?"

뒤에서 후작이 덤덤하게 물었다. 멍하니 그를 돌아본 길버트는 말을 삼켰다.

'이건…… 이 규모는 허락받은 사병의 숫자를 훨씬 넘어섰어.'

관리자가 저 멀리서 뛰어오고 있었다. 용병들은 버넷 후작을 알아보곤 인사했다. 간단한 손짓으로 인사를 받아 준 버넷 후작은 조용한 곳으로 길버트를 이끌었다. 하지만 망부석이 된 길버트는 자리에서 꼼짝도 하지 않았다. 얼굴에 찬물을 끼얹은 기분이었다.

"저, 저, 저는 이만 돌아가 보겠습니다, 버넷 후작."

이건 분명한 반역의 증거였다.

'사병이 지나치게 많아.'

게다가 후작은 엘파사의 접경 지역에서 사병들을 몰래 양성하는 중이었다.

'잘못했다가는 나까지 반역 종자로 몰릴 거야.'

길버트는 침을 꿀꺽 삼켰다.

'아무리 수가 많아도 던칸을 상대할 수는 없어.'

사병은 꽤 대규모였지만, 그렇다고 해서 반란이 성공할 것 같진 않았다. 아니, 실패할 게 분명했다. 계란으로 바위를 치는 꼴이다.

"음? 어딜 가신다는 말이오?"

항상 온화한 미소로 그를 맞아 주던 버넷 후작이었다. 이번에도 그의 미소는 친근했다. 하지만 후작을 따르는 호위들은 이미 칼을 들고 자신을 에워싸고 있었다. 길버트는 바짝 마르는 입술을 정신 없이 깨물었다.

'제길, 기사들을 데려올걸!'

괜히 그들을 따돌리고 혼자 왔다. 자신의 이상한 행동을 던칸에 게 매일 보고할 텐데⋯⋯.

'괜한 빌미를 남겨 놓았어.'

버넷 후작의 비밀 사병까지 봤으니 길버트는 이제 빼도 박도 못하는 상황에 이르렀다.

"나는 우리가 같은 생각으로 한배에 탄 거라 믿었는데."

그의 곤란한 얼굴을 본 버넷 후작은 싸늘한 미소를 지었다.

"길버트 로건 후작은 그게 아니었나 보군."

"그, 그, 그게 무슨 말씀이십니까. 버넷 후작님, 일단, 일단 돌아가면서 얘기하시지요."

길버트는 비 오듯 쏟아지는 땀을 닦아 내렸다. 눈으로는 쉴 새 없이 뒤를 돌아보며 도망칠 길을 찾았다.

'젠장, 내가 덫에 걸렸구나.'

제국의 유서 깊은 귀족들은 길버트를 인정하지 않았다. 그들의 가문은 제국 노스테로스의 개국과 함께했고, 제국민이라는 자부심이 가득했다. 그들에게 길버트는 그저 배신자, 장사치, 역겨운 미꾸라지라는 별명으로 입방아에 오르는 존재일 뿐. 그 이상도 이하도 아니었다.

'내가 줄을 잘못 탔어.'

엘파사에서 언제나 주류에 꼈던 길버트는 제국에서 변방 영주 신세가 되어 버린 제 처지를 비관했다. 던칸이 원망스러웠다. 하지만 맹세코, 반란을 일으킬 마음은 조금도 없었다. 절대로 사양이었다. 길버트는 가늘고 길게, 무병장수하고 싶었다.

"나는 그대와 마음이 맞는 줄 알고 내 비밀을 보여 준 것이오. 한데 이렇게 나를 배신하다니. 실망스럽군."

버넷 후작은 과장된 표정으로 어깨를 으쓱했다.

"어쩔 수 없구먼."

그가 미련 없는 몸짓으로 말 머리를 돌렸다.

"잘 가시오."

버넷 후작과 등을 돌리는 동시에 호위병들이 다가왔다. 잘 가라는 인사는 돌아가도 좋다는 허락이 아니었다. 이 세상과 작별하라는 마지막 인사였다.

"버, 버넷, 버넷 후작님! 캔델 버넷 후작님! 기다려 주십시오!"

길버트는 필사적으로 외쳤다. 멀어지는 버넷 후작을 멈추기 위해 목의 핏대까지 세우고 손을 허우적거렸다.

"버넷 후작!"

높은 산악 지대에 메아리가 울려 퍼졌다. 돌아섰던 버넷 후작은 슬며시 미소 지었다. 이내 표정을 갈무리한 그가 태연히 뒤를 돌았다.

"할 말이 남았소, 길버트?"

"후작님!"

얼굴까지 벌게진 길버트가 허둥지둥 말에서 내려와 그에게 무릎을 꿇었다.

"제발 살려 주십시오! 제발 저를 살려 주십시오!"

그에게 명예 따위는 아무래도 상관없었다. 길버트는 그저 목숨이 중요했다.

"살려 주십시오!"

머리가 땅에 닿도록 절을 하는 그를 보고 버넷 후작은 피식 웃었다.

"일어나시오. 내가 다 창피스럽군."

호위들도 비웃고 있었다. 귀족이고 나발이고, 목숨 앞에선 자존심도 필요 없었다.

"사, 살려 주십시오. 흐윽."

결국 눈물까지 터뜨린 길버트가 버넷 후작의 눈치를 살폈다.

"그래, 길버트. 여기까지 와서 어딜 간단 말이오? 난 그대가 던칸 그레이엄에게 쌓인 불만이 많은 줄 알았는데…… 진심이 아니었나?"

하지만 길버트는 어떤 대답도 할 수 없었다. 그저 바닥에 몸을 바짝 붙인 채 살려 달라는 말만 반복했다.

"길버트 로건."

제 이름을 불리자 길버트는 놀라 허겁지겁 대답했다.

"예, 예."

"우리 함께 혁명을 한번 일으켜 봅시다."

버넷 후작은 달래듯 부드러운 목소리로 회유했다. 하지만 길버트의 얼굴엔 충격뿐이었다.

'미친 게 아닌가? 던칸 그레이엄을 상대로 반란을 일으키자고?'

길버트는 단 한 번도 상상해 본 적 없었다. 농담으로도 불가했다.

'만약 이 일이 발각된다면……'

길버트는 두 눈을 질끈 감았다.

'던칸은 절대 나를 곱게 죽이지 않을 거야.'

자신뿐만이 아니었다. 아들들도 있었다. 게다가 이제 막 태어난 손자까지. 길버트는 통곡하듯 외쳤다.

"제발 살려 주십시오! 나는 단 한 번도 그런 생각을 해 본 적이 없습니다! 제발 살려 주십시오!"

그의 이마에 흙과 낙엽들이 마구 달라붙었다. 하지만 길버트는 땅에 얼굴을 파묻듯 깊게 고개를 내리눌렀다. 들려오는 대답도, 움직이는 소리도 없었다. 버넷 후작은 제 모습을 보고 측은함을 느꼈는지, 살려 줄까 고민을 하는 듯했다. 슬쩍 고개를 들자 눈이 마주쳤다.

"착각을 했나 보군."

버넷 후작이 입술을 떼었다.

"나는 권유를 했던 게 아닌데 말이야."

그가 칼집에서 칼을 빼어 들었다. 스르릉, 잔인한 소리가 울려퍼졌다.

"선택하시지. 여기서 네 아들과 손자의 머리가 올 때까지 기다렸다가 죽을 것인가?"

길버트의 두 눈이 충격으로 번쩍 뜨였다. 아들과 손자라니…….

"아니면 나와 함께 제국의 썩은 물을 모두 퍼내고, 새로운 제국을 건설할 것인가?"

"……."

"어차피 이 자리에서 죽어도 신께 돌아가는 것뿐이니 나를 원망하진 마시오."

길버트는 처참한 얼굴로 울부짖었다.

"으흑."

제게는 선택권이 없었다. 처음부터 없었던 것이다. 더러운 흙이 고급스러운 옷 여기저기에 붙었다. 아들과 손자의 웃는 모습이 길버트의 눈앞을 스쳤다. 눈물이 마구 흘러내렸다.

'또다시 반역이라니.'

이번엔 제 선택이 아니었다.

알렉산드로는 피곤했다. 케니스 아레한 자작은 말이 많았다. 그는 수도 귀족은 처음 만나 본다며, 무한한 영광이라는 말만 식사 내내 해 댔다. 가신들은 그런 자작을 보며 시종일관 어두운 표정이었다.

어떻게 된 것인지 알 만했다. 부친이 세상을 떠난 지 얼마 안 되어 자작은 나이가 어렸다. 이제 갓 영지를 물려받은 미숙하며 경험

없는 후계자. 그리고 뒤에서 그를 조종해 대는 늙은 가신들. 신나서 영지민들의 세금을 빼먹는 게 분명했다. 그러니 변방을 살피러 온 제국의 기사단이 반가울 리 없었다.

처음엔 이들이 몰래 사병을 양성하는 건 아닌지 의심했지만 아니었다. 케니스 아레한 자작은 반란은커녕 그런 생각조차 할 그릇이 못 되어 보였다. 그저 순수하고 천진난만했다. 영지를 몇 대에 걸쳐서 다스려 온 람붓 백작과 극히 비교됐다.

'영주민들이 불쌍하군.'

영주가 모자라면 중산층, 고리대금을 하는 상인들만 배 불리는 법. 알렉산드로는 하고 싶은 말이 많았지만, 되도록 참견하지 않고자 했다. 기사단장으로서, 황궁을 향한 역심이 있는지, 사병은 얼마나 키우는지만 확인하면 제 역할은 다했다. 드디어 길고 긴 만찬의 끝 무렵이었다.

"그대의 성대한 환영과 만찬 즐거웠소. 난 이만 침실로 돌아가야겠군."

알렉산드로는 자작의 말을 자르고 피곤하니 이만 쉬겠다는 의지를 피력했다.

"아니, 그레이엄 대공님. 지금 연회도 아직 한창인데……."

"사양하지. 쉬고 싶소."

딱 잘라 거절한 그는 자리에서 일어섰다. 가장 상석에 앉아 있던 그를 따라 위원회의 연로한 기사들이 뒤이어 일어섰다. 알렉산드로는 남은 이들의 아쉬운 눈길을 무시하고 만찬장을 나섰다. 한데 누군가 그를 뒤따랐다.

"단장님."

제5 기사단의 대장 보리스였다. 재빨리 곁에 따라붙은 그가 초조하게 덧붙였다.

"단장님, 회의에 가셔야 합니다."

알렉산드로는 기사단 위원회 회의에 며칠 간 불참했다. 고의였다. 부단장인 에반에게 책임을 지우기 위해서였다.

"제발, 오늘은 꼭 참여하셔야 합니다."

연로한 기사들은 눈치가 빨랐다. 그들은 알렉산드로가 세리머니를 끝으로 기사단을 떠나려 한다는 걸 진작 눈치챘다. 제국은 대륙을 통일했고, 알렉산드로는 더는 제게 남은 책임이 없다고 여겼다. 다만 연로한 기사들은 젊고, 출신도 훌륭하고, 게다가 능력까지 출중한 알렉산드로를 놓칠 수 없었다. 그가 기사단에 평생을 바치길 바랐다.

"에반이 알아서 하겠지."

"단장님께서 꼭 계셔야 합니다."

보리스의 간절한 요청에도 알렉산드로는 멈추지 않았다. 그가 향하는 곳은 침실이었다. 어느덧 계단에 다다라, 긴 다리가 성큼성큼 걸었다.

"단장님!"

몇몇은 이미 대공을 포기했다. 연로한 기사들 사이에선 그가 에반에게 자리를 넘기고 그레이엄 영지에 내려간다는 소문이 돌았다. 이미 대륙을 통일한 이상, 던칸이 더는 기사단에 자금을 대지 않을 거라는 소문도 있었다. 보리스는 제국 기사단의 찬란한 미래를 위해선 반드시 그레이엄 부자가 필요하다고 믿었다.

"설마 그 소문이 사실입니까? 단장님, 더는 기사단에……."

모퉁이만 돌면 그의 침실이었다. 대공이 갑작스럽게 걸음을 멈췄다.

'마음을 바꾸신 건가?'

보리스는 희망에 벅차 환한 얼굴로 그를 응시했다. 하지만 대공은 얼음장처럼 차가운 표정이었다. 알렉산드로는 기사들 중에서도 체격이 큰 편이었다. 그런 그가 냉랭하게 자신을 내려다보자 보리스는 순간 말을 잃었다.

"그대."

"……."

보리스가 움찔했다. 대공은 작게 말하고 있었지만, 어째서인지 귓속으로는 경고음이 들렸다.

"더 이상 나를 귀찮게 한다면……."

그의 낮은 음성이 보리스의 귓가로 꽂혔다. 뒷말은 알고 싶지 않았다. 전장에서 봐 왔던 그의 무시무시한 모습들이 떠올랐다. 아군이지만 더 이상 귀찮게 한다면 어찌 될지 모를 일이었다. 보리스는 침을 꿀꺽 삼켰다.

"편안한 밤 되십시오, 단장님."

이만하면 기사단을 위해 최선을 다했다고 생각했다. 알렉산드로는 깊이 고개를 숙인 보리스를 뒤로하고, 휙 몸을 돌렸다. 제 옷깃을 정리하는 손길이 신경질적이었다. 여기까지 자신을 쫓아와 귀찮게 구는 저 연로한 기사가 마음에 들지 않았다. 모퉁이를 돌아, 마침내 제 침실 앞에 당도한 알렉산드로는 손잡이를 돌리려다 멈칫했다.

안에 그녀가 있다. 순간 가슴이 쿵 내려앉았다. 그냥 문을 열면

될 일인데, 그럴 수가 없었다. 알렉산드로는 스르르 손잡이를 놓았다. 제 침실인데도 조심스러워졌다.

'내 침실에 그녀가……'

평소와는 다른 기분이었다. 막사 또한 불편함 없이 드나들었지만, 왜인지 자신의 '침실'에 그녀가 있다고 생각하니 기분이 이상했다. 불쾌한 건 절대 아니었다. 오히려…….

우두커니 침실 문 앞에 선 알렉산드로는 이도 저도 못했다.

'그녀는 여인인데.'

평소처럼 벌컥 문을 열고 들어가서 말을 걸면 놀랄 것이다. 더군다나 클로이는 굉장히 잘 놀랐다. 크게 숨만 쉬어도 겁먹었다. 알렉산드로는 더 이상 그녀가 자신 때문에 놀라지 않기를 바랐다. 클로이가 놀라는 모습은 솔직히 좀 볼만하지만, 그는 더 이상 그녀를 놀라게 하는 사람이고 싶지 않았다. 침실 손잡이를 잡았다가 놓았다가 고민하던 알렉산드로는 멈칫 손을 올렸다.

'노크?'

그건 좀 웃기지 않을까. 침실의 주인이 들어가면서 노크를 한다…… 그녀가 이상하게 여길 것 같았다. 큰 소리가 나게 문을 열까 했지만 그것 또한 안에 있을 그녀에게 예의가 아니었다. 고민 끝에 알렉산드로는 문을 열고 헛기침을 하면서 들어가기로 했다. 이만하면 자신이 왔다는 사실을 알 테니까. 그럼 문 앞으로 와서 맞아 주겠지. 한데 아무리 헛기침을 하고 서 있어도 들리는 인기척이 없었다.

'왜 안 오지?'

혹시 호랑이 보료를 깔아 둔 제 침대에서 잠든 건 아닐까 하고 들어가 보니, 침실 안에선 사람의 온기가 전혀 느껴지지 않았다.

"하."

그는 헛웃음을 터뜨렸다. 아무도 없는 침실 밖에서 멍청이처럼 고민하던 자신이 우스웠다.

'……차라리 잘됐군.'

나는 혼자 있는 것을 좋아하지 않던가. 그렇게 생각한 알렉산드로는 평소처럼 편한 옷으로 갈아입은 뒤 침대에 누웠다. 괜히 허무한 마음에 가장 좋아하는 책을 꺼내 들었다. 요즘 클로이와 계속 함께 있으면서 이 책을 손에서 놓은 지 오래였다.

책은 낡을 대로 낡았다. 전장을 누빌 때마다 마음의 안정을 얻기 위해 항상 들고 다니는 부적 같은 것이었다. 그 책은 작가가 주고받은 모든 편지를 엮은 책이었다. 초반부 어릴 적에는 부모님과 형제, 그리고 신에게 쓴 편지가 많았다. 그는 자신의 삶을 원망하기도 하고, 용서를 빌기도 했다. 중반부는 그의 연인이자 아내에게 쓰는 연서가 대부분이었다. 후반부에는 후손들에게 삶의 조언을 담은 편지가 많았다. 주로 감사하라는 이야기였다. 그리고 마지막으로 자기 자신에게 쓴 편지도 있었다.

알렉산드로는 초반부와 후반부만 읽었다. 책의 초반부를 보면서 위안을 얻었고, 후반부는 작가를 제 부모처럼 생각하며 스스로를 다독였다. 한데 무슨 바람이 불었는지, 손이 책의 중반부를 펼쳤다. 평소 이해하지 못했던 부분, 아내에게 보내는 연서였다.

아름다운 삶을 깨닫게 해 준 나의 평생의 반려자에게.

이 세상에 태어남을 감사하게 해 준 그녀에게.

그대를 만나고

내가 신께 비는 소원이 있다면

제발 나의 아내가 먼저 세상을 떠나고 나를 보내 주시오.

내가 없는 세상에 당신만 홀로 남겨 두고, 나는 도저히 염려되어 갈 수
가 없습니다.

그녀가 없는 세상은 내게 지옥이니…….

알렉산드로는 그 구절을 읽고 또 읽었다. 얼마나 자신의 아내를
사랑하면 저런 소원을 빌 수 있을까. 세상에 정말 저런 사랑이 존
재할까?

알렉산드로는 사랑을 믿지 않았다. 그래서 책의 중반부는 이해할
수가 없었다. 그래서 읽지도 않았는데 왜인지 오늘은 사랑에 관해
더 읽고 싶어졌다. 문득 궁금해졌다. 만약 사랑이라는 게 존재한다
면, 그건 무엇일까…….

똑똑.

한 장을 더 넘길 즈음 소심하게 방문을 두드리는 노크 소리가 들
려왔다. 알렉산드로는 고민 없이 책을 덮었다. 이 불쌍한 노크 소
리의 주인공이 누구인지 잘 알고 있었다. 저절로 입가에 미소가 걸
렸다.

"대공님. 저……."

가만 듣고 있던 그가 표정을 굳혔다.

"대공님의 하녀인데요…… 으익!"

짐짓 엄한 표정을 지은 그가 문을 열어젖혔다. 복도에 서서 그의
대답을 기다리던 클로이는 깜짝 놀라 한 발자국 뒤로 물러섰다.

'뭐, 뭐지?'

그는 이런 식으로 문을 벌컥 여는 사람이 아니었다. 게다가 얼굴이 화가 난 표정이었다.

'기분이 나쁘신가?'

이번에는 분명히, 자신을 똑바로 노려보고 있으니 뭔가 마음에 안 드는 게 분명했다. 클로이는 잽싸게 고개를 수그리고 두 손을 모았다. 아무리 놀다 오랬어도 하녀가 주인보다 늦게 들어왔으니. 화가 날 만했다.

'일찍 올걸. 시킬 일이 있었나?'

하지만 잡일은 성의 시종들이 전부 처리했다. 게다가 그녀가 할 일을 성의 시종들에게 시킨 건 바로 대공이었다. 그런데 그의 냉랭한 표정은 풀릴 기미가 없었다. 슬쩍 눈치를 보며 자라처럼 고개를 움츠린 클로이의 귓가로 날카로운 대공의 질책이 꽂혔다.

"내가 네 이름을 모른다고 생각하느냐?"

"예……?"

클로이가 번쩍 고개를 들고 갸웃했다. 크게 떠진 예쁜 눈망울이 반짝거렸다. 또 당황했는지 입술이 살짝 벌어졌다. 그녀의 하얀 앞니가 살짝 보일락 말락 했다. 저도 모르게 또 다람쥐를 떠올린 알렉산드로는 속으로 짧은 탄식을 터뜨렸다. 방금까지 화가 났던 것 같은데…… 자꾸 귓가가 간지러웠다. 두 번 말하는 건 질색이지만 그녀가 제대로 알아듣지 못했으니 이번만은 용서하고 다시 천천히 말해 주기로 했다.

"내가, 네 이름을…… 모른다고 생각하느냐?"

의도치 않게 또 제가 놀라게 했으니 이번만은 봐줘야 했다.

"이름은 부르지 않으시니까요. 혹시 잊어버리셨을까 해서…….”

"클로이."

이름을 부르는 건 뭔가 낯간지럽다. 그래서 부르지 못했다. 속으로는 몇 번이고 되새겼다. '클로이'라는 이름은 똑똑하고 귀여운 느낌이라 그녀와 썩 잘 어울렸다.

"클로이?"

"네."

대공이 제 이름을 부르자 클로이는 기분이 미묘했다. 꼭 친구를 대하듯 친근했다.

'알고 보면 다정하단 말이야. 겨우 몇 개월 같이 있었던 하녀를 이렇게 잘 챙겨 주다니.'

하녀에게 이만큼 친절한 귀족은 그가 유일할 것이다. 고마운 동시에 미안해졌다. 주인은 이렇게 잘 챙겨 주는데, 자신은 하녀로서 도대체 뭘 했단 말인가!

"어디를 다녀왔지?"

밖에 서 있지 말고 침실로 들어오라는 듯, 그가 한쪽으로 비켜서서 문에 기대었다. 클로이는 차마 들어서지 못하고 발만 움찔거렸다. 제가 지나가기에는 그와의 거리가 너무 가까웠다.

"그게…… 하울이랑 크산토스를 보러 갔다가, 트리거 님이 오늘 마을에 축제가 있다고 하셔서요."

그녀의 얘기를 듣던 알렉산드로가 안으로 들어올 것을 짧은 고갯짓으로 명했다. 클로이는 멈칫 눈치를 살피며 조심스레 발을 옮겼다. 그리고 문을 닫으려 손잡이를 잡는 순간이었다. 무슨 의도인지, 그가 알면서도 그녀의 손 위로 손잡이를 잡았다.

"으앗!"

갑작스러운 접촉에 놀란 그녀가 움츠리며 손을 빼 버렸다. 알렉산드로는 무슨 일 있냐는 듯 아무렇지 않은 얼굴로 문고리를 당겨 문을 닫았다.

'내가 할 일인데…….'

태연히 침실로 들어온 그가 굳어 버린 클로이의 앞을 지나치며 물었다.

"오늘이 축제라고?"

"……네. 1년에 한 번씩 소원을 이루어 주는 큰 보름달이 뜨는데, 그게 오늘이래요."

클로이는 간신히 놀란 마음을 진정시켰다.

'그래, 대공님은 뭐든 혼자 하는 게 익숙한 사람이니까 문을 열고 닫고 하는 것도 자기가 하는 게 편한가 봐.'

그런가 보다. 그렇지 않고서야, 자기가 하인도 아니고, 내가 영애도 아니고.

'설마 나를 귀부인 취급을 해 주려고 그랬겠어?'

제 침대에 앉은 알렉산드로가 깍지 낀 손을 무릎에 올리며 그녀에게 물었다.

"빌고 싶은 소원이 있나 보군."

"네."

그는 사람이 많은 시끌벅적한 장소를 좋아하지 않았다. 하지만 그녀의 소원은 궁금했다. 이미 예상되는 게 몇 개 있었다. 아무리 현실에 만족한다고 해도, 그녀는 분명 평민이 되고 싶을 것이다.

'아니면 세리머니가 빨리 끝나길 바란다거나.'

세리머니가 끝나면 다시 호르헤와 일하고 싶다고도 했었다. 어쩌면…… 어쩌면 엘파사가 다시 재건되길 바랄 수도 있다. 거기까지 생각이 미친 알렉산드로의 얼굴이 딱딱하게 굳어졌다. 가만히 그녀를 들여다보던 알렉산드로의 입에서 순간 마음에도 없던 말이 튀어나왔다.

"……축제에 가고 싶나?"

보름달은 정말 밝았다. 사방이 불을 켜 놓은 것처럼 환했다. 마을은 축제의 열기로 한창이었다.

'에이, 진짜!'

키가 제국인의 평균보다 작은 클로이는 모르는 사람이 제 어깨를 치고 지나갈 때마다 화가 치솟았다. 다 대공 때문이었다. 그가 검은 후드를 뒤집어쓰고 얼굴을 가린 채 그녀의 옆에서 걷고 있었다. 체격도 만만찮은 남자가 저러고 다니니 꼭 죽음의 사자 같았다. 사람들은 그를 피해 가느라 클로이의 어깨를 치고 다녔다.

'사람이 정말 많네.'

색다른 광경에 눈이 팔린 클로이는 금세 불쾌한 기분을 훌훌 털어 버렸다. 마을 축제는 먹거리부터 볼거리까지 다양했다. 두리번거리느라 정신없는 그녀와 달리 알렉산드로는 조용했다. 시끌벅적하고 사람 많은 장소는 딱 질색이었다. 이런 축제 구경은 계획에도 없었다. 그는 클로이의 눈길이 닿는 곳을 따라갔다.

그녀는 때로는 먹거리를 신기한 듯 쳐다봤고, 색색으로 장식한 큰 나무에 시선을 빼앗기기도 했다. 예인들의 공연을 훔쳐보고, 장사꾼들의 좌판을 돌아보기도 했다. 그러면서 중간중간 밤하늘을 올려다보며 중얼거렸다.

"달이 정말 크다……."

누가 채 가도 모를 만큼 축제에 푹 빠진 그녀를 보곤 알렉산드로는 피식 웃었다.

'저렇게 재밌을까.'

충동적인 결정이었지만 이런 자리도 한 번쯤 나쁘지 않았다. 이윽고 두 사람은 보름달에게 기도하는 곳까지 다다랐다.

많은 사람들이 모여서 저마다 촛불을 들고 있었다. 강물에는 사람들의 염원을 담은 수많은 불빛들이 둥둥 떠 있었다.

'소원을 빌려면 초를 사야 하는구나.'

클로이는 별로 상관하지 않았다.

'어차피 상술인데.'

어떻게 소원을 빌든, 간절한 마음만 담는다면 달은 개의치 않을 것이다. 물론 양초를 살 돈도 없었다.

"잠시 기다리거라."

한데 대공이 가서 초를 사 왔다. 두 개를 사서 한 개는 그녀에게 주고 한 개는 그가 들었다. 답지 않게 뭘 이런 걸, 싶었지만 알렉산드로는 진지했다.

'간절한 소원이라도 있나?'

그는 초에 불을 붙이고, 다른 사람들이 하는 것처럼 눈을 감고

기도했다. 클로이는 왠지 웃겨서 그런 대공을 바라만 보고 있었다. 체구는 커다란 사람이 이런 걸 믿고 따라 한다니, 재밌었다. 이윽고 소원을 다 빌었는지 그가 불 켜진 초를 자리에 내려놓았다. 그러고는 멀뚱히 초를 들고만 있는 클로이를 돌아보았다.

"너도 소원을 빌어야지."

'뭘 하느냐?'하고 재촉하는 바람에 클로이는 웃음이 터져 버렸다. 행여 그가 기분이 나쁠까 재빨리 표정을 갈무리한 그녀는 얼른 눈을 감고 소원을 빌었다.

'트리거 님이 바라는 소원, 꼭 이루어 주세요.'

짧게 소원을 빈 클로이는 초를 자리에 내려놓았다. 장사꾼은 그들의 초를 작은 배에 실었다. 두 사람의 손을 떠난 염원들이 강물을 따라 흘러갔다. 알렉산드로는 떠내려가는 촛불에서 시선을 떼지 못했다. 그녀가 무슨 소원을 빌었을까 궁금해진 그는 옆을 돌아보았다. 한데 클로이는 떠나간 염원 대신, 하늘의 달을 쳐다보고 있었다. 저러다 고개가 꺾이는 건 아닌지 걱정스러울 정도였다.

옆에서 쏟아지는 시선을 알아챈 그녀가 말했다.

"제가 태어나서 본 것 중에 가장 큰 달이에요. 너무 예뻐요."

알렉산드로는 그녀를 미소 짓게 만든 밤하늘로 눈을 돌렸다. 한번도 달이 아름답다고 생각해 본 적이 없었다. 달보다는 태양을 좋아했다. 불면증에 시달리는 그에게 밤은 언제나 가혹했으므로. 그런데 오늘 보는 달은 달랐다. 무척 환해서, 그는 옆에 있는 클로이의 얼굴을 대낮처럼 자세하게 볼 수 있었다.

그녀는 이 밤의 모든 것들을 행복한 눈빛으로 응시했다. 문득 알렉산드로는 저 달에게 고맙다는 생각까지 들었다.

'이렇게 보니 아름답군.'

사실은 헷갈렸다. 달을 보면서 사랑스러운 미소를 짓고 있는 제 옆의 여자가 아름다운 건지, 저 달빛이 아름다운 건지. 한 가지는 확실했다.

이 축제, 오길 잘했다.

달구경을 마친 두 사람은 아쉽게 아레한 자작의 성으로 발걸음을 돌렸다. '소원 빌기' 목적을 달성한 클로이는 전보다 자세히 길거리 노점상을 구경했다. 눈요기를 하며 지나가던 중, 익숙한 물건이 눈에 띄었다.

"어?"

카나리아 꽃송이였다. 상인이 그 꽃을 주워다 파는가 했는데 자세히 보니 꽃잎이 빛나고 있었다. 자세히 보고 싶었지만 대공은 얼른 침실로 돌아가고 싶을 것이다. 시끌벅적한 장소를 좋아하지도 않는데, 이렇게 돌아다녔으니 얼마나 피곤할까? 멈칫했던 클로이는 힐끔 대공의 눈치를 살폈다. 그런데 자신을 보고 있었는지, 곧장 눈이 마주쳤다. 뭐라고 말을 꺼내기도 전에 그가 먼저 걸음을 돌려 상인에게 성큼성큼 다가갔다.

'뭐지?'

의아해진 클로이가 그를 뒤따랐다. 앉아있던 상인은 갑작스런 거한의 등장에 놀랐지만 장사꾼의 소임을 잊지 않았다.

"다른 영지의 장인이 한 땀 한 땀 정성 들여 만든 것이오. 어디가도 이런 제품을 이 가격에는 못 구하리라 내가 장담하지."

클로이가 본 것은 카나리아 꽃송이를 본떠 만든 머리끈이었다. 색깔부터 화려한 게, 미인에게나 어울릴 장신구였다. 단순히, 전에 봤던 꽃송이가 가판대에 놓여 있으니 신기해서 바라본 것이었는데. 알렉산드로는 완전히 다른 생각을 한 듯했다.

"갖고 싶으냐?"

저를 보며 하는 진지한 질문에 클로이는 어이가 없어 바람 빠진 웃음을 터뜨렸다. 저런 물건은 누가 봐도 선머슴 꼴을 한 제게는 어울릴 물건이 아니었다. 그런데 그녀의 너그러운 주인은 원한다는 말 한마디면 당장에라도 사 줄 기세였다. 상인과 눈이 마주친 클로이의 얼굴이 뜨거워졌다. 민망했다. 상인도 설마 그녀가 착용할 거라곤 상상도 못 했는지 어색한 헛기침을 했다.

"어흠, 흠흠. 아니 이 물건이…… 고급스럽고. 또…… 그, 고급스러워서, 누구나, 흠흠, 누구나 다 잘 어울리긴 하오."

거짓말은 못 하는 성격인지 상인은 쉴 새 없이 말을 더듬었다.

"은화 하나면 되나?"

"어이고, 충분하고말고요."

클로이는 정말로 살 기세로 돈주머니를 뒤적이는 대공을 말렸다.

"제가 저런 게 어떻게 어울려요."

그녀의 난감한 기색을 읽은 알렉산드로가 행동을 멈췄다.

"그냥 아까 본 꽃송이와 닮아서 눈에 띈 거예요. 얼른 가요."

낯 뜨거워진 그녀가 당황해선 얼른 몸을 돌렸다.

"다시 오지."

알렉산드로는 아쉬운 얼굴의 상인을 뒤로하고, 클로이를 따랐다. 돌아가는 길은 굉장히 짧게 느껴졌다. 성의 첨탑이 보이자 알렉산드로의 걸음이 저절로 느려졌다. 클로이는 여전히 자신을 둘러싼 모든 것들에 눈을 반짝였다. 알렉산드로는 침실로 돌아가기 전에 그녀에게 묻고 싶은 게 있었다. 어떻게 말을 꺼내야 할까, 고민하던 찰나.

"대공님, 오늘 정말 감사드려요."

그녀가 먼저 말을 건넸다.

"이런 축제는 처음 와 봤어요. 이렇게 큰 달도 처음 봤어요. 정말 감사드려요."

클로이는 신이 난 듯 약간 상기된 얼굴을 하고 있었다. 목소리도 평소보다 한 음 높았다.

"네가 내게 고맙다면."

"……네?"

다른 데 시선이 팔렸던 그녀가 급히 고개를 돌렸다. 그가 제게 뭔가를 요구하려는 듯했다.

'나한테 뭘 해 달라는 걸까?'

클로이는 줄 수 있는 게 없었다. 걱정스레 그를 주시하는데 대공이 비스듬히 시선을 내렸다.

"내게…… 한 가지, 답을 말해 다오."

진지한 목소리에 클로이는 내심 불안했다. 그녀가 긴장한 만큼, 알렉산드로 역시 긴장하고 있었다.

'설마.'

클로이는 순간 움찔했다. 잊고 있었다. 그녀는 대공에게 숨기는 것이 있었다.

'설마 내가 베아트리체 왕녀냐고 묻는 건 아니겠지?'

조마조마한 가운데 그가 천천히 입을 열었다.

"그리해 주겠느냐."

"네."

매도 먼저 맞는 게 낫다고, 혹시 그가 제게 왕녀가 맞느냐고 물어보면 클로이는 얼른 고백할 생각이었다. 속이려던 건 아니었다고. 그녀도 난감했다. 절대 의도하진 않았지만, 제국의 제1가문 그레이엄의 후계자를 수발들게 되었다. 게다가 알렉산드로는 기사단장이었다.

'의심받기 딱 좋아.'

클로이가 초조하게 옷자락을 쥐었다 놓았다 하는 사이. 그가 어렵게 입술을 떼었다.

"아까 무슨 소원을 빌었지?"

"아, 아까요?"

클로이의 목에서 긴장이 풀린 가벼운 목소리가 흘러나왔다.

'난 또 뭐라고…….'

한데 알렉산드로는 여전히 뻣뻣했다.

"그래."

"아까 그냥…….'

그는 말끝을 흐리는 클로이를 참을성 있게 기다렸다. 그녀의 소원을 이뤄 줄 생각이었다. 누군가에게는 간절한 소원일 테지만, 알렉산드로에겐 그것을 이뤄 줄 만한 힘과 권력, 그리고 넘치는 돈이 있었다. 제국의 부자가 되게 해 주세요, 했어도 그는 이뤄 줄 능력이 있었다.

던칸은 미래의 며느리를 위해 많은 것을 준비해 왔다. 알렉산드로의 신부를 위한 선물 중에는 서부 그레이엄 영지의 광산도 있었다. 다이아몬드와 사파이어가 유명한 엘몬트 광산이었다. 다만 아들의 결혼이 심하게 늦는 바람에 그것들은 이미 알렉산드로의 소유가 되었다.

클로이를 부자로 만들어 주는 건 일도 아니었다. 만약 그녀가 노예 신분을 벗고 싶다고 한다면 그것도 해 줄 수 있었다. 전쟁 노예는 절대 신분을 벗어날 수 없지만, 알렉산드로에게 법은 무의미했다. 그는 그녀를 다시 제국의 귀족으로 만들어 줄 수도 있었다. 세리머니를 일찍 끝내 달라고 한다면…… 아쉽지만 그렇게 해 줄 수도 있었다. 대영주들의 주요 영지만 방문하고, 행군을 서두른다면 이 세리머니를 석 달 안에도 끝낼 수 있었다.

만약 호르헤와 함께 일하게 해 달라고 한다면? 그것도 해 줄 수 있었다. 그에게 어려운 일은 없었다. 다만…….

알렉산드로는 그녀가 엘파사를 재건해 달라거나, 죽은 왕을 되살려 달라거나 하는 소원을 빌었을까 봐 두려웠다. 이루어 주기가 불가능하다는 점도 있지만, 정말로 그가 염려하는 것은……. 혹시 제가 망가뜨리고 짓밟았던 것들을 그녀가 그리워하는 것은 아닐까.

'평생 살았던 나라와 유일한 핏줄인 왕을 그리워하지 않을 리 없다.'

그러니 내가 밉고, 원망스러울 것이다…….

클로이가 자신을 두려워하고 무서워하는 건 과거에 그가 엘파사에 저지른 일 때문이었다. 제 짐작으론 그랬다. 그래서 그는 클로이가 눈을 피하고, 소극적으로 답답하게 굴어도 재촉하거나 혼내지 않았다. 대답을 기다리는 짧은 순간이 너무도 길게 느껴졌다. 긴장한 그가 마른 입술을 핥았다.

'아, 어떡하지. 대공님한테 뭐라고 해야 하나.'

클로이는 솔직히 말하고 싶었지만, 혹시나 대공이 트리거에 대해서 물어볼까 봐 대답을 망설였다. 그의 성적 취향을 마음대로 말하고 다닐 수는 없었다. 고민하던 클로이는 두루뭉술 대답했다.

"저는 트리거 님의 소원을 이루어 달라고 빌었어요."

"뭐?"

그에게서 놀란 음성이 튀었다.

"트리거 님이 저를 많이 도와주셨거든요. 그분이 원하시는 대로 소원을 이뤘으면 해서요."

클로이는 배시시 웃었다. 알렉산드로는 당장 걸음을 멈추고 그녀의 어깨를 잡아 세웠다. 앞만 보면서 걸어가던 그녀는 순식간에 자신을 돌려세운 대공을 보고 놀란 얼굴을 했다.

"왜, 왜 그러세요?"

검은 후드를 쓰고 뚫어져라 자신을 바라보는 알렉산드로의 위압감이 평소보다 더했다. 거기다 자신을 잡아 세우기까지 해서 클로이는 얼른 주춤주춤 뒤로 물러섰다. 다행히 그는 더 붙잡지 않았다. 손쉽게 커다란 손아귀를 빠져나온 클로이는 제게 향하는 서늘한 시선에 당장이라도 도망치고 싶었다.

'이러다 나 때리는 거 아니겠지?'

갑작스런 태도 변화. 이제껏 한 번도 보지 못한 모습이었다. 클로이는 순간 애나의 충고를 떠올렸다.

―게다가, 여자를 때리는 걸 아주 좋아하신대.

―전쟁에 자주 참여하신 것도 그런 취미가 있으셔서 그런 거래.

―피에 미쳐서…….

방금까지 너그럽고 인정 많은 주인이라고 생각했는데. 그와 워낙 체격 차이가 많이 나서인지 그녀는 알렉산드로가 조금만 위협적인 얼굴을 해도 무서웠다. 잔뜩 겁먹은 얼굴을 내려다보던 그가 지체 않고 물었다.

"너는 노예의 신분을 벗어나고 싶지 않느냐?"

"버, 벗어나고 싶죠."

"그런데 왜 그 소원을 빌지 않았지?"

"안 되는 소원을 빌어 봤자 뭐 해요…….."

그게 제국법인 데다, 이제 막 전쟁을 끝낸 제국이 노예법을 쉽게 바꿀 리 없지 않은가?

"이룰 수 없는 게 소원 아닌가?"

"그렇지만 안 되는 걸 자꾸 생각해 봐야…….."

목소리가 갈수록 점점 작아졌다. 그녀는 슬쩍 인상을 찌푸렸다. 평민이 귀족이 되는 일보다, 노예가 평민이 되는 일이 더 어려운 것을. 그는 기도하면 기적도 이뤄진다고 생각하는 모양이었다.

'기도해서 이뤄지는 게 이치라면, 애초에 세상이 이만큼 불공평하지도 않았겠지.'

그녀는 이 삶이 하루아침에 바뀔 만한 기적을 바라지 않았다. 오늘은 즐겁고 행복한 날이기를, 그리고 내일도 오늘만큼만 평화롭기를. 그 정도의 소박한 바람만 있었다. 결혼해서 자식을 남길 것도 아닌데, 먼 미래까지 그리고 싶지 않았다. 벌써 몇 번이나 죽을 고비를 넘기고 살아남지 않았던가? 이만하면 됐다.

"저는 이루어지지 않을 망상은 하고 싶지 않아요. 그냥 이대로 만족해요."

"너는 정말로…… 더 많은 것을 바라지 않느냐?"

클로이는 그의 마지막 질문에 짧은 한숨을 내쉬었다.

'또 이런 질문을 하네.'

그는 어째서인지 자꾸 똑같은 것을 묻고 있었다.

"바라면 다 이루어지는 게 세상일인가요? 대공님은 원하시는 거다…… 가지셨구나."

그래, 그는 모든 것을 가진 채 태어났다. 그는 어쩌면 자신을 이해하지 못할 것이다. 그래서 자꾸 이렇게 같은 질문을 하는 거겠지.

"저는 지금도 충분히, 운 좋게 살아남아서 정말 다행이라고 생각해요. 더 욕심내면서 살고 싶진 않아요."

어쩌면 그가 보기엔 남의 뒤치다꺼리나 하는 하녀의 삶이 구질구질해 보일 수도 있었다. 하지만 그것은 그의 시선이다. 이 삶을 살고, 판단하는 건 온전히 클로이 본인의 몫이었다. 그녀는 전생에서 평생 남의 시선을 의식하며, 다른 사람의 욕망을 제 것인 줄 알고 살았다.

공무원 시험에 몇 년이나 매달리고 싶지 않았다. 하지만 그녀의 부모님은 그녀가 공무원이 되길 간절히 바랐다. 계속된 시험 실패로 부모님은 제게 차라리 수능을 다시 보라고 권유했다. 그녀는 수능 시험도 다시 보고 싶지 않았다. 열아홉 살짜리 청소년들 사이에서 수능을 다시 치는 일은 창피하고 곤혹스러웠다. 그렇지만 부모님의 말은 절대적이었다.

'그 모든 일들이 내 잘못은 아니었어.'

전생에서 그녀가 자기 자신을 향해 가졌던 수치심과 절망감, 실패와 좌절감으로 보내던 시간은 불행뿐이었다. 클로이는 죽기 직전에서야 그 사실을 깨달았다.

스스로를 사랑하지 못했던 시간들이 안타깝고, 제 자신에게 미안했다. 단순히 시간만 따지자면 전생의 삶이 지금껏 산 날들보다 길지만, 경험의 폭과 굴곡으로 치면 오히려 이번 생이 더 풍부하고 깊었다. 현생에서 겪은 모든 끔찍한 일들이 그녀를 더 단단하게 만드는 거름이 되었다.

'어쨌든 난 살아남았어.'

그것만으로 충분히 감사했다. 그녀는 남은 인생을 행복하게 누려야 할 책임이 있었다. 게다가 이 세리머니가 끝나면 그녀는 호르헤 부원장과 다시 약초를 연구하며 살게 될 것이다. 좋아하는 일까지 할 수 있는데, 더 이상 뭘 바란단 말인가.

"……가자."

알렉산드로는 그런 그녀를 더 이상 바라보지 못했다. 정말 이상한 기분이었다. 자기 자신을 향한 부끄러움. 생전 처음 느끼는 감정에 답답해진 그가 후드를 벗어 버렸다. 고뇌에 가득 찬 얼굴이 클로이의 눈에 들어왔다.

'왜 저러지?'

제가 무슨 말을 했다고 저렇게 고민스러운 얼굴을 하고 있는지 의아했다. 항상 당당하고 자신감 가득했던 남자가. 그러나 클로이는 섣불리 말을 건네지 않고 묵묵히 걸었다.

자작의 성까지는 멀지 않았다. 두 사람은 금방 성문에 다다랐다.

대공을 알아본 문지기가 서둘러 성문을 열었다.

덜컹, 덜컹, 덜컹…….

거대한 성문이 열리는 소리를 듣던 알렉산드로가 문득 물었다.

"너도 미워하는 사람이 있느냐?"

'없다'는 대답을 기대하고 던진 질문이었다. 그는 내심 용서받기를 원했다. 물론 그녀는 쉽게 용서할 수 없겠지만…… 적어도 알렉산드로는 명분이 있었다. 동맹이 깨진 우방에게 선전 포고를 받은 제국을 지키려고, 제국민에게 평화를 안겨 주기 위해 성실했을 뿐이다 변명할 수 있었다. 제국의 기사단장으로서 마땅한 일을 했다.

클로이는 욕심 없고 순하기만 한 사람이었다. 어쩌면 그녀라면 자신을 용서해 주지 않을까.

"미워하는 사람이요?"

클로이는 그를 빤히 바라보며 웃었다.

'별 걸 다 물어보네.'

고민할 것도 없이 세 명의 얼굴이 눈앞을 스쳤다. 전생에 자신을 자동차로 치고 달아났던 뺑소니 운전자, 길버트, 그리고 길버트와 결혼을 시켰던 왕이었다. 차례대로 떠오른 그 세 명은 도저히 용서할 수 없었다. 하지만 왕은 이미 죽었고, 뺑소니 운전자는 이곳에 없다.

'길버트.'

떠올리기도 끔찍한 인간.

'길버트를 내가 용서할 수 있을까?'

아무래도…… 힘들 것 같다. 길버트는 아내였던 자신뿐 아니라 나라를 팔아넘긴 매국노였다. 하지만 이미 귀족이 되었을 테니 겁

낼 것 없이 떵떵거리며 예전처럼 잘살고 있겠지. 생각해 봐야 분노만 차오른다. 털어 버리려 피식 웃은 클로이가 돌처럼 굳은 알렉산드로를 직시했다.

"그럼요."

그녀의 미소를 본 알렉산드로는 귓속으로 '쿵' 소리가 들리는 듯했다.

"당연히 있죠."

잔인한 그녀의 미소는 '내가 미워하는 사람, 그게 바로 너야.' 하고 말하는 것만 같았다.

성에 돌아와서부터 알렉산드로는 이상할 정도로 말이 없었다.

'고민이라도 생겼나?'

그녀에게 편지를 쓰겠느냐고 권한 알렉산드로는 조용히 침실을 나갔다. 클로이는 굳이 행선지를 묻지 않았다.

'사람이 많은 곳을 다녀와서 피곤했나······.'

신경은 쓰였지만 그가 조용한데 굳이 캐묻는 건 실례였다. 다행히 편지를 완성할 때 즈음 그는 침실로 돌아왔다. 전보다 한결 후련해 보이는 얼굴이었다. 클로이는 완성한 편지를 책상 위에 놔두고 자리에서 일어섰다. 알렉산드로의 눈길이 그녀를 따라왔다.

"대공님, 혹시 시키실 일이 있으세요?"

"아니, 없다."

클로이는 올라가려는 입매를 단정히 하고 꾸벅 인사했다. 드디어 해방이었다.

'잘생긴 남자를 하루 종일 보고 있는 것도 피곤해.'

대공처럼 계속 눈치를 살펴야 하는 남자라면 피곤함이 더했다.

"그럼 안녕히 주무세요. 내일 아침에도 비슷한 시간에 일어나실 거죠?"

'제발 조금만 늦게 일어났으면.'

클로이의 간절한 물음에도 대공은 태연히 고개만 끄덕였다.

"그래."

"네, 그럼……."

'안녕히 주무세요' 하고 물러나려던 클로이를 그가 의아한 듯 붙잡았다.

"지금 어디로 가려는 거지?"

뭔가 시킬 게 더 남았나? 클로이는 애써 불안한 마음을 감추며 대답했다.

"저 이제 졸려서요. 시녀들의 숙소로 가려고 합니다."

그러자 그가 짙은 눈썹을 찌푸렸다.

"시종에게 아무런 이야기도 듣지 못했느냐?"

"무슨 이야기요?"

알렉산드로는 덤덤히 침대로 걸음을 옮겼다. 비스듬히 누워 책을 펼쳐 드는 일련의 행동이 자연스러웠다.

"너는 자작의 성을 나갈 때까지 이 침실에서 나와 지내기로 했다."

책에 시선을 꽂은 그가 말했다. 황당한 나머지 인형처럼 서 있는 그녀를 두고, 알렉산드로는 베개가 얇네, 이불이 두껍네, 오늘은 몸이 피곤하네 하며 중얼거렸다.

'저렇게 말이 많은 사람이 아닐 텐데.'

그가 태연하자 클로이는 더욱 당황스러웠다.

'저 남자, 다른 사람이랑은 불편해서 같이 있는 거 싫어한다고 하지 않았나?'

클로이는 어찌할 바를 몰랐다.

"저어, 대공님. 제가 왜 여기서 자야 하나요……?"

그와 함께 마을 축제에 다녀오고 자신감이 붙은 클로이는 '이유'를 물었다. 아무리 시키는 대로 하는 노예 처지라도 이번에는 이해할 수가 없었다. 자작의 성에 방이 몇 갠데 설마 자신이 갈 곳이 없겠는가. 그때 대공이 자리에서 일어나 앉았다. 심각할 정도로 진지한 얼굴이었다.

'괜히 물었나?'

축제에 다녀온 이후 부쩍 그와 가까워진 기분에 던진 질문이었다. 클로이가 '그냥 여기 구석에서 잘게요.'라고 선수를 치려는 순간이었다.

"사실 나는 병이 있다."

그가 무거운 목소리로 말했다. 과장되게 어두운 어조였으나 클로이는 전혀 눈치채지 못했다.

"병이요?"

"그래."

클로이는 눈을 동그랗게 떴다.

'저렇게 건강한 남자가 병이 있다고?'

그녀가 믿는 낌새가 보이자 알렉산드로는 자세히 '병'에 대해 설명했다.

"나는 술을 마시지 않으면 제대로 잠들지 못할 만큼 심한 불면증을 앓고 있다."

"……!"

"그리고 이 병은, 누군가가 내 침실에 마음대로 들어온다는 생각이 들면 더 심해진다."

클로이는 놀란 표정을 애써 관리했다. 사실 그의 말은 반은 진짜, 반은 가짜였다. 알렉산드로는 오랜 전장 생활로 길거리 야영도 익숙한 남자였다. 물론 누군가가 자신의 침실에 들어오는 건 불쾌하지만, 암살자부터 적군, 아군을 가리지 않고 불시에 객을 맞이해야 했던 그에게 타인의 침입은 사실 무의미했다. 잠에서 깨는 건 사실이지만 애초에 그는 깊은 숙면을 취하지도 못했다. 침실을 지켜야 할 누군가가 필요한 건 절대 아니었다. 하지만 그는 뻔뻔하게도 클로이에게 이런 제안을 던졌다.

"그래서 나는 네가 내 침실을 지켜 줬으면 한다."

"……."

동그랗게 변했던 클로이의 눈초리가 아래로 늘어졌다. 갑자기 대공이 측은하게 느껴졌다.

'잠이 얼마나 소중한 건데…….'

함께 축제에 다녀오고, 제가 편하게 느껴져서 이런 명령을 내리는 게 아닐까 싶었다.

'하긴, 이 남자도 사람이었지.'

그렇게 오래 전쟁터에 있었으니 외상 후 스트레스 장애 같은 게 있을지 모른다. 저 또한 몽유병이 있지 않은가?

제국 기사단장, 그레이엄 대공. 그 또한 상처받은 영혼이었다.

'그래, 나도 병이 있는데 뭘. 불면증이 몽유병보단 낫지.'

클로이는 그제야 대공이 람붓 백작의 성에서 미인들을 내쫓은 일들이 이해됐다. 그때는 단순히 남자로서 중요한 기능에 이상이 있어 그랬거니 하고 넘겼지만, 평범한 남자의 반응은 아니었다.

'자기 침실까지 찾아온 미인들을 면박을 주고 내쫓았었지.'

그는 절대로, 자신을 어떻게 해 보려고 같은 침실을 사용하자는 게 아니었다.

'누가 이런 몰골의 노예를 잠자리 상대로 원하겠어.'

더군다나 대공은 세상을 발밑에 둔 권력자였다. 행여 그가 자신을 밤 상대로 원했다면, 그녀는 이미 몇 번이고 자신을 내줘야 했을 것이다.

'이런 미남이 설마 나를 원할 리가…….'

클로이는 저도 모르게 고개를 흔들었다. 스스로도 민망했다. 말도 안 되는 조악한 상상이었다.

'아니, 설마……?'

또 다른 가능성이 번개처럼 그녀의 머릿속을 지나갔다. 트리거의 얼굴이 눈앞을 스쳤다.

―나는…… 남자가 좋아.

어쩌면 대공도 가문을 이어야 한다는 부담감에 아무에게도 털어놓지 못했을 수 있다.

'설마…… 대공님도 남자를 좋아하나?'

그러고 보니 모든 정황이 완벽했다. 일단 잘생겼다는 점이 그랬고, 심지어 자신보다도 깔끔하고 청결하다는 것도 갑자기 수상했다. 그리고 그는…….

'어딘가 섬세하기도 하고.'

그릇된 편견이었다. 하지만 혼란에 빠진 클로이는 이를 깨닫지 못했다. 혼자 추리를 끝낸 그녀의 두 눈이 휘둥그레졌다.

'세상에! 그러니 그 예쁜 여자들이 침실로 찾아오는 게 두려웠던 거야!'

미래의 부인을 위해 정조를 지키는 남자라기엔 납득이 가지 않는 부분이 많았다. 그 미인들을, 징그러운 지네라도 되는 듯 아주 진저리를 치는 모습부터가. 클로이는 마른침을 꿀꺽 삼켰다. 휙 고개를 돌리자, 인자한 미소를 띠고 있는 대공과 눈이 마주쳤다.

"……!"

그 미소는 그녀에게 '네가 맞아'라는 무언의 대답처럼 보였다.

"그렇게 할게요."

입술을 꾹 다문 클로이는 비장하게 고개를 끄덕였다. 드디어 진실을 깨달았다. 그러자 대공을 대하는 마음이 한결 편해졌다.

"제가 문 앞에서 잘까요?"

그녀의 의중은 꿈에도 모른 채, 알렉산드로는 내심 흡족해하며 고개를 끄덕였다.

"아니, 그럴 필요는 없고. 저 소파에서 자거라."

알렉산드로는 제 침대 옆에 있는 소파를 가리켰다. 모로 누우면, 바로 그녀를 볼 수 있는 위치였다.

"알겠습니다."

클로이는 성큼성큼 소파로 향했다. 호랑이 가죽 보료에 비할 바는 아니지만 소파는 정말 부드러웠다. 딱딱한 바닥에서 야영을 하는 것보다는 백배 나았다.

'내겐 잘된 건지도 몰라.'

시종들의 침대와는 비교도 되지 않았다. 어찌나 편한지 자신의 막중한 책무도 잊고 금방 잠들 것 같았다.

'아니지, 그럼 안 돼!'

벌떡 일어난 클로이가 심각한 얼굴로 대공을 응시했다.

"저, 그런데요. 제가 진짜 잠들면 업어 가도 모르는데…… 혹시 누가 찾아와서 방문을 두드리면 어떡하죠?"

그는 더 심각한 얼굴로 대꾸했다.

"그때는 내가 너를 깨우마."

알겠다며 대답한 클로이는 다시 소파에 몸을 맡겼다.

'오늘 하루는 참 길었어.'

하루 동안 많은 것들이 달라졌다. 트리거와 공식적인 친구가 되었고, 대공이 제게 비밀을 털어놓았다. 그녀는 알렉산드로가 불면증이라는 문제를 가졌으리라고는 꿈에도 몰랐다. 겉보기에 대공은 누구보다도 강인했다. 남자들의 정점에 선 남자였다. 게다가 대놓고 말하진 않았지만, 대공은 오늘 제게 일종의 커밍아웃을 했다.

'나를 미동처럼 위장해서, 정체성을 이미 모두에게 알렸어.'

맙소사……. 어쩌면 그때, 우회적으로 알려 준 셈이었나 보다. 이쯤 되니 이렇게 늦게 눈치를 챈 게 미안할 정도였다.

'내 주위엔 게이가 많네.'

클로이는 대공과 심적으로 열 발자국쯤 가까워진 기분이었다.

"안녕히 주무세요."

눈을 감고 있던 알렉산드로는 그녀의 저녁 인사를 듣고 스르르 다시 눈을 떴다. 피식 웃은 그가 조용히 모로 누웠다. 그녀의 감긴 속눈썹이 흔들거렸다. 클로이는 이미 잠에 빠질락 말락 하는 상태였다. 가만 그녀를 들여다보던 알렉산드로에게 오늘 있었던 모든 일들이 주마등처럼 스쳐 지나갔다. 그는 흘끔 자신의 침대 옆 탁자를 응시했다. 그곳엔 작은 선물 상자가 놓여있었다. 클로이가 호르헤에게 편지를 쓰는 동안, 다시 마을에 가서 사 온 카나리아 머리끈이었다.

그녀는 어울리지 않을 거라며 사양했지만, 제가 보기엔 무척 잘 어울릴 것 같았다. 알렉산드로의 눈에는 그녀의 옷이나 정돈되지 않은 머리카락 따위는 보이지도 않았다. 그녀는 그저…… 빛이 났다. 눈동자도, 마음씨도, 목소리도, 그저 모든 게 반짝였다. 알렉산드로는 먼저 잠든 그녀의 얼굴을 바라보다 슬며시 미소 지었다. 바라만 봐도 기분이 좋았다.

클로이가 편안한 잠자리에서 휴식을 취하기를 바라는 마음에 그녀를 붙잡았는데, 오히려 자신이 치유를 받는 느낌이었다. 자작의 시종에게 잡일을 전부 맡긴 것도 그래서였다. 행군도 고될뿐더러, 아침 일찍 일어나서 잠들 때까지 모든 일정을 소화하는 게 얼마나 힘든가? 단 며칠이라도 자작의 성에서 머무는 동안 클로이가 편하게 쉬었으면 했다.

잠든 그녀의 얼굴을 또 보고 싶다는 욕심도 물론 있었다.

'내일 아침 눈을 떠도 그녀가 저기 있다.'

알렉산드로의 가슴에 따뜻한 온기가 번졌다. 행복이라는 감정을 정확히 정의할 순 없지만, 제가 지금 느끼는 기분이 행복과 가장 비슷한 것 같았다.

'내 소원은 이루어질까.'

알렉산드로는 창문 밖에 걸린 보름달을 보며 소원을 상기했다. 처음으로 아름답다고 생각한 달이었다. 마음이 구름 위에 떠 있는 듯 편안했다.

잠든 클로이의 얼굴을 바라보던 그는, 눈을 감고 싶지 않다는 자각과 함께 잠들었다.

자작의 성에서 대공은 일정이 많았다. 기사들과 영지를 시찰 나가고, 아레한 자작과 그의 가신들, 혹은 그의 가솔들과 식사를 같이하기도 했다. 기사단 회의에도 참석하는 듯했다. 다만 대공은 매일 밤 열리는 연회에는 참석하지 않았다.

연회는 새벽까지도 이어졌는데, 기사들을 위해서이기도 했고, 영지의 주요 귀족들이 참여해서 즐기는 자리이기 때문이기도 했다.

'정말 저렇게 안 가도 되나?'

걱정될 만큼 그는 연회에 전혀 참석하질 않았다. 한데 더 신기한 건 그런 그를 찾아와서 재촉하는 사람이 아무도 없다는 점이었다.

'술은 좋아하는 것 같던데…… 역시 시끌벅적한 자리가 별로인가 보네.'

가끔씩 크리스가 저녁때 대공의 침실을 찾아왔다. 클로이는 설마 또 어떤 아가씨가 찾아온 것일까 봐 걱정하다가 크리스를 보고 안심했다. 그는 주로 같이 술을 마시려는 의도로 찾아왔는데, 알렉산드로는 매번 매몰차게 그를 거절했다. 의아했지만 곧 그 이유를 알 수 있었다.

알렉산드로는 밤에 주로 책을 읽었다. 자작의 서재에서 책을 골라 와서 읽기도 하고, 그가 정말 좋아하는 책 한 권을 읽고 또 읽기도 했다.

'정말 의외란 말이야.'

알렉산드로는 키도 큰 데다 몸도 좋았다. 갑옷이 잘 어울리는 체격에, 직무까지 기사단 단장이었다. 클로이는 전장만큼 그에게 어울리는 곳이 없다고 생각했었다. 항상 무표정한, 과묵하고 무서운 기사. 그런 줄로만 알았다. 그런데 점점 다른 모습들이 눈에 들어왔다. 잘생긴 웃는 얼굴은 다정했고, 예상보다는 말수가 많았다. 친해져서 본래 그의 모습을 보게 된 거라고 생각했다. 한데 철학서를 좋아한다는 점에선 상당히 허를 찔렸다. 그리고 여행기.

게다가 알렉산드로는 굉장히 세심했다. 그 점이 가장 의외였다. 저는 하녀에 불과한데도 가끔은 대공에게 초대받은 손님처럼 느껴졌다. 우스운 일이었다. 그만큼 클로이는 그의 배려를 아주 사소한 데서 실감했다. 한번은 대공이 그녀의 의자를 빼 주었다. 어떤 주인이 하녀가 앉는다고 의자를 빼 준단 말인가? 누가 보면 이상하게 여길 일이었다. 서로 비밀을 터놓고 한결 편한 사이가 되어 그녀가 제 시중을 드는 하녀라는 사실을 가끔씩 잊는 듯했다. 다행히 그는 클로이가 불편해한다는 사실을 알고는, 다시는 그러지 않았다. 불편해하면 귀신같이 눈치채는 것도 신기했다.

'하여튼 너그러운 사람이야.'

그 사실을 제대로 인지하게 된 계기가 있었다.

자작성에서 보내는 밤이었다. 클로이는 그의 갑옷을 닦는 중이었다. 명색이 하녀인데, 너무 할 일이 없어서 민망하다고 했더니 그가 일거리를 만들어 주었다. 그런데 책을 읽던 대공이 뜬금없이 물었다.

"너도 두려운 게 있나?"

너도 두려운 게 있냐니, 그럼 두려운 게 없는 사람도 있단 말인가?

"당연히 있죠."

그게 뭐냐는 듯 그가 가만히 눈을 주시하자 클로이는 민망해졌다.

'꼭 저런 식으로 재촉한다니까.'

클로이는 대공과 시선을 마주치기가 부담스러웠다. 그는 사람을 너무 뚫어져라 쳐다본다.

"죽는 거요."

"……음."

대답을 들은 대공은 다시 책으로 눈을 돌렸다. 하지만 한참이 지나도 종이가 넘어가는 소리는 들리지 않았다. 다시 갑옷을 닦던 클로이는 마침 지금이 고백할 기회라고 생각했다.

"사실은…… 요즘 무서운 게 하나 더 있어요."

그의 시선이 다시 클로이를 향했다. 그녀는 고민하듯 입술을 물었다 놨다 했다.

"저한테 불면증을 얘기해 주셨으니까 저도 고백하는 거예요."

알렉산드로는 묵묵히 이어질 클로이의 말을 기다렸다. 그녀는 아까보다 더 뜸을 들었다.

"사실은……."

자신감을 잃은 클로이의 목소리가 점점 작아졌다. 알렉산드로는 그녀가 무슨 말을 하고 싶은지 짐작조차 할 수 없었다.

"듣고 화내시면 안 돼요."

"약속하지."

제 눈치를 살피는 클로이에게 그가 얼른 대답했다. 그녀가 무슨 짓을 제게 저지른다 해도 알렉산드로는 도무지 화날 것 같지가 않았다.

"사실은 제가……."

"네가?"

"몽유병이…… 있는데요."

화내지 않겠다는 약속에도 클로이는 여전히 조심스러웠다.

'몽유병이 있다……?'

믿기 어려웠다. 알렉산드로는 기사단에서 가장 늦게 잠들고, 제일 먼저 일어나는 사람이었다. 하지만 단 한 번도 한밤중에 돌아다니는 클로이의 모습을 본 일이 없었다.

"그래서 정말 가끔씩 제가 피곤한 날에, 대공님 몰래 막사로 가서 잘 때가 있어요."

"……."

알렉산드로는 혼란스러웠다. 제가 잠들어 있을 때 클로이가 막사를 찾아온 적이 단 한 번이라도 있었나? 물론 없었다. 그녀는 뭔가 단단히 착각하고 있는 게 분명했다. 알렉산드로는 가끔 졸고 있는 클로이를 자신의 침상에 데려다 놓곤 했다. 제 침상 위에서 깨어나 당황했으리라고는 짐작했지만 설마 이런 식으로 오해를 하고 있을 줄은 꿈에도 몰랐다.

"혹시…… 알고 계셨어요?"

"……"

또 귓가가 간지러웠다. 입술이 제멋대로 올라가려고 했다. 알렉산드로는 얼른 손으로 입가를 가렸다.

"음."

자주 볼 수 없는 그의 심각한 반응에 클로이는 역시 몰랐구나, 씁쓸히 중얼거렸다.

'차라리 내가 먼저 고백해서 다행이야.'

그는 조금 충격을 받은 듯했지만 다행히 화가 나거나 하진 않은 듯했다.

"진짜 제가 의도한 게 아니거든요. 그냥 눈을 뜨면, 대공님 막사에…… 제가 와 있더라고요."

그녀가 두서없이 변명했다.

"저도 모르는 사이에 그런 행동을 한 거잖아요. 솔직히 스스로도 좀 무서워요."

그렇게 말하는 클로이의 얼굴은 정말 진지했다. 알렉산드로는 오해를 바로잡아 주고 싶었지만 클로이가 너무 철석같이 믿는 바람에 때를 놓치고 말았다. 그리고 그 오해는 조금 귀여웠다. 아니, 사실은 많이 귀여웠다.

"심각한 일은 맞는 것 같구나."

알렉산드로는 마음을 다잡고 심각한 표정을 지었다. 감정을 감추는 건 익숙하지만 이번에는 힘들었다. 간신히 클로이만큼 엄숙한 얼굴을 만든 그가 덧붙였다.

"누군가 보기라도 한다면 곤란해질 테지."

"제 말이 그거예요!"

클로이는 더욱더 심각해졌다. 만약 누가 자신을 발견해서 이상한 소문이라도 내면 그에게 얼마나 큰 허물이 될까? 클로이는 대공에게 폐를 끼치고 싶지 않았다. 갑옷을 내려놓고 그와의 대화에 빠져든 클로이는 고민하기 시작했다.

"이 일을 어쩌면 좋죠?"

알렉산드로는 간신히 표정을 유지했다.

"차라리 내 막사에서 자는 건?"

"예? 아니, 그건 좀……."

또 그가 친절을 베풀려 하니 클로이는 미안해졌다. 호의를 바라고 말한 게 아니었다.

"나 또한 제대로 잠들지 못하는 날이 많아. 너는 날 돕고, 나는 막사의 한구석을 내어 주는 것이니 불편할 게 없다."

클로이는 놀란 얼굴로 그를 바라보았다. 제 귀가 다 의심스러웠다. 세상에 저런 귀족이 있단 말인가? 만약 제가 대공과 같은 입장이어도 하녀에게 이런 관용을 베풀 수 있을지 장담할 수 없었다.

"정말이세요?"

"그래."

클로이는 그의 넓은 아량에 감명받았다.

'나이는 어려도 그릇이 큰 사람이야.'

매번 대공의 심성에 놀라지만, 이번만큼은 충격에 가까웠다. 몰래 그의 막사에 들어와 잠을 잔다는 노예를 혼내기는커녕, 더한 친절을 베풀겠다니…… . 아무리 여자에게 성적 관심이 없어도, 이성과 함께 있으면 분명 불편할 텐데.

"진심이니 네가 편한 대로 하거라."

그의 마지막 말이 쐐기처럼 박혔다. 이렇게 관대하고 너그럽다니. 게다가 그는 평소 행실도 전혀 거칠거나 과격하지 않았다.

한번은 열어 놓은 창문으로 작은 새가 들어온 적이 있었다. 대공은 새를 내쫓을 수도 있었지만, 그 대신 스스로 창문 밖으로 날아갈 수 있도록 빵 부스러기를 창가에 놔두었다. 이럴 때면 클로이는 제가 보고 있는 남자가 정말 제국의 기사단장이 맞는지 가끔 헷갈렸다. 물론 그가 칼을 들고 훈련을 할 때면 다시 정신을 차렸다.

'역시 기사가 되기 위해 태어난 사람이야.'

다만 알렉산드로에게는 그 자신조차 상상하지 못했던 여러 가지 모습들이 있었다. 클로이는 그런 이면을 천천히 알아 갔다.

아레한 자작의 성에서 보낸 사흘은 짧고도 짧았다. 마지막 날 아침이었다. 쉬면서 지내던 클로이는 시간이 어떻게 가는지도 몰랐다.

'요즘은 좀 늦게 일어나시네.'

알렉산드로는 그녀가 눈을 뜰 때까지 잠들어 있었다.

'이런 일은 없었는데.'

대공도 사람인데, 푹신한 침대에서 자는 게 훨씬 편했나 보다.

'짠하단 말이지…….'

클로이가 눈을 뜨고 보면 잠든 그의 얼굴이 바로 보였다. 알렉산드로는 버릇인지, 항상 모로 누워 잤다. 아무래도 심리적인 안정이 필요한 사람이다 보니 정자세로 편하게 누워 잠들지 못하는 듯했다. 사흘간 한 침실에서 지냈지만 클로이는 그가 잠든 모습을 주의 깊게 본 적이 없었다. 휴식을 방해하고 싶지 않던 클로이는 직접 일어날 때까지 가만히 기다리기로 했다.

'절대로 일어나기 귀찮아서가 아니야.'

아침에 잠에서 깰락 말락 하며 푹신한 잠자리에 눈 감고 누워 있는 시간은 하루 중 가장 행복했다. 보드라운 침구에서 뒤척이던 클로이는 문득 대공을 응시했다. 잠도 성격대로 자는지 모든 게 고요했다.

'정말 조용히 자네.'

클로이는 물끄러미 그의 얼굴을 훑어보았다. 굵고 진한 눈썹, 긴 속눈썹. 높은 콧대 때문에 눈매가 무척 깊어 보였다. 아무래도 인종이 다르다 보니 클로이 자신의 얼굴과는 정말 많이 달랐다.

'어쩜 얼굴에 모난 곳도 하나 없을까?'

특히 쭉 미끄러진 콧대가 예술이었다. 할 수만 있다면 한번 만져 보고 싶을 만큼. 연한 분홍색의 촉촉하고 부드러워 보이는 도톰한 입술까지, 이목구비가 매우 조화로웠다.

'어떻게 입술까지 예쁘지?'

그런 생각을 하는데 갑자기 그 입술이 살짝 움직였다.

"깼나."

"……!"

방금 일어난 목소리도 어쩜 저럴까? 놀란 클로이는 얼른 대답했다.

"네. 흠흠."

제 것은 그야말로 지금 막 일어난 사람의 목소리다. 클로이는 목청을 가다듬고 얼른 자리에서 일어났다.

"안녕히 주무셨어요."

간신히 인사는 했는데, 늘어지는 하품까지 감출 순 없었다. 그소리를 들었는지 그의 얼굴에 옅은 미소가 서려 있었다. 클로이는 민망한 나머지 괜히 어깨를 빙빙 돌렸다.

"저 이제 야영 못 하겠어요. 소파가 너무 편해서."

당연히 농담이었다. 이제 그에게 가벼운 농담까지 건넬 수 있을만큼 편해졌다. 피 칠갑을 하고 고압적인 자세로 자신을 내려다보던 무시무시한 기사는 어디에도 없었다. 클로이는 애나의 충고마저 의심되었다. 그가 정말 체벌을 좋아하는 가학적인 사람일까?

당연하다고 생각했던 사실이 점점 의심되기 시작했다. 그렇다고 저 남자를 화나게 해서 직접 진상을 알아보고 싶다거나 하는 생각은 전혀 들지 않았다. 손만 봐도 저보다 두 마디는 컸다. 클로이는 그의 어깨까지도 미치지 못했다. 부디 애나가 잘못된 사실을 듣고 착각했기를 바랐다.

"앞으로 내 막사에서 자거라."

"농담이었어요! 몽유병도 창피해 죽겠는데요."

그는 분명 제게 한계 없는 인내심과 관용을 베풀고 있었다. 지나치게 잘해 줄 때는 좀 의아했지만 아무렴 어떤가 싶었다. 그는 스스로를 인정하는 열린 마음의 게이였다. 그가 괜찮다는데, 뭐.

'사실은 기사단 모두 아는 사실을 나만 괜히 심각하게 받아들인 걸지도 몰라.'

대공의 커밍아웃 이후, 클로이는 그와 매우 가까워진 기분이었다.

12. 그들의 소원

12. 그들의 소원

· · ◆ · ·

아레한 자작의 성을 떠나, 세 번째 영지로 향하는 길이었다. 기사단 일행은 돌아가더라도 산지보다는 평야를 택했다. 다행히 사막 지형도 벗어나 있었다. 덕분에 클로이와 시녀들은 한결 편하게 행군을 소화했다.

"네가 좋아하는 여우를 더 이상 볼 수 없어 아쉽겠구나."

말을 타고 걷던 알렉산드로는 어떤 이유에서인지 크산토스를 직접 끌고 도보로 여정을 시작했다. 그래서 클로이는 그와 편하게 대화를 할 기회가 더욱 많아졌다.

"아쉽긴요. 원래 야생에서 커야 하는 동물인데요."

자작의 성을 떠나고, 첫날. 알렉산드로는 여느 때처럼 야밤에 몸을 훈련했다. 기사단 일행과 떨어진 곳에 자리를 잡은 그와 클로이는 한참이나 자리를 지켰다. 그녀가 잠에 빠질락 말락 하는 찰나였다. 알렉산드로는 작은 동물의 소리를 민감하게 알아차렸다.

때마침 수풀에서 다람쥐 한 마리가 급히 튀어나왔다. 그리고 작은 여우 한 마리가 맹렬히 그 뒤를 쫓았다. 다람쥐는 금방이라도 잡힐 것처럼 아슬아슬하게 도망 다녔다. 워낙 사람들의 발길이 닿지 않는 곳이라 그런지, 두 야생 동물은 알렉산드로와 클로이를 전혀 의식하지 않았다. 다람쥐와 여우는 각자 생사의 갈림길에 있었다.

　알렉산드로는 작은 다람쥐에게 눈길이 가는 걸 멈출 수 없었다. 다른 동물이라면 신경 쓰지 않았겠지만 쫓기는 것은 바로 '다람쥐'였다. 다람쥐는 결국 그가 서 있는 곳까지 도망치기에 이르렀다. 알렉산드로는 본능적으로 손을 뻗었다.

　"캥캥캥!"

　여우의 목덜미를 잡아서 들어 올리자 여우는 심하게 발버둥을 쳤다. 이 여우는 보통 여우와는 달리 몸집이 작았지만 다람쥐를 괴롭히는 걸 두고 볼 수는 없었다. 다람쥐가 도망친 반대 방향으로 여우를 던지려던 순간이었다.

　"우와, 여우예요?"

　캥캥거리는 소리를 듣고 잠이 깬 클로이는 그의 손에 들려 있는 작은 여우를 바라보았다. 여우는 그의 손아귀를 벗어나기 위해 갖은 몸부림을 쳤지만 소용없었다. 그녀가 알렉산드로의 곁으로 다가와 호기심 어린 눈으로 여우를 바라보았다. 사람이 가까이 오자 여우는 더욱더 큰 소리를 내며 온몸으로 괴로움을 표현했다.

　"캐앵, 캥캥캥! 캥캥!"

　클로이는 두 손을 모으고 어쩔 줄을 몰랐다. 그녀는 이 작은 여우의 귀여움에 한껏 빠져 있었다. 커다란 귀, 앞으로 툭 튀어나온 주둥이, 솜뭉치 같은 앞발. 입에 넣어 버리고 싶을 만큼 사랑스러웠다. 본능적으로 여우를 향해 손을 뻗던 클로이는 순간 버둥거리는 여우가 가여워졌다.

"왜 잡으신 거예요?"

알렉산드로는 턱 말문이 막혔다. 왜 이 여우를 잡았지? 다람쥐가 금방이라도 여우에게 잡아먹힐 것 같아서 차마 두고 볼 수가 없었다. 그렇게 말하면 되는데, 괜히 주저되었다. 아무 대답 없는 그에게 클로이가 설마 하며 조심스레 물었다.

"혹시, 잡아먹으려고 하신 건 아니죠?"

"……."

이상한 오해에도 쉽게 입술이 열리질 않았다. 동물을 좋아하긴 하지만 알렉산드로는 야생의 먹이 사슬을 잘 이해하는 사람이었다. 그런데 글쎄, 왜 여우를 잡았지? 다람쥐가 먹히면 어때서.

"저번에 로한 님이 멧돼지 몰래 잡아먹고 망신당했던 거 잘 아시면서……."

알렉산드로는 그녀의 장난스러운 눈빛을 읽고 피식 웃음을 터뜨렸다.

'이젠 내게 장난도 거는군.'

장족의 발전이었다. 순식간에 기분이 좋아진 그는 솔직하게 대답했다.

"여우가 네 주위를 돌고 있기에 잡았다."

"정말요?"

클로이는 놀란 얼굴로 여우를 내려다보았다. 여우는 진이 빠졌는지 더 이상 캥캥거리지도, 발버둥을 치지도 않았다.

'아무리 봐도 이 작고 사랑스러운 여우가 나를 해치려 하진 않았

을 것 같은데…….'

클로이는 천천히 여우의 주둥이 앞에 손을 가져다 대었다. 알렉
산드로는 그녀가 물리진 않을까 걱정되었지만, 다행히 여우는 몇
번 냄새를 맡는 듯 킁킁거리다가 혀를 내밀어 그녀의 손을 핥았다.

"어머…….."

클로이는 예상치 못한 반응에 활짝 웃으며 얼른 다른 손도 내밀었
다. 그러자 여우는 더욱 친근하게 클로이의 손에 얼굴을 부비고 핥아
대기 시작했다. 그녀가 발그레한 얼굴로 알렉산드로를 올려보았다.

'제가 안아 봐도 될까요?'

아무 말도 하지 않았지만 알렉산드로의 귓가에 그런 목소리가 들
려왔다. 그는 옅은 미소와 함께 그녀에게 여우를 안겨 주었다. 여
우는 잠깐 버둥거리다가 마치 어미의 품을 찾듯 편안히 안겼다. 클
로이는 좀처럼 입을 다물지 못했다. 심장이 조여 오는 것처럼 지끈
거렸다. 품 안의 이 작은 생물체는 작고 또 작았다. 여우라고 믿기
힘든 크기였다. 그녀는 여우가 부스러질 것처럼 조심스럽게 행동
했다. 털은 부드러웠고 귀는 시종일관 쫑긋거렸다.

클로이는 부드러운 손길로 여우의 등을 쓰다듬어 주었다. 이마도
만져주자 여우가 기분 좋은 듯 눈을 가늘게 떴다.

"캐앵. 캥. 캥캥."

더 만져 달라는 듯, 여우는 쉴 새 없이 클로이에게 얼굴을 갖다 부
비며 품을 파고들었다. 그녀가 여우에게서 눈을 떼지 못한 채 말했다.

"너무…… 너무 귀여워요. 그렇죠?"

그 또한 이 작은 여우가 귀여워 견딜 수 없을 것이다.

"그래."

정신없이 여우의 목덜미를 긁어 주던 클로이는 제 위에서 울리는 낮은 대답에 고개를 들었다.

"정말 귀엽구나."

그는 자신을 바라보고 있었다. 눈이 마주쳤지만, 그녀는 전처럼 부담스럽거나 하지 않았다. 클로이는 미소로 화답했다.

"대공님도 안아 보실래요?"

"아니, 됐다."

클로이는 한참을 여우와 노느라 시간 가는 줄을 몰랐다. 여우는 땅에 내려 줬는데도 클로이의 주변을 계속해서 맴돌았다. 결국 두 사람은 여우에 관해 이런저런 이야기를 나누면서 밤을 새웠다. 클로이는 여우에게서 눈을 떼지 못했고, 알렉산드로는 그녀에게서 눈을 떼지 못했다. 긴 밤이었다.

그의 막사에서 선잠을 청하고 일어났을 땐 여우는 어디론가 사라진 뒤였다. 하지만 클로이는 아쉽지 않았다. 여우는 야생 동물이었다. 단 하룻밤이라도 그렇게 귀여운 동물과 즐거운 추억을 만들 수 있어서 그녀는 기뻤다.

어느덧 세 번째 영지가 가까웠다. 곧 도착할 곳은 로베르트 후작령이었다.

'벌써 세리머니가 시작된 지 세 달 정도 됐네.'

날짜를 적고, 호르헤에게 보낼 편지를 마무리한 클로이는 손을 멈췄다. 시간은 쏜살처럼 흘렀다. 그녀는 흘러간 시간 앞에서 지나온 날들을 되새겼다.

'추억.'

클로이는 제 코앞에서 편한 자세로 눕다시피 앉아 있는 알렉산드로를 응시했다. 책을 읽는 평화로운 모습이 이젠 퍽 익숙했다. 대공은 더 이상 무서운 기사가 아니었다. 에반도, 크리스도, 세리머니의 어떤 기사들도 그녀에게 더 이상 두려운 존재가 아니었다. 그들은 변하지 않았고, 자신도 변하지 않았다. 사람은 그대로인데 클로이는 더 이상 그들이 두렵지 않아졌다.

'시간을 공유했기 때문인가.'

이 여정을 추억이라고 정의할 수 있을까. 그래도 될까…….

'나는 패전국의 왕족이었는데.'

어쨌든 그녀의 지난 3개월은 분명히 추억이었다. 처음 하울을 치료하면서 마구간에서 지냈던 일, 기사 로한이 멧돼지를 몰래 잡아먹고 망신을 당했던 일, 람붓 백작의 성에서 받은 망측한 옷, 도적단의 습격, 보름달 축제에 갔던 일까지.

시간은 정말 위대했다. 끔찍했던 일들도 결국은 다 지난 과거가 되었다. 다 지나갔다. 망각 없이는 행복도 없는 법.

'처음엔 진짜 오기 싫었었지.'

이 세리머니 때문에 도망갈까 고민했던 예전 제 모습도 떠올랐다. 만약 이 여정에 참여하지 않았다면 대공이 이런 사람이라는 걸 알았을까? 토마스, 트리거 같은 든든한 친구들을 얻을 수 있었을까?

'이들을 미워하지 않고 평생 살 수 있었을까…….'

누군가를 미워하는 건 힘든 일이었다. 분노를 가슴에 담아 두는 건 독배를 들이키는 것과 같았다. 클로이는 자기 자신을 위해서 다른 사람을 미워하지 않으려 노력했다.

'여기 오길 잘했어.'

적어도 노예가 된 신세를 비관하며 누군가를 미워할 일은 없어졌다. 게다가 끔찍하리라 각오했던 여정은 결코 그렇지 않았다.

'역시, 베아트리체는 내가 가져야 할 이름이 아니었어. 그리고 길버트의 아내인 것보다 대공의 하녀인 게 백배 낫지.'

알렉산드로는 자신을 좋아했다. 그는 호의를 전혀 숨기지 않았다. 그가 여자를 좋아하지 않는다는 점이 새삼 아쉬웠다.

'잘생긴 남자는 다 게이라는 말이 맞나 봐.'

트리거도 미청년이었다. 물론 그가 여자를 좋아한다 해도 제가 연애 대상이 될 순 없다는 걸 클로이는 똑똑히 알고 있었다. 아무리 잘해 주고 매일같이 보는 얼굴이어도, 알렉산드로와 저 사이에는 하늘과 땅만큼 격차가 있었다.그는 제국의 제1가문 그레이엄의 후계자였고 자신은 패전국 출신 전쟁 노예였다. 게다가 그녀는 과거의 신분도 숨기고 있었다. 무엇보다…….

'너무 부담스러워.'

생긴 것부터 지나치다. 그 본인의 의사와 관계없이 여자들이 줄줄 따르게 생겼다. 거기다 몸은 좀 좋은가? 알렉산드로 같은 남자와 얽혔다가는 온 제국에 소문나고 대단히 골치 아픈 삶을 살게 될 것이다.

'게다가 그의 아버지가 아주 대단한 사람이라고 했어.'

던칸 그레이엄은 엘파사에서도 유명 인사였다. 자칫하면 그의 부모가 두 눈 부릅뜨고 쫓아와서 아들과 헤어지라고 협박하려 들지도 모른다. 돈만 쥐여 주고 헤어지라고 하면 다행이다.

'쥐도 새도 모르게 나를 죽일지도 몰라.'

클로이는 자신의 지나친 상상에 피식 웃고 말았다.

'여자는 관심도 전혀 없는 사람인데. 미안해요.'

그래, 차라리 잘됐다. 가지지 못할 남자라면…….

"다 썼느냐?"

클로이의 손이 움직임을 멈추자 그가 책을 읽다 말고 덮었다.

"네."

알렉산드로는 언제나 그녀의 편지를 확인했다. 항상 세세하게 살피기에, 혹시 자신을 의심해서 그런 게 아닐까 콩닥거렸다. 그의 표정을 살폈지만 여전히 속을 알 수 없는 얼굴이었다.

'에이, 몰라. 불편한 점이 있다면 먼저 말했겠지.'

클로이는 그를 살피는 걸 멈추고 자리에 누웠다. 결국 그녀는 대공의 막사에서 함께 자게 되었다. 놀랍게도 그는 클로이가 호랑이 가죽 보료를 좋아한다는 사실을 이미 알고 있었다. 한사코 사양했지만 그는 보료를 깔아 주었다.

'이렇게 잘해 주다니…….'

이렇게 지내는 두 사람은 정말 한시도 떨어져 있는 시간이 없었다. 그녀가 물건이나 식사를 가지러 자리를 피할 때, 그가 가끔 기사단 회의에 참여할 때를 빼고는 둘은 항상 함께였다. 클로이는 이제 토마스나 트리거만큼 그가 편하게 느껴졌다. 그건 알렉산드로역시 마찬가지였다. 그는 주종 관계를 전혀 신경 쓰지 않았다. 어떤 때는 그녀를 귀부인처럼 대했고, 어떤 때는 스스럼없는 친구처

럼 말을 걸어왔다. 그래서 이제 그녀는,

"오늘도 또! 운동하실 거예요?"

매일 훈련하는 그에게 투덜거리기도 하고,

"오늘 저녁은 좀 일찍 드시면 안 될까요?"

그에게 먼저 요구할 줄도 알았고,

"이 음식은 좀 이상한 것 같아요."

자신의 생각을 솔직하게 말하기도 했다. 그녀의 변화에는 알렉산드로의 영향이 컸다. 그는 의도적으로, 철저히 계획적으로 클로이에게 다가갔다. 성격에 맞지도 않는 장난까지 걸었다. 덕분에 클로이는 그와 더욱 편안하게 대화할 수 있었다.

그녀에게는 엄청난 변화였지만 알렉산드로가 만족할 수준은 아니었다. 언사만 조금 편해졌을 뿐, 그가 보기에 행동은 여전했다. 여전히 도망치듯 막사를 나섰고, 가끔 그가 뒤에 서 있으면 소스라치게 놀라는 것도 여전했다. 무엇보다 그녀는 절대로 그의 곁에 오지 않았다. 항상 두 걸음을 사이에 두고 유지했다. 아무리 잘해 줘도 그녀는 주종 관계를 잊지 않으려고 다짐하듯 거리를 두었다. 하지만 그는 조급해하지 않았다.

지금은 클로이를 바라보는 것만으로 충분했다.

로베르트 후작의 성은 화려했다. 그의 영지는 계획처럼 잘 정돈

되어 있었고, 마을은 활기로 넘쳤다. 영지민들의 표정도 밝았다. 기사단 일행은 영지민들의 성대한 환영을 받으며 성에 다다랐다. 성문은 이미 열려 있었다. 세리머니를 맞이하는 영주의 태도를 알 수 있는 대목이었다.

로베르트 후작의 장남, 데미안 로베르트 자작은 혼기를 꽉 채운 나이에도 부모의 심한 간섭 때문에 여태 미혼이었다. 노총각이라는 소문과는 다르게 데미안은 훤칠하게 잘생긴 미남이었다.

'근데 왜 장가를 여태 못 갔지?'하고 의아한 시선이 그를 따라다녔다.

물론 외모와 결혼은 전혀 상관없는 일이지만, 소문으로는 그가 굉장히 무능하다고 했다. 클로이는 후작의 가신과 가솔들이 알렉산드로에게 인사하는 걸 뒤에서 지켜보았다. 그러던 중 우연히 데미안 로베르트 자작과 눈이 마주치고 말았다. 클로이는 얼른 고개를 숙이고 로베르트 자작의 눈을 피했다.

'이 옷 때문이겠지.'

후작령에 들어서면서 클로이는 그 망측한 옷을 또 꺼내 입었다. 알렉산드로는 원치 않으면 입지 말라고 했지만, 클로이는 이 정도는 제가 할 일이라고 생각했다. 아레한 자작 성에서, 그녀는 여자를 쫓는 부적이나 다름없었다. 어떤 영애도 감히 대공의 침실 문을 두드리지 않았다. 복도에서 마주쳐도 대공을 흘끔거리며 수군대기만 할 뿐, 클로이를 보고는 얼른 고개를 돌렸다. 엄청난 효과였다.

'대공님을 위해서 이 정도는 참을 수 있어.'

클로이는 꿋꿋이 옷을 챙겨 입었다.

클로이는 후작성의 시녀에게 대공의 세탁물을 맡겼다.

"이건 대공님의 연미복이고, 저건 평상복이에요."

하나씩 짚어주고, 시녀를 바라보자 단번에 눈이 마주쳤다. 뚫어 져라 자신을 바라보고 있던 시녀는 화들짝 놀라며 들고 있던 옷가 지를 떨어뜨렸다.

"괜찮으세요?"

클로이는 의복을 주워 시녀에게 다시 안겨 주었다.

"이거, 다 못 들고 가실 것 같은데 제가 들어다 드릴게요."

"그, 그래 주시겠어요?"

시녀는 양 볼을 발그레 물들였다. 뭔가 찜찜한 기분이 들었지만 클로이는 어차피 할 일이 없었다. 후작성을 구경할 겸, 옷을 들고 시녀를 뒤따랐다. 한데 시녀가 이상하게 안절부절못했다. 복도를 걸어가면서도 괜히 힐끔힐끔 제 눈치를 살피는가 하면, 옷을 떨어 뜨리는 일도 부지기수였다.

'왜 저러지? 뭔가 수상해.'

지나가며 마주치는 다른 시녀들도 전부 클로이를 힐끔댔다. 적대 적인 눈빛은 아니었다. 그들은 클로이의 머리부터 발끝까지를 훑 어보고 괜히 얼굴이 발그레해서 먼저 눈을 피해 버렸다.

'대체 왜들 저러지?'

모퉁이를 돌자 다행히 아무도 없었다. 조용한 복도에 다다라 클로이는 한결 편한 마음으로 시녀의 뒤를 쫓았다. 그런데 점점 걸음을 늦추던 시녀가 조심스레 클로이의 옆으로 다가왔다.

"저…… 정말 실례지만, 한 가지만 여쭤봐도 될까요?"

시녀는 부끄러운 얼굴로 제 눈도 마주치지 못했다.

"아, 네. 그럼요."

별것 아닐 줄 알고 쉽게 고개를 끄덕인 클로이는 감히 상상치 못한 질문을 받았다.

"두 분이 연애하신 지 얼마나 되셨어요?"

"예?"

시녀의 뜬금없는 질문에 목에서 쇳소리가 튀어 나갔다. 클로이는 흠흠, 목을 가다듬고는 다시 물었다.

"무슨 말씀이세요?"

시녀가 은밀한 목소리로 말했다.

"기사단장님이랑 사귄 지 얼마나 되셨어요?"

무슨 정신으로 돌아왔을까. 클로이는 양 볼을 감싸 쥐었다. 아직도 귓가가 화끈거렸다. 자신이 대공의 미동 역할을 자처한 건 사실이지만, 이런 남세스러운 소문을 귀로 듣고 눈으로 확인할 줄은 몰랐다. 얼굴이 타올랐다. 사귄 지 얼마나 되었냐는, 말도 안 되는 질문에 클로이가 얼굴만 붉히자 시녀는 신이 나선 가까운 숙소로 그녀를 이끌었다. 숙소에는 다른 시녀들이 휴식을 취하고 있었다.

─꺄악!

─세상에, 그 마부님이셔!

몇몇은 클로이를 보고 비명을 질렀다. 마치 꿈꾸던 연예인을 만난 듯 행복한 비명이었다. 그 후부터 클로이는 정신이 몽롱해졌다.

─원래 마부시라고 들었는데, 기사단장님이 납치하신 거라면서요?

─납치라니, 납치라니. 사랑의 도피라니까!

─어머, 그러면 진짜 마구간에서 두 분이 만나신 거예요?

─아직 나이가 어리시다던데, 사실이에요?

─기사단장님이 잘해 주시죠?

─기사단장님이 혹시라도 바람피우면 저희가 지옥까지 쫓아갈 거예요! 아무 걱정 마세요!

─너무 잘 어울려요! 예쁜 사랑 하세요!

─두 분 항상 응원하고 있어요!

얼굴이 벌게져서 아무 말도 하지 못하는 클로이에게 시녀들은 어떤 책을 보여 주었다.

─두 분의 영원한 사랑을 기원하며 쓴 소설이에요!

첫 번째 책의 제목은 「비밀의 마구간」이었다. 차마 책을 열어 보지 못하고 받기만 하자 시녀는 외전도 있다며 두 번째 책을 꺼냈다. 제목은 「사랑의 마구간」이었다. 시녀들은 클로이를 가운데에 두고 난리가 났다. '수줍은 마부 소년'과 대공이 그렇고 그런 사이라고 철석같이 믿는 듯했다. 명백한 오해인 한편, 대공이 남자를 좋아하는 건 사실이라 클로이는 쉽게 입을 열 수가 없었다.

'도대체 어떻게 시녀들이 미리 알고 있었던 걸까…….'

궁금했지만 감히 어떤 말도 함부로 꺼낼 수 없었다. 그러던 중 어떤 시녀가 물었다.

―혹시 마을에 나가실 생각은 없으세요?

정신이 혼미해진 클로이는 얼른 자리를 피하고 싶은 마음에 고개를 끄덕였다. 그런데 시녀는 제법 구미가 당기는 이야기를 풀어놓았다.

―저희 마을에 처녀 귀신이 들린 점쟁이가 있거든요. 아주 기가 막히게 미래를 맞혀요.

―특히 애정운은 진짜 최고예요! 두 분 혹시 마을에 가시면 꼭 한번 가 보세요. 그 집시가 남자를 엄청 좋아해서, 잘생긴 남자는 돈도 안 받고 봐 줘요.

클로이의 눈이 반짝였다. 미래를 봐 준다니, 흥미로운 얘기가 아닐 수 없었다.

만찬에는 데미안의 부모, 즉 로베르트 후작 부부도 함께였다. 영지와 관련된 질문은 로베르트 후작이 모두 대답했다. 데미안은 공식적으로 자작 작위를 받았지만 영지와 관련된 일은 전부 후작이 처리하는 듯했다. 장남 데미안은 허수아비나 다름없었다.

"전하께서 든든한 아드님을 두어 자랑스러우시겠습니다."

"이렇게 듬직하실 수가요."

후작 부부는 번갈아 가며 알렉산드로를 칭찬하느라 여념이 없었다.

"어린 시절 전하와 함께 수학했던 기억이 여전합니다. 그때도 아주 출중하신 분이었지요. 단장님께서는 아버님을 빼닮으셨습니다."

"음."

알렉산드로가 살며시 미소 지었다. 조소에 가까웠지만 이 자리에서 그의 속내를 아는 이는 아무도 없었다. 알렉산드로가 제일 닮고 싶지 않은 사람이 있다면 바로 자신의 아버지였다. 그는 절대로 아버지와 같은 삶을 살고 싶지 않았다.

"과찬이십니다. 아버님을 따라가기엔 제가 아직 부족하지요."

"람붓 백작령에서의 일은 유감입니다, 각하."

묵묵히 식사에만 열중하던 데미안 로베르트 자작이 부루퉁한 목소리로 말했다.

"로렌스가 각하의 밤 시중을 들려다 기분을 언짢게 해 드렸다지요. 각하의 취향을 먼저 알았더라면 그런 실수는 없었을 텐데 말입니다."

"데미안!"

"그게 무슨 말버릇이냐! 당장 사과드려, 어서!"

후작 부부는 사색이 되어 데미안을 나무랐다. 무릎 꿇고 사과하라며 난리였다. 데미안은 쭈뼛쭈뼛 실례했다고 용서를 구했다. 알렉산드로는 피식 웃었다. 이제 명확해졌다. 데미안 로베르트 자작은 이미 결혼 적령기를 훌쩍 넘긴 성인이었다. 하지만 후작 부부는 하나뿐인 자식이라 어린아이처럼 생각하는 듯했다. 더 큰 문제는 데미안 스스로가 그것에 이미 익숙해질 대로 익숙해져 있다는 사실이었다.

'그러니 천지 분간을 못하고 입을 놀리겠지.'

후작 부부는 아버지인 던칸의 아카데미 동기였다. 그래서 말을 높여 주었지만 후작 부부는 결코 대공을 편하게 대하지 않았다. 그런데 데미안이 알렉산드로가 남색을 한다는 걸 빌미로 공개적으로 망신을 주려 하다니. 후작 부부는 제 자식의 경거망동에 얼굴이 뜨거웠다.

"만찬 즐거웠습니다. 저는 이만 일어나지요."

대공은 망설임 없이 자리에서 일어섰다. 후작 부부는 아쉬운 눈으로 그 모습을 지켜보았다. 한편 데미안은 분한 얼굴로 알렉산드로를 주시하다가 몰래 뒤를 쫓았다. 침실로 향하던 알렉산드로는 급격한 피로를 느꼈다. 그를 지치게 하는 것은 체력적인 문제가 아니라, 가치 없는 인간과의 의미 없는 대화였다. 그는 2층 층계에서 걸음을 멈췄다. 데미안이 자신을 쫓아 침실 앞까지 따라오게 하고 싶지 않았다.

"올라오시오."

"……!"

데미안은 자신이 따라왔다는 걸 그가 알고 있어서 놀란 눈치였다. 그가 쉽게 발걸음을 옮기지 못하고 미적거리자, 알렉산드로는 순간 짜증이 솟았다. 뭐든 확실한 게 좋았다. 그리고 자신의 시간을 낭비하고 싶지 않았다. 알렉산드로는 주저 없이 몸을 돌려 층계를 내려갔다.

제게 다가오는 묵직하고 빠른 발걸음 소리에 데미안은 어쩔 줄을 몰랐다. 설마 대공이 이렇게 밀어붙이는 성격이라고는 예상치 못했다. 그가 망설이는 사이 알렉산드로는 벌써 데미안의 코앞에 와 있었다. 갑작스런 상황에 맞닥뜨린 데미안은 도망치고 싶어졌다. 다리만 움찔거리는데 먼저 대공이 말을 건넸다.

"내게 하고 싶은 말이 있나?"

좁은 계단을 꽉 채운 기사단장의 위압감이 상당했다. 식사 자리에 앉아 있던 모습과는 달리 서서 마주 보는 알렉산드로는 거대한 벽처럼 느껴졌다. 단둘이 남은 대공은 더 이상 만찬장에서 후작 부부와 웃고 있던 사람이 아니었다. 서늘한 푸른 눈동자는 얼음처럼 차가웠고, 본능적으로 주위를 압도했다. 데미안은 눈앞의 이 남자가 제국의 제일가는 기사라는 사실을 뒤늦게 상기해 냈다. 영웅으로 포장된, 피와 살육을 좋아하는 남자. 사회화가 잘 된 맹수가 떠올랐다.

"계속 시간을 낭비할 건가."

층계를 울리는 나직한 음성이 데미안에게는 천둥소리처럼 들렸다. 대공의 시선이 정확히 그에게 내리꽂히고 있었다. 알렉산드로는 다른 이와 눈을 맞추는 걸 두려워하는 사람이 아니었다. 언제나 먼저 눈을 피하는 쪽은 상대방이었다.

"무, 무례를 용서하십시오. 사실 저는…… 람붓 백작의 영지에 사는 로렌스와 약혼을 약속한 사이입니다."

'람붓 백작? 로렌스?'

순간 알렉산드로의 한쪽 눈썹이 짜증스레 치켜 올라갔다. 로렌스라면 아무래도 여자 이름 같은데, 그렇다면 자신과 한 치도 관련 없는 일이었다. 역시 예상대로였다.

"대공님께서는 지금 결혼을 준비 중이시라고 들었습니다. 로렌스는 보셨다시피 아주 아름다운 여인입니다."

데미안은 시간을 잡아먹는 헛소리만 지껄였다.

"분명 수많은 아름다운 여인들이 물망에 오르고 있을 테지요. 하지만 로렌스는 저와……."

"걱정 마시오."

귀찮은 듯 무성의한 대답에 데미안은 마음이 급해졌다.

"대공님께서 다른 취향을 가지셨다는 이야기는 전해 들었습니다."

금방이라도 몸을 돌리려는 그를 붙잡으려 데미안이 얼른 본론을 꺼냈다.

"하지만 결국에는 귀부인과 결혼하실 것을 압니다. 로렌스는……."

"나는 그녀에게 일말의 관심도 없어."

알렉산드로는 솔직히 로렌스를 기억하지도 못했다. 자신이 본 적이 있다니, 도대체 언제 말인가?

"누군지도 모르는 여자를 입에 올리고 싶지 않군. 그러니 이만하지."

하지만 데미안은 절실해 보였다. 게다가,

'약혼을 약속한 사이?'

결혼을 약속한 것도 아니고, 약혼을 약속하다니. 그런 사이가 있단 말인가. 어쨌든 알렉산드로는 얼른 자리를 떠나고 싶었다. 조용한 자신만의 공간으로 돌아가고 싶었다.

"그럼."

인사를 듣지도 않은 채 몸을 돌려 층계를 올라가는 대공을 데미안이 뒤따랐다.

"각하, 그렇다면 제게 약조를 해 주십시오! 로렌스와……! 으억!"

저도 모르게 옷자락에 손을 뻗은 데미안은 순간 팔이 뒤로 꺾여 버렸다. 그대로 벽에 밀어붙여진 데미안은 차가운 대리석에 얼굴이 짓눌렸다.

"으으……."

압도적인 힘과 체격 차이. 데미안은 감히 몸을 빼낼 시도조차 하지 못한 채 꼴사나운 신음만 내뱉었다. 대공의 커다란 손이 제 두개골을 으깨 버릴 듯 쥐고 있었다. 어설프게 반항이라도 했다가 그의 화를 돋울까 두려웠다. 잔뜩 겁을 집어먹은 데미안의 귓가로 음산한 경고가 들려왔다.

"쥐새끼처럼 소문을 들어 왔으니 너도 알겠지."

저음의 나직한 속삭임은 데미안에겐 청천벽력처럼 들렸다.

"나는 자비가 없다. 두 번 말하고, 두 번 참는 것을 제일 싫어해."

무릎이 후들거렸다. 살면서 들어 왔던 협박 중 가장 강력했다. 대공의 완력을 직접 체험한 데미안은 자신이 잘못 찾아왔다고 뼈저리게 후회했다. 다리 사이가 축축해진 순간, 알렉산드로는 옴짝달싹 못하게 잡고 있던 그를 밀쳐 버렸다.

"으윽!"

갑작스럽게 해방된 몸이 고통을 호소했다. 어깨를 부여잡고 계단 위에 쓰러진 데미안은 감히 그를 다시 바라보지도 못했다.

"네 부모에게 감사해라."

살짝 흐트러진 연미복의 소매를 정리한 알렉산드로는 아무 일 없었다는 듯 고개를 치켜들었다.

"좋은 밤 보내시오."

쓰러진 데미안에게 저녁 인사를 잊지 않은 그는 다시 계단을 올랐다.

어느새 3층, 자신의 침실 문 앞이었다. 알렉산드로는 연미복이 혹시 흐트러지거나 주름이 졌을까 세심히 살폈다. 평소라면 그리 신경 쓰지 않을 일이었지만 알렉산드로는 데미안과의 일을 흔적도 남기고 싶지 않았다. 문을 여는 대신 헛기침을 하자 안에서 부스럭거리는 작은 인기척이 들려왔다. 그의 입매가 저절로 씩 올라갔다. 곧이어 달칵 문이 열리고 클로이의 검은 정수리가 빼꼼 나타났다. 그녀가 공손히 몸을 숙이며 인사했다.

"잘 다녀오셨어요."

옅은 미소와 함께 자신을 올려다보는 클로이를 보니 불쾌했던 마음이 단숨에 풀렸다. 알렉산드로는 성큼 침실 안으로 들어가며 물었다.

"쉬고 있었나?"

"네, 그냥……."

클로이는 크게 티를 내진 않았지만 뭔가 할 말이 있는 듯했다. 족집게처럼 그 속내를 알아본 알렉산드로는 묵묵히 그녀를 기다렸다.

"로베르트 후작 성의 시녀들과 얘기를 나누다가 돌아왔어요."

"무슨 이야기를 나눴지?"

그가 클로이에게 시선을 꽂은 채로 연미복 단추를 하나씩 풀었다. 알렉산드로는 그녀의 앞에서 나신이 되는 데 거리낌이 없었다. 하긴, 시중드는 하녀 앞에서 몸을 가리는 게 더 이상할 일일 것이다.

'그는 어차피 여자에게 관심이 없으니까.'

다만 그의 집요한 눈길을 받아 내기가 민망했던 클로이는 스르르 뒤돌았다. 편한 옷을 준비하는 척, 괜히 분주하게 돌아다니며 말을 이었다.

"람붓 백작님의 성에서 있었던 일들을 다 알고 있더라고요. 소문이 났나 봐요."

알렉산드로는 그 로렌스라는 영애가 로베르트 자작에게 말을 전했으리라 어렴풋이 짐작했다. 아마 멋대로 입을 놀렸겠지.

"신경 쓸 것 없다."

"저는 상관없는데…… 아! 그런데 시녀들이, 재밌는 걸 알려 줬어요."

"재밌는 것?"

"네. 마을에 용한 점쟁이가 있는데 미래를 그렇게 잘 맞힌대요."

알렉산드로는 미신 따위를 전혀 믿지 않았다. 정말로 미래를 읽을 줄 아는 예언가가 있다면, 세상이 이렇게 엉망일 리가 없다. 하지만 그는 태연히 자신의 본심을 숨기고 전혀 반대로 말했다.

"흥미롭군."

"네. 그래서 말인데요, 혹시 내일 낮에 제게 시키실 일이 없다면 잠시만 다녀와도 될까요? 아주 빨리 갔다 올게요."

"다녀오너라. 내일은 나도 영지를 둘러보고 올 테니."

주인의 다정한 배려에 클로이는 함박웃음을 지었다. 역시 허락해 줄 줄 알았다. 연미복을 벗고 클로이에게서 편한 옷을 받아 든 그는 하의를 꿰어 입으며 말했다.

"돈이 필요하면 원하는 만큼 가져가도록 해. 천천히 둘러보고 해가 지기 전에만 돌아오면 된다."

이어지는 자비로운 대공의 말에 클로이는 당황해 손을 내저었다.

"아, 아니에요."

굳이 돈이 필요하진 않았다.

"저 말고, 트리거 님이 점을 보고 싶어 할 것 같아서."

순간 그가 움직임을 멈추었다. 눈 둘 곳이 없어 멀리 창문을 쳐다보던 그녀가 의아하게 대공을 돌아보았다.

'응?'

그는 상의를 손에 쥔 채, 싸늘하게 굳은 얼굴로 그녀를 내려다보고 있었다.

―그게…… 하울이랑 크산토스를 보러 갔다가, 트리거 님이 오늘 마을에 축제가 있다고 하셔서요.

―저는 트리거 님의 소원을 이루어 달라고 빌었어요.

―트리거 님이 저를 많이 도와주셨거든요. 그분이 원하시는 대로 소원을 이뤘으면 해서요.

트리거, 트리거, 트리거…….

그 이름이 폭풍처럼 메아리쳤다. 클로이와 트리거는 세리머니 전부터 알고 지낸 사이였다. 알렉산드로는 두 사람이 함께 시간을 보내는 걸 종종 목격했다. 그녀가 트리거를 얼마나 편하게 생각하는지, 잘 알고 있다. 그 앞에서는 소리 내어 웃기도 하고, 심지어 먹던 음식을 양보하기도 했다. 스킨십도 스스럼없었다. 트리거는 때론 그녀의 머리카락을 만졌고, 어깨를 주무르기도 했다. 그럴 때마다 클로이는 전혀 불쾌해하지 않았다.

'트리거에게는, 그렇지.'

순간 알렉산드로는 알 수 없는 감정에 휩싸였다. 속에서 뜨거운 불길이 일었다. 한 번도 느껴 본 적 없는 분노와 박탈감이었다. 이상한 오기가 솟았다.

"나도 한번 그 점쟁이를 만나 보고 싶군."

결국 그는 또다시 마음에도 없는 소리를 내뱉고 말았다.

결국 두 사람은 야밤에 마을로 나오고 말았다. 클로이는 너무 늦은 시간이라고 생각했지만 마을은 인산인해였다.

'달이 저렇게 환해서 그런가.'

클로이는 사람들에게 물어 가며 점집을 찾았다. 대공이 후드를 쓰고 있지 않아서인지 마주치는 사람들은 모두 친절했다.

"어휴, 그 여자 귀신 들린 점쟁이 말씀이십니까? 저 집이요, 저기. 분홍색 담벼락 보이시나요?"

"네. 감사합니다."

"그 집시가 하고 다니는 게 망측해서 그렇지, 틀린 말 하는 걸 본적이 없다니까. 대신 돈은 넉넉히 가져가야 할 겁니다."

클로이는 멀리서 보아도 눈에 확 띄는 분홍색 담벼락을 한 집을 찾아갔다.

'도대체 이런 색깔 벽돌은 어디서 구한 거지?'

클로이는 의문을 품고 집의 문을 두드렸다. 그러자 곧바로 퉁명스런 목소리가 들려왔다.

"오늘 장사 끝났어요!"

앙칼진 점쟁이의 목소리에 기죽은 클로이는 금세 몸을 돌렸다.

"내일 다시 와야 되나 봐요."

풀이 죽은 목소리를 듣고 알렉산드로가 위로하듯 말했다.

"아침에도 시간이 있으니 걱정 말거라."

그 순간이었다. 말이 끝나기가 무섭게 점집 안에서 우당탕하는 시끄러운 소리가 들렸다. 동시에 대문이 벌컥 열리며, 점쟁이가 외쳤다.

"목소리가 마음에 들어!"

옅은 갈색 머리에 푸른 눈을 가진 예쁜 아가씨였다. 클로이는 신발도 신지 않고 맨발로 뛰어나온 그녀가 점쟁이라고 확신했다. 그녀는 흥미로운 듯이 클로이의 머리부터 발끝까지 샅샅이 살폈다. 그리고 옆의 대공에게로 눈을 돌리는 동시에 그녀가 짧은 비명을 내질렀다.

"어머!"

손으로 입가를 가린 점쟁이는 감탄을 금치 못했다.

"세상에!"

클로이는 갑작스러운 그 반응에 정색했다.

"왜, 왜 그러세요?"

저야 불온한 시선을 받아도 상관없지만, 알렉산드로는 대공이자 기사단장이었다. 아무리 점쟁이가 알렉산드로를 알아보지 못한다고 해도 함부로 대해서는 안 될 사람이었다. 클로이가 경계하자 점쟁이는 여전히 놀란 표정을 숨기지 않으며 말했다.

"미, 미남……."

"……."

너무나 진지한 점쟁이의 반응에 웃음도 나오지 않았다. 그녀는 심각한 눈길로 대공의 얼굴이며 몸을 이리저리 살폈다. 급기야는

까치발을 하고서 그의 코앞에 제 얼굴을 들이밀고 쳐다보았다.

"저기, 그러시면……."

안 되는데. 클로이는 놀라서 대공의 눈치를 살폈지만, 다행히 그는 점쟁이의 무례한 행동에도 별다른 반응이 없었다. 한참이나 얼굴을 뜯어보던 점쟁이는 이윽고 대공의 눈을 똑바로 쳐다보며 말했다.

"들어와요. 내가 할 말이 많으니까."

점쟁이의 안내로 들어선 집의 내부는 더욱더 충격이었다.

'도대체 이런 조잡한 물건들은 다 어디서 모은 거지?'

집 안은 크고 작은 수정 구슬과 이상하게 생긴 인형으로 가득 차 있었다.

"얼마나 외로웠을까. 평생을 오해하면서 살았으니. 얼마나 외로웠을까."

문을 열고 들어서면서부터 점쟁이는 계속 혼잣말을 해 댔다. 클로이는 점집의 묘한 분위기와 점쟁이의 정신이 나간 것 같은 속삭임에 몸에 소름이 돋았다.

"자, 그럼 내가 다 말해 주리다. 일단 손을 좀 줘 봐요."

점쟁이는 자리에 앉자마자 척하니 손을 내밀었다. 알렉산드로는 싸늘한 눈으로 그 손을 내려다봤다. 모든 게 불쾌하기 짝이 없었다. 하지만 예언을 듣고 싶다고 여기까지 따라온 이상 이제 와서 거부할 수는 없었다. 옆에서 신기한 얼굴로 저를 흘끔대는 클로이 때문에 알렉산드로는 찝찝했지만 손을 내주었다.

"오오."

점쟁이는 눈을 감고 그의 손을 어루만지기 시작했다. 안마하듯 어지간히 주물럭거리던 그녀는 급기야 제 코앞에 손을 가져다 댔다. 그러더니 기묘한 표정으로 숨을 잔뜩 들이마셨다.

"흐으음!"

"그만."

알렉산드로는 무서운 얼굴로 그녀를 저지했다. 그의 감상은 딱 한 가지였다.

'미친 여자로군.'

성격 같아서는 당장 목을 잡아채고 무슨 짓이냐고 뒤엎어 버리고 싶었지만, 대신 조용히 경고를 하는 것으로 그쳤다. 다행히 점쟁이는 아쉽다는 티를 있는 대로 내곤 금방 손을 내렸다. 대공의 눈치를 살피던 클로이는 처음 본 민간 주술이 신기해서 이것저것 묻기 시작했다.

"그렇게 손을 보시면 미래를 다 아시는 거예요?"

"아니."

점쟁이 아가씨는 떨떠름한 얼굴로 대답했다.

"그럼 손은 왜……?"

"그냥 한번 만져 봤어."

말도 섞기 싫다는 듯 퉁명스러운 대꾸였다. 클로이는 할 말을 잃었다.

'그럼 미래를 도대체 어떻게 안다는 거지?'

속을 읽기라도 한 듯 점쟁이 아가씨가 피식 웃었다.

"뭐가 그렇게 궁금해? 난 아가씨한테는 할 말 없어요."

'아가씨……?'

클로이는 아직도 미동의 옷을 입고 있었다. 분명 남성복인 데다 이상한 쪽으로 화려해서 사람들은 그녀를 미동으로 알았다.

'그런데 나를 '아가씨'라고 불렀어.'

과연 우연히 맞춘 걸까? 점쟁이를 향한 신뢰가 차오르던 그때였다.

"남편 잘 만나서 잘 먹고 잘 살 텐데, 이러쿵저러쿵 떠들어 봐야 내 입만 아프지."

놀라움은 딱 거기까지였다.

'내가 남편을 잘 만난다고?'

클로이는 잔뜩 실망했다. 듣기로는 애정운을 가장 잘 맞힌다는 데, 처음부터 헛다리를 짚었다.

'내가 어떻게 남편을 잘 만난단 거야.'

그녀는 노예인 데다 이미 한 번 결혼한 몸이었다. 재혼은 바라지도 않았다. 실망한 그녀의 표정을 읽었는지, 점쟁이는 혼잣말처럼 조용히 구시렁거렸다.

"남자가 넷이 얽혀 있으니 그건 알아서 해."

"제가요?"

클로이의 두 눈이 휘둥그레졌다.

'내 주위엔 게이밖에 없는데 이게 대체 무슨 소리야?'

도무지 믿지 못할 말 투성이었다.

"뭐…… 다른 건 없나요?"

"아, 북서쪽에서 귀인을 만날 거야."

점쟁이는 귀찮다는 듯 손을 휘휘 저었다.

"아가씨는 이제 그만 물어봐."

성의 없이 툭 내뱉은 말에 클로이의 미간이 찌푸려졌다.

'귀인?'

누구라도 그런 말은 쉽게 할 수 있었다.

'그런데 북서쪽이라고?'

대륙의 북쪽은 엘파사가 있던 자리였다. 왕궁이 북서쪽에 가까웠다.

'내가 거길 다시 왜 가지? 세리머니 때문에?'

제국의 전역을 도는 기사단 일행은 어쩌면 거기까지 갈지도 모른다. 하지만…….

'좀 사기꾼같이 들리는데.'

점쟁이를 향한 신뢰도가 곤두박질쳤다. 하지만 어딘가 정신 나간 듯한 그녀의 분위기 때문에 클로이는 아무 말 하지 못했다. 정말 귀신이 들리긴 한 것 같았다.

"얼굴을 보면 미래를 다 아시는 거예요?"

"아니."

"그럼 대공님은 왜……?"

"아, 그냥 잘생겨서 쳐다봤어."

점쟁이는 대답하기 짜증 난다는 듯 퉁명스럽게 대꾸했다. 그러고는 바로 표정을 바꿔, 한껏 상냥하고 다정한 얼굴로 대공을 응시했다.

"우리 귀하신 분은 뭐가 제일 궁금하셔요?"

다시 제게 쏠린 점쟁이의 관심에 알렉산드로는 뒷목이 뻐근했다. 이런 종류의 미친 여인은 본 적이 없었다. 모두들 어려워하는 제 앞에서 이토록 편하게 막말을 하는 사람은 점쟁이가 처음이었다.

'네 명이라고.'

그는 점쟁이가 불쾌했다.

'네 명.'

당장 이 점집을 나가고 싶었지만, 클로이는 면박을 있는 대로 받고도 뭐가 그렇게 신기한지 눈을 반짝였다. 점쟁이와 한패처럼 똑같은 표정으로 '대공님은 뭐가 제일 궁금하세요?' 하고 기다리는 클로이의 시선이 느껴졌다. 하지만 점쟁이에게 물어볼 건 없었다. 이따위 미신은 믿지도 않으니까. 거짓말을 늘어놓는 사기꾼에게 뭘 묻는단 말인가. 하지만 점집에 와 보고 싶다는 마음에도 없는 소리를 지껄인 게 바로 자신이었다. 알렉산드로의 손끝이 무릎을 두드렸다. 난감함에 할 말을 고르던 그때.

가만히 그를 바라보던 클로이가 답답했는지 대신 물었다.

"전체적으로 다 잘되죠?"

조심스러운 그녀의 물음에도 점쟁이의 푸른 눈동자는 오직 대공의 얼굴에만 꽂혀 있었다. 클로이에겐 대답할 마음도 없는 듯, 점쟁이는 동문서답을 했다.

"세상에 이런 얼굴은 또 처음일세."

대공은 언제나처럼 조용했고, 옆에서 클로이만 초조해했다.

'점쟁이는 그가 대공인 걸 모르는 것 같은데…… 안 좋은 미래를 말하면 어떡하지?'

괜히 이런 데 와서 재수 없는 말 들으면 기분이 나쁠 텐데.

"너무 잘생겼어."

점쟁이의 입에서는 또 생뚱한 말이 나왔다.

'어쩌면 그냥 남자를 좋아하는 귀신에만 빙의가 된 걸지도 몰라.'

클로이는 정말로 점쟁이가 미래를 보는 능력이 있기는 한 건지 의심되기 시작했다. 그런데 돌연, 점쟁이가 고개를 절레절레 저으며 혀를 차기 시작했다.

"쯧쯧쯧……."

또 돌변한 태도에 클로이는 석상처럼 표정을 굳혔다. 그녀는 아까와는 전혀 다른 사람처럼 표정을 바꿨다.

"이런 미남이 제국을 떠난다니. 안타깝네, 안타까워……."

여전히 대공에게서 눈을 떼지 않던 점쟁이는 갑자기 고성을 내질렀다.

"걱정하지 마시오!"

그 단호하고 큰 목소리에 깜짝 놀란 클로이는 몸을 움찔했다. 지금까지와는 조금 달랐다. 이 자리에 오직 대공과 둘뿐인 것처럼 점쟁이는 그에게만 집중했다.

"이제 인생 모든 풍파는 다 지나갔소. 당신 손에 묻은 피가 너무 많지만 어쩌겠소? 그게 운명인 것을. 대신 여자가 평생, 아프고 모자란 생명을 살리면서 살 거요. 그러니 천생연분이겠지."

뜻밖의 말에 알렉산드로의 눈썹이 꿈틀했다.

'내가 여자와 이어진단 말인가?'

알렉산드로는 헛소리라고만 치부했던 스스로가 우습게도 점쟁이의 말에 귀를 기울였다.

"하지만 고생을 좀 해야 할 거요."

한데 듣자 하니 어이가 없었다.

"가는 길이 아주 험난하겠지만……."

있을지 없을지도 모를 미래의 여자를 두고 하는 말이 심지어 좋은 말도 아니었다.

"어머니와 누나에게 감사하시오. 당신을 사랑하는 어머니와 누나가 귀하신 분을 지켜 주고 기도하고 있으니 결국엔 다 잘될 거요."

결국 그는 피식 웃고 말았다.

'나를 사랑하는 어머니?'

제게 그런 어머니는 없었다. 게다가 누나라니. 던칸에게 자식은 알렉산드로 딱 한 명뿐이었다.

'역시나 헛소리였군.'

하지만 점쟁이의 말은 여기서 끝이 아니었다. 갑자기 엄한 표정을 지은 그녀가 일갈했다.

"그러니 이제 그만 미워하시오! 어머니가 서럽다 하시오."

점쟁이를 마주보던 알렉산드로의 얼굴이 신경질적으로 일그러졌다. 어머니, 누나, 여자…… 하나도 말이 되는 게 없었다. 게다가 대륙엔 오직 제국뿐인데, 자신이 제국을 떠나서 대체 어디로 간단 말인가? 정말 불쾌했지만 알렉산드로는 자리를 박차고 일어나는 대신 클로이를 돌아보았다. 많이 놀랐는지 두 눈이 휘둥그레져 있었다. 재잘거리던 입술도 조용했다. 다시 점쟁이에게 시선을 돌린 알렉산드로는 차가운 목소리로 물었다.

"헛소리는 끝났나?"

웬만하면 좋게 이곳을 나가고 싶었다. 하지만 점쟁이는 아직도 할 말이 남은 듯했다.

"정말 다행이오."

박차고 나가려던 알렉산드로는 순간 점쟁이의 새파란 눈동자에 붙잡혔다. 에메랄드빛. 어딘가 익숙했다.

"여자가 그 집안에 죽을 사람들을 몇 명이나 구해 주는군. 당신은 아내를 평생 업고 살겠소."

점쟁이의 표정이 또 바뀌었다. 무서울 만큼 진지하던 얼굴은 어디 가고 이번에는 아기처럼 천진난만한 얼굴이 나왔다. 끔뻑끔뻑 과장되게 눈을 감았다 떴다 하던 점쟁이는 자신의 두 손을 얼굴 밑에 받치고는 그에게 말했다.

"오빠, 첫째 애기는 여자애야. 좋지?"

클로이는 점쟁이에게서 눈을 뗄 수가 없었다. 예언의 사실 여부를 떠나서, 그 표정과 말투에 소름이 돋았다. 아예 다른 사람이 말하는 것 같았다. 만약 옆에 대공이 없었다면 무서워서 이 점집에 앉아 있지도 못했을 것이다. 게다가 대공의 결혼, 가족 관계 등은 전적으로 사적인 영역이었다. 클로이는 저와 전혀 관계없는 그의 이야기를 엿듣는 기분이 들어 자리가 불편해졌다. 들어서는 안 될 것을 듣는 기분이었다.

"오빠가 제일 바라는 거 내가 말해 주는 거야."

인심 쓴다는 듯, 점쟁이는 그에게 얼굴을 더 가까이 했다. 그리고 손으로 입가를 가리고, 클로이가 듣지 못하도록 조용히 속삭였다.

"아빠가 되고 싶잖아."

그 순간 서늘한 조소를 내뱉은 알렉산드로가 자리에서 일어섰다. 더 이상 들을 게 없었다.

'사기나 치면서 남의 등을 쳐 먹고 사는 몹쓸 인간이군.'

점쟁이의 말은 전부 헛소리였다. 남편, 아내, 아버지…… 전혀 생각도 안 해 본 것들이었다. 알렉산드로는 결혼을 하고, 가정을 이룰 마음이 아예 없었다. 전혀. 그 결심은 단 한 번도 흔들리지 않았다. 미련 없이 뒤돌아 나가는 대공을 보고 점쟁이가 뾰로통한 목소리로 소리쳤다.

"언니는 돈 내야지! 언니는 돈 많이 내야 돼."

문득 그가 자리에서 멈췄다. 저와 관련된 헛소리라면 뭐라고 지껄이든 상관없었지만, 클로이를 들먹거리니 그냥 나가 버릴 수 없었다. 멈칫한 그 사이, 뒤에서 화가 난 앙칼진 목소리가 다시 들려왔다.

"안 그러면 내가 질투 나서 언니 왕관 뺏어 버릴 거야!"

"왜 그러셨어요? 안 그러셔도 되는데……."

"신경 쓸 것 없다."

결국 그는 클로이 때문에 아주 큰돈을 지불하고 나왔다. 정확히 얼마인지는 모르지만, 번쩍거리는 금화를 그는 미련도 없이 점쟁이에게 안겨 주었다. 클로이는 그를 말렸지만 대공은 전혀 개의치 않고 점쟁이에게 돈을 전부 주었다. 점쟁이는 또 만나자며 밝은 얼굴로 손을 붕붕 흔들었다.

'왕관이라.'

알렉산드로는 점쟁이가 말한 '왕관'이라는 말에 큰 죄책감을 느꼈다. 나라는 사라지고 왕족은 모두 죽었지만 그녀는 왕관을 쓰던 왕족이 맞았다. 그리고 자신이, 그 왕관을 베아트리체 왕녀에게서 빼앗았다. 게다가 왕녀였던 그녀는 지금 노예가 되어 있었다.

'내가 그렇게 만들었다.'

그녀는 더 이상 왕관을 다시 쓸 일이 없었다. 물론 잘 알고 있었지만, 이상하게도 왕관이라는 말을 듣는 순간…… 알렉산드로는 가능한 한 모든 걸 다 해 주고 싶어졌다. 이성적인 사고와는 거리가 멀었다. 자신조차 제대로 인지하지 못했던, 죄책감에서 비롯된 본능이었다. 지독한 피로감이 몰려들었다.

옆에서 터덜터덜 걷는 클로이도 마찬가지인 듯했다. 그녀는 온몸의 기운이 다 빠졌다.

'아무래도 다시 이 점집을 찾기는 힘들 것 같아.'

트리거에게도 가지 말라고 해야겠다. 점쟁이의 말은 대부분 가짜 같았다.

'그 분위기도 너무 무서워.'

아직도 으스스했다. 그렇게 두 사람은 각자 다른 이유로 침묵을 지켰다.

마을은 한산했고, 적당히 선선하다고 생각했던 밤바람에 한기가 스며들었다. 슬쩍 몸을 움츠린 클로이는 말 없는 대공의 눈치를 살폈다.

'혹시 화나셨나…….'

화가 나도 이상할 게 없었다. 애정운을 잘 맞힌다던 점쟁이는 기분 나쁜 소리만 해 대는 가짜였다.

'뭐? 남편을 잘 만나서 잘 먹고 잘 살아?'

기가 막혀 웃음도 나오지 않았다. 남자가 네 명이나 얽혀 있다는 것도 어이가 없었다. 게다가 제게 왕관이 있다니, 그야말로 헛소리였다.

'대공님한테는 뭐라고 했었지? 이 남자는 외동아들 아닌가?'

말도 안 되는 소리만 덜 했어도 믿었을 텐데.

"대공님, 혹시…… 화나셨어요?"

"아니."

단호한 대답이지만 얼굴은 더없이 심각했다. 알렉산드로는 제게 떠들었던 점쟁이의 헛소리를 거짓으로 여겼다. 아내며 딸이며…… 자신이 가정을 이룬다니 머리에 담을 가치도 없는 말들이었다. 하지만 클로이에 관한 얘기들은 결코 간과할 수 없었다.

'남자가 넷이라고.'

머릿속에서 점쟁이의 목소리가 끊임없이 맴돌았다.

—남편 잘 만나서 잘 먹고 잘 살 텐데 이러쿵저러쿵 떠들어 봐야 내 입만 아프지.

'남편?'

그녀가 남편을 다시 만난다고?'

'길버트를 다시 만난다는 뜻인가?'

어떻게 그녀가 길버트와 다시 만나서 결혼 생활을 이어 가지?

'그러고 보니 길버트가 아직 살아 있군.'

그런데 그녀는 남편을 좋아하지 않는 것 같았는데.

'아니, 그럼 둘은 아직도 결혼 상태인 건가?'

알렉산드로는 꼬리를 물고 이어지는 생각에 머리가 다 아플 지경이었다. 모든 게 혼란스러웠다.

"죄송해요."

옆에서 풀 죽은 목소리가 들려오자 알렉산드로는 뒤늦게 클로이에게로 눈을 돌렸다. 홀로 너무 깊은 생각에 빠져서 그녀가 어떤 마음일지는 헤아리지 못했다.

"쉬고 싶으실 텐데, 괜히 시간만 버리고……."

특유의 동그란 눈매가 축 처져 있었다. 잔뜩 미안한 표정. 그걸 보고 알렉산드로는 피식 바람 빠진 웃음을 터뜨렸다. 그녀와 대화할 때는 이런 점이 참 편했다. 얼굴이 기분과 마음을 고스란히 대변해서, 속으로 무슨 생각인지 신경을 곤두세울 필요가 없었다. 그녀의 한마디, 한마디는 모두 진심이니까. 감정을 속이지 않고 저렇게 투명하면서도, 쉽게 예상할 수 있는 여자가 아니라는 점이 또 신비했다.

"뭐가 미안하지?"

"저 때문에 야밤에 괜히 나와서 시간만 낭비하셨잖아요."

"전혀."

불쾌하지만 신기하기도 했다.

"아주 재밌는 경험이었다."

알렉산드로는 예언이나 미신에 한 번도 관심을 가져 본 적이 없었다. 종교도 마찬가지였다. 가문은 종교가 있지만, 알렉산드로는 철저하게 자신만을 의지하면서 사는 남자였다. 그래서 그에게는 점쟁이가 매우 흥미로운 존재가 아닐 수 없었다.

'저런 헛소리를 지껄이고 돈을 받아먹고 사는 이들이 있다니.'

황궁의 정치가들이 하는 일도 같지만 점쟁이는 더했다. 특히 그녀가 보여 준 신들린 연기가 수준급이었다.

"정말요?"

"진심이다. 평민들이 어떻게 사는지 지켜보는 일은 내게도 큰 도움이 되지."

'세상에⋯⋯.'

클로이는 내심 감탄했다. 저렇게 겸손한 생각을 가지며 사는 권력자가 있다니⋯⋯. 그는 장차 영지를 다스릴 가문의 후계자이니 맞는 말이긴 했다.

"그러니 앞으로도 내게 그런 기회를 만들어다오."

알렉산드로가 클로이를 돌아보며 말했다. 이번에는 그도 진심이었다. 그녀와 함께하는 모든 일들이 다 즐거울 것 같았다. 영지를 다스리거나 황궁에 들어갈 마음은 없지만, 이런 경험들이 제게 좋은 거름이 될 거란 걸 그는 잘 알고 있었다.

알렉산드로는 제국의 최고 권력자의 후계자로서, 대귀족 가문의 장남으로서, 그리고 기사로서의 세상만을 봐 왔다. 하지만 대륙은 넓고, 제국은 굉장히 복잡한 나라였다. 그가 알아 온 것만이 전부는 아니었다. 알렉산드로는 그녀와 대화하면서 많은 걸 깨달아 가고 있었다.

베아트리체 왕녀는 많은 풍파를 겪어 온 사람이었다. 왕족으로도 살았고, 지금은 노예이자 하녀로서 완벽히 적응했다. 그녀는 분명 자신보다 작고, 약한 존재지만 내면은 결코 그렇지 않았다. 그래서 알렉산드로는 그녀의 생각을 더 많이 알고 싶었다. 매일, 매 순간, 아침부터 저녁까지, 하루 온 종일. 그녀가 저 작은 머릿속으로 무슨 생각을 하는지 알고 싶었다. 더 많은 것들을 함께하고 싶었다.

알렉산드로는 밤하늘 같은 그녀의 눈동자를 들여다보았다. 그 속에는 그도 있었고, 반짝이는 별들도 있었다. 그녀의 눈은 짙은 색이었지만 결코 어둡지 않았다.

"저는 귀찮으실까 봐……."

자신 없는 목소리에 알렉산드로가 그녀를 멈춰 세웠다. 그녀의 어깨를 잡은 그의 손은 크고 묵직했다.

"내가 귀찮은 것이냐?"

"아니, 아니요! 감히 제가 그런 생각을요?"

눈을 크게 뜨고 되묻는 그녀의 얼굴엔 이번에도 솔직한 감정이 고스란히 담겨 있었다. 놀람, 당황, 난감함……. 클로이의 곤란한 얼굴을 보며, 알렉산드로는 미안했던 게 무색하게도 더 괴롭히고 싶다는 생각만 들었다. 그녀가 저 때문에 더 놀라고, 더 당황하고, 더 난감했으면 좋겠다. 갈색 눈동자에 빠듯이 들어찬 제 모습을 가만히 쳐다보던 그는 어느새 자신이 웃고 있다는 사실을 알게 되었다. 제가 웃는 모습은 굉장히 편안해 보였고, 퍽 다정한 남자처럼 보였다. 물론 그런 사람은 아니지만 알렉산드로는 그녀가 자신을 그렇게 생각하길 바랐다.

한번 시작된 바람은 끝이 없었다. 저와 있을 때 그녀가 편안함을 느끼고, 제게 더 많이 말을 걸어 줬으면. 호기심 많고 똑똑한 그녀가 주위를 둘러보는 만큼 자신을 더 바라봐 줬으면. 부디, 그녀가 제게도 눈길을 줬으면…….

"대공님, 진심이에요. 귀찮다니요, 제가 어떻게 감히 대공님께 그런 불손한 마음을 가지겠어요."

그녀가 재빨리 변명하듯 말했다. 하지만 그는 듣고 있지 않았다.

얼굴을 훑듯이, 천천히 내려간 알렉산드로의 시선은 그녀의 입술에서 멈췄다. 세상에 저렇게 작은 입술도 있나? 저 작은 입술이 어떻게 저렇게 빨리 움직일 수가 있지? 귀엽다는 자각과 함께 갑자기 충동이 솟구쳤다. 여태까지와는 전혀 다른, 구체적인 충동이었다.

'입 맞추고 싶다.'

그녀는 또 놀라겠지. 당황해서 자신을 감히 안지도 못할 것이다. 그럼 가만히 안겨만 있을까? 그녀의 저 작은 입술은 어떤 느낌일까……. 좁고 포근한 그런 느낌일까? 그녀는 작고 여리니까, 아마 그 속도 부드럽고 따뜻할 것이다. 갑자기 달려들면 놀라 도망칠까?

아니.

'그녀는 나를 뿌리칠 수 없을 것이다…….'

한번 시작된 마음은 멈출 수 없었다. 마을은 조용했고, 달은 그녀의 머리 위에 떠 있었다. 하늘에는 많은 별들이 떠 있었지만 그녀의 눈동자보다 빛나는 건 없었다. 이상했다. 검은색에 가까운 그녀의 짙은 눈동자가 하나도 어둡지 않다는 게. 알렉산드로는 그녀의 눈이야말로 세상 어떤 보석보다도 아름답게 반짝인다고 생각했다. 가슴이 충동에 담금질되어 온몸이 달아오르던 그 순간이었다.

"아무리 제게 잘해 주셔도 저는 대공님의 하녀인걸요."

클로이의 담담한 음성이 그의 귓가에 벼락처럼 꽂혀 들었다.

"항상 감사하고, 잊지 않고 있어요."

순식간에 절벽에서 떨어진 것처럼 가슴이 싸늘하게 식었다. 동시에 자신이 쌓고 있던 모든 것들이 와르르 무너져 내리는 기분이 들었다. 그녀의 입술을 바라보던 알렉산드로가 눈으로 시선을 옮겼다. 그녀는 이번에도 진심이었다.

"걱정하지 마세요."

절벽에서 그를 떠밀고, 소중히 쌓은 감정을 무너뜨린 클로이는 배시시 웃기까지 했다. 알렉산드로는 갑자기 황당한 마음마저 들었다. 배신당한 것 같기도 하고, 누가 뒤에서 머리를 내려친 것도 같았다. 그는 제 가슴에 찬물을 들이부은 그녀에게 좀 묻고 싶었다. 도대체 왜 그렇게 주제 파악을 잘하지? 평생 노예로 살았던 것도 아니고, 왕족으로도 살았는데. 제가 이만큼 편하게 대해 줬으면 적어도 한 번쯤은, 여자와 남자라는 입장에서 동등하게 생각해 볼수도 있는 거 아닌가? 누가 옆에서 '넌 노예야, 절대 잊지 마' 하고 그녀를 다그치나? 만약 그렇다면 자신이 가만두지 않으리라.

'왕녀로도 살았던 너인데, 도대체 왜.'

알렉산드로는 하고 싶은 말들이 목 끝까지 차올랐지만 끝내 입을 열 수 없었다. 그녀를 노예로 만든 것은 바로 자신이었다.

대공은 침실에 도착할 때까지 말이 없었다. 가끔 답답한 한숨만 내쉬었다.

'도대체 왜 저러지?'

클로이는 대공을 이해할 수가 없었다.

'하긴, 내가 저 사람을 어떻게 알겠어.'

그는 자신과는 달라도 너무 다른 사람이었다. 대귀족으로 태어나 기사로서 평생을 살아왔고, 게다가 게이였다. 혼기를 지난 나이에 전쟁터만 오간 그가 여태 결혼을 안 한 건, 남들과 다른 성적 취향 때문이 분명했다.

'고민이 많았겠지.'

자아가 뚜렷한 사람이니까 그만큼 생각도 많았을 것이다. 후작성, 대공의 침실 앞에 도착한 클로이는 성큼성큼 걷는 그의 걸음을 뒤쫓았다. 제가 문을 열고, 닫아 줘야 했다. 그는 귀족이니까. 얼른 달려가서 문고리를 잡자, 그가 그 위로 손을 뻗어 왔다. 다분히 의도적인 손길이었다. 그는 당황한 클로이를 무시한 채 손을 겹쳐 잡은 그대로 손잡이를 돌렸다. 그리고 먼저 들어가라고 안내하듯 침실 안쪽을 눈짓했다. 귀부인에게 하는 것처럼.

알렉산드로는 강압적으로 말하거나 싫은 걸 강요하지 않으면서도 가끔씩 이런 태도를 보일 때가 있었다. 솔직히 클로이는 대공이 이런 행동을 할 때마다 설렜다. 그는 잘 교육받은 남자였고, 매너는 흠잡을 데 없이 완벽했다. 하지만 그의 매너는 제가 가져선 안 될 것이었다.

'그의 연인, 혹은…… 아내.'

그는 아마 영애와 결혼할 것이다. 연인이나 아내에게 보여야 할 행동을 제게 하니 클로이는 그가 어떤 사람인지 알면서도 가슴이 두근거렸다.

'안 돼, 안 돼! 정신 차리자.'

클로이는 확고한 얼굴로 마음을 다잡았다. 아무래도 대공에게 말해야겠다. 자꾸만 그가 자신을 설레게 만들면 안 된다. 그는…… 안 된다.

뒤에서 침실 문이 닫히는 소리가 들리고, 그가 유유히 걸어 들어 왔다.

"저어, 대공님."

클로이는 조심스레 그를 불러 세웠다. 상의 단추를 풀던 그는 그녀를 빤히 바라보면서도 손을 멈추지 않았다.

'아…… 이러면 안 되는데.'

파블로프의 개처럼 그가 옷만 벗으면 머릿속이 하얘졌다. 아직 벗은 몸이 보이는 것도 아닌데 그 행동이 너무 야해서 도저히 시선을 뗄 수가 없었다. 그녀의 생각을 아는지 모르는지 그는 무슨 일이냐는 듯 태연히 쳐다보기만 했다.

"혹시 누가 볼까 걱정돼서 그러는데요…… 문 열고 닫고 하는 잡일은 제가 해야 하지 않을까요?"

대공은 피식 웃었다.

"이 성의 모든 이들이 우리를 어떻게 생각하는지 몰라서 하는 말이냐."

"……."

그녀의 얼굴이 뜨거워졌다. 대공은 정말로, 이렇게 당당하게 자기 자신을 보여 줘도 괜찮은 걸까? 걱정스러운 그녀와는 달리, 대공은 얼굴에 웃음기를 띠고 있었다. 점점 미소가 짙어지는 것 같더니, 결국 장난스러운 말이 튀어나왔다.

"너무 일찍 일어나지 마라."

그녀는 무슨 뜻인지 한 번에 알아들었다. 농담인 걸 알면서도 귀까지 빨개지는 걸 막을 순 없었다. 클로이는 얼른 뒤돌았다. 자신이 그를 이성으로 느꼈다는 것을 안다면 불편해하리라는 생각에서였다.

'진정하자. 저 남자는 여자한테 눈곱만큼도 관심 없는 사람이야.'

벌게진 얼굴이 간신히 식어 갔다.

'저 남자는 남자를 좋아해.'

저 남자는 남자만 좋아한다. 겨우겨우 스스로를 다독인 클로이는 침착하게 욕실로 향했다. 씻고 나온 그가 젖은 머리를 말리는 것까지 도와준 그녀가 조심스레 말했다.

"저어, 그러면 이제 자도 될까요? 편지는 아까 써 놨거든요."

"편할 대로."

대공은 또 다정하게 대답했다. 잠자리에 들 준비를 마친 알렉산드로는 먼저 침대에 누웠다. 그리고 분주하게 움직이는 클로이를 지켜보았다. 거대한 촛대 앞에 발 받침을 놓고 올라간 그녀가 휙 뒤돌았다.

"불을 끌까요?"

"그래."

후우, 불어서 초를 끄자 침실은 순식간에 어두워졌다. 창문 밖에서 비치는 달빛 말고는 의지할 게 없었다. 그녀는 조심조심 발을 옮겼다. 갑자기 어두워지니 앞이 잘 보이지 않는 듯했다. 고요한 가운데 클로이가 움직이는 소리만 들렸다. 알렉산드로는 그녀가 소파에 눕는 모습까지 눈으로 따라갔다. 모로 몸을 돌리자, 아직 어둠에 익숙해지지 않은 눈에 그녀의 윤곽이 어렴풋이 보였다. 곧 그녀의 옆얼굴이 보일 것이다.

그런데 이상하다. 그녀의 얼굴이 꼭 대낮처럼 생생하게 보였다.

알렉산드로는 눈을 감았다. 그러자 그녀의 얼굴이 더 또렷하게 보였다.

　길버트는 참담한 얼굴로 결혼 예식을 지켜보았다. 그에게는 아
들 넷과 딸 하나가 있었다. 그중 막내딸은 눈에 넣어도 아프지 않
을 예쁜 아이였다. 며칠 전 그날, 버넷 후작은 사병 연무장을 뒤로
하고 산을 내려오며 말했다.
　—제 성으로 가시면 아마 깜짝 놀라실 겁니다. 공을 위한 선물이
준비되어 있으니까요.
　길버트는 넋이 나가 아무런 대답도 할 수가 없었다. 그 반응을
보고 피식 웃은 버넷 후작은 즐거운 목소리로 말했다.
　—기대하셔도 좋습니다.
　그리고 버넷 후작의 성에는 자신의 막내딸이 있었다. 길버트는
눈앞이 혼미했다. 버넷 후작은 결혼으로 동맹을 약속하길 원했다.
꼭 그래야 한다면 길버트는 막내아들을 주려 했지만, 버넷은 이미
그의 막내딸을 영지로 데려왔다. 처음부터 길버트의 동의는 필요
치 않았다.
　'난 이제 자식을 낳을 수 없는데.'
　엘파사의 몰락 전, 스트레스로 가득한 그에게 어느 날 갑자기 성
기능 장애가 찾아왔다. 더 이상 자식이 생기지 않는 이유로 베아트
리체를 탓했지만 사실 원인은 그였다. 그래서 길버트는 세 번째 부

인이 낳은 그의 막내딸과 아들을 애지중지했다.

멍하니 결혼 서약을 지켜보던 그의 목구멍에서 뜨거운 열기가 치솟았다. 막내딸의 결혼식에서 눈물 흘리는 그를, 사람들은 이상한 눈으로 보지 않았다.

"여식을 많이 사랑하시나 봅니다."

옆자리에 앉은 버넷 후작이 너그러운 미소와 함께 손수건을 건넸다. 길버트는 당장 손수건을 내팽개치고 자리에서 일어나고 싶었지만 그럴 수 없었다. 떨리는 손으로 손수건을 받아 든 그는 눈물을 닦아 냈다.

'이대로는 안 돼……!'

길버트는 속으로 복수를 다짐했다. 어쩔 수 없이 버넷 후작의 반란에 돈줄을 대고 동참하고는 있다. 하지만 이대로는 온 가족이, 가문 전체가 불구덩이로 뛰어드는 꼴이다.

"좋은 날입니다. 웃으시지요."

길버트는 호시탐탐 던칸에게 사실을 알리기 위해 눈치를 보고 있었다. 그러나 이대로라면 빼도 박도 못하고 자신까지 반란 종자로 몰릴 판이었다. 버넷 후작은 치밀했고, 길버트가 당장 할 수 있는 일은 아무것도 없었다.

그는 매일매일 악몽에 시달리며 불안감에 떨었다. 자신의 가문이 몰살당하고 밤중에 목이 잘리는 흉측한 꿈을 꿨다.

'차라리 자다가 비명횡사를 하면 다행이지.'

아직도 성문에는 엘파사 왕과 왕비의 잔해가 매달려 있었다. 제대로 알아보기조차 힘든 그 형상을 볼 때마다 가슴에 비수가 날아와 꽂히는 듯했다. 저와 아들들의 목이 대롱거리는 모습이 겹쳐 보이기도 했다.

'버넷 후작이 진짜 반란을 일으키기 전에 던칸에게 알려야 해.'

하지만 하나뿐인 딸은 버넷 후작가에 시집갔고, 자신은 사병 양성에 자금을 대고 있었다. 거기다 사병 연무장이 엘파사 산맥 너머의 접경 지역이었다.

'혐의를 벗어야 하는데…….'

첩첩산중이었다. 자신이 반란에 깊이 관여한 것처럼 보여 빼도 박도 할 수 없었다. 길버트는 두 손으로 얼굴을 가리고 비참한 심정을 숨겼다.

클로이는 대공의 침실 문을 나설 때마다 시녀들의 묘한 눈길을 피할 수 없었다.

'나를 정말 미동으로 믿어 의심치 않나 봐.'

부끄럽지만 그게 제가 맡은 역할이었다. 한번은 그가 말했던 대로 정말 늦은 아침에 침실을 나섰다. 피곤한 척 허리도 두드리고, 목도 돌리고…… 그러자 시녀들이 보양식이라며 맛있는 식사를 챙겨 왔다.

'이거 좋은데?'

맛있는 걸 먹으며 대공에게 살짝 미안했지만, 그녀는 맡은 바 책임을 다하는 거라고 생각했다. 게다가 정력이 좋은 남자라고 소문이 나도 나쁜 일은 아닐 테니까.

'근데 정말 이렇게 대놓고 남색 한다고 하고 다녀도 되는 거야? 그의 가족들은 다 아나? 아니, 에반이나 다른 기사들 보기 민망할 텐데…….'

하지만 그녀의 걱정이 무색하게도 알렉산드로는 에반과 독대 중이었다.

"단장님…….."

에반은 처음 클로이의 차림새를 보고 차마 표정을 숨기지 못했다. 그 얼굴을 떠올린 알렉산드로는 터지는 웃음을 참지 못했다. 아니나 다를까, 고민하던 에반이 단도직입적으로 물었다.

"너무 강수를 두시는 건 아닐까요?"

에반은 알렉산드로를 오래 봐 온 만큼 그가 무슨 생각으로 귀족성에 갈 때마다 베아트리체 왕녀를 미동으로 분장시키는지 잘 알고 있었다.

'남색가로 소문이 나고 싶은 사람처럼 행동하시는군.'

아주 보란 듯이 말이다. 에반은 처음에는 경악스러웠다. 하지만 오죽하면 저럴까 싶어 지금은 알렉산드로의 마음을 어느 정도 이해했다. 기사단의 일행들도 마찬가지였다. 게다가 대공인 그가 하는 일에 토를 달 수는 없었다. 어차피 하녀가 소녀인 걸 모르는 이들은 없었다. 대공이 영주의 성에서 있을 귀찮은 일을 피하기 위해서라고 어렴풋이 짐작했다.

"상대가 강적이니, 강수를 둘 수밖에."

알렉산드로는 희미한 미소를 짓고 있었다. 반면 에반은 여전히 심각했다.

'확실히 전하께서는 강적이 맞지.'

기사단 내에도 던칸의 손길이 뻗어 있다. 아니, 애초에 그의 손길이 닿지 않은 곳이 있기나 한가? 제국이 그의 손아귀에 있는데.

'세리머니에도 그분의 귀가 되어 주는 정보원이 있겠지.'

하지만 모든 걸 떠나서 대공은 왕녀와 너무 가깝게 지냈다. 에반은 긴 한숨을 내쉬었다.

"그래도 혹시, 나중에 아내를 맞이하실 때 부끄러운 일이 생길지도 모릅니다."

알렉산드로는 자조했다.

'아내라니.'

결혼에 관심도 없는데 자꾸 아내, 자식 같은 소리가 들려오니 어이가 없었다.

"다른 사람도 아니고 그대가 내게 그런 말을 하다니, 믿을 수가 없군."

흠. 소파에 기대어 앉은 알렉산드로가 팔짱을 끼며 장난스럽게 말했다. 에반은 이번에도 진지했다.

"각하, 제가 감히 한 말씀 올리겠습니다."

알렉산드로는 어디 해 보라는 듯 도발적으로 고개를 까닥였다. 그는 에반을 차기 기사단장으로 생각하고 있을 만큼 신뢰했다. 충언도 새겨듣는 편이었다. 죽이려던 베아트리체 왕녀를 일단 살려 놓자고 제안한 것도 바로 에반 아닌가? 충분히 들을 가치가 있었다.

"사람들은 눈에 보이지 않는 것을 가볍게 생각하기 마련입니다. 특히 자신들이 믿지 않는 것은 더욱."

서론이 장황하다. 알렉산드로는 전장에서도 마주하는 적을 향해 맹돌진하는 성격이었다.

연로한 기사들은 젊어서 그렇다 했지만, 실상 대공은 미적지근한 것을 못 견뎌 했다.

"지금은 모르시겠지요. 하지만 저는 장담할 수 있습니다. 사랑은 누구에게나 공평하게 찾아옵니다."

에반은 단호했다.

"단장님은 분명 일생일대의 사랑을 만나실 겁니다."

확신에 찬 목소리였다. 반면 알렉산드로는 찬물을 뒤집어쓴 기분이었다.

'사랑?'

그는 결혼할 마음이 없지만, 혹여나 하게 된다고 하더라도 정략결혼을 하게 될 확률이 높았다. 그런데 사랑이라니. 에반은 나름 조언이라고 던진 말이지만 그와는 너무 먼 얘기였다.

"그대가 했던 것 같은 사랑이라면, 글쎄."

적당히 웃어넘기려 시선을 돌린 알렉산드로는 문득 에반의 아내를 떠올렸다. 그의 아내인 아델은 정말 보잘것없는 시골 아가씨였다. 쿠피히트 공작가의 장남인 에반은 우연한 계기로 아델을 만나 불같은 사랑에 빠졌다. 하지만 공작 부부는 반대했고, 압박이 극심했던 아델은 결국 이별을 고하고 말았다. 에반은 가문의 체면이고 뭐고 전부 버리고 아델을 납치했다. 아델도 동의했으므로 도피나 다름없었지만, 세간에 알려지기로는 납치였다. 그러다 첫째 아이가 생기자 결국 가문의 허락을 얻어 결혼했는데, 쿠피히트 전 공작이 죽기 전의 일이었다.

당시 알렉산드로는 전장에 있었기에 수도 기사단에 있었던 에반의 일은 풍문으로만 전해 들었다.

'사랑, 그게 뭐라고.'

요란하다고는 생각했으나 이후 에반에게 사적으로 묻지는 않았다. 에반이 자신의 일을 직접 나서서 말하는 건 처음이었다.

"아직도 저를 납치범이라고 놀리는 이들이 있긴 합니다."

옛날 일을 떠올린 에반은 그저 담담했다.

"하지만 그때는 어쩔 수가 없었습니다. 제가 가진 권력이나 가문의 힘을 떠나서 아델의 마음을 돌릴 수 있는 게 없더군요. 스스로 얼마나 무능력한 사람인지 뼈저리게 느꼈습니다."

알렉산드로는 눈썹을 찡그렸다. 무능력? 에반은 기사단의 부단장인 데다 내로라하는 가문의 장남 아닌가. 애초에 에반이라는 남자가 무능력이라는 단어와는 거리가 멀었다.

"사랑은 남자를 그렇게 만듭니다. 멍청하고, 무능력하게. 하지만 아델을 만나 이런 감정을 깨닫게 되어 얼마나 감사한지 모릅니다. 그녀를 만나고서야 진짜 행복이 뭔지 알게 되었으니까요."

알렉산드로는 어느새 그의 말을 경청했다.

"저는 각하께서도 꼭 사랑하는 누군가를 만나리라고 믿습니다."

제발 그렇게 되기를, 에반은 진심으로 바랐다. 대공은 너무 외로운 사람이어서 자신이 외롭다는 사실조차 모른 척하고 살아가는 남자였다. 에반은 자신의 불행에 익숙한 알렉산드로가 안타까웠다.

'꼭 행복해지셨으면 좋겠습니다.'

에반은 아내를 만나 세상에 감사했다. 우연했던 만남, 그녀에게 말을 걸고, 그녀가 자신을 사랑하게 된 일, 그녀의 목소리, 그녀의 웃음……. 그런 것들.

누군가에겐 사소한 일이겠지만 에반에겐 아니었다. 전부 투쟁하고 노력해서 어렵게 얻어 냈다. 가문이나 권력처럼, 태어날 때부터 갖고 있던 것보다 훨씬 값지고 소중했다. 그 모든 걸 가능케 한 사랑은 강력한 감정이었다. 자칫 두려울 정도로.

하루 종일 그 사람 생각만 하게 되고, 한마디 한마디에 상처받고, 울고 웃고……. 사랑에 빠지면 자신을 잃게 된다지만, 잃은 만큼 얻어 가는 게 세상의 이치였다. 잃은 것도 얻은 것도 결국 자신의 일부였다.

에반은 차를 좋아하지 않았지만, 아내 때문에 매일 차를 마시는 습관을 들이게 되었다. 잘 웃지 않던 그였지만 표정이 딱딱해서 무서워 보인다는 그녀의 말에 습관적으로 웃는 연습을 했다. 에반은 제게 찾아온 변화들이 싫지 않았다. 사랑하는 여자로 인해 많은 것들이 변했고, 앞으로도 변할 테지만 두렵지 않았다. 에반은 이런 사소한 것들까지 대공에게 설명하진 않았다.

'아무리 말해도 이해할 수 없으시겠지. 겪어 보질 못했으니까.'

대공은 철저한 경험주의자라 직접 경험하고, 본 것만 믿었다.

"말이 길어졌습니다."

"……음, 시간이 늦었군. 이만 가 보도록."

"예, 그럼 편안한 밤 되시길."

에반이 떠나고도 알렉산드로는 쉽게 자리를 뜰 수 없었다. 빈 방에 홀로 남은 그는 오늘 들은 말을 오래도록 곱씹었다.

'사랑이라…….'

저와 먼 얘기라고 치부했지만 이상하게도 에반의 마지막 말이 끊임없이 메아리쳤다.

─저는 각하께서도 꼭 사랑하는 누군가를 만나리라고 믿습니다.

나도…… 사랑을 할 수 있단 말인가?

모든 게 의심스러웠다. 과연 사랑이라는 게 존재하는지, 그건 어떤 감정인지, 제게도 그런 여자가 생길지…….

알렉산드로는 자신의 감정에 둔한 남자였다. 어쩔 수 없었다. 태어나서부터 가장 가까운 관계를 유지하고, 평생 위안 삼고 기대고 버틸 수 있어야 하는 사람들.

그에게는 부모가 없었다. 있었지만 없느니만 못했다. 그들을 눈앞에 두고서도 끊임없이 그리워해야 했으니까.

알렉산드로는 이 세상에서 가장 큰 존재에게 사랑받지 못했다. 그래서 사랑이라는 게 정말 존재하는 건지, 믿고 싶지만 믿을 수가 없었다.

벌써 로베르트 후작성에서 마지막 밤이 찾아왔다. 그동안 알렉산드로는 데미안과 거의 마주치지 못했다. 만찬과 연회 같은 공식적인 자리에도 불참하길 여러 번이었다. 몇 번은 왔다가도 똥 씹은 얼굴로 금방 사라졌다.

'제 부모가 시켜서 왔나 보군.'

알렉산드로는 비소를 머금었다. 그가 가장 우습게 여기는 이들이 바로 부모의 간섭에 스스로 아무것도 못하는 귀족들이었다. 지난 일은 괘씸해할 가치도 없었다. 제 부모가 알아서 할 일이라 알렉산드로는 더 이상 신경 쓰지 않았다.

클로이도 마찬가지였다. 그녀는 데미안 로베르트 자작을 한 번도 보지 못했다.

'성안을 왔다 갔다 하면서 얼굴이라도 마주칠 법한데⋯⋯.'

유명인사라 자세히 보고 싶었는데, 떠나는 날까지 보질 못해 아쉬웠다. 호르헤에게 편지를 쓰던 클로이는 조용히 깃펜을 멈추고 독서 중인 대공을 힐끔댔다. 표정이 영 밝지 않았다.

'이상하네.'

아무렇지 않은 척, 평소와 같은 듯했지만 그의 분위기가 달랐다. 에반과의 대화 이후, 알렉산드로는 원치 않게 생각이 많아졌다. 머릿속이 복잡해진 그는 책 속에서 해답을 찾고자 했다. 고민이 생겼을 때 습관이었다. 책을 읽으며 생각을 정리하고, 사색을 통해서 답을 찾는다. 마침 그가 가장 존경하는 작가 또한 사랑에 대해 에반과 비슷한 말을 했지 않던가. 하지만 아무리 책을 뒤적거려도 이번만은 혼란한 머릿속이 가라앉지 않았다.

속이 답답했다. 코앞에 답을 두고 뭔가를 계속 놓치는 기분이었다.

"대공님."

갑자기 들린 목소리에 그가 고개를 들었다.

"무슨 일 있으세요?"

클로이는 평소와 달리 심각한 얼굴이었다. 나를 걱정한다. 순간 알렉산드로는 솔직하게 자신의 고민을 털어놓을 뻔했다. 사랑, 아내, 결혼. 하지만 그는 혀끝을 간지럽히는 단어들을 삼켰다.

베아트리체 왕녀는 많은 사람과 다양한 관계를 맺어 온 사람이었다.

'게다가 그녀는 결혼까지 했었지.'

혹시 그녀가 자신의 경험이랍시고 사랑에 대한 조언을 건넨다면 지금보다 더 처참한 기분일 것 같았다.

"고민이라도……."

"아니."

그가 나직하게 대답하며 고개를 저었다. 그러자 다행이라는 듯, 그녀의 표정이 밝아졌다.

"아, 저는 또 무슨 일 있으신 줄 알고."

슬며시 웃고는 쓰던 편지로 금세 다시 시선을 옮겼다.

"……."

알렉산드로는 순식간에 불쾌해졌다. 복잡하던 머릿속에 이상한 심술이 들어찼다.

'왜 나에 대해서 더 궁금해하지 않는 거지?'

아니 내가 아무 일 없다고 대답했다 한들 왜 그걸 그대로 믿는 건가?

'적어도 두 번은 물어봐야 하는 거 아닌가.'

궁금해서라도 다시 물어볼 법한데.

'전혀 안 궁금한가?'

왜지?

알렉산드로의 얼굴이 미세하게 일그러졌다. 이게 대체 무슨 심경의 변화인지 알 수가 없었다. 편지를 마무리하는 듯, 바쁘게 움직이는 그녀의 손이 여느 때처럼 그리 예뻐 보이지도 않았다. 제게서 홀랑 거두어진 시선이 얄밉기까지 했다. 서운함이 물밀 듯 차올랐다. 분노는 죄 없는 편지에게로 향했다.

'도대체 저게 뭐라고 매일 저렇게 신경을 쓰는 건가.'

이 침실에는 오직 둘뿐인데, 내가 말을 거는 만큼 그녀도 내게 말을 걸어야 하는 거 아닌가?

'왜 항상 대답만 하는 거지?'

그래, 왕녀는 항상 그랬다. 마치 제게 궁금한 게 하나도 없는 사람처럼, 질문이 하나도 없었다. 단 하나도.

대화를 하려면 일방적으로 그가 항상 질문을 하고 말을 건네야 했다. 그건 어렵진 않았다. 알렉산드로는 그녀에게 궁금한 게 많았다. 그녀의 과거, 현재, 미래까지 모든 게 다 궁금했다. 무슨 생각을 하는지 저 작은 머릿속을 열어보고 싶을 때가 한두 번이 아니었다. 그런데 그녀가 내게 뭘 물어본 적이 있었나? 아니, 없다. 눈 떠서 잠들기 직전까지, 매일같이 얼굴을 보는 사이인데 어떻게 내게 궁금한 게 하나도 없을 수가 있나! 갑자기 몰아친 격한 감정에 휩싸인 알렉산드로는 불만 가득한 눈으로 눈앞의 여자를 응시했다. 정작 클로이는 편지를 쓰느라 정신이 없었다. 그 얼굴을 빤히 들여다보던 알렉산드로는 저도 모르게 웃음을 터뜨렸다.

"풋."

갑자기 모든 피곤한 감정이 사라져 버렸다. 그녀는 분명 진지한데……

'그런데 왜 저렇게 귀여운 얼굴을 하고 있지?'

갑작스런 그의 웃음소리에 클로이는 눈을 동그랗게 뜨고 대공을 쳐다봤다.

'요즘 좀 이상해.'

가끔씩 이유 없이 긴 한숨을 내쉬고, 혼자 저렇게 뜻 모를 웃음을 터뜨렸다.

'더위 먹었나.'

날씨가 그렇게 많이 덥진 않은데.

'역시 모를 사람이야.'

클로이는 속으로 쯧쯧 고개를 저었다. 물론 겉으론 예의 바른 미소를 지었다. 그러자 대공도 화답하듯 제게 미소를 보였다. 안심한 그녀는 그에게서 시선을 떼고 다시 편지로 눈을 돌렸다. 그러자 다급한 목소리가 그녀의 뒷덜미를 잡아챘다.

"나와 내기를 하겠느냐?"

갑작스런 제안에 놀란 클로이는 손을 멈췄다. 그와 전혀 어울리지 않는 단어였다.

"내…… 내기요?"

"그래. 내가 네게 세 가지를 묻고, 너 또한 내게 세 가지를 물어볼 수 있다. 만약 대답할 수 없다면, 대신 소원을 들어주는 내기지."

클로이는 당혹스러웠다.

'왜 이런 제안을 하지?'

제가 도대체 무슨 수로 그의 소원을 들어줄 수 있단 말인가?

"저어, 근데 이거 대공님한테 불리하지 않을까요? 저는 대공님의 소원을 들어 드릴 만한 힘이 없는데요……."

하지만 대공은 들은 척도 않고 씩 웃으며 되물었다.

"하겠느냐?"

잃을 게 없는 그녀로서는 거부할 이유도 없었다.

"네."

가볍게 대답한 그녀는 쥐고 있던 편지를 내려놓고 흥미로운 얼굴로 대공을 주시했다. 클로이의 눈길을 온전히 차지한 알렉산드로는 탁자로 다가가 그녀의 정면으로 마주 앉았다.

'자알생겼다.'

그런 생각을 아는지 모르는지, 말없이 눈만 맞추던 그가 슬며시 웃었다.

"약속을 하나 해야겠다."

"무슨 약속이요?"

둘만 있는 침실에서 혹여 누가 듣기라도 할까 그가 상체를 숙이곤 낮은 목소리로 속삭였다.

"내게 들은 것들은 모두 비밀로."

조용한 목소리에 클로이는 저도 모르게 몸을 가까이 했다.

"나 또한 비밀을 지키지. 내가 들은 것을 누구에게도 말하지 않으마."

아니, 꼭 그럴 필요는 없는데. 어차피 제게서 나올 대답은 한계가 있었다.

'잠깐, 혹시…… 내가 베아트리체인 걸 알고 이러는 거 아니야?'

요 근래 대공이 너무 잘해 줘서 클로이는 아예 잊고 있었다. 혹시 그가 제 정체를 알고 이런 제안을 던진 건 아닐까?

'내가 베아트리체 왕녀인지 물어보려고?'

불안에 휩싸인 클로이의 안색이 어두워졌다. 알렉산드로는 자신이 그녀를 그렇게 만들었다는 것을 눈치챘다. 지금 무슨 걱정을 하고 있는지 알 것만 같았다. 대화를 나누려고 꺼낸 말이었는데……

그는 '내기'를 후회했다. 저야말로 그녀가 엘파사의 베아트리체 왕녀였다는 고백을 듣는 게 무서운 사람이었다. 우습지만 지난 일을

마주하기가 두려웠다. 그저 지금처럼, 그녀가 누구인지 모르는 척
하며 지내는 게 차라리 마음이 편했다. 속내를 숨긴 알렉산드로는
분위기를 바꾸려 급히 질문을 던졌다.

"내가 먼저 묻지. 너는 정말로 스물다섯 살이 맞느냐?"

예상외의 가벼운 질문에 클로이는 안심했다. 게다가 그는 전혀
진지하지 않았다. 정말 궁금해서라기보다는, 나이보다 어려 보인
다는 사실을 강조하기 위한 농담 같았다. 고작 세 개의 질문 중 하
나를 어이없이 날려 버린 셈이었다. 긴장이 풀린 클로이가 편안하
게 대답했다.

"네, 진짜 맞아요. 참, 뭐를 보여 드릴 수도 없고……."

이 세계에는 자신의 신분을 증명할 무엇도 남아 있지 않았다. 노
예 명부라고 해 봤자 그녀가 소속된 쿠피히트 가문 저택에나 있을
것이었다.

'하지만 거기엔 베아트리체라고 적혀 있잖아. 그걸 보여 달라고
하면 어떡하지?'

쿵. 클로이의 안색이 순식간에 다시 어두워졌다.

"이제 네가 묻거라."

대공은 그저 재밌다는 듯이 흥미로운 눈을 하고 있었다. 침을 꼴
깍 삼킨 클로이는 간신히 다시 내기에 집중했다.

'딱히 물어볼 만한 게 없는데…… 아!'

고민하던 그녀가 곧 생각났다는 듯 얼른 대공을 바라보았다.

"제가 뭘 물어봐도, 화내지 않으실 거죠?"

"그럴 일 없다."

단호하게 고개를 젓는 대공을 보고 클로이는 용기가 생겼다. 항

상 궁금했다.

"제가…… 이런 옷을 입고 활보하고 다녀도 대공님 가문에서는 아무 말씀 없으세요?"

제국의 제1가문 그레이엄. 이제는 '대공작'이 된 알렉산드로는 모두의 입에 오르내리는 그레이엄 가문의 외아들이었다. 어딜 가도 그는 항상 극진한 대우를 받았다.

'그런데 그의 가문에서는 하나뿐인 아들이 정말 이래도 괜찮은지…….'

기사단 일행은 별로 상관 안 하는 것 같지만 가문의 가신들은 분명 다르리라. 예민한 부분이지만 대공은 약속한 것처럼 제게 화를 낼 것 같지 않았다.

"나는 정략결혼을 할 생각이 없다고 이미 알렸다. 네게는 미안한 일이지만, 아버님께서 이번 기회로 나를 확실히 포기해 주셨으면 한다."

대공은 그 괴상한 옷 때문에 정말 미안해했다. 하지만 클로이는 어떤 방법으로라도 대공에게 도움이 된다면 다행이라고 여겼다. 그가 제게 베푸는 만큼 그녀가 해 줄 수 있는 게 없었으니까.

"다시 내 차례군."

말해 놓고서 그는 뜸을 들였다.

"너는……."

답지 않게 망설이다 결국 한참 만에 입을 뗐다. 도대체 뭘 물어보고 싶어서 이렇게 고민하는지 클로이는 점점 궁금해지기 시작했다.

"다시…….'

마침내 그의 입술이 의지를 벗어나 멋대로 움직였다.

"결혼할 마음이 있느냐?"

마음 한구석에 있던 질문이 뱉어지듯 나왔다.

—남편 잘 만나서 잘 먹고 잘 살 텐데 이러쿵저러쿵 떠들어 봐야 내 입만 아프지.

확신에 찬 목소리가 귓전에 울렸다. 점쟁이는 헛소리나 늘어놓는 사기꾼이라고, 그렇게 생각은 했지만 도저히 불안함이 해소되지 않았다.

'남자가 넷이 있다고 했는데.'

저와 관련된 건 전부 틀렸지만, 그녀의 미래는 혹시 맞을지도 모른다. 대답을 기다리는 시간이 길게만 느껴졌다.

"으음."

클로이는 열심히 말을 골랐다. 생각해 본 적도 없었다. 제가 그걸 결정할 수 있는 입장이던가? 예쁜 얼굴을 가졌다면 이리저리 팔려 다녔을 처지였다. 조용히 그녀의 대답을 기다리던 알렉산드로는 손을 쥐었다 펴며 긴장을 풀었다.

"글쎄요. 앞으로의 일은 모르는 거니까……."

그는 드디어 열린 그녀의 입술에 귀를 기울였다.

"그리고 그건 제가 선택할 수 있는 문제가 아니잖아요."

클로이로선 최선의 대답이었다. 그런데 그는 마음에 들지 않았던 듯, 곧바로 되물었다.

"선택할 수 있다면?"

"음, 저는 잘 모르겠어요."

클로이는 전생에서 행복한 결혼 생활을 했던 자신의 부모님을 떠올렸다. 글쎄, 그런 생활이라면 괜찮을 것 같다.

"세상에는 좋은 남자도 많으니까 어쩌면 다시 할 수도 있죠. 제가 선택할 수 있다면요."

어쩌면 다시 할 수도 있다……. 그것은 결혼을 다시 하겠다는 말이다. 초조하게 팔걸이를 두드리던 알렉산드로는 인상을 찌푸렸다. 도저히 이해할 수가 없었다. 대체 뭐가 그렇게 좋았지? 보통 한 번 결혼에 실패했으면 두 번은 꿈꾸기 힘들 텐데, 그녀는 너무나 쉽게 다시 결혼하겠다고 한다. 난 아예 결혼 자체를 상상할 수도 없는데 어떻게 그녀는 또다시 결혼을 하겠다는 걸까. 게다가 그녀는 원하던 남자와 맺어진 게 아니라 강제되어 팔려 가듯 결혼하지 않았던가?

'길버트가 침대에서 강했나.'

아니, 그렇게 생기진 않았는데. 혹시 모르지, 뚱뚱한 사람이 취향이었는지도. 아니면 나이가 많은 남자를 좋아하거나. 분명 클로이는 남편을 좋아하지 않았다고 말했으나 지금 알렉산드로는 기억하지 못했다. 머릿속엔 점쟁이의 말만 계속해서 떠올랐다. 기분이 급속도로 불쾌해진 알렉산드로는 입을 다물었다. 괜한 걸 물어봐서 기분만 잡쳤다.

"제 차례죠. 음……."

그녀는 없는 질문을 만들어 내느라 고생이었다. 원래 다른 사람에 대해서 별로 관심이 없는 것도 한몫했지만, 대공은…….

'너무 완벽해.'

좋은 가문에서 태어났는데 능력도 출중해서 기사단장까지 된 인물이었다.

'몸매 훌륭해, 얼굴 잘생겨…….'

한 가지 의외라면 게이라는 사실뿐.

'사생활이니 그럴 수도 있지.'

성격도 완벽했다. 부지런하고, 겸손한 데다 매너도 좋고 다정했다. 굳이 잘해 줄 필요 없는 하녀에게까지 너그러운 완벽한 남자. 교육을 잘 받은 명문가 후계자. 전장에서는 다르지만 평소 모습은 완벽 그 자체라서 그녀는 궁금할 게 없었다.

"음……."

적당한 질문을 찾지 못하고 고민만 하자, 알렉산드로는 클로이가 부담스러워서 제게 아무것도 묻지 못한다고 생각했다.

"네가 어떤 질문을 해도 괜찮으니, 어서."

그 재촉에 클로이는 순간 떠오른 의문을 그대로 물었다.

"저한테 왜 그렇게 잘해 주세요?"

별생각 없이 던진 질문에 알렉산드로는 말문이 막혔다. 머릿속이 하얗게 변했다. 단 한 번도 생각해 본 적 없는 일이었다.

'내가 잘해 주는 건가.'

클로이는 내가 잘해 준다고 생각하나? 내가 왜 잘해 준다고 생각하지? 딱히 잘해 준 것 같진 않은데……. 허를 찔린 기분이었다.

그래, 그녀에게 미안한 감정이 있었다. 기사단장으로서 그저 할 일을 했을 뿐이지만 결과적으로 그녀의 나라를 침략한 데다, 가족을 모두 죽이고……. 노예로까지 만들어 버렸다…….

알렉산드로는 갑자기 우울해졌다. 설레던 가슴은 순식간에 얼어붙었다. 기분이 이렇게까지 빨리 왔다 갔다 할 수 있다는 사실에 먼저 놀라야 했지만, 거기까지는 신경 쓸 겨를이 없었다. 알렉산드로는 급히 클로이의 눈을 피했다.

'또 왜 저러시지?'

그녀는 어떤 반응을 보여야 할지 몰랐다. 대공은 절대로 남의 눈을 피하는 사람이 아니었다. 항상 무서울 만큼 당당한 남자였다. 클로이는 문득 그와 눈이 마주칠까 두려워 덜덜 떨었던 첫 만남이 생각났다.

'첫 만남?'

혹시…….

"혹시 저한테 미안해서……?"

쿵. 놀란 알렉산드로의 심장이 바닥까지 떨어졌다. 어떻게 내가 정체를 안다는 사실을 눈치챈 거지? 한 번도 티를 내지 않았다고 생각했는데 그녀는 이미 다 알고 있었나 보다.

'눈치가 없는 줄 알았는데.'

자신이 그녀에게 저질렀던 모든 일들이 까발려진 기분이었다. 이런 수치심은 처음이었다.

한편 클로이는 '아차!' 하곤 입을 틀어막았다. 속내를 말한 게 후회됐다. 그가 왜 노예한테 미안함을 느낀단 말인가? 한데 정말 미안한 모양이었다. 에메랄드빛 눈동자가 갈 곳을 잃고 헤매는 걸 보고 클로이는 웃음이 터질 뻔했다.

'세상에, 저 남자가 당황하는 모습을 보다니.'

무슨 말을 해야 할지 몰라 하는 모습이 심지어 귀엽기까지 했다.

"그때 마구간에 가둬 놓으신 것 때문에요?"

대공이 기억할 첫 만남은 '하울을 못 살리면 널 죽일 거니까 마구간에서 말을 치료해' 사건이었다. 그의 명으로 그녀는 마구간에서 일주일이나 생활해야 했다.

"아."

놀란 알렉산드로의 얼굴이 경악으로 굳어졌다. 예상치 못한 사태였다. 완전히 잊어버리고 있었다. 알렉산드로는 망치로 머리를 얻어맞은 기분이었다. 입술이 마르고 얼굴이 뜨거웠다.

'마구간에다 가둬 놓기까지 했었다……'

매일 마구간의 건초 더미에서 잠들던 그녀의 모습이 어렴풋이 떠올랐다. 그래, 그런 적도 있었지……. 알렉산드로는 스스로가 창피스러워 견딜 수가 없었다.

'어떻게 그 일을 잊어버리고 있었나.'

몸을 숨길 구멍이 있다면 제발 숨고 싶었다. 과거의 자신은 그녀에게 얼마나 많은 무례를 저질렀던가. 도대체가 끝이 보이지 않았다. 동시에 제가 그녀의 정체를 안다는 사실을 아직 들키지 않아서 다행이라고 안심했다. 모순이었다. 알렉산드로는 스스로에게 지독한 회의감을 느꼈다. 갑자기 뒷목이 뻐근해졌다.

"정말 그것 때문에 그러세요?"

"……."

뭐가 그렇게 재밌는지, 클로이의 얼굴엔 심지어 웃음기가 섞였다.

'이 남자가 알리시아 왕녀를 죽였던 그 남자가 맞나?'

눈앞의 이 거대한 남자가 제게 미안해서 눈도 피하고, 대답도 못하고 있다는 사실이 믿기지가 않았다.

"전 괜찮아요. 이미 지나간 일이잖아요."

귀족이 노예를 어떻게 다루는지 클로이는 나쁜 사례들을 많이 봐왔다. 대공의 입장에서 그는 나쁜 짓을 한 게 아니었다. 한낱 노예보다 그는 값비싼 말, 하울이 훨씬 소중했을 것이다. 클로이는 피식 웃었다. 책임이 없는데도 제게 미안해하는, 이런 모습은 정말 신선했다.

'세상에.'

고개 돌린 조각 같은 옆모습에 감탄하는데 가만 보니 귀까지 붉었다.

"지금 대답 못하셨으니까 제 소원 들어주셔야 돼요. 아싸!"

클로이는 일부러 더 장난스레 말했다. 대공은 그제야 스르르 고개를 돌렸다. 그녀는 마구간 사건이 섭섭해 보이진 않았지만 그것과는 상관없었다. 알렉산드로는 그저 스스로의 행동이 부끄러웠다.

'내가 어떻게 그런 짓을.'

저렇게 작고 가녀린 여자를 어떻게 마구간에서 말들과 같이 취급했을까. 그의 미간이 보기 좋게 찌푸려졌다. 할 수만 있다면 과거의 자신을 붙잡고 문책이라도 하고 싶은 지경이었다.

나는 여자를 함부로 대하는 남자인가?

스스로를 향한 질책에 얼굴이 뜨거워 눈을 맞추기도 민망했다. 사실 그는 여자든 남자든 구별 없이 대하는 사람이 맞지만 그는 자신의 모순을 알아차리지 못했다. "이제 질문 딱 하나씩 남았어요. 제가 먼저 여쭤봐도 될까요?"

"……그래."

"갑자기 왜 이런 걸 하자고 하신 거예요?"

"……."

알렉산드로는 또 말문이 막혔다.

'내가 왜?'

그야말로 스스로에게 묻고 싶었다. 난감해진 그가 입가를 쓸었다. 원래 의도했던 '알렉산드로 그레이엄'에 관한 질문은 하나도 없었다. 이상하게 난처한 질문만 받고…… 본전도 못 찾은 기분이었다. 그는 표정을 굳혔다.

"네게 묻고 싶은 게 있어서다."

싸늘한 시선을 보내자 클로이에게 바로 먹혔다. 놀라서 동그랗게 뜬 눈만 깜빡이는 그녀를 바라보며 그가 말을 이었다.

"네게도…… 말 못할 비밀이 있느냐."

그녀는 입술만 뻐끔거렸다. 갑작스런 공격에 충격을 받은 것 같았다.

"비밀을 말할 필요는 없다."

"……."

불안한지 입술을 깨무는 클로이를 보곤 알렉산드로가 얼른 덧붙였다.

"나는 네게 많은 것들을 말했다. 그래서 네게도 비밀이 있는지, 그저 그게 궁금할 뿐이다."

클로이는 마른침을 삼켰다.

'그래, 만약 대공이 내 정체를 알았다면…… 그는 안다는 사실을 숨기지 않을 거야.'

그리고 말한 대로 알렉산드로는 제게 많은 비밀을 털어놓았다. 자신이 남색을 한다는 사실부터, 불면증까지. 기사단장으로서, 영웅이라는 별명을 가진 제국 최고 위치의 남자에겐 치명적인 사실이었다.

'나를 믿고 털어놨어.'

그러니 그도 제가 비밀이 있는지 없는지 궁금할 것이다. 클로이는 쉬운 대답을 주는 대신 그를 위로하고 싶었다.

"이번 질문은 제가 답을 말할 수 없으니 대공님이 이기셨어요."

그에게도 소원을 말할 기회를 주기로 한 것이다.

"그런데 제가 이뤄 드릴 수 있는 소원이 있을까요?"

클로이는 소원을 들어줘야 하는 입장에도 그를 먼저 걱정했다. 대공은 가진 게 많아 뭐든 이뤄 줄 수 있겠지만 그녀는 가진 게 아무것도 없었다.

'그가 내게 원하는 게 있기나 할까?'

그것부터 의문이었다.

"네 소원부터 말해 봐."

"음, 저는……."

클로이는 그에게 부탁하고 싶은 게 한 가지 있었다.

'나중에 정체를 숨긴 걸 알아도 용서해 줘요.'

항상 마음에 걸렸다. 그를 속였다는 죄책감에 제게 잘해 줄수록 부담스러웠다. 처음에는 제가 왕녀라는 이유로 농락했던 미친놈 같은 이를 또 만나지 않기 위해서였다. 이목을 피하려고 '베아트리체'라는 귀족의 이름을 숨겼다.

'그 이름으로 살고 싶지 않아. 다시는.'

그리고 그녀는 두 번 다신 만날 일 없으리라 예상했던 대공과 에반을 다시 만났다. 지금은 자신이 그 베아트리체 왕녀였다고 말하기엔 너무 멀리 와 버린 상황이었다. 클로이는 가슴에 돌덩이가 얹힌 것처럼 답답했다.

세상에 영원한 비밀은 없다. 먼저 들켰다간 분명, 불순한 의도로 그의 주위를 어슬렁거리다 정체를 속이고 접근한 줄 알 것이다. 언젠가 이실직고할 생각이었다. 하지만 여태 자신을 속여 왔다고 그가 화를 낼까 두려웠다.

게다가 속인 건 대공뿐만이 아니었다. 트리거, 토마스, 하이디, 그 외에도 제게 웃으며 인사를 해 주는 일행들……. 지금은 용기가 없었다.

"나중에요…… 만약에 제가 대공님을 화나게 해도, 저를 꼭 용서해 주세요."

"나는 네게 화내지 않을 것이다. 그러니 다른 소원을 말해."

역시. 대공은 아무것도 모른다.

"그래도 혹시 화가 나실 수도 있잖아요."

"아니."

그가 단호하게 고개를 저었다.

"나는 네가 무슨 말을 해도 화내지 않아. 약속한다."

그런 일은 절대로 일어나지 않는다는 확신 가득한 목소리였다.

'진심인가 봐.'

클로이는 대공이 하는 말은 전부 믿었다. 그는 거짓을 약속하는 사람이 아니니까.

"아니 그러면…… 일단 소원은 보류해 둘게요. 나중에라도 들어주시는 거죠?"

"그래."

클로이는 짧게 한숨을 내쉬었다. 위로가 된다. 제 편을 얻은 것처럼 든든했다. 아직 진실을 고백하지도 않았는데 벌써 한시름 놓였다. 클로이는 대공이 정말 고마웠다. 그래서 꼭 제가 이뤄줄 수 있는 소원을 그가 말했으면, 하고 바랐다.

"대공님도 소원 말씀하세요. 제가 들어 드릴 수 있는 게 있다면요."

"너만이 해 줄 수 있는 게 있다."

그가 이 순간을 기다려 온 사람처럼 말했다.

"나는……."

주저하는 대공의 얼굴은 복잡한 감정이 가득했다.

'이 사람, 정말 많이 변했어.'

문득 그런 생각이 들었다. 도대체 대공이 언제부터 이렇게 더듬더듬 말했지? 세상에 두려울 게 없는 남자가.

클로이는 아직도 알리시아 왕녀의 몸을 꿰뚫던 알렉산드로의 칼날을 기억했다. 그런 그와 대면하는 것조차 두려워 마구간에선 저녁도 되기 전에 잠든 척했었다. 그의 하녀가 되고서는 눈이 마주칠까 무서워 항상 땅만 쳐다봤다. 비단 저뿐만 아니라, 그는 다른 기사들조차 긴장하게 만들고 주위를 압도했다.

그런데 이 남자가 대체 언제부터 이렇게 변했지?

"나도 네게…… 면죄부를 받고 싶다."

그가 힘겹게 말문을 열었다. 클로이는 어처구니없는 그의 소원에 웃음도 나오지 않았다. 명목뿐인 신전에 교황이 없어서 그런가?

"세상에 노예한테 면죄부를 받는 대공님이 어디 있어요. 제가 어떻게 감히 대공님을 용서해요?"

그래 놓고 그의 마음이 바뀔까 얼른 덧붙였다.

"근데 소원 무르기 없어요. 면죄부 이미 발급됐으니까 쓰고 싶을 때 말씀하시면 돼요."

클로이는 말을 마치고 씨익 웃었다. 이로써 그녀는 소원을 하나 갖게 되었다. 애당초 이 내기는 그에게 절대적으로 불리했다. 뭐든 마음대로 할 수 있는 사람에게 면죄부는 필요치도 않을 테니까. 귀족으로 태어난 것이 그의 면죄부였다. 그런데 알렉산드로는 구원이라도 받은 사람처럼 환한 얼굴이었다. 기쁨에 안도하는 듯이…… 말을 잇지 못하던 그가 감격한 것처럼 속삭였다.

"고맙다."

환한 미소를 보고 클로이는 순간 얼굴이 발그레해졌다. 쿵쾅대는 제 심장 소리가 귓가에 들리는 것만 같았다.

'이놈의 심장은 잘생긴 남자만 보면 하여튼.'

그 소리가 너무 커서 혹시 대공이 듣지 않았을까 부끄러웠다.

"흠흠."

헛기침을 하며 먼 곳을 쳐다보았지만 알렉산드로는 여전히 미소를 거두지 않은 채였다. 물론 그는 고작 말장난으로 얻어 낸 면죄부에 감격한 게 아니었다. 그저 언젠가는 자신이 저질렀던 끔찍한 일들을 그녀에게 사죄할 기회가 생겨 기뻤다. 지난 일이 해소되지 않는 한 그녀를 볼 때마다 느끼는 죄책감은 가시지 않을 테니까.

알렉산드로는 큰 뜻이 있어서 기사가 된 게 아니었다. 하지만 그는 승리를 이뤄 냈고 덕분에 제국은 평화를 얻었다. 사람들은 그를 영웅이라고 칭했다.

'나는 단지 사람을 많이 죽였을 뿐이다.'

타인의 칭송이 자기 비하를 막아 주진 못했다. 하지만 그는 적어도 제국을 지키기 위해 싸워 왔다고 변명할 순 있었다.

그러나 저로 인해 모든 걸 잃게 된 베아트리체 왕녀도 잘못한 건 없었다. 그녀는 어떤 죄를 지어서 벌을 받는 게 아니었다. 베아트리체 왕녀는 피해자였다. 길버트에게, 엘파사의 왕에게, 그리고 자신에게…….

 가까이서 보게 된 그녀의 삶은 불쌍했다. 처음 잘해 줬던 이유도 그래서였다. 처참하고 안타까워서. 빛나는 사람이라 그녀에게 닥친 불행이 더 잘 보였다.

 '몇 마디 사과로 감히 용서받을 수는 없겠지.'

 하지만 사과를 할 기회는 얻었다. 알렉산드로에게는 지금 그것만으로 충분했다. 이제 그녀에게 미안했다고, 정말 미안하다고 말할 수 있으니까.

13. 서로의 눈길이 닿는 곳

13. 서로의 눈길이 닿는 곳

· · ◆ · ·

험프리는 급한 걸음으로 주인을 뒤쫓았다. 그의 주인, 던칸 그레이엄은 잔뜩 뿔이 나선 황궁 깊숙한 서재로 향하고 있었다. 저 과격한 발자국 소리만으로도 그의 기분은 충분히 알 수 있었다.

'그 노망난 영감은 눈치도 더럽게 없지. 귀족들한테 이미 소문이 파다하다던데, 그 영감만 못 들었나? 설마 알면서도 일부러 그레이엄 전하를 화나게 한 건 아니었겠지?'

그것은 반역이다. 이번엔 이유가 좀 우습지만, 어쨌든 던칸 그레이엄의 심기를 거스르는 자에겐 어떤 일이 생겨도 이상할 게 없었다.

'요즘은 뭐, 많이 달라지셨지만.'

예전만큼 황궁에서 피바람이 불지는 않았다. 사실 더 이상 던칸의 심기를 거스르는 사람이 황궁에 없다는 이유가 가장 크지만…….

"험프리!"

"예!"

"당장 스너번 가문의 세무 조사를 시작해라."

던칸은 뒤도 돌아보지 않고 말했다. 스너번 공작가는 유서 깊은 개국 공신 명문가였다. 줄을 잘 서기로도 유명해서, 황제가 바뀔 때마다 항상 그 옆에 있는 것도 그들이었다. 그만큼 뱀처럼 교활한 자들인데, 세무 조사를 한다는 건 그들과 척을 지는 것과 다름없었다.

던칸은 두렵지 않았다. 스너번 공작가는 반도라스 공작가와 더불어 제국에 큰 영향력을 행사했다. 한 번쯤 견제를 해 주는 것도 나쁘지는 않았다.

"하지만 스너번 공작가는 단 한 번도 세무 조사를 받아 본 일이 없습니다. 그들에게 너무 큰 위협이 될지도 모릅니다."

말이 끝나기가 무섭게 던칸이 우뚝 자리에 멈췄다. 다급히 뒤쫓던 험프리도 겨우 멈춰 섰다.

"그깟 공작가들이 제아무리 담합을 해도 감히 이 그레이엄을 따라올 수는 없다. 잔말 말고 시키는 대로 해!"

큰 고함 소리에 시녀들은 고개를 들지도 못했다.

잠잠하던 황궁이 또 뒤집어졌다. 원인은 역시 던칸 그레이엄이었다.

"예, 알겠습니다."

던칸의 말도 사실이었다. 쿠피히트, 칼스버그, 반도라스 공작가가 그레이엄의 든든한 동맹이었다. 게다가 그레이엄은 제국의 기사단을 가졌는데 두려울 게 뭐란 말인가? 던칸의 말은 전적으로 옳았다.

다만 험프리의 걱정은 다른 데 있었다.

'요즘 너무 기복이 심하신데……'

던칸은 요즘 감정 기복이 임신부 못지않았다. 명령을 내렸다가 금방 다시 불러 철회하는 일도 허다했다. 아니나 다를까, 황궁의 긴 복도를 걷던 던칸의 발소리가 점점 잦아들었다. 혼자 또 무슨 생각을 하는지 그가 고민하듯 이마를 감싸 쥐었다.

"후우……."

험프리는 요즘 던칸이 최악의 나날을 보내고 있다고 감히 생각했다. 제국은 10여 년 만에 찾아온 평화를 누리느라 태평성대였다. 하지만 황궁은 막상 살얼음판처럼 날카로웠다. 다 던칸 그레이엄 때문이었다.

그는 짜증이 늘었다. 거기까지라면 험프리도 이해할 텐데, 그는 정말 이상해졌다.

"미안하다."

"……."

그는 제 귀로 들려오는 던칸의 목소리에 움찔했다. 또다.

"내 명령은 없던 걸로 해라. 네 말이 옳다. 괜히 충성스런 공작가를 위협할 필요는 없지."

던칸은 요즘…… 사과를 했다.

'전하께서 대체…….'

처음 들었을 때 험프리는 귀를 의심했다. 던칸 그레이엄의 입에서 미안하다는 말이 나오다니! 평생 남을 다스리고 조종하며 살아온 무도한 인간이, 대체 왜! 모시는 주인이지만 험프리는 그가 죽으면 지옥에 갈 거라고 생각했다.

'물론 내가 모시고 함께 가야지.'

던칸은 종교도 없었다. 그는 죄를 빌기에는 잘못이 너무 많아서 종교를 가졌다간 남은 생을 참회만 하며 살아야 했다.

"로웬 스너번, 그 무식한 영감이 하는 행동이 마치 나를 일부러 화나게 하려는 것 같았다."

험프리는 열심히 고개를 끄덕였다. 제가 던칸이라도 로웬 스너번에게 화가 날 법했다. 로웬 스너번은 오찬 자리에 감히…… 감히 한 살배기 손자를 데려왔다. 그리고 손자를 무릎에 앉히고는 예뻐 죽겠다는 듯 행동했다. 아기는 귀여웠다. 던칸 또한 아기에게 눈길을 빼앗긴 게 사실이었다. 하지만…… 그레이엄 집안 사정을 빤히 알고 있으면서 그런 행동을 한 로웬에게 화가 나 견딜 수가 없었다.

저 예쁜 아기를…… 저 예쁜 손자를 던칸은 가질 수가 없었다. 그게 가장 견딜 수 없었다.

'나도…… 나도 손자…….'

손자든 손녀든 사실 상관없었다. 던칸은 컴컴한 그레이엄 가문을 환히 밝혀 줄 예쁜 아기들을 만나고 싶었다.

—허허, 전하께서도 한번 안아 보시겠습니까?

던칸은 잘 참았지만 로웬 스너번의 마지막 말에 자리를 박차고 오찬장을 나와 버렸다. 씩씩대며 자리를 박차고 나간 던칸의 뒤로 로웬 스너번은 영문을 모르겠다며 가증스럽게 굴었다.

—네 탓이 아니란다, 우리 예쁜 손자야. 심술보가 덕지덕지 붙은 노인네가 벌을 받는 게지. 허허허.

로웬 스너번의 마지막 말은 그의 어린 손자만 들을 수 있도록 조용했다.

'그러게, 누가 감히 내 딸을 퇴짜 놓으랬나? 얌전히 결혼만 시켰

어도 이 아이에겐 대공의 피가 흘렀을 텐데. 아쉽게 됐군, 던칸 그레이엄.'

로웬의 딸은 알렉산드로의 유력한 결혼 후보였다. 하지만 무슨 이유에서인지 던칸은 갑자기 퇴짜를 놓았다. 결국 알렉산드로의 얼굴도 보지 못한 채 거절당한 로웬의 딸은 헐값에 팔려 가듯 속전속결로 결혼해 버렸다. 그리고 지금 제국에는 알렉산드로가 남색을 한다는 소문이 파다하게 퍼져 있는 상황이었다.

처음 그 소문을 들었을 때 로웬은 놀랍지도 않았다. 어느 정도 예상한 상태였다. 속사정을 아는 대부분의 고위 귀족들도 결국 터질 게 터졌다는 반응이었다. 알렉산드로 같은 위치의 남자가 어느 영애와도 염문 한 번 없이 깨끗하다는 건…….

그 사실만으로 이미 몇몇 귀족들은 그의 성향을 의심했다. 클라라 반도라스 공작 영애와 불미스런 소문이 있긴 했지만…….

'그녀는 미친년으로 소문이 파다하니 누구도 믿질 않았지.'

로웬 스너번은 던칸과의 오찬 약속이 잡히자마자 보란 듯이 한 살배기 손자를 데려갔다. 아니나 다를까, 던칸은 작은 아기에게서 눈을 떼질 못했다. 식기에 손도 못 대고 제 손자만 바라보다, 도발에 넘어가 자리를 박차고 일어났다. 그러면서도 아기가 놀랄까 조심스러운 태도였다.

—난 이만 일어나겠소!

그렇게 솔직하게 분노를 드러내는 던칸은 처음인지라, 로웬 스너번은 터지는 웃음을 참을 수가 없었다. 복수는 완벽했다.

기사단 일행이 로베르트 후작령을 떠난 지 어느덧 한 달이 넘었
다. 그들은 지금까지와는 다른 길을 가고 있었다. 제국에도 이런
큰 산이 있었나 싶을 만큼 험한 산맥이었다. 그나마 계곡이 있어
중간중간 쉬어 가며 더위도 식히고 시원한 물도 마실 수 있어 다행
이었다. 다른 시녀들에 비하면 약과지만, 클로이도 오랜만에 산길
을 가느라 힘든 시간을 보내고 있었다.

　"길이 험하군."

　대공은 중간중간 그녀의 상태를 확인하며 격려의 말을 건넸다.

　"곧 야영지가 나올 테니 힘내거라."

　두 사람은 서로 교집합이 없는데도 대화가 끊이지 않았다. 알렉
산드로는 주로 질문을 던지고 듣는 편이었고, 호응도 잘 해줬다.
교묘한 그 말솜씨에 클로이는 '대공과는 말이 잘 통한다.' 하고 생
각했다. 그가 회의에 참석할 때, 클로이가 다른 시종들과 일할 때
말고는 두 사람은 떨어져 있는 시간도 없었다. 아침에 눈뜨고 눈을
감을 때까지 함께했다.

　클로이는 이제 하울과 크산토스를 살피는 일에서도 완전히 손을
뗀 상황이었다. 대공은 트리거의 할 일을 빼앗지 말라며 말들에게
가지 말라고 했다. 그간 말을 찾던 이유는 트리거와 수다를 떨기
위해서였지만 클로이는 두말없이 그 명령을 따랐다. 자연히 트리
거와 있는 시간이 많이 줄어들었고, 대신 클로이는 토마스와 더욱

친해졌다.

에반을 시중드는 토마스는 세리머니 전반의 일을 다 알고 있었다. 대공이 회의에 가면 클로이는 토마스의 청산유수 같은 말을 경청했다.

시간은 빠르게 흘러 어느덧 여정을 함께한 지 넉 달이 넘어갔다. 이제 기사단의 모든 기사들과 시녀, 시종들은 두루두루 잘 지내는 것처럼 보였다. 하이디만 빼고. 따돌림을 당하던 하이디는 언제나 혼자였다. 산을 오르느라 땀을 흠뻑 흘린 클로이는 목욕 생각이 간절했다.

'같이 목욕하러 가자고 할까?'

겸사겸사, 하이디에게 같이 계곡에 가자고 말을 붙인 클로이는 단칼에 거절당했다. 아쉽지만 어쩔 수 없었다.

'싫다는 사람을 끌고 갈 수도 없고……'

어느덧 일행은 밤을 지낼 야영지에 도착했다. 클로이는 일행이 잠든 시간을 노렸다. 종종 그렇게 혼자 목욕을 하곤 했기에 오늘도 그럴 생각이었다. 어차피 대공은 일행 중에 가장 늦게 잠드는 사람이라 그가 잠들기만 기다렸다 조용히 가서 씻고 오면 되는 일이었다.

'피곤하긴 하지만 목욕을 다녀오면 상쾌하니까.'

게다가 이젠 머리도 꽤 길었다. 자주 씻지 않으면 찝찝해서 견딜 수 없었다. 대공이 자르지 말라고 해서 그냥 방치해 뒀더니 어깨를 간질이는 머리카락이 사뭇 불편했다.

'올라오면서 봤던 계곡에 가서 씻어야겠다.'

물도 별로 깊지 않아 보였고, 사방이 나무로 둘러싸여 있어서 자세히 보지 않았으면 모르고 지나칠 뻔했다.

'아마 다른 사람들도 잘 모를 거야.'

어둑한 시간을 틈타 움직이면 아무도 마주칠 일 없으리라.

'아차! 오늘은 크리스 님과 대련을 하시는 날이었지. 그때 다녀올까?'

둘의 대련은 일방적이었다. 크리스는 긴장하는 것 같았지만, 대공은 그를 너무 쉽게 상대했다. 지켜보는 클로이는 지루해서 고역이었다.

"자, 대공님의 저녁 식사다. 여기 네 것도."

"감사합니다."

두 명분의 식사를 받아든 그녀가 막사로 향했다. 대공은 로베르트 후작성을 나오면서부터 점심 식사를 클로이와 함께하기 시작했다. 행군 중이라 다들 점심 식사에 격식을 차리지 않았고, 두 사람은 나무 그늘 같은 데서 함께 먹었다. 클로이는 점심까진 부담스럽지 않았다. 전에도 몇 번 대공의 곁에서 식사한 적이 있었으니까.

게다가 밖에서는 다른 사람들과 합석도 잦았다. 알렉산드로와 클로이가 같이 있을 때 크리스나 에반이 찾아왔고, 클로이가 다른 이와 함께 있을 때 대공이 그녀를 찾아와 여럿이 같이 먹기도 했다. 그런 날들이 반복되면서 대공은 어느 날 클로이 몫의 아침 식사를 가져오라고 명령했다. 탁자에 마주 앉아 식사하는 건 아무래도 무척 부담스러웠다.

하지만 클로이는 그의 협박 같은 설득에 넘어갔다.

"밖에선 매일 함께 식사하는데 의자에 앉아서 같이 먹는다고 다를 게 있나?"

클로이는 대공과 충분히 가까운 관계가 됐다고 생각했지만 그는 더 가까워지길 바랐다. 알렉산드로는 식사를 할 때 그녀가 자신의 앞에 앉아 함께 먹었으면 좋겠다고 생각했다. 그럼 고개를 돌리지 않아도 얼굴을 볼 수 있지 않은가? 게다가 그녀가 시종들과 식사를 한다고 자리를 비울 일도 없을 테니 일석이조였다.

"아니, 그래도 좀 그렇죠…… 제가 대공님과 어떻게 겸상을 해요."

"……그런가."

"제가 식사 시중도 들어야 하잖아요. 그리고 누가 보기라도 하면 어떡해요?"

클로이는 그가 하녀와 겸상까지 한다는, 위엄을 상하게 하는 소문이 돌까 걱정이었다. 조용히 그녀의 입장을 듣던 알렉산드로가 문득 고개를 들었다.

"내가 너를 마구간에 가둬 놓은 일 때문인가?"

"예?"

"마구간에 가둬 놓았던 일 때문에 나를 미워하는 것이냐?"

생각지 못한 오해에 클로이는 순간 멍해졌다. 제가 어떻게 대공을 미워한단 말인가? 그가 왜 이런 오해를 하는지 이해할 수 없었다. 게다가 이미 끝난 얘기 아니었던가?

"무슨 말씀이세요? 제가 어떻게 감히 대공님을 미워해요. 절대 아니에요."

"내 막사에는 아무도 함부로 들어올 수 없다는 것을 뻔히 아는 네가 그런 변명으로 나와 함께 식사하기를 꺼리니…… 그래, 알겠다."

대공은 정말 상처받은 사람처럼 쓸쓸한 눈빛으로 고개를 돌렸다. 제 눈을 피하는 그를 보곤 클로이는 가슴이 콱 막힌 것처럼 답답했다.

'미치겠네.'

대공의 말을 곧이곧대로 믿은 그녀가 다급한 목소리를 냈다.

"정말로 아니에요. 제가 어떻게 그런 불손한 마음을 품겠어요? 진짜예요, 대공님."

알렉산드로는 치솟는 입가를 손으로 덮었다. 필요한 상황에서 어떤 식으로든 속내 감추고 말할 수 있는 그에게, 클로이는 매번 쉽게 넘어갔다. 앞에서 안절부절못하는 클로이를 두고, 알렉산드로는 식기를 내려놓았다.

"……난 입맛이 없구나."

클로이는 입을 다물 수가 없었다. 그가 입맛이 없다니. 대공은 한 번도 음식을 남기지 않았다. 아예 안 먹는다면 몰라도, 식사를 앞에 두고서 일어나는 사람은 아니었다. 체격이나 활동량만큼 대식가이기도 했고, 항상 조용히, 깔끔하게 식사를 모두 마치는 남자였다. 놀란 얼굴의 클로이가 할 말을 잃고 멍하니 그를 바라보자, 그가 마지막 결정타를 던졌다.

"네가 날 용서할 때까지…… 나도 식사를 하지 않겠다."

"대공님!"

더 이상 놀랄 일은 없겠다고 생각했는데…… 이번엔 충격이 컸다.

'저 사람이 도대체 왜 이러지?'

이게 무슨 말도 안 되는 소리인지 클로이는 어떤 반응을 해야 할지 난감했다. 제게 잘해 주는 대공이 그의 위상을 깎아 먹지 않을까, 클로이가 걱정하는 건 그런 것이었다. 충분히 많은 것을 베풀어 준 그에게 폐를 끼치고 싶지 않았다. 그저 잘 모시고 싶었다. 다른 이들처럼.

알렉산드로는 정말 식사를 하지 않으려는 듯 식기를 내려놓고 자리에서 일어섰다. 저를 쫓아오는 순한 눈망울을 마주친 순간 그는 얼굴에 스미는 웃음을 참아야 했다. 귓가가 절로 실룩거렸다. 참아야 한다. 이제 다 넘어왔다.

"바람이나 쐬고 오마. 따라올 필요는…… 없다."

그가 시선을 다른 데 돌린 채 막사의 입구로 향했다. 클로이는 안절부절못했다. 요즘 대공은 어디에나 그녀를 데리고 다녔다. 심지어 목욕을 할 때도 마찬가지였다. 그래 봤자 그녀가 하는 일은 옷가지를 챙겨 주는 것이 전부이고 그 외에는 어떠한 시중도 들지 않았지만…….

'그런데 따라오지 말라고?'

단 한 번도 저런 식으로 말한 적 없었는데.

'정말로 내가 자기를 미워한다고 생각하나……?'

환상처럼 그의 머리 위에 축 늘어진 두 귀가 보였다. 저절로 잔뜩 실망한 대형견이 연상되었다. 클로이는 제 불온한 생각에 고개를 흔들었다.

'저 사람은 제국의 기사단장이야.'

저렇게 큰 남자를 귀엽다고 생각해선 안 된다. 그런데 알면 알수록 자꾸 새로운 모습들이 보여 놀라웠다. 끝내 항복한 클로이의 입술이 열렸다.

"그러면……."

탐탁지 않은 기색이 역력한 작은 목소리가 막사를 나서려던 그를 붙들었다. 그녀는 처음부터 대공의 상대가 될 수 없었다. 급히 표정을 굳힌 그가 천천히 그녀를 돌아보았다.

"……제가 여기서 밥 먹으면, 식사하실 거예요?"

그가 다시 고개를 돌리고 입을 열었다.

"저녁 식사도 같이한다면."

조각 같은 그의 옆모습에 잠시 말을 잃었던 클로이는 이내 정신을 차렸다.

'아니…….'

누가 알면 어떡한단 말인가? 세상에 하녀와 같은 식탁에 앉아서 얼굴을 마주 보고 식사하는 기사단장이라니. 게다가 그는 대공인데.

'나를 건방진 하녀라고 생각하지 않을까?'

사람들에게 괜한 질투를 살까 두려웠다. 일행 중에 그에게 말을 못 붙여 안달인 사람들이 몇인데……. 클로이는 작게 한숨을 내쉬었다.

"싫으면 됐다."

그녀가 주저하자 알렉산드로는 미련 없이 입구의 가림막을 걷었다.

"어휴, 대공님, 잠시만요!"

예상대로 클로이가 다급히 그를 붙들었다.

"싫은 게 아니라 걱정이 돼서 그러죠. 가지 마세요. 같이 먹어요."

결국 원하는 답을 얻어 낸 그가 씩 웃으며 가림막을 내리곤 성큼

성큼 식탁으로 돌아왔다. 그녀가 앉을 의자도 먼저 빼 주었지만 클로이는 감히 그가 빼 준 의자에 앉을 생각을 하지 못했다.

'이래도 되는 건가…….'

두 사람은 줄다리기를 하듯 아무도 먼저 몸을 움직이지 않았다. 알렉산드로는 그런 클로이를 뚫어져라 바라보았다.

'왜 저렇게 무섭게 쳐다본담.'

심장이 철렁 내려앉은 그녀가 슬금슬금 의자에 엉덩이를 붙였다.

'에이, 그래. 자기가 저렇게 하고 싶다는데 뭐.'

귀부인을 대하듯 하고 있긴 하지만 그렇다고 그가 제게 이성적인 관심이 있는 건 아니니 상관없었다. 그는 기분이 한결 풀렸는지 옅은 미소를 짓고 있었다.

'아무튼 이해하지 못할 사람이야.'

클로이는 슬며시 고개를 저었다. 어쨌든 그 이후로, 둘은 아침 식사와 저녁 식사까지 함께하게 되었다.

그의 저녁 식사를 탁자에 내려놓은 클로이가 자연스레 말을 꺼냈다.

"저녁 먹고 크리스 님이랑 훈련하실 때요. 저 잠시만 어디 다녀와도 될까요?"

알렉산드로의 도톰한 입술이 움찔했다. 어디를 가느냐는 물음이 혀끝까지 차올랐다. 하지만 여자의 사생활을 자세히 묻는 건 신사의 자세가 아니었다. 그녀가 굳이 갈 곳이 있다니 어쨌든 꼭 필요한 일일 것이다.

"길을 잃지 않도록 조심해야 한다."

"네."

야무진 대답을 듣긴 했지만 알렉산드로는 걱정스러웠다. 길을 잃고 싶어서 잃나? 아무리 조심해도 주위가 컴컴하면 헤매게 된다. 그녀는 부주의한 사람은 아니지만 호기심이 많았다. 혹시 모른다. 게다가 산속에 야생 동물이 있을지 모르고. 그런데 이미 사방이 어둑해졌는데 왜 지금 안 가고 더 늦게 간다는 거지? 혹시 약초를 찾으러 가나?

"약초를 보러 가는 것이냐? 네가 말했던."

클로이는 슬쩍 그의 눈치를 살폈다. 가는 길에 약초를 보려고 하긴 했었다.

'하지만 그렇게 말하면 같이 가자고 따라올지도 몰라.'

대공은 요즘 약초에 굉장한 관심을 보였다. 아무리 그가 여자에 관심이 없는 남자여도, 그에게 목욕하는 장면까지 보일 수는 없었다.

"아니요."

클로이는 그렇게만 말하고 눈을 내리깔았다. 그럼 어디를 가는 거지? 그는 더 궁금해졌지만 물을 수 없었다. 제게 확실히 말하지 않는 걸 보니 짐작대로 사생활이 분명했다. 식사를 하는 내내 그의 머릿속엔 고민이 가득했다. 따라갈까 말까. 그녀는 혼자서 가고 싶은 모양인데 그래도 그렇지 산속에 여자를 혼자…….

'그럴 순 없다.'

어떤 음흉한 마음이 아니라, 진심으로 그녀가 걱정이 돼서 옆을 지켜 주고 싶었다. 하지만 그녀는 내키지 않는 것 같았다. 제게 뭔가를 요구한 적이 없었던 만큼 이번엔 그녀의 의견을 존중해야 한다고 생각은 했지만…… 그 또한 내키지 않았다. 이 어두운 산속에서 무슨 일이라도 벌어지면 어떡한단 말인가? 고민하던 그가 식사 도중에 벌떡 자리에서 일어섰다.

"왜, 왜 그러세요?"

순간 클로이의 눈이 휘둥그레졌다. 놀란 눈길이 그를 뒤쫓았지만 알렉산드로는 아랑곳하지 않았다. 성큼성큼 자신의 소지품을 뒤지며 뭔가를 찾기 시작했다. 클로이는 덩달아 일어나 그의 뒤에서 서성였다.

"뭐 필요하신 거 있으세요? 뭘 갖고 올까요?"

차라리 그가 제게 명령을 내리면 마음이 편할 것 같았다. 대공은 항상 예의를 갖추기 때문에 기사단의 화급한 일이 아니고서야 이런 경우는 한 번도 없었다. 이윽고 유심히 뭔가를 찾던 그가 문득 갑옷으로 눈을 돌렸다. 정확히는 갑옷의 옆, 그의 망토. 제국 기사단의 상징. 적색과 금색의 화려한 장식을 응시하던 대공은 망토를 집어 들었다.

찌이이익.

"대공님!"

알렉산드로는 망설임 없이 망토의 아랫단을 잡아 찢기 시작했다. 절대로 손으로 찢길 것 같은 원단이 아닌데도 망토는 종잇장처럼 쉽게 찢어졌다.

"무슨 일이세요? 갑자기 왜 그러세요?"

놀란 클로이는 갑작스러운 대공의 행동에 당황해선 안절부절못했다. 아무리 이해하기 힘든 사람이라지만 최근에는 이상한 언행이 부쩍 늘었다. 클로이는 대공이 이럴 때마다 난감하기 그지없었다. 그는 조각난 망토 갈래들을 모아 들곤 경악한 그녀에게 내밀었다.

"이걸 가져가서 나무에 표시를 해."

"네?"

"그러면 돌아올 때 길을 잃지 않을 것 아니냐."

어마어마한 일을 저지른 그의 표정이 무척 담담했다. 클로이는 당황해선 말을 잊었다. 고작 제가 길을 잃을까 봐 제국 기사단의 상징인 망토를 저렇게 갈기갈기 찢었다고?

'왜 나한테 이렇게까지……?'

그의 지나친 배려에 의문 어린 눈으로 쳐다만 보자 알렉산드로의 얼굴도 서서히 굳어졌다.

"너는 이미 도망친 전적이 있었지."

그 말에 클로이가 눈에 띄게 흠칫했다. 서늘한 목소리, 엄한 표정.

'내게 경고하는 거야.'

클로이는 침을 꿀꺽 삼켰다.

"혹시 네가 또 돌아오지 않는다면……."

전쟁 노예인 그녀는 잡히는 즉시 처형이다. 저번에 숲에서 길을 잃었을 때도 그가 관대하게 용서해 줬는데, 고의든 아니든 이번에 또 같은 일을 벌였다가는…….

'단순히 내가 걱정돼서 그렇게까지 한 게 아니었어.'

그녀는 다짐하듯 망토 조각들을 받아 들었다.

"꼭 돌아올게요."

그가 하라는데 안 하는 것도 이상한 일이다.

"걱정 마세요."

알렉산드로는 그녀의 결연한 눈빛을 보곤 슬며시 미소가 나왔다. 그나마 안심이 된다. 클로이를 따라가고 싶었지만 얌전히 제 말을 듣는 그녀의 얼굴을 보니 조금이나마 마음이 풀렸다.

하지만 알렉산드로의 안심은 오래가지 않았다. 어두운 숲속으로 사라지는 그 작은 뒷모습을 보니 도저히 기다리고만 있을 수는 없었다. 크게 위험한 숲이 아니니 그녀를 따라가지 않으리라고 마음먹었던 건 한순간 사라졌다. 다짐이 무색하게도 알렉산드로의 다리가 저절로 클로이의 뒤를 쫓았다.

"대체 어디까지 가는 거야? 저기 아무도 없고 조용한 데가 있다고, 단장님."

크리스는 피곤한 목소리로 대공을 저지했다. 대공과의 훈련을 위해서 미리 장소를 봐 뒀는데 알렉산드로는 그답지 않게 자꾸만 장소를 옮겨 댔다. 평소의 그는 어디든 상관없다며 시큰둥했을 텐데. 큰 움직임을 보이는 것은 주로 크리스였고, 알렉산드로는 적당히 받아 주는 게 전부인 대련이었다.

"어이, 대공님. 여기서 하자고, 여기."

클로이가 남긴 표식으로 방향을 추적하던 알렉산드로의 얼굴이 살며시 구겨졌다.

"더는 피곤해서 난 못 가."

자신이 데리고 온 저 떨거지가 문제였다. 알렉산드로는 적어도 일주일에 한 번 크리스와 대련을 하기로 약속 아닌 약속을 했다. 하지만 그는 그간 여러 가지 핑계를 대며 크리스를 바람맞혔다. 이유는 별게 아니었다. 클로이가 지겨워하기 때문이었다.

둘의 대련은 거의 일방적이었고, 그래서 그녀는 대련하는 내내 저는 보지 않고 사방을 돌아다니며 약초나 구경하기 일쑤였다.

"벌써부터 사람 힘 빠지게 하는군. 여기 아무도 없고 좋은데 자꾸 어딜 가는 거야?"

알렉산드로는 그런 크리스를 쉽게 무시하고 주위를 둘러보았다. 마지막으로 봤던 표식과 꽤 거리가 있었다.

'혹시 길을 잃었나.'

걱정하는 찰나, 어딘가에서 찰박대는 물소리를 들렸다. 알렉산드로는 일단 불만에 가득 찬 크리스를 돌아보았다.

"여기서 기다려라."

"왜 자꾸 어디를 혼자 가려고 그러셔. 나도 데려가."

그가 애교를 부렸지만 알렉산드로는 가차 없었다.

"한 발자국도 떼지 마라."

"쳇, 알았다."

왜인지 모를 그의 무시무시한 기세에 크리스는 투정을 부리듯 칼을 내려놓고 훈련 준비를 시작했다. 우선 웃옷을 벗었다. 체력 소모가 심하다 보니 땀이 많이 나서 옷은 벗는 게 차라리 나았다.

"내가 동네북이지, 흥."

투덜거리며 이리저리 몸을 풀던 크리스는 문득 제게서 멀어지는 알렉산드로의 뒷모습에 눈을 돌렸다.

'도대체 어딜 가는 거야?'

그때, 어디서 찰박거리는 물소리가 났다. 분명 사람의 인기척이었다. 그리고…….

'이건 남자의 발자국 소리인데?'

누군지 모를 발자국 소리는 은밀했다. 마치 자신들을 몰래 뒤쫓는 듯 최대한 기척을 숨긴 소리였다. 크리스는 피식 웃음을 터뜨렸다. 이 발자국 소리의 주인을 알 것 같았다.

알렉산드로는 클로이의 기척을 쫓느라 크리스는 완전히 뒷전으로 놓았다. 조용히 물소리를 따라가자 아니나 다를까 어딘가에 계곡이 있었다. 그는 최대한 기척을 숨겼다. 단지 클로이의 안전을 위해서 따라온 것이었다.

'내가 뒤쫓아 온 걸 알면 기분이 나쁘겠지.'

큰 나무들이 우거진 사이로 제법 큰 물줄기가 떨어지는 게 보였다. 그는 자리에 멈춰 주위를 살폈다. 물 위로 초승달이 떠 있는 작은 계곡은 그리 깊어 보이지 않았다.

'어디 있지?'

아무리 둘러봐도 클로이가 없자 그는 한 발자국 더 가까이 다가갔다. 그때였다.

"푸하!"

몸을 담그고 있었던 듯, 클로이가 물속에서 나타났다.

"……!"

알렉산드로는 그녀가 몸을 꺼내자마자 곧바로 나무 뒤로 돌아섰다. 하얀 어깨, 클로이의 뒷모습이 잔상으로 남았다. 가슴이 세차게 뛰었다. 보면 안 될 것을 앞에 둔 기분이었다. 더 자세히 보고 싶다는 욕망도 함께였다. 그러면 안 된다는 것을 누구보다 잘 알지만, 스치듯 보았던 작고 여린 어깨선이 자꾸만 눈앞에 아른거렸다. 그의 남성적인 목울대가 느리게 일렁였다.

클로이는 항상 낡은 옷을 입거나, 미동의 옷을 입고 있었다. 그 옷들은 목부터 손목, 발목 전부를 가렸다. 그녀는 아무리 더워도 남들처럼 노출하지 않았다. 항상 몸을 꼭꼭 숨겼다. 기껏해야 팔을 걷는 정도였다.

'왕녀라는 것을 들키지 않기 위해서였나.'

게다가 클로이의 외모는 제국민과 사뭇 달랐다. 그 부드러워 보이는 상앗빛 피부는 나쁜 쪽으로 관심을 끌기에 충분했다. 알렉산드로 또한 저와 다른 생김새에 가끔 눈을 떼지 못하곤 했다. 지금처럼.

잠깐이지만 보았던 그녀의 어깨는 반들반들했다. 아기처럼, 만지면 굉장히 부드러울 것 같다. 하얗지만 창백하지 않고, 베어 물면 달콤한 복숭아처럼…….

'……가야겠군.'

빨리 자리를 떠나야 했다. 그런데 그의 귀에 그녀가 물장구치는 철퍽철퍽 소리가 자꾸만 들려왔다. 이상하다. 분명 계곡에 물이 떨어지는 소리가 훨씬 크게 들려야 하는데…… 그런 건 들리지 않았다. 그의 귀는 오로지 클로이의 움직임만 쫓았다. 발이 떨어지지 않았다. 그녀와 알렉산드로는 지금 등을 진 채였다. 그녀를 훔쳐본다고 해도 클로이는 모를 게 분명했다. 절대로 자신을 발견하지 못할 것이다. 둔한 구석이 있으니까. 어차피 그녀의 어깨까지밖에 보이지 않는다. 어깨는 여자들이 드레스를 입을 때도 가장 쉽게 드러나는 부위가 아닌가?

머릿속이 팽글팽글 돌았다. 긴장한 그가 크게 숨을 들이마시자 상쾌한 공기가 차 왔다. 하지만 나아지는 것은 없었다. 알렉산드로는 인내를 새기며 천천히 눈을 감았다. 그러자 어렴풋이 보였던 그녀의 젖은 머리와 어깨가 선명하게 떠올랐다. 쿵쾅거리는 제 심장 소리도 들렸다. 그 소리가 그녀에게까지 들릴까 겁날 정도였다.

뒷모습뿐인데, 뭐 어떤가.

아마 그녀가 평범한 시녀의 옷차림을 했다면 어깨나 팔이 드러나는 옷을 분명 입었을 것이다. 게다가 저는 매일 그녀에게 나신을 보였다. 고작 뒷모습뿐인데……

머릿속 끔찍한 마귀의 중얼거림을 알아들은 알렉산드로는 느리게 눈을 떴다. 그리고 그녀가 듣지 못하게 조용히 걸음을 옮겼다. 결정을 내린 그는 추호의 망설임도 없었다. 알렉산드로는 그녀를 등지고 크리스에게로 돌아가고 있었다. 뒷모습이라도 보고 싶은 욕망은 여전했지만 그는 어떤 파렴치한 짓도 하고 싶지 않았다. 그녀가 알든 모르든 상관없었다. 스스로 내키지가 않았다.

그녀가 원하지 않는 것은 아무것도 하지 않을 것이다. 알렉산드로는 여자를 존중하는 남자로 남고 싶었다. 원래 목적대로 그녀의 안전을 확인했으니 됐다. 찰박이는 물소리가 잦아들자 쿵쾅대던 그의 심장도 안정을 찾고 조용해졌다. 무엇보다 자신의 신념을 지켰다는 사실에 만족스러웠다. 얼마 가지 않아 나무 밑동에 앉은 크리스가 보였다.

"각하. 이렇게 오래 나를 기다리게 하면 어쩌자는 거야."

그는 하의만 입은 채 알렉산드로를 기다리고 있었다.

"우리 이거 진짜 오랜만인데…… 서운하게스리."

정말 그랬다. 크리스와의 대련은 거의 보름 만이었다. 알렉산드로는 피식 웃었다. 크리스를 보니 그제야 머릿속이 맑아지는 것 같았다.

"시간을 내지 못해 미안하다."

마음에도 없는 사과를 한 그는 시원하게 상의를 벗어 근처의 바위에 내려놓았다. 안 그래도 더워서 답답했다. 클로이를 보고부터였다. 한데 뭔가 이상했다. 평소 같으면 크리스가 먼저 칼을 집어 들고 달려들었을 것인데…… 그는 나무 밑동에 앉아 일어날 생각을 하지 않았다. 크리스의 눈썹이 장난스레 꿈틀대는 동시에 알렉산드로는 다른 이의 인기척을 들었다.

'누가 있군.'

이 장소엔 지금 둘만 있는 게 아니었다. 알렉산드로가 천천히 크리스에게로 다가가던 바로 그때였다.

"안 됩니다! 단장님, 안 됩니다!"

갑자기 숲속에서 울부짖는 목소리가 들려왔다. 급하게 달려 나온 그가 당장 알렉산드로의 앞에 무릎을 꿇고 소리쳤다.

"단장님, 가문을 생각하셔야 합니다! 사특한 육체의 쾌락에서 벗어나 온전한 성애를 추구하셔야 합니다!"

와일러였다. 그레이엄 가문을 위해서…… 라고 말하는 그의 얼굴은 진심인 듯 진지했다. 하지만 알렉산드로는 주제넘게 행동하는 이들을 좋아하지 않았다. 하물며 부친의 첩자 노릇이나 하는 놈이라면.

'누가 보면 아주 충직한 부하인 줄 알겠어.'

옆에서 크리스는 흥미진진한 얼굴로 상황을 주시했다. 앞으로 어떤 일이 벌어질지 뻔히 알면서도 흥미로웠다.

"지금 그레이엄 전하께서 얼마나 걱정을…… 크억!"

더 이상 들을 가치도 없었다. 알렉산드로는 가차 없이 그를 넘어뜨리고는 목을 짓밟았다. 갑작스런 공격에 와일러는 일어날 생각도 못한 채 꿈틀거렸다. 그 모습을 내려다보던 대공이 싸늘하게 입을 열었다.

"알고는 있었다."

크리스는 그의 무표정에서 미묘한 불쾌감을 읽어 냈다.

"커헉……!"

와일러는 숨이 막혀 대공에게서 벗어나고자 몸부림을 쳤지만 전부 의미 없는 몸짓이었다. 그의 얼굴이 금세 새빨갛게 달아올랐다.

"와일러 경…… 기사라고 칭하기도 불쾌하군."

알렉산드로는 그가 고통스러워하는 모습을 보면서도 무심했다.

"아버님께서 심어 놓은 첩자가 한둘은 있을 거라고 예상했다. 더러운 짓을 해서라도 권력을 잡으려는 이들은 많으니까."

핏줄이 터진 듯 와일러의 눈이 빨갛게 달아올랐다. 죽을 수도 있다. 극한의 두려움에 달한 그의 몸부림이 잦아들자, 대공은 숨통을 짓이기던 발을 떼었다.

"허억…… 허억……."

와일러는 허겁지겁 숨을 들이마셨다.

"나를 팔아 네 욕심을 채우고자 하는 마음은 잘 알겠다."

그를 빤히 응시하던 알렉산드로가 옆에 놓인 크리스의 칼을 집어 들었다. 와일러의 눈이 확 커졌다. 다른 일행들과 달리, 전쟁에서 이렇다 할 공로를 세우지 못했던 그는 던칸의 세작으로 세리머니에 심어졌다. 대공의 일거수일투족을 던칸에게 보고하는 대가로 참여한 것이다. 와일러는 칼을 든 대공의 뒷모습에 겁을 먹곤 허겁지겁 몸을 일으켰다. 하지만 다리가 굳은 듯 마음대로 움직여지지 않았다.

"너는 오늘 하지 말았어야 할 행동을 했다."

알렉산드로는 칼을 움켜쥔 모습만으로 주위를 압도했다. 다가오는 모습이 죽음의 사자처럼 무시무시했다. 한 발짝 거리에서 걸음을 멈춘 대공은 몸을 숙여 와일러와 눈을 맞췄다.

"나는 기사로서 너를 용서할 수가 없군."

조용한 목소리가 청천벽력처럼 섬뜩하게 울렸다. 마주친 대공의 눈동자는 맹수의 그것처럼 조금의 온기도 보이지 않았다. 와일러의 온몸이 떨렸다. 대공은 결심을 번복하거나 무르는 사람이 아니었다.

"흐, 흐윽…… 사, 살려…… 살려……."

와일러는 제대로 말을 끝마치지 못했다. 뱀 앞의 쥐처럼, 몸이 굳어 꼼짝하지 않았다. 지켜보던 크리스는 쯧쯧 고개를 저었다. 알렉산드로와 자주 대련을 하는 만큼 와일러가 지금 어떤 기분일지 충분히 추측되었다. 와일러는 덜덜 떨리는 입술로 있는 힘껏 용서를 빌었다.

"사, 살려……."

"기사는 관용이 없다. 실수하는 순간 죽을 수도 있기 때문이지. 아무래도 너는 전쟁에 참여한 경험이 없어 몰랐던 모양이군."

자신을 뚫어져라 바라보는 대공의 얼굴은 얼음장처럼 차가웠다. 와일러는 대공의 눈을 피하고만 싶었다.

"오늘 배워라."

말이 끝나는 동시에 대공은 들고 있던 칼을 휘둘렀다. 눈 깜빡할 찰나였다.

"으아아악!"

비명이 터졌다. 와일러는 자신의 팔이 잘린 것조차 뒤늦게 인지했다. 피가 분수처럼 뿜어져 나왔다. 와일러는 땅을 구르는 자신의 왼팔을 허망한 눈으로 바라보았다. 오른손을 뻗어 더듬자, 그의 왼팔이 있어야 할 자리가 텅 비어 있었다. 어깨에서 끔찍한 고통이 느껴졌다. 와일러는 왼손을 쓰는 기사였다. 칼을 잡는 왼손 없이는, 기사로서 아무것도 할 수 없었다. 비명을 내지르는 그의 눈에서 핏물이 터졌다.

"원한다면 죽여 주마."

알렉산드로가 담담히 말했다. 마지막으로 베푸는 자비였다. 그가 죽음을 원한다면 그렇게 해 줄 참이었다. 더 이상 명예로운 기사로서는 살 수 없을 테니까. 하지만 와일러는 혼신의 힘을 다해서 고개를 저었다. 그는 굳이 기사가 아니어도 되는 사람이었다. 작위를 받을 수 있는 수단으로 기사의 길을 택했을 뿐, 지금은 그저 살아남고 싶었다. 알렉산드로는 칼을 거뒀다.

"당장 사라져라. 두 번 다시 내 앞에 나타나지 말아야 할 것이다."

와일러는 간신히 몸을 추슬러 자리에서 일어났다. 이게 대공과의 마지막이었다. 갑자기 눈물이 솟았다. 남들과 다른 경로로 참여하게 된 세리머니지만 어쨌든 수개월간 여정을 함께해 왔다. 하지만 그는 가짜 기사였다. 진짜들이 갖고 있는 명예와 전우애는 그가 감히 바랄 수도, 탐낼 수도 없었다. 와일러는 자신이 갖지 못한 그들의 고귀함이 부러워서 알렉산드로를 존경하기 시작했다.

기사단의 중심에는 그가 있었다. 제국에서 가장 높은 신분이지만 어느 누구보다 너그럽고, 능력도 출중했다. 그래서 더욱 그가 남색을 한다는 사실이 안타까웠다. 제국 제1가문 그레이엄의 명예를 위해서라도 그는 남색을 그만두어야 했다. 던칸에게 보고를 올리는 자신이 그를 깨우쳐야 한다고 생각했다.

얼마나 경솔한 판단이었던가.

와일러는 뼈저리게 후회했지만, 이미 대공의 분노를 샀고 왼팔마저 잃었다. 결국, 진짜 기사가 될 수 없었다. 마지막으로 예를 갖춘 그는 절뚝이며 기사단을 떠났다.

와일러가 떠난 산속은 다시 고요함을 되찾았다.

"우리 대공님께서 알고 계시는 줄 몰랐는데."

크리스가 쓸쓸하게 말했다.

"독서를 더 해라. 무지함은 죄가 아니니."

장난스러운 알렉산드로의 말에 크리스는 피식 웃으며 칼을 들고 자리에서 일어났다. 이미 시간이 늦었지만 대공을 그냥 보낼 수 없었다. 그와의 대련은 자신에게 부족한 게 무엇인지 알 수 있는 배움의 기회였다. 크리스는 진지한 얼굴로 그를 마주하고 칼을 겨눴다. 짧게 한숨을 내쉰 알렉산드로도 느릿느릿 자신의 칼을 집어 들었다.

크리스는 마주한 상대의 타격점을 찾으려 신중하게 걸음을 놀렸다. 산속은 둘의 발자국 소리 외에는 아무것도 들리지 않았다.

"근데 왜 여기까지 온 거야? 저 인간이 따라올 줄 알고 있었나?"

말을 마침과 동시에 크리스가 한 차례 칼을 휘둘렀다. 알렉산드로는 웬만하면 대련 중에 힘겨루기는 하지 않았다. 상대와 칼을 맞대면 저보다 근력이 약한 상대방이 쉽게 지치기 때문이었다. 가볍게 몸을 돌려 피한 그가 대답했다.

"클로이가 근처에 있어서."

"클로이가 누구지?"

질문과 동시에 또다시 크리스의 칼이 날아왔다. 알렉산드로는 이번에도 가볍게 몸을 돌려 피했다.

"내 하녀."

대답이 끝나기 무섭게 크리스의 칼날이 알렉산드로의 옆을 스쳤다. 이번에는 알렉산드로도 급하게 몸을 돌려 피해야 했다.

"아하. 근데 우리는 여기 왜 왔는데?"

말을 마친 크리스는 잠시 알렉산드로와 간격을 벌리고는 다시 자세를 잡았다.

"시간이 너무 늦었어."

"……그래서?"

크리스는 급격히 허무해졌다. 그의 하녀가 여기 와 있는데 우리가 왜 그녀를 따라왔어야 한단 말인가? 시간이 늦어서 뭐가 어떻다고?

"됐다."

마침 대공도 똑같은 기분이었는지 더 이상 대화할 가치가 없다는 것처럼 대답을 피해 버렸다. 크리스는 크게 가로로 칼을 휘둘렀다. 대공은 상체를 뒤로 젖히며 쉽게 그의 칼을 피했다.

"그 하녀를 아주 많이 아끼시나 본데."

"……충실하고 착한 아이다. 그렇게 하지 않을 이유가 없지."

순간 알렉산드로는 자신의 친구에게 '베아트리체 왕녀'에 관해 말을 할까 했지만 비밀을 지키기로 했다. 저의 일이라면 상관없지만, 아직 그녀가 원하지 않는 것 같으니 아무에게도 말할 수 없었다. 크리스가 근접해서 다가오며 칼을 휘둘렀다.

"그렇게, 괜찮은 하녀란 말이야?"

알렉산드로는 옆으로 피하며 상대의 몸짓을 주시했다. 곧바로 크리스가 역방향으로 칼을 휘두르려는 게 보였다. 연속 타격이 늘었군, 생각하며 몸을 피하려던 그때였다.

"그럼 내 시종한테 시집보낼래?"

순간 알렉산드로는 칼을 휘두르고 말았다. 두 남자의 칼이 부딪히며 깡―! 하는 큰 소리가 났다.

"으악!"

크리스의 칼은 저 멀리로 날아가고, 압도적인 힘의 차이로 그도 뒤로 넘어졌다. 진심으로 칼을 부딪쳤다. 크리스는 욱신거리는 자신의 손목을 부여잡았다. 감각이 없었다.

"어이, 각하!"

그간 알렉산드로는 대련 중에 단 한 번도 자신을 부상 입힌 적이 없었다. 전문가인 만큼 어떻게 하면 다치지 않고 훈련을 마칠 수 있는지 잘 알기 때문이었다. 하지만 지금 제 손목은 완전히…….

당분간 칼을 들 수 없을 것 같았다. 뿐만 아니라 말을 타는 것도 불편할 것이다. 크리스는 손목을 살펴보다 짜증스레 알렉산드로를 째려보았다. 그런데 적반하장이라고, 대공은 굉장히 화가 난 얼굴이었다.

"이봐, 왜 그래?"

뭐라고 한마디 하려던 크리스는 그의 험악한 기세에 눌려 눈이 휘둥그레졌다.

'내가 잘못한 게 있나? 아무것도 없는데?'

한데 왜 그렇게 화가 났는지 대공의 두툼한 가슴팍이 크게 오르락내리락했다. 거친 숨을 내뱉는 그의 옆얼굴이 사정없이 일그러져 있었다.

"내가 뭐 잘못했습니까?"

크리스가 최대한 공손히 물었다. 제 친구, 알렉산드로는 어떤 상황에서도 감정에 휩쓸리지 않았다. 언제나 이성적으로 냉철하게 일을 처리했다. 어린 나이에 기사단장이 된 것도 바로 그 덕분이었다. 자신의 감정을 처리하는 데 굉장히 능숙했다. 적이 아무리 저급한 도발을 해도 대공은 침착하게 상황을 판단할 수 있는 몇 안 되는 기사들 중 한 명이었다.

그런데 지금 그는…… 애써 화를 억누르듯 꼼짝 않고 서서 거친 심호흡만 반복했다. 크리스는 답답했지만 두말없이 기다렸다. 그가 진정될 때까지.

이럴 때 건드려 봐야 좋을 게 없었다. 분노한 알렉산드로는 아무도 말릴 수 없었다. 항상 이성적이고 차분한 사람이 앞뒤 가리지 않고 막무가내로 돌변한다는 점이 가장 무서웠다. 알렉산드로는 한참 뒤에야 입을 열었다.

"……이만 가라."

쥐고 있던 칼을 성의 없이 내던진 그가 벗어둔 옷을 신경질적으로 주워 들었다. 상의를 걸치는 거친 손길에 짜증이 묻어났다. 화가 나서 미칠 것 같았다.

하지만 왜 화가 났는지 알렉산드로 스스로도 알 수가 없었다.

알렉산드로는 크리스가 앉아 있던 나무 밑동에 한참 앉아 있었다. 크리스는 먼저 보낸 참이었다. 왜 그렇게 화가 났냐며 집요하게 묻는 그에게, 얼른 가지 않으면 몸으로 이유를 알려 주겠다고 협박 아닌 협박을 했다. 머릿속이 복잡했다. 이대로는 돌아가도 잠들 수 없었다. 복잡한 머릿속을 식힐 겸, 그는 클로이를 기다렸다.

그녀는 목욕을 마치면 다시 이 길로 돌아가야 하니까. 여자 혼자 숲길을 가기엔 시간이 너무 늦었으니까…….

그때 나뭇가지가 부스럭거리는 소리가 들렸다. 알렉산드로는 거의 본능적으로 인기척이 들린 방향으로 고개를 들었다.

"어?"

클로이는 그를 발견하고 반가운 미소를 지었다.

"여기서 뭐 하세요?"

기다리던 밝은 목소리를 듣는 순간, 마법처럼 머릿속이 깨끗해지고 가라앉았던 기분이 한결 나아졌다. 알렉산드로는 한 손으로 얼굴을 쓸었다. 어느새 그는 미소 짓고 있었다. 저도 모르게.

"크리스가 여기서 대련을 하자고 나를 이끌었다."

거짓을 말하는 그의 목소리는 퍽 자연스러웠다.

"스캘로웨그 경은 어디 계시는데요?"

클로이가 사방을 살피며 물었다.

"그는 피곤하다고 먼저 갔다. 나는 머리가 아파서 잠시 앉아 있었고."

"대공님을 혼자 두고 먼저 가시다니, 너무하시네요."

"새삼스러울 것도 없지. 원래 그런 이다."

"에이, 스캘로웨그 경께서 대공님을 얼마나 좋아하시는데요. 오늘 뭔가 이상하시네요."

손을 내젓던 클로이는 문득 자신의 앞에 고여 있는 피를 발견했다.

"흐익!"

소름이 쭉 돋았다. 기겁한 그녀가 양팔을 감싸 안고 주위를 둘러보았다.

"여기 맹수가 사나 봐요."

핏자국은 와일러의 팔을 자르며 남은 흔적이었다. 하지만 알렉산드로는 태연히 고개를 주억였다.

"그래, 아까 멧돼지가 우는 소리가 들리더구나."

"멧돼지요? 아니, 사실은 아까 사람 비명 소리 같은 게 들렸거든요. 갑자기 너무 무서운데 대공님을 봐서 얼마나 반가웠는지 몰라요."

"나도 들었다. 이 산에는 멧돼지를 해치는 맹수들도 많이 사는 것 같으니 조심하거라."

그의 목소리가 퍽 다정하여 클로이는 그가 거짓말을 하고 있다는 사실을 전혀 눈치채지 못했다.

"사람 비명 소리 같았는데……."

"네 착각이겠지. 그런 소리는 없었어."

"그런가……?"

클로이는 고개를 갸웃했다. 기사인 그가 듣지 못한 것을 자신만 들었을 리는 없었다.

'다른 소리를 내가 착각했나 봐.'

그렇게 생각하는 편이 제 정신 건강에도 좋을 것이다. 그렇게 합리화한 클로이는 그렇구나, 하며 고개를 끄덕였다.

"어휴, 다행이다. 얼마나 놀랐는지 몰라요."

안도하는 클로이를 보고 알렉산드로는 속으로 자신의 부주의함을 탓했다. 더 조심했어야 했는데, 와일러가 얼치기처럼 그렇게 크게 소리를 지를 줄은 몰랐다.

"근데…… 머리가 아프셨어요?"

클로이는 대공이 어디가 아프다는 게 상상이 가질 않았다. 그가 아프다고? 그래, 뭐 이 남자도 사람은 사람이니까…….

"사실은 와일러와 의견 다툼이 있었다."

알렉산드로는 클로이가 그의 시녀와 이야기하는 것을 본 적이 있었기에 순순히 이유를 밝혔다. 하루아침에 사라진 와일러에 대해서 그녀가 궁금해할 수 있었다.

"아, 그분."

예상대로 클로이에겐 익숙한 이름이었다. 와일러는 자신의 시녀 하이디처럼, 다른 기사들과 잘 어울리지 못하는 기사 중 한 명이었다. 하지만 감히 그가 어떻게 대공과 '의견 다툼'이 있을 수 있단 말인가? 알렉산드로는 기사단에서도 아랫사람에게 관대한 사람인 게 분명했다. 제게 그렇듯이.

"그는 행실이 좋지 않았지. 그래서 더 이상 여정을 함께하지 않기로 했다."

"그랬군요."

와일러는 몇 번 그녀에게 말을 건 적이 있었다. 지나다니면서 건넨 짧은 인사였지만, 클로이는 그가 나쁜 사람인 줄은 몰랐다.

"저한테는 잘해 주셨는데."

잠시 와일러에 대해서 생각하던 클로이가 중얼거렸다. 순간 그녀가 빈 옆자리를 보고 뒤를 돌았다.

"대공님?"

함께 막사로 돌아가던 대공은 걸음을 멈추고 그 자리에 우뚝 서 있었다.

"……그가 네게 말을 걸었나?"

갑자기 진지한 그를 보고 클로이는 의아했지만 순순히 대답했다.

"네. 그냥 아침 인사랑, 잘 자라고 밤 인사요."

그녀의 순진한 대답을 들은 알렉산드로는 어이가 없었다. 인사만

하면 잘해 준다고 생각하나?

'그런데 왜 내게는 아직도 이토록 거리를 두고 대하는 거지?'

기분이 확 나빠졌지만 참았다. 그녀의 순진한 얼굴은 아무런 잘못도 없어 보였다.

"그는 자신의 시녀를 학대했다. 기사의 명예를 떨어뜨렸지."

깜짝 놀란 클로이의 눈이 커졌다. 그의 시녀라면 하이디였다.

"정말요?"

"그래."

와일러가 던칸의 첩자였다고 말할 수는 없었기에 알렉산드로는 다른 이유를 댔다. 그리고 어느 정도는 사실이었다. 와일러는 그의 시녀와 가학적인 행위를 즐겨 왔다.

오늘 처리한 건 그의 행실 때문이 맞았다. 다시 생각해도 아찔했다. 자신을 따라온 와일러가 혹시라도 혼자 있는 클로이를 마주쳤다면, 와일러가 혹시 그녀에게 몹쓸 짓을 했다면……. 오늘 와일러가 이 숲에 나타나서 얼마나 놀랐는지 모른다. 클로이가 그와 단둘이 마주치는 상상이 들어서 끔찍했다. 그래서 알렉산드로는 와일러를 처리했다.

만약 생각하기도 싫은 그런 일이 벌어졌다면 스스로를 용서할 수 없을 것 같았다. 그런 인간이 그녀에서 말을 걸고 있었다니, 이제라도 와일러를 보내 버린 게 천만다행이었다. 눈치를 살피자 클로이는 조용했다. 그녀는 하이디 때문에 숙연했다.

'와일러에게 맞아 가면서까지 왜 아무 말 없었을까.'

그녀가 얼굴에 멍을 달고 울고 있었던 일이 떠올라 마음이 좋지 않았다. 어두워진 클로이의 얼굴을 보고 알렉산드로는 마음이 철렁했다.

"그와 무슨 일이라도 있었느냐?"

"아니요."

"그런데 왜 그런 얼굴을 하고 있지?"

"그 시녀, 하이디 님을 제가 아는데…… 마음이 불편해서요. 그런 줄 알았으면 더 잘해 줄걸."

"그럴 것 없다."

"예?"

"그 시녀 또한 기사를 이용하고 있었지. 둘은 서로가 필요해서 함께 있었던 것뿐이다."

"그게 무슨 말씀이세요? 이해가 잘 안 가는데……."

"시녀는 와일러의 감시자였다. 그가…… 제대로 맡은 일을 하는지 확인하기 위해 고용된 이였지."

고용? 누구한테 고용됐다는 건지 궁금했지만 클로이는 입을 다물었다. 보기보다 복잡한 상황인 듯했다.

"나중에는 와일러가 약속받은 작위가 탐나 그와 결혼이라도 생각했는지 모르겠다마는."

대공의 설명에 클로이는 의문이 들었다.

'어떻게 이런 걸 다 아시는 걸까?'

순간 그녀가 머리를 긁적였다.

'맞다, 대공님은 기사단장이었지.'

하루 종일 붙어 있다 보니 클로이는 그가 기사라는 것도 잊을 지경이었다. 제게 대하는 말투나 행동이 너무 다정하기도 하고…….

가끔 알렉산드로는 애정과 관심을 가득 담은 자상한 눈길로 귀여

운 걸 보듯 그녀를 바라보곤 했다. 그럴 때마다 클로이는 그의 애
인이 부러웠다.

'아마 그가 진심으로 사랑하는 남자에게는 더 잘해 주겠지.'

서로 이런저런 대화를 나누다 보니 어느새 그의 막사였다. 대공
은 이번에도 클로이가 먼저 들어갈 수 있도록 막사의 천을 걷어 주
었다.

아침 식사를 준비하러 가니 시종들이 시끌벅적했다. 단연 화두는
기사 와일러와 그의 시녀 하이디였다.

"하이디 님이 와일러 경과 함께 사라졌다고요?"

"그래, 잘됐지 뭐. 우리도 그동안 오래 참았어!"

시종들은 거친 말을 내뱉었다. 클로이는 도대체 왜 하이디가 그
렇게 욕을 먹는지 이해할 수가 없었다.

"고작 평민 계집인 하이디가 귀족이 되고 싶어서 몸을 팔았다고
생각하는 거야."

귀족인 몇몇 시녀들은 이를 고깝게 여기고 하이디를 따돌리는 데
앞장섰다. 트리거가 담담히 설명했다.

"잘 이해가 안 가는데요……."

세리머니에는 하이디뿐만 아니라 평민 시종들이 몇몇 있었다.

"그분들도 사실…… 귀족이 되고 싶어 하시잖아요. 그분들은 왜

그렇게 하이디 님을 미워했던 거예요?"

"말 좀 편하게 해. 하이디 님은 무슨 하이디 님이냐? 어차피 걔이제 없어."

가볍게 핀잔을 준 그가 말을 이었다.

"그리고…… 질투지, 뭐. 하이디가 예쁘장하게 생겼잖아. 다른 평민 시녀들은 귀족들을 꼬여 내서 결혼할 만큼 예쁜 얼굴도 아니고, 감히 그런 생각도 못하니까."

결국 평민 주제에 분수도 모르고 귀족과 결혼하려고 했기 때문에 하이디가 따돌림을 당했다는 뜻이었다. 클로이는 트리거의 말에 한동안 멍해졌다. 이 사회의 추악한 면을 까뒤집어 본 기분이었다. 평민들은 귀족이 되고파 하고, 귀족들이 입는 옷과 먹는 먹거리를 경외했다. 그런 귀족들도 목적을 위한 결혼을 한다. 돈이든 권력이든 신분이든.

'정략결혼.'

그런데 왜 귀족들은 당연하게 여기는 일을 하이디만 이렇게 욕을 먹어야 하지? 사실 마찬가지인데.

'평민이라 그런 거겠지…….'

같은 욕망을 표출해도 언제나 욕을 먹는 건 신분이 낮은 쪽이니까.

"게다가 귀족인 그 기사가 설마 진짜로 하이디랑 결혼을 생각했겠냐고. 아마 잠깐 데리고 놀려던 거겠지."

이 신분 사회에선 귀족들은 뭐든 용서가 된다.

"걔만큼 예쁜 평민 여자들이야 찾아보면 많으니까."

클로이는 와일러야말로 지탄받을 대상이라고 생각했지만, 사람들의 시선은 결코 그렇지 않았다. 심지어 상인이었던 아버지가 작위를 사서 귀족이 됐다던 토마스조차 하이디를 비웃고 웃음거리로 만들었다. 클로이는 토마스에게 가장 실망했다. 그는 하이디가 귀족이 되고 싶다는 욕망을 거침없이 드러낸 걸 천박하다 여기는 듯했다.

'귀족 영애들이 아버지에 의해 정략결혼으로 팔려 가는 건 평범한 일이라고 생각하면서…….'

클로이는 왕의 명령으로 길버트와 결혼당한 희생자였다. 그래서 더 화가 났다. 차라리 하이디가 낫지 않은가? 그녀는 적어도 자신의 의지로 결혼하려 했으니까.

'여자는 팔려 가기만 해야 하는 거야?'

원하는 걸 쟁취했을 뿐인데, 평민이라 더더욱 욕을 먹는다. 클로이는 자신이 아름답다고 생각했던 세상에서, 어쩔 수 없이 받아들였던 신분 사회의 이면에 입맛이 뚝 떨어졌다.

'차라리 다행이네.'

그녀는 스스로를 팔 수도 없고, 딱히 팔려 갈 매력도 없었다. 길버트와 결혼을 해야 했던 것도 '왕녀' 베아트리체의 신분 때문이었다. 그런데 누가 전쟁 노예와 결혼을 생각할까? 평생 노예로 살아야 하는데.

'나와 결혼하려는 남자는 없을 거야.'

천만다행이었다.

"넌 그런 걱정 할 필요 없어서 다행이네."

트리거가 장난스럽게 말했다.

"대공님이랑…… 아무도 의심 안 하잖아."

"그러게요."

그녀가 아무리 알렉산드로와 붙어 다니고 막사에서 잠을 자도, 그 누구도 그녀와 대공의 사이를 이상하게 여기지 않았다. 그럴 수밖에. 어마어마한 미인에게도 관심 없는 그가, 꾀죄죄한 노예에게 관심을 가진다고 누가 생각이나 할까? 아마 다들 저 하녀가 수발을 잘 드나 보다, 하고 생각할 것이다.

그녀는 제국의 남자들이 좋아하는 키 크고 늘씬한 금발 머리의 가슴 큰 여인들하고는 거리가 멀었다. 하지만 클로이는 전혀 아쉽지 않았다. 조금도.

"저는 그냥 평생 조용히 약초나 돌보면서 살면 그만이에요."

"그래도 혹시 모르지. 네가 좋다고 달려드는 남자도 있을지……."

트리거는 내심 클로이 같은 여자도 괜찮다고 생각했다. 일단 그녀는 사람을 편안하게 해 준다. 그리고 외모도 자세히 들여다보면 나름의 이국적인 매력이 있었다. 작은 키와 손, 발, 가슴과 엉덩이가 좀 걸리지만……, 그녀는 피부도 부드러운 데다 땀 냄새도 안 났다. 아담한 체구는 품에 쏙 들어오니까 매력이라고 할 수도 있었다.

'눈도 예쁘고.'

제국인들이 선호하는 벽안은 아니어도, 클로이의 검은 눈동자는 유독 반짝거렸다. 만약 자신이 여자를 좋아했다면, 클로이와 결혼해서 무난하고 행복하게 살 수 있지 않았을까? 게다가 그녀는 불평불만이 많은 성격도 아니고 언제나 자신을 좋은 쪽으로 다독여 주곤 했다. 트리거는 뚫어져라 그녀를 바라보다 장난스레 눈썹을 움직였다.

"너 진짜 이상하게 생겼다."

그의 우스운 표정에 클로이는 풋, 하고 웃음을 터뜨렸다.

"농담 아니야."

두 사람은 동시에 웃음을 터뜨렸다. 사람들이 클로이를 외모로 차별하지 않는 이유는 그녀의 언어가 완벽하기 때문이었다.

'만약 내가 제국어를 완벽하게 구사하지 않았다면 분명 이방인 취급을 받았겠지.'

엘파사가 제국과 같은 언어를 썼다는 데 감사할 일이었다.

알렉산드로는 자신의 손에 들린 머리끈을 바라보고 있었다. 붉은 꽃잎, 노란 수술…… 카나리아 꽃송이 머리끈이었다. 클로이가 먼저 잠들고, 혼자 싱숭생숭해서 밤이 길어질 때면 꺼내 보곤 했다. 분명 제가 싫어하던 꽃인데도 이상하게 계속 눈길을 끌고, 볼 때마다 생각이 닿는 건…… 역시 클로이였다.

꽃을 볼 때마다 정원에서 꽃향기를 맡던 그녀의 얼굴이 함께 떠올랐다. 클로이는 그런 자연스러운 미소를 제 앞에선 자주 보여 주지 않았다.

'그래서 더 기억에 남았나.'

그녀는 원하지도 않던 머리끈이었다. 그 역시 클로이에게 줄 생각도 없었다. 그런데 대체 이 머리끈을 왜 샀을까? 자신이 저지른 일이지만 도무지 알 수가 없었다. 순전히 충동이었다. 그렇게 알렉산드로는 정확한 이유도 모른 채, 혼자 있을 때면 이 머리끈을 꺼내서 한참을 만지다 잠들곤 했다. 스스로도 이상하다는 자각은 있었다.

'내가 하지 말아야 할 일을 하고 있나?'

그것은 아니었다. 그깟 꽃송이 머리끈을 꺼내 본다고 그게 뭐 이상한 일인가? 그저 그녀와의 추억을 떠올리는 일이 즐거울 뿐인데. 다만 이 물건이 여자들이 사용하는 머리끈일 뿐……

또다시 이상한 죄책감이 든 알렉산드로는 머리끈을 집어넣으려다 멈칫했다. 투박하고 커다란 손아귀 위의 가녀린 꽃송이. 시선을 빼앗을 만큼 퍽 어색한 조화였다. 붉은색, 노란색…… 예쁜 색깔도 도무지 그와는 어울리지 않았다. 그녀의 검은 머리 위에 달려 있으면 정말 예쁠 텐데. 클로이에게 주고는 싶지만…… 걱정스러웠다.

어떻게 준단 말인가?

가뜩이나 그녀는 자신의 호의를 굉장히 부담스러워했다. 게다가 그들이 아레한 자작의 성을 떠난 지는 이미 한 달이 넘었다. 왜 이제야 이걸 주는지 그녀가 이상하게 생각할 것이다. 더군다나 카나리아 꽃송이는 제가 어찌나 만져 댔는지 더 이상 새것처럼 보이지도 않았다. 짧은 고민 끝에 알렉산드로는 조심스러운 손길로 머리끈을 상자에 집어넣었다.

'다른 마을에서 새것을 사 주는 게 낫다.'

이번에는 그녀가 원하는 것을 고르라고 하는 게 좋겠지. 그럼 좋아할 것이다. 클로이의 검은 생머리는 묶지 않아도 예쁘지만 묶어도 예쁠 것 같았다. 제가 사 준 머리끈으로 그녀가 머리를 묶는 모습을 상상하자 알렉산드로의 얼굴에 슬며시 미소가 떠올랐다.

"대공님."

때마침 클로이가 막사 밖에서 그를 불렀다. 아침 식사를 가져온 모양이었다. 그는 얼른 자리에서 일어나 그녀가 들어올 수 있도록 천을 걷어 주었다.

"감사합니다."

그녀가 두 손 가득 들고 있던 트레이를 가져가려고 손을 뻗자, 클로이는 빼앗기지 않겠다는 듯 얼른 걸음을 옮겼다.

"제가 할게요. 앉아 계세요, 대공님."

알렉산드로는 시린 칼날 같은 그녀의 거부에 속이 확 얼어붙었다. 무거워 보여서 도와주려던 것뿐인데 항상 저런 식으로 자신의 호의를 거절하는 클로이가 점점 언짢다 못해 이제는 노여웠다. 그녀가 제 호의를 순수하게 받아 주었으면 좋겠는데⋯⋯. 이상한 기분이었다. 서운한 것 같기도 하고⋯⋯.

'하, 서운해?'

이런 감정을 느낀다는 게 스스로도 웃겼지만 사실이었다. 의자에 앉은 알렉산드로는 분주히 움직이는 클로이의 뒷모습에 시선을 고정했다. 여전히 마음이 풀리지 않았다.

"오늘은 오리고기 요리래요! 맛있게 드세요."

환하게 웃는 클로이의 얼굴을 바라보다 알렉산드로는 그녀가 탁자에 차려 놓은 식사로 눈길을 돌렸다. 제 식사엔 고기도 있고 야채도 있고 과일, 치즈 등 푸짐했다. 그뿐인가, 산양 젖에 과일 음료까지 마실 것도 두 종류나 있었다. 저녁 식사에 비하면 간단하지만 길거리에서 야영을 하며 먹는 것치고는 호사스런 식사였다. 이동 중에도 담는 그릇까지 신경 써서 푸짐하게 만들어 왔다.

반면 그녀의 식사는 초라한 스튜 한 접시에 감자 몇 조각이 전부였다. 아무리 권해도 그녀는 알렉산드로의 음식에는 손을 대지 않았다. 조용히 제 그릇에 담긴 것만 먹고 말았다. 알렉산드로는 식기를 들었지만 입맛이 싹 달아났다. 갑자기 속이 매스꺼웠다. 기분이 바닥까지 떨어졌다.

일어나자마자 잠든 그녀의 얼굴을 보고, 상쾌한 마음으로 운동도 다녀오고, 씻고, 좋은 마음으로 하루를 시작하려던 그였다.

"안 드세요……?"

알렉산드로가 식사를 시작하지 않으니 그녀 또한 먹을 수가 없었다. 그는 포크를 들어 야채를 들쑤시다 작은 감자 한 조각을 입으로 가져갔다. 그제야 클로이도 제 몫의 식사를 먹기 시작했다. 저 스튜는 아무 맛도 나지 않을, 정말 배만 채울 수 있는 식사일 것이다.

스푼을 쥔 그는 눈만 들어 그녀의 표정을 살폈다. 평소와 다르지 않은 얼굴이었다. 애초에 그녀의 식사는 한결같이 저렇게 보잘것없었다.

한편 클로이는 자기 식사에 별로 신경도 쓰지 않았다. 오히려 먹을 만한 음식을 줘서 다행이라고만 생각했다. 엘파사에서 제국으로 끌려오는 동안에는 음식은커녕 물도 제대로 주어지지 않았다. 타는 듯한 목마름과 죽을 것 같은 배고픔을 겪었던 그때는 '제발 음식이나 마실 것만 주어도 살 만하겠다'고 생각했다.

전쟁 노예는 처지가 달랐다. 제국으로 끌려오며 가장 먼저 그녀가 느꼈던 건 의식주만 해결되어도 행복하겠다는 극한의 두려움이었다. 실제로 그때 탈수 증세로 죽은 이들도 있었으니 자신은 정말 운이 좋은 셈이었다. 클로이는 조심스레 식기를 내려놓았다.

"혹시 오늘 식사가 마음에 안 드세요?"

아침이면 항상 이런저런 말을 건네던 알렉산드로가 무슨 일인지 조용하고 안색도 어두웠다.

'혹시 오리고기를 싫어하나?'

그녀는 대공의 기호를 얼른 알아차리지 못하고 혼자서만 아침을 먹고 있던 자신을 탓했다. 그가 싫어하는 음식이나 좋아하는 음식은 잘 알아 뒀어야 하는데……. 워낙 뭐든 잘 먹으니 딱히 가리는 음식이 없다고 생각했다.

"다른 음식을 준비하라고 할까요?"

"……."

그가 보기에 클로이는 맛없는 음식도 잘만 먹었다. 불평도 불만도 없이. 그저 자신에게 주어진 게 전부이고 꼭 맞는 듯, 더는 바라지도 않고 욕심내지도 않겠다는 듯 행동했다. 베아트리체 왕녀로 분명 맛있는 음식을 많이 먹어 봤을 텐데, 마치 한 번도 왕족으로 살아 본 적 없는 것처럼……. 그녀에게 화가 나는 건 아니었다. 하지만 도저히 참을 수가 없었다. 가슴에 돌덩이가 얹힌 기분이었다. 아무것도 먹지 않았는데도 속이 뒤집어질 듯 메스꺼웠다. 갑자기 그의 귓가에 크리스의 목소리가 들려왔다.

―그럼 내 시종한테 시집보낼래?

저절로 욕설이 치밀었다. 그 가벼운 말투는 물론 농담이었겠지만 다시 생각해도……. 가슴이 울렁거리고 속에서 뜨거운 뭔가가 확 올라왔다. 알렉산드로는 혀끝을 맴도는 분노를 참았다. 차마 그녀 앞에서 내뱉을 수는 없었다.

―그럼 내 시종한테 시집보낼래?

그는 결국 식기를 내려놓았다.

"후우……."

눈을 감고 고개를 젖히며 끓어오르는 열기를 참았다. 실은 크리스의 손목을 골절시켜 미안했었는데, 지금은 차라리 잘됐다는 생각이 들었다.

'그 칼을 부러뜨려 버릴 것을.'

어떻게 감히 그런 헛소리를 한단 말인가? 다시 생각해도 욕이 나오고 구역질이 일었다.

"저어, 얼른 가서 다른 식사를 준비하라고 할게요."

그의 눈치를 살피던 클로이는 얼른 자리에서 일어나서 막사를 빠져나갔다. 오랜만에 보는 대공의 무서운 분위기에 클로이는 최대한 빨리 자리를 피하고만 싶었다.

'오리고기가 싫었으면 말을 하지.'

저런 반응은 뭐란 말인가? 사람 겁주려는 것도 아니고.

'아니, 어쩌면 겁을 주려는 걸지도 몰라.'

워낙 모든 일을 괜찮다, 괜찮다 하며 무난하게 넘기는 사람이니 자기가 싫어하는 걸 저렇게 표현하나 보다.

'먹는 거에 민감한가 봐.'

클로이는 서둘러 취사 장소로 향했다.

그들은 대공의 식사 취향을 확실히 알고 있을 것이다. 이런 실수를 했다는 게 조금 의아하지만…….

'사람은 누구나 실수하기 마련이니까.'

저 역시 시녀장 산드라에게 대공이 무슨 음식을 좋아하고 싫어하는지 설명을 듣지 않았던가? 결국 제 잘못이었다.

'……아닌데. 전에는 오리고기 잘만 드셨던 것 같은데. 혹시 요리

방법이 바뀌어서 싫어하시나?'

그녀는 대공이 제게 잘해 주는 만큼 좋은 하녀로서 그를 잘 모시고 싶었다. 여느 아랫사람들 중 한 명처럼.

14. 잘 어울리는 한 쌍

14. 잘 어울리는 한 쌍

· · ◆ · ·

기사단이 향하는 네 번째 영지는 유독 멀었다. 로베르트 후작 영
지에서 한 달 보름이 훨씬 넘는 긴 여정이었다. 토마스에게 들은
바로 네 번째 영지는 제국의 주요 가문 중 하나인 칼스버그 공작령
이라고 했다. 그레이엄 가문과 인척 관계로, 던칸의 외숙부가 바로
'요하임 칼스버그 공작'이었다.

"칼스버그 가문은 많은 학자를 배출해 낸 개국 공신 명문가야."

"그런데 수도에 안 계시고 영지에 계시네요?"

"칼스버그 공작님은 오랫동안 황궁에서 그레이엄 전하의 자문으
로 활동하셨어. 그런데 갑자기 영지로 내려가셨대."

"왜요?"

"무슨 이유인지는 아무도 몰라. 황궁에 계시는 분들만 알겠지."

칼스버그 공작은 뜬금없이 가주로서 본분을 다하겠다 선언한 뒤
영지로 내려갔다.

"이런 엄청난 가문의 대영주는 처음이라 너도 관심이 많나 보네."

"하하…… 그렇죠. 저 이만 대공님께 가볼게요."

"벌써? 요즘 왜 이렇게 바빠? 얘기할 틈이 없네. 아무튼 알았어."

클로이는 얼른 토마스를 뒤로하고 무리에서 빠져나왔다. 그와 마주 보고 웃고 떠들기가 부담스러웠다. 하이디 일 때문이었다. 토마스는 여전히 클로이에게 친절하고 농담도 잘 걸었지만, 그녀는 그때 받은 충격이 아직 생생했다. 하이디의 일은 마녀사냥처럼 느껴졌다. 클로이 또한 목적을 위한 결혼이 내키지 않았다. 피해자였기 때문에.

'가축처럼 팔려 가는 것과 뭐가 달라.'

하지만 그보다 더 불편한 것은 지켜보는 이들의 반응이었다. 평민이 신분 상승을 위해 기사를 유혹하던 모습이 그들에겐 그렇게 역겨웠을까? 생각할수록 하이디가 불쌍했다. 물론 이미 자신이 귀족이 된 듯 도도하게 굴던 태도 또한 따돌림의 큰 이유였을 것이다.

'어쨌든 몰매를 맞는 것은 계급이 낮은 쪽이지.'

모두들 와일러에 대한 언급은 한마디도 없었다. 엘파사의 왕궁에서 뼈저리게 느껴 온 터. 여자는 지위 고하를 막론하고 그저 가문의 물물 교환, 혹은 신분 상승의 수단으로나 쓰이는 사회. 그래, 차라리 이 처지가 백번 나을 수도…….

"무슨 생각을 그렇게 골똘히 하느냐?"

갑자기 들려온 다정한 목소리에 클로이는 얼른 대공을 응시했다.

"아무것도 아니에요. 그냥 날씨가 참 좋은 것 같아서요."

알렉산드로는 대번에 그녀의 어색한 미소를 눈치챘다. 무슨 생각을 했는지 그녀의 안색이 밝지 않았다. 이번에는 모르는 척하고 싶지 않았다.

"걱정이 있나?"

알렉산드로는 그녀가 어떤 걱정을 한대도 해결해 줄 수 있었다. 전부는 아니겠지만 최소한 모든 노력을 다해서라도 해결해 주리라는 자신은 있었다.

"아니요."

"어서."

클로이는 자신을 재촉하는 대공을 난감한 얼굴로 바라보았다. 아무리 편한 사이가 됐어도 어떻게 그에게 '신분 사회가 역겨워요.' 하고 말한단 말인가? 그런데 알렉산드로는 이상하게도 그녀를 닦달했다.

"내게 대답을 망설일 이유가 있나?"

"그냥 조금 피곤해서요."

"어디가…… 음, 그렇구나."

어디가 아프냐고 물어보려던 알렉산드로는 말을 끝까지 마치지 못했다. 항상 건강하던 그녀가 피곤? 어디가 아프다면 정확히 말을 했을 텐데. 피곤하다는 건 사생활일 수도 있다. 신사의 매너로 더는 캐물을 수 없었지만 알렉산드로는 걱정스러웠다. 아니, 성격상 그녀는 아파도 아프다고 말하지 못할 수도 있다.

"몸이…… 아픈 것이냐?"

"아니에요. 걱정하지 마세요."

클로이는 자신을 염려하는 그에게 미소 지어 보였다. 가끔 보면 그는 굉장히 예민하게 굴었다.

"……그래. 그렇구나."

대답은 했지만 알렉산드로는 입술이 바짝 마르는 기분이었다. 그는 어떤 여자와도 친한 적 없었고, 알고 지냈던 귀족 영애도 없었다. '여성들은 섬세하고 예민하니 아무것도 묻지 말고 배려를 해 줘라.'라고 배워 온 것이 전부였다.

'하지만 배려를 어떻게?'

글로만 배웠던 그로서는 갑자기 이런 상황이 닥치자 곤란하기 짝이 없었다. 대체 어떻게 하는 게 배려일까…….

'더 이상 물어보면 안 되겠지.'

단답형으로 말했으니 더 이상 대답하기 싫다는 건 분명했다. 알렉산드로는 캐묻는 대신 물끄러미 클로이를 살폈다. 그녀는…… 표정이 미세하게 불편해 보였지만 어제와 크게 다르진 않았다. 얇은 검은 눈썹은 조금 고집스러워 보였다. 하지만 그는 알고 있었다. 저 고집이 얼마나 곧고 맑은 것인지.

아무도 그녀가 고집하는 삶을 원하진 않겠지만, 적어도 알렉산드로는 그녀의 마음가짐을 동경했다. 눈썹 아래, 동그랗게 뜬 눈동자가 반짝거렸다. 알렉산드로는 그녀의 저 눈망울이 얼마나 위대한지도 잘 알고 있었다.

그녀는 자신이 봐 온 것보다 훨씬 많은 것들을 보고, 겪었다. 철저한 경험주의자인 알렉산드로는 다양한 경험을 가진 이들을 존중했다. 사람을 지위 계급을 막론하고 곁에 두는 것도 그런 이유였다. 그녀는 충분히 존중받을 만한 사람이었다. 게다가 그녀는 생각하는 대로 살려고 노력하는, 모든 것을 이겨 낸 사람 아닌가.

반짝이는 눈 아래 솟은 코는 그가 태어나서 본 것 중 가장 작은 코였다. 알렉산드로는 그녀의 작은 코를 보고 피식 웃음을 흘렸다.

매일 아침저녁으로 듣는 그녀의 숨소리는 어릴 적 그의 유모가 불러 주던 자장가 같았다. 덕분에 알렉산드로는 더 이상 술을 마시지 않게 되었다. 술을 마시지 않아도 밤은 짧았다. 그녀와 함께 막사를 쓰면서부터, 잠드는 일이 괴롭지 않았다. 아침에 눈을 뜨면 잠든 그녀의 얼굴을 볼 수 있다. 그 사실이 퍽 즐거웠다.

작은 코 아래…… 그녀의 입술이 보였다. 클로이는 항상 입술을 작게 벌리고 잠들었다. 알렉산드로는 피식 웃음을 터뜨렸다.

'저렇게 빨리 잠드는 여자가 세상에 또 있을까.'

살아만 있어도 행복하다는 말이 진심인지 그녀는 항상 마음 편하게 잠들었다. 고민이라고는 없는 사람처럼. 아무리 장소가 바뀌고 불편해도 그녀는 정말 잘 잤다. 전쟁터 생활을 오래 해 온 알렉산드로는 마음이 편하고 불편하고에 따라서 휴식의 질이 얼마나 달라지는지를 알았다.

그녀는 매일매일 걱정 없이 사는 사람 같았다. 남자인 제가 혹시 다른 마음을 품고 그녀를 해할 수도 있는데. 클로이는 자신을 굉장히 신뢰하는 듯했다. 솔직히 알렉산드로는 그녀가 잠들었을 때 한 번쯤, 그녀의 손이나 입술을 만져 보고 싶다는 욕심도 있었다. 저 작고 부드러워 보이는 것들은 과연 어떤 느낌일까……. 하지만 그는 단 한 번도 그녀에게 몰래 손을 대어 본 적이 없었다.

그녀가 자신을 신뢰하여 막사와 침실을 공유하는 만큼, 알렉산드로는 그 신뢰에 부응하고 싶었다. 그는 더 좋은 남자이고 싶었다. 클로이를 알고부터…… 쭉 그런 욕심이 들었다.

"멀었을까요?"

그녀가 주위를 두리번거렸다.

"곧 공작의 성이 보일 것이다."

"그럼 금방이겠네요."

클로이는 작게 한숨을 내쉬었다. 또 그 망측한 옷을 입고, 공작의 성에서 주목을 받을 생각을 하니 벌써 눈앞이 아찔했다.

'어쩔 수 없지.'

그녀가 대공에게 도움이 될 수 있는 유일한 방법이었다. 역할에 충실해야 했다. 아직도 「사랑의 마구간」을 읽고 받은 충격을 잊을 수가 없었다. 후작의 성에서 대공을 기다리는 동안 심심해서 무심코 펼쳐 본 그 책은 완전히 신세계였다.

'혹시 다른 외전은 없겠지?'

잠시 다른 생각에 빠졌던 그녀는 뒤에서 들린 수군거림에 번뜩 정신을 차렸다.

"저기 봐! 칼스버그 공작성이야!"

"세상에, 어마어마한데?"

일행의 감탄대로 칼스버그 공작성은 화려함 그 자체였다. 엘파사의 왕궁보다 화려하지 않을까. 클로이는 감히 그렇게 생각했다.

'하긴. 제국에서 가장 오래된 가문이랬지?'

그레이엄 가문의 인척이자 개국 공신 명문가. 칼스버그 영지민들은 기사단 일행을 성대하게 환영했다.

"우와, 마을이 완전히 축제 분위기예요."

"구경하고 싶으냐?"

정신없이 마을을 둘러보던 클로이는 얼른 고개를 끄덕였다.

"네!"

그녀의 긍정적인 답을 들은 알렉산드로는 슬며시 눈웃음을 지으며 나직하게 속삭였다.

"밤에 함께 나오자."

순간 클로이의 가슴이 쿵 내려앉았다. 심히 두근거렸다.

'눈웃음은 좀…… 위험해.'

축제고 마을이고 그의 눈웃음에 정신이 멍해진 그녀는 얼른 마을 풍경으로 시선을 돌렸다. 마을은 여태 봐 온 중에 가장 정리가 잘되어 있었다. 규모도 무시무시했다.

'제국 남부의 중심이라더니 정말 허풍이 아니네. 수도 못지않은데?'

둘러보다 보니 어느덧 공작성이었다. 굽이치는 해자 너머, 칼스버그 공작가의 육중한 성문은 이미 열려 있었다. 그레이엄의 인척인 데다, 수도 황궁에서 자문 생활을 했던 만큼 아무래도 칼스버그 공작가는 던칸과 긴밀한 관계일 거라고 했다.

'분위기도 다른 영지들보다 훨씬 더 호의적이야.'

성을 둘러싼 아름다운 해자의 다리를 건너, 성문을 통과했다. 드디어 칼스버그 가문의 가솔들과 가신들이 보였다.

요하임 칼스버그 공작은 무척 정정한 할아버지였다. 편안한 표정이 인상 깊었다.

클로이는 그의 하얗게 바랜 수염과 머리카락을 보고 단번에 누군가를 떠올렸다.

'저 할아버지, 산타클로스를 많이 닮으셨다.'

그만큼 인상이 푸근하고 좋았다. 게다가 미소까지.

"아름다운 칼스버그 가문의 영지에서 머무르게 되어 영광입니다."

알렉산드로는 칼스버그 공작에게 먼저 말을 건넸다. 다들 그의 겸손한 발언에 마음이 편해진 듯 대번에 표정이 환해졌다.

"여기까지 오시는 데 고생 많으셨습니다, 단장님. 그리고 기사단 여러분. 저희야말로 영광입니다."

칼스버그 가문의 장남이 나서서 가솔들을 소개한 뒤, 곧장 저녁 만찬장으로 일행을 이끌었다. 클로이는 왜인지 높은 귀족인 칼스버그 공작에게 친근함을 느꼈다. 화려하고 귀족적인 그의 공작성 또한 위압적이라기보다는 우아하게 느껴졌다. 공작의 능숙한 처세술에서 기사단을 맞이하는 데 많은 신경을 썼다는 게 느껴졌다.

사실 알렉산드로는 이런 대영주가 아니라 변방 영주들을 만나려 했었다. 람붓 백작, 아레한 자작, 로베르트 후작처럼 수도에서 이름이나 알까 싶은 귀족들. 칼스버그 공작 같은 대영주들은 이미 그레이엄 가문과 척을 질 수 없는 사이였다. 황궁에 연이 없어 자기들끼리 연대하는 변방의 영주들을 견제하는 게 세리머니의 목적에도 부합했다. 그런데 군이 칼스버그 공작령에 들린 이유는…….

'공작이 수도 정치계를 떠난 진짜 이유가 뭘까?'

대외적으로 그는 영지와 가족들에게 더 신경을 쓰고 싶다며 황궁에서 자리를 내놓고 별안간 공작령으로 내려갔다. 달아나듯 급하게 떠나 버린 그를 두고 온갖 억측이 나왔다. 하지만 기사단의 사전 조사 결과, 칼스버그 공작은 사병도 많지 않았고 최근 몇 년간 특별한 동맹을 맺은 다른 가문도 없었다.

알렉산드로와 에반은 정확한 이유를 알고자 했다. 제국의 동남부 전체를 다스린다 할 수 있는 대영주가 영지로 돌아왔으니 필시 이유가 있을 터였다. 그리고 칼스버그 공작과 알렉산드로 사이엔 특별한 인연이 있었다.

'여쭤보고 싶은 게 많습니다, 스승님.'

예상보다 일찍 도착한 덕분에 기사단은 잠시 휴식을 취하고 만찬장에 가기로 했다. 알렉산드로는 클로이와 함께 준비된 그의 침실로 향했다. 계단을 올라 모퉁이를 돌자 긴 복도가 나왔다. 보이는 문은 오직 한 개뿐이었다. 그들을 안내해 준 공작가 시녀가 예의 바른 미소로 그 문을 가리켰다.

"이 침실입니다, 대공님."

"이 층에는 대공님의 침실뿐인가요?"

클로이가 조심스레 물었다.

"그렇습니다. 편히 휴식을 취하시라는 공작님의 전언이 있었습니다."

시녀가 문을 열었고, 알렉산드로가 먼저 침실 안으로 발걸음을 떼었다. 클로이가 뒤따라 들어가려던 순간이었다. 돌연 멈칫한 그가 급하게 몸을 돌렸다.

'이런!'

못 볼 것을 보았다. 알렉산드로의 보석 같은 눈동자가 세차게 흔들렸다. 난감해진 그의 등골에서 식은땀이 다 났다.

"무슨 일이세요?"

"잠시."

알렉산드로는 급하게 클로이의 어깨를 감싸 안고 침실을 나와 문을 꼭 닫았다. 클로이가 의아한 눈으로 그를 올려다보았다. 반면 시녀는 이미 전말을 알고 있는 듯 그저 담담했다. 서늘한 눈으로 시녀를 노려본 알렉산드로는 얼른 클로이를 데리고 복도를 걸어 나왔다. 쫓기듯 그에게 등을 떠밀린 클로이는 계단에 다다라서야 간신히 멈출 수 있었다.

"갑자기 무슨 일이세요? 침실에 뭐가 있나요?"

그녀가 속삭이며 물었다. 하지만 알렉산드로는 질문을 피하곤 고개를 숙이며 완전히 딴소리를 했다.

"마을에 다녀오고 싶지 않느냐?"

나직이 귓속말하는 그의 입술이 목덜미에 닿을 듯 간지러웠다. 그가 지나치게 가까웠다. 뭔가 급한 일인 것 같은데 클로이는 깊게 생각할 겨를이 없었다. 제게 닿은 그의 커다란 손과 아직도 자신의 어깨를 감싸 안고 있는 바위처럼 단단한 팔뚝만 신경 쓰였다.

"지…… 지금요?"

"그래. 난 급하게 처리할 일이 있다. 혼자는 가지 말고……."

고민하듯 잠시 고개를 숙인 그가 버릇처럼 그녀의 어깨를 검지로 톡톡 두드렸다. 순간 그의 향기가 훅 끼쳐 왔다. 클로이는 놀라선 숨을 참았다. 코끝을 자극하는 묵직한 머스크 향에 매료될 것만 같았다. 짧은 침묵이 지나갔다.

"……트리거. 트리거와 함께 다녀오거라."

"네."

그가 갑자기 왜 마을에 다녀오라는 건지 알 순 없지만 결코 싫진 않았다. 지금 마을에 가면 먹거리며 볼거리며 늦은 밤에는 볼 수 없는 많은 구경거리가 있을 테니까. 클로이의 밝은 표정을 보고 대공은 대뜸 옆에 있던 공작가 시녀에게로 눈을 돌렸다.

"네가 이들에게 마을을 구경시켜 주겠느냐?"

"물론 기꺼이 그렇게 하겠습니다."

클로이가 걱정스런 얼굴로 두 사람을 번갈아 보았다.

"시녀님이 귀찮으실 텐데, 저랑 트리거 님만 가도……."

"함께 가거라."

"네."

알렉산드로는 자신의 품에 있던 돈주머니까지 그녀에게 쥐여 주었다.

"네가 원하는 것은 뭐든지 사도 된다."

관대한 말에 클로이는 활짝 웃었다. 하지만 그의 얼굴은 진지하면서도 어딘가 곤혹스러워 보였다. 신이 난 클로이를 보고 알렉산드로가 다급하게 덧붙였다.

"너무 늦게만 오지 마."

"그럼요."

웃으며 대답한 클로이는 그에게서 몸을 틀었다. 여전히 그녀의 어깨를 감싸 안고 있던 손이 부담스러운 차였다. 꽤 오래 그녀의 어깨를 안고 있던 그의 손은 예상외로 쉽게 떨어졌다. 꾸벅 인사하고 미련 없이 뒤돌아서는 클로이의 모습을 알렉산드로는 꽤 한참이나 지켜보았다. 공작가 시녀는 걱정스레 알렉산드로를 돌아보았지만 축제에 눈이 먼 클로이의 머릿속엔 놀거리 생각뿐이었다.

그들이 눈앞에서 사라지는 동시에 알렉산드로의 얼굴이 사납게 일그러졌다. 미간을 잔뜩 찌푸린 그가 성큼성큼 침실로 향했다. 이제 처리할 일이 남았다.

"후우……."

밀려오는 짜증에 저절로 한숨이 나왔다. 급격히 피곤해졌다. 예상치 못한 불청객 때문에 클로이와 함께 가려던 마을 구경도 미뤄졌다. 침실 문을 여는 그의 손길이 거칠었다.

"당장 나와."

흉흉한 그 목소리에 클라라는 몸이 떨려 왔다. 요염한 자세로 그의 침대에 누워 있던 그녀가 천천히 몸을 일으켰다.

"오랜만이에요, 알렉산드로."

거침없이 제 이름을 부르는 클라라의 도발에 알렉산드로는 단숨에 불쾌해졌다.

"정신이 나갔군."

감히 그의 이름을 부를 수 있는 이는 부친 던칸뿐이었다.

"약혼한 사이에 이 정도는 괜찮지 않나요? 저는……."

알렉산드로는 더 이상 그녀의 헛소리를 묵인할 수 없었다.

"네가 여기에 있다는 걸 누가 알고 있나?"

그의 싸늘한 목소리는 섬뜩할 정도로 조용했다.

"아버님과 저희 부모님이 알고 계세요."

"아버님?"

어이없어 되짚은 그에게 클라라는 당당하게 턱을 치켜들었다.

"그레이엄 전하요."

알렉산드로는 뻐근해진 목을 주물렀다. 이 정도면 모욕이었다. 죄를 물어 그녀를 처벌할까, 하는 생각이 진심으로 간절했다. 마침 칼스버그 공작성엔 감옥도 있으니까. 하지만 반도라스 공작이 자신의 외동딸이 여기 있다는 걸 알고 있는 상황에서, 자칫 가문끼리 싸움으로 번질 수도 있었다. 칼스버그 공작에게 큰 민폐였다.

고민하던 알렉산드로는 작게 한숨을 내쉬었다. 일단 더 이상 클라라를 자신의 침실에 두고 싶지 않았다.

"다시 만나면 여자로도 대하지 않겠다고 경고했었지. 너는 내 말을 무시했다."

대공이 성큼성큼 그녀의 앞까지 다가왔다. 잔뜩 성난 그와 달리 클라라는 가슴이 떨렸다. 멀리서 봐도 멋지지만 가까이 다가오니 더욱 근사했다. 거기다 그의 얼굴은 당장이라도 그녀를 벌할 것처럼 화가 나 있었다.

'여전히 멋있으셔.'

기대에 가득 찬 눈으로 그를 바라보던 클라라는 거친 손길에 속수무책으로 딸려 갔다. 다행히 복도에는 아무도 없었다.

"꺄악!"

결국 그녀를 침실 밖으로 내던진 알렉산드로는 눈앞의 가녀린 몸을 보고 말했다.

"가서 네 아비에게 전해라. 그는 흉포하고 사나운 자이니 정략결혼 따위 못하겠다고 말이야."

알렉산드로가 몸을 돌리자 클라라가 벌떡 일어나 그의 다리를 잡고 늘어졌다.

"제 아버지와는 상관없어요!"

알렉산드로의 눈앞이 하얗게 변했다. 이 정도로 싫다는 의사를 내비쳤으면 물러나는 게 도리 아닌가? 누가 됐든 간에 여자를 이런 식으로 대하는 게 내키지 않았다. 하지만 최소한의 예의도 없는 그녀에게 자신 또한 거칠 게 없었다. 그는 거머리를 떼어 내듯 클라라를 밀쳤다.

"아윽!"

바닥에 너부러지면서도 클라라는 자신이 비련의 여주인공이 된 기분이 들었다.

'나를 이렇게 대하는 남자는 알렉산드로 그레이엄이 유일해.'

어려운 남자…… 더 갖고 싶다.

"저는 알렉산드로 님이 좋아요."

"네게 이름을 허락한 적 없다. 예의를 지켜."

"알겠어요, 그레이엄 대공님. 저와 결혼해 주세요."

그녀의 당당한 태도에 알렉산드로는 할 말을 잊었다. 이토록 강경하게 거절했는데, 어떻게 저렇게 제 할 말만 하는지 어이가 없었다.

"결혼은 어느 누구와도 하지 않아. 그만 돌아가."

순간 클라라가 번쩍 고개를 들었다.

"저는 아들을 낳아 드릴 수 있어요! 그레이엄 가문의 후사를 이을 아들을요!"

그녀의 맹목적인 눈빛에 알렉산드로는 내심 움찔했다. 흡사 벽과 이야기하는 듯 말이 전혀 안 통하는 것도 그렇지만……. 대체 뭐지, 이 눈빛은? 알렉산드로는 여자의 이런 집요하고 끈질긴 무서운 눈빛을 본 적이 없었다. 섬뜩할 정도였다. 그녀는…….

'미친 여자가 아닌가?'

사교계의 흥미로운 이야기들을 즐기지 않는 그로서는 클라라의 별명이나 소문에 대해 들어 본 적이 없었다. 그녀는 수도 사교계에서 알아주는 유명 인사였다. 걸출한 가문과 미모도 물론 유명하지만, 클라라 반도라스가 이름을 날린 건 바로 성격 때문이었다.

"후우……."

알렉산드로는 여전히 제 다리를 잡고 늘어진 그녀를 거칠게 밀쳤다. 제법 세게 바닥에 쓰러진 클라라가 힘겹게 일어서며 말했다.

"저를……."

그녀는 부끄러운 듯, 하지만 그의 눈을 바라보며 당당히 요구했다.

"말 안 듣는 저를, 차라리 때리고 벌주세요."

알렉산드로는 저도 모르게 마른침을 삼켰다. 할 말을 잃었다.

'저렇게 얌전하게 생겨선…….'

청순하고 우아한 껍데기 속에 어떻게 저런 성격을 숨기고 살았을까? 게다가 그녀는 제국에서 손꼽히는 공작가의 영애가 아닌가?

"이렇게 못된 저를…… 아주 혼내 주세요."

클라라는 진심인 듯 간절한 시선을 보내며 끝까지 눈을 피하지 않았다. 정말로 그가 한 대 때리기라도 해 주길 원하는 것 같았다. 알렉산드로는 눈살을 찌푸렸다. 백번 양보해서 개인의 취향이니 이해할 수 있다고 쳐도, 남에게 일방적으로 요구할 순 없었다. 화가 났지만 그녀를 거칠게 대해 봐야 결국 클라라가 원하는 대로 해주는 꼴이었다. 알렉산드로는 침착하게 방법을 모색했다.

"……일단 대화로 해결하지."

그는 한 발자국 물러서서 열려 있는 침실의 문을 닫았다. 그 조용한 반응에 클라라가 아쉬운 듯 말했다.

"제 엉덩이를 때리셔도 돼요. 마음껏……."

"그만."

대공은 그런 그녀를 물끄러미 바라보다가 팔짱을 끼고 벽에 기대어 섰다. 클라라에게 최대한 멀리 떨어지려는 속셈이었지만 아쉽게도 뒤는 벽이었다.

'죽일 수도 없고, 무력도 통하지 않는다…….'

이런 상대는 처음이었다. 순간 그녀와 잘 어울릴 것 같은 누군가의 얼굴이 눈앞을 스쳤다. 알렉산드로는 클라라에게 다른 방식으로 접근하기로 했다.

"내게 잘못한 게 있나?"

"제가 대공님을 귀찮게 했잖아요."

"알고는 있었군."

클라라의 눈에는 여유 넘치는 알렉산드로의 모습이 은근한 유혹처럼 느껴져 더 애가 달았다.

"하지만 저는 정말로 대공님을…… 사, 사랑해요."

"푸훗."

대놓고 비웃자 기분이 상했는지 클라라가 날카롭게 쏘아붙였다.

"저는 진심이에요!"

"나를 귀찮게 하면서 쫓아다니는 게 너의 사랑인가? 진심으로 나를 사랑한다면, 내 의견을 존중하는 예의도 갖춰야 하지 않겠나, 영애."

"제 이름을 모르시나요?"

"알아야 할 이유가 있나?"

순간 그녀는 알렉산드로가 지금까지 제 이름도 모른다는 사실에 깜짝 놀라고 말았다.

"클라라예요. 클라라 반도라스."

"나는 네 이름이 궁금하지 않다."

클라라는 단호하게 자신의 말을 끊어 버린 대공을 원망스런 눈으로 노려보았다.

"네게 알고 싶은 것도, 들을 말도 없지."

잔인한 말들이 비수처럼 꽂혔다.

"지금 내가 너와 대화하는 이유는 두 번 다시 너를 보고 싶지 않기 때문이다."

알렉산드로는 클라라에게 어떠한 여지도 남기고 싶지 않았다. 그가 할 수 있는 최대한의 배려였다. 하지만 날이 선 그 말에도 클라라는 기가 꺾이지 않았다.

"일부러 저를 안달나게 하려는 거라면 성공하셨어요. 그러니 이제 그만하셔도 돼요."

"말이 통하지 않는군."

그가 섬뜩한 얼굴로 읊조렸다. 낮고 싸늘한 그 목소리에 클라라는 입을 다물었다. 알렉산드로의 기세가 달라졌다. 그녀를 바라보는 눈은 여전히 서늘하고 무심했지만, 지금은 뭔가 달랐다.

"내가 너를 죽이지 않는 이유는 괜한 전쟁을 일으키고 싶지 않아서다."

클라라가 작게 움찔했다. 그녀가 대공을 좋아하는 이유는 많았다. 그중 가장 마음에 드는 점은 알렉산드로 그레이엄이야말로 그녀를 발밑에 두고 마음대로 대해 줄 수 있는 유일한 남자라는 사실이었다. 반대로 말하자면 그만큼 위험한 남자였다.

"하지만 못할 것도 없지."

클라라는 자신이 상대하고 있는 이가 제국의 영웅, 전쟁터를 누비던 야수라는 사실을 상기했다.

'잘못하면 내가 물려 죽을 수도 있어.'

클라라는 일단 물러섰다.

"혹시 다른 이를 사랑하시나요?"

사실 클라라는 어느 누구에게도 알렉산드로의 남색과 관련된 소문을 듣지 못했다. 이유는 간단했다. 대공과 하룻밤을 보냈다는 소문을 내고 다녔던 클라라의 자존심을 이미 알고 있는 주변인들이 차마 말하지 못했던 것이다. 클라라는 불안해졌다. 다른 누군가를 사랑하느냐는 제 질문에 대공은 아무런 대답도 없었다.

'혹시 그렇다고 대답하면 어떡하지?'

만약 그렇다면…….

'어쩔 수 없어.'

이 멋진 남자를 온전히 소유하지 못한다는 건 아쉽지만, 대공은 그 외에도 가진 게 많은 남자였다. 가장 탐나는 건 그레이엄 가문이었다.

"다른 누군가를 사랑한대도 상관없어요. 제가 원하는 건 대공님이지만, 정 싫으시다면 그레이엄의 핏줄만 제게 주셔도 좋아요."

"하!"

알렉산드로는 순간 화가 치밀었다. 머릿속 마지막 이성의 끈이 탁 풀린 기분이었다.

"너도 그레이엄의 이름을 가진 황제를 만들고 싶으냐."

그가 음산하게 뇌까렸다. 기대섰던 몸을 바로 하고 그녀에게 천천히 다가갔다.

"부모에게 사랑받지 못할 자식을…… 낳고 싶다고?"

클라라는 살기로 가득 찬 대공을 보고 슬금슬금 뒷걸음질 쳤다. 이번에는 정말로 화가 난 것 같았다. 자식만 낳게 해 달라는 게 그렇게 화가 날 일인가?

"어, 어차피 대공님은 대귀족 가문의 영애와 결혼하고 아이를 낳게 되실 거예요."

클라라는 대공의 노기를 이해할 수가 없었다.

"어느 누구도 싫다면…… 제가 안 될 이유는 뭔가요?"

"……."

코앞까지 다가온 대공은 벌레를 보듯 클라라를 내려다보았다. 아름다운 에메랄드빛 눈동자엔 그녀를 향한 혐오가 가득했다. 클라라는 등골이 오싹했다. 오물 덩어리를 바라보듯 역겨운 얼굴…… 세상 어느 누구도 자신을 저런 눈으로 쳐다본 적 없었다.

"네 욕심 때문에 평생 괴로워할 아이에게 미안하지도 않나!"

그의 호통에 클라라는 흠칫 떨며 엉금엉금 뒷걸음질 쳤다. 알렉산드로는 그 멱살을 잡고 들어 올렸다.

"똑똑히 들어라. 난 절대 자식 따위 낳지 않아."

클라라는 생전 처음 겪는 죽음의 공포에 저항조차 하지 못했다. 그때였다.

조용하던 계단에 발소리가 울렸다. 구조로 볼 때, 발소리는 그의 침실로 향하는 것이 분명했다. 총 세 명이었다. 예민해진 그의 귓가에 익숙한 목소리가 들려왔다.

"진짜라니까? 대공님이 너랑 마을에 놀러 가지 말라고 하셨어."

뒤이어 그가 매일 듣고 싶어 하는 밝고 사랑스러운 목소리가 들려왔다.

"에이, 우리 대공님이 왜 그런 말을 해요?"

그가 자주 들을 수 없는 편안하고 장난스러운 말투였다. 저 또한 그녀와 저렇게 친한 사이가 되기 위해 얼마나 노력하고 있던가. 알렉산드로는 깊은 한숨을 내쉬며 눈을 감았다. 갑자기 정신이 돌아왔다. 제 손아귀에 붙들린 클라라가 괴로워하고 있었다. 이대로라면 클로이가 상황을 목격할 것이다. 알렉산드로는 주저 않고 그녀를 놓아주었다.

"허억!"

복도에 쓰러진 클라라가 급하게 숨을 들이쉬었다. 발소리가, 말소리가 가까워질수록 알렉산드로는 당황스러웠다. 도저히 클로이에게 이런 모습을 보일 수 없었다.

'내게 실망하면 어쩌지.'

겁 많은 그녀를 어르고 달래서 간신히 가까이 두었다. 욕심부리지 않고 조심조심 클로이에게 다가가고 있었다. 하지만 아직도 그녀는 자신에게 조금씩 거리를 두었다. 그럴 만도 했다. 나라를 멸망시키고 가족을 모두 죽인 데다 자신마저 죽이려던 끔찍한 악마라고 생각할 테니까. 알렉산드로는 더 이상 자신의 추악한 모습을 보이고 싶지 않았다. 그래서 와일러의 일을 숨겼다.

거짓말은 처음이지만, 어쩔 수 없었다. 클로이는 동물을 사랑하고, 산에서 풀이나 뜯어 사람을 치료하고 도와주는 걸 즐기는 착하고 바른 여자였다. 어릴 때부터 전쟁터를 누비던 자신과는 달라도 너무나 달랐다. 자괴감이 들었다. 머리가 깨질 듯 아프고 구역질이 일었다. 나는 왜 이런 인간인가?

아무리 생각해도 그녀에게 당당해질 방법이 없었다. 제국의 영웅? 그녀의 나라를 짓밟고 대륙을 통일한 것? 한심해서 웃음도 나오지 않았다.

'차라리 농사꾼이 될 것을.'

그랬으면 그녀와 몰래 도망쳐서 오순도순 조용히 살 수 있었을지도 모른다……. 그는 크게 숨을 들이쉬고 마른세수를 했다. 어떤 상황에서도 침착했던 그였지만 지금은 도저히 어떻게 해야 할지 모르겠다.

"대공님이 얼마나 관대하신 분인데요. 그분을 매일 보면서도 깜짝 놀랄 때가 많아요."

내가 관대하다고? 알렉산드로는 관대하다는 말을 한 번도 들어본 적이 없었다. 기사단은 단체 생활인 만큼 한 사람의 실수가 모두에게 피해를 준다. 그래서 그는 실수를 용납하지 못했다. 물론 스스로에게도 매우 엄격했다.

"저는 정말 행운이죠. 우리 대공님 같은 분을 모시게 돼서."

클로이의 웃음소리가 이어졌다.

"나를 이렇게……."

복도에 쓰러진 클라라의 원망스러운 눈을 마주친 순간, 알렉산드로는 다급해졌다. 절대로 클라라를 보일 수 없다. 그는 황급히 그녀를 침실 안으로 들여보내고 문을 닫았다. 그 순간 꺾어진 복도에서 클로이와 트리거, 공작가의 시녀가 나타났다. 기가 막힌 타이밍이었다. 클로이는 복도에 서 있는 그를 보고 활짝 웃으며 인사했다.

"대공님!"

항상 미소로 화답하던 그였지만, 알렉산드로는 그녀를 마주 볼 수 없었다. 자신은 알지 못했지만, 그의 얼굴은 죄책감으로 얼룩져 있었다.

결국 트리거와 클로이, 공작가의 시녀를 다시 마을로 보낸 뒤, 알렉산드로는 칼스버그 공작가의 만찬에 참석했다. 그의 기분은 처참하게 바닥을 달리고 있었지만 첫날부터 공작의 만찬 초대를 거절할 수는 없었다.

"허허, 그레이엄 대공은 어릴 때 보던 것보다 훨씬 늠름하게 성장하셨소. 예상은 했지만 말이야."

칼스버그 공작이 사람 좋은 미소를 지으며 말했다. 그의 옆자리엔 장성한 아들과 딸들이 함께 앉아 있었다.

"과찬이십니다. 말씀을 편하게 해 주십시오, 스승님."

칼스버그 공작은 인문학과 철학, 과학을 넘나들며 공부하고 연구하던 뛰어난 학자였다. 아들이 제왕학을 익히길 원했던 던칸은 몇 년간 칼스버그 공작에게 알렉산드로를 공부시켰다.

"그런데 표정이 좋질 못하시오."

여전히 얼굴에 웃음기를 띤 공작이 물었다.

"그저 여정이 피곤했을 뿐입니다."

알렉산드로는 애써 입술을 끌어올렸다. 오랜만에 본 스승에게 좋지 못한 모습을 보였다.

"심려를 끼쳐 드려 죄송합니다."

"나를 아직도 스승으로 생각하다니 영광이오. 잘생긴 청년의 안색이 어두워 물어본 것뿐이니 괘념치 마시게."

학자들은 대체로 성격이 날카로웠지만 칼스버그 공작은 달랐다. 그는 할아버지처럼 포근했다.

'옛날부터 그랬지.'

알렉산드로는 그에게 직접적으로 묻기로 했다.

"실례지만 한 가지 여쭤도 되겠습니까?"

"뭐든지 물어보시오. 질문은 언제나 환영이니까."

긍정적인 대답에 힘을 얻은 알렉산드로는 직구를 던졌다.

"왜 갑자기 황궁을 떠나신 겁니까?"

칼스버그 공작은 수도에서 잘나가던 학자이자 정치인이었다. 그런데 돌연 은퇴를 선언하고 영지로 내려와 버렸다. 소식을 전해 들은 알렉산드로는 그 사정이 궁금했다.

"나는 그저 가족과 더 시간을 보내고 싶었을 뿐이라오. 더 늦기 전에 말이지."

그가 긴 수염을 쓱쓱 매만지며 말했다. 물론 알렉산드로에게는 대외적인 변명으로밖에 들리지 않았다.

"아무도 그 말을 믿지 않습니다."

"그대도?"

"……."

"그대라면 이해할 줄 알았네만."

공작은 씩 웃었다.

"나는 정말 내 가족과 더 시간을 보내고 싶었어. 지금은 떠나 버린 내 아내, 그리고 내 아이들과 말이야. 자식이라면 무릇 부모가 항상 필요한 법이거든."

그래, 그럴 수도 있었다. 칼스버그 공작은 아이들을 좋아하니까. 항상 영지에 떨어져 있던 아내와 자식들을 그리워하곤 했었다. 알렉산드로는 이해한다는 듯 고개를 주억였다.

"하지만 솔직하게 말하지."

사실 칼스버그 공작은 던칸과 불화가 있었다. 그는 제국의 마지막 독립국이었던 왕국 엘파사를 그런 식으로 흡수하는 일이 내키지 않았다. 엘파사의 은밀한 조력자, 길버트와 일을 도모하는 건 비겁한 술수라고 강하게 던칸을 지탄했다. 게다가 일이 성사되면 길버트에게 작위와 영지를 내려 제국의 귀족으로 받아 줘야 했다.

'변절자는 영원히 변절자일 뿐.'

하지만 던칸은 어떤 식으로든 빨리 전쟁을 끝내고자 했다. 결국 길버트와 던칸의 결탁이 확실해지면서 칼스버그 공작은 황궁을 떠났다. 옛일을 떠올리며 고민하던 칼스버그 공작은 알렉산드로를 보곤 피식 웃었다. 눈앞의 그는 전쟁을 겪은 노련한 기사였다.

"난 정치라면 이제 지긋지긋해. 그 인간들은 결코 말을 곧이곧대로 듣질 않아. 왜냐면 자기들은 매일같이 거짓말을 하니까, 남들도 당연히 거짓말을 한다고 생각하는 거야."

칼스버그 공작은 가식이 없었다. 알렉산드로는 그래서 그가 좋았다.

"난 던칸 그레이엄 같은 독재자를 위해 일하고 싶지 않았네."

"아버님!"

갑자기 나온 폭탄 발언에 깜짝 놀란 아들이 그를 불렀다. 알렉산드로의 죽은 조모는 칼스버그 공작의 누이였다. 하지만 던칸은 정실부인의 자식이 아니었으므로 그들은 피가 섞이지 않았다. 인척이지만 먼 관계였다. 그런데 던칸의 친아들을 바로 눈앞에 두고 무슨 망발인가?

알렉산드로 그레이엄은 무시무시한 기사였다. 비위에 거슬렸다간 어떤 짓을 저지를지…….

"하하!"

하지만 모두의 걱정과 다르게 알렉산드로는 통쾌한 웃음을 터뜨렸다.

"여전하십니다."

그는 진심으로 재미있어하고 있었다.

"아버님께서 공작님을 잃고 속상해하시는 것도 이해해 주시겠지요."

"그대 아비는 정신을 좀 차려야 돼. 그 양반은 남의 말을 곧 죽어도 들어 먹질 않아."

공작은 고개를 설레설레 저었다.

"그럴 거면 귀는 대체 왜 달고 사는지 모르겠어."

답 없는 누군가를 떠올리던 공작은 쯧쯧 혀를 차곤 알렉산드로에게로 시선을 돌렸다.

"나는 자네 편이네."

"무슨 말씀이십니까?"

"수도에서부터 자네를 찾아온 반도라스 공작가의 영애가 있어. 자네 약혼녀라더군."

알렉산드로는 짧은 한숨을 내쉬었다.

"이미 만났는지는 모르겠지만 내가 이것만은 장담하지."

갑자기 웃음기가 사라진 공작의 얼굴이 진지하게 변했다.

"그녀와 결혼을 하느니 차라리 남색을 하게. 그편이 평생 행복할 게야."

"아버님, 언사를 좀……!"

그의 자식들이 안절부절못하고 자리에서 일어섰다. 아무리 알렉산드로가 남색을 한다는 소문이 파다해도 그렇지! 먼 수도에서 찾아온 약혼녀가 아직 이 성에 있는데 어떻게 그런 망언을 한단 말인가? 그런데 알렉산드로는 아예 식기를 내려놓고 한 손으로 얼굴을 가리고 웃었다.

"하하하…… 정말 여전하십니다."

"나는 진심일세."

옅은 미소를 띤 알렉산드로가 그의 말을 경청했다.

"자네는 진심으로 사랑하는 사람과 함께해야 돼. 그리고 여자가 필요하더라도 그 영애는 아니야."

절대 자네 부모의 전철을 밟지 말게. 공작은 사실 그 말이 하고 싶었다. 하지만 굳이 말하지 않아도 알렉산드로는 이미 알고 있을 것이다.

어릴 적 그는 굉장히 똑똑하고 조용한, 외로운 소년이었다. 공작은 알렉산드로의 어머니인 소피아 맥코웰의 일이 터지기 전까지 그를 가르쳤다. 그 후, 알렉산드로가 결국 기사가 되기 위해 스스로 기사단에 입단했다는 소식을 듣고 안타까움을 감출 수 없었다.

─스승님, 저는 아픈 동물들을 고쳐 주는 사람이 되고 싶어요.

그의 어린 시절이 떠올랐다. 낯을 많이 가리던 수줍고 착한 소년. 그 소년이 지금은 제국을 지키는 영웅이 되었다. 여린 마음으로 과연 견딜 수 있을까 했던 걱정이 무색하게도 알렉산드로는 강인한 남자가 되어 있었다. 칼스버그 공작은 멋진 청년으로 자라난 알렉산드로가 자랑스러웠다.

"스승님."

알렉산드로 또한 어릴 적부터 공작을 굉장히 좋아했었다. 칼스버그 공작은 솔직하지만 무례하지 않았다. 진실을 탐구하는 학자였으므로. 공작의 진솔함에 알렉산드로는 누구에게도 털어놓지 못했던 질문을 꺼냈다.

"제가 꼭 정략결혼을 해서 후사를 얻어 그레이엄 가문을 이어야 한다고 생각하십니까?"

그는 가정을 이루지 않을 생각이었지만, 가슴 한편엔 그레이엄의 이름을 가지고 살아왔다는 죄책감이 있었다. 어렵게 나온 질문에 반해 공작의 대답은 너무나 가벼웠다.

"아니."

그가 스테이크를 슥슥 썰며 대답했다.

"자네 아비도 아직 팔팔하지 않나? 그에게 힘을 좀 써 보라고 해. 왜 꼭 그대가 가문을 지고 가야 하지?"

알렉산드로는 피식 웃음을 터뜨렸다. 소피아의 일은 알렉산드로에게는 모자간의 일이었지만, 던칸에게는 부부간의 일이었다. 그 후유증으로 던칸 역시 심각하게 여자를 멀리했다.

"흠, 나는 진심일세. 알렉산드로, 그대가 원하는 것을 하면서 살게. 인생은 딱 한 번뿐이야."

알렉산드로는 칼질마저 멈춘 채 공작에게 집중했다.

"두 번 살아 본 사람이 있다면 한번 물어보게. 어떻게 하면 행복하게 살 수 있는지 말이야."

행복. 묵직한 그 단어에 나이프를 쥔 손이 느릿하게 탁자로 떨어졌다.

'행복이라.'

너무나 간절해서 제겐 영원히 닿지 않을 것만 같던 말이었다.

"그대 인생의 주인은 자네일세. 누구도 대신 살아 주지 않지."

공작은 언제나 많은 생각할 거리들을 남겼다.

'내 인생의 주인.'

그게 과연 나일까?

알렉산드로는 제일 먼저 제 가문을 떠올렸다. 그레이엄 가문은 돈뿐만 아니라 권력과 명예까지 지닌 집안이었다. 그는 운 좋게 가문의 적자로 태어났지만 단 한 번도 그 사실에 감사한 적 없었다. 누군가는 배부른 자만이라 하겠지만 진심이었다.

알렉산드로는 자신이 가지고 태어난 모든 것들을 한 번도 원한 적 없었다. 기사단장이라는 직책, 대공이라는 작위. 이 또한 그가 원하던 것은 아니다. 그럼에도 함부로 가문을 등지지 못하는 이유는 책임감 때문이었다. 알렉산드로는 책임감이 굉장히 강한 남자였다. 원하든 원하지 않든, 자신이 가진 것에는 책임과 의무를 다해야 했다. 결혼을 원하지 않는 것도 똑같은 이유였다. 가정을 이룬다면 가장으로서 책임을 다해야 하니까.

'변명이 아닌가.'

어쩌면 난 그저 가진 것들을 손에서 놓지 못하기 때문에 가문을 등지지 않는 것일지도 모른다. 어쩌면 욕심이 많은 걸지도…….

―하지만 저는 제가 원하는 것을 할 수 있는 삶이 더 좋아요.

순간 클로이가 떠올랐다. 부와 권력보다도, 원하는 대로 살겠다는 용기를 가진 그녀. 알렉산드로는 그런 그녀가 부러웠다.

"아니, 진짜 대공님이 원하는 대로 쓰라고 하셨다니까요. 메이, 너도 들었지?"

"네, 진짜예요!"

트리거는 난감한 표정으로 두 여자를 응시했다. 메이는 공작가의 어린 시녀였다. 클로이는 처음엔 메이에게 존댓말을 썼다. 하지만 메이가 부득부득 반말을 해야 된다고 고집하자 그때부터 말을 놓더니 이제는 어느새 둘도 없는 친구였다.

"이 책 사는 게 뭐가 어때서요. 취향이에요. 존중해 주세요."

"알아서 해라, 알아서 해. 진짜 내가 창피해서, 어휴."

트리거는 벌게진 얼굴로 자리를 떠났다. 결국 클로이는 값을 지불하고 그녀가 원하던 것을 손에 넣고야 말았다.

"혹시 이게 마지막 외전이에요?"

"아니요."

장사꾼은 비밀스러운 책을 손에 든 검은 머리의 소년을 보고 말했다.

"「뜨거운 마구간」이라고, 새로 나온 외전이 있긴 한데 그건 구하기가 하늘의 별 따기예요."

"아……. 그렇구나. 감사합니다."

아쉬운 얼굴로 돌아서는 그녀의 뒤로 메이가 신난 얼굴을 하고 따라왔다.

"에이, 「열정의 마구간」도 구하기 힘든 거예요. 저는 「비밀의 마구간」까지밖에 못 봤어요. 언니들이 전 아직 어리다고 보지 말래요."

클로이는 순간 뜨끔했다.

"메이, 사람은 누구나 자기가 원하는 것을 좋아할 권리가 있어. 나중에 성인이 되면 부끄러워하지 말고 당당하게 숨어서 봐."

걸리면 창피하니까. 클로이는 뒷말은 작게 중얼거렸다.

"네."

메이는 순한 얼굴로 웃음 지었다.

"마부님, 저기 앞에 도박장도 한번 가 보실래요? 저 진짜 궁금한데."

클로이는 고민스러운 얼굴로 트리거를 바라보았다. 도박장? 한 번도 가 보지 못한 곳이었다. 궁금하긴 하지만…… 위험하지 않을까.

"잠깐이면, 뭐."

트리거는 괜찮을 거 같다며 일행을 이끌었다. 계속해서 책방만 쑤시고 다니던 이는 다름 아닌 클로이였다. 이번엔 트리거가 일행을 신세계로 이끌 차례였다.

클로이는 힘없는 걸음으로 터덜터덜 복도를 걸었다. 결국 모든 돈을 다 잃고 말았다. 고급 미동의 옷을 입고 있던 클로이와 공작가 시녀의 복장을 한 메이는 도박장에서 크게 인기를 끌었다. 중간에 나가려고 했지만, 트리거가 잃은 것을 만회해야 한다며 그녀를 부추겼다. 클로이는 카드 도박이 처음이었다.

'고스톱은 잘하는데.'

전생에서도 카드놀이는 화투 말고는 본 적이 없기에, 저도 모르게 완전히 분위기에 휩쓸리고 말았다. 돈을 도박장에서 다 날렸다고 하면 대공이 대체 뭐라고 할까. 난감하지만 어디까지나 자신의 잘못이니 솔직하게 용서를 구해야 했다. 결심한 클로이는 대신 잘 말해 주겠다는 트리거를 뒤로하고 혼자서 터덜터덜 대공의 침실로 향했다. 그런데 복도를 도는 순간이었다.

"아!"

그녀는 앞에서 걸어오던 누군가와 세게 부딪쳐 넘어지고 말았다.

"정말 죄송합니다."

상대가 누구든 노예인 그녀가 먼저 죄송하다고 말해야 했다.

"괜찮으세요?"

같이 넘어진 사람은 금발을 허리까지 늘어뜨린 대단한 미모의 아가씨였다. 그녀는 온몸으로 자신이 귀족 영애라는 것을 알리듯 우아하고 지성미가 넘쳐 보였다.

'와, 저 금발……'

클로이는 제 머리카락 색에 열등감 아닌 열등감이 있었다. 만약 제가 왕족의 상징인 백금발을 물려받았다면 아버지인 왕한테서 모녀가 버림받지 않았을 거란 안타까움 때문이었다. 어쨌든 그녀가 선택할 수 없는 일이므로 지금은 미련을 버렸지만, 저런 찬란한 금발을 보면 꼭 그런 엉뚱한 생각이 떠올랐다.

"나를 일으켜 세워라."

미인은 귀족이 맞는 듯 고상한 말투로 클로이에게 명령했다.

'처음 보는 사람에게 명령을 내리는 걸 보니 대귀족이 맞아.'

클로이는 얼른 그녀를 도와 일으켜 세웠다.

'정말 청순하고 우아한 미인이다.'

그녀가 일어서자 더 아름다웠다. 큰 키에 완벽한 얼굴과 몸매는 우아함 그 자체였다.

"눈을 똑바로 뜨고 다니거라."

뱀을 떠올리게 하는 서늘한 말투. 이번만은 봐주겠다는 듯한 경고에 클로이는 얼른 고개를 숙였다.

"네, 정말 죄송합니다."

클로이는 그녀와 눈을 마주치지 않고 고개를 숙이고만 있었다.

'미인이지만 무서워.'

다행히 그녀는 조용히 클로이를 스치고 지나갔다. 범상치 않은 기색이 여운을 끌었다. 클로이는 미인의 뒷모습에서 눈을 뗄 수 없었다.

'저런 사람들 중에 좀 이상한 사람이 많던데.'

겉은 멀쩡한데 말을 하다 보면 이상한 사람들. 오래 말을 섞지 않는 게 정신 건강에 이로웠다. 클로이는 뱀이 지나가는 듯한 미인의 말투가 떠올라 소름이 끼쳤다.

'얼른 우리 대공님 보러 가야지.'

털어놔야 할 죄가 무거웠지만 그래도 알렉산드로는 크게 화를 내진 않을 것이다.

"대공님, 저 클로이예요."

노크를 하는 동시에 곧 문이 열렸다. 그런데 대공의 표정이 이상했다. 뭔가 불안한 사람처럼 안색이 어두웠다. 초조해 보이기도 하고…….

"무슨 일 있으세요?"

"아니, 아무것도 아니다."

그는 클로이를 침실로 이끌었다. 순순히 그 손에 이끌려 들어온 클로이는 그의 분위기가 평소와 다르다고 느꼈다. 그녀의 느낌은 맞았다. 알렉산드로가 저녁 만찬을 마치고 돌아오자 침실에서 클라라가 그를 기다리고 있었다. 그는 기함했다. 당장 끌어내고 싶었지만 클라라에게 손을 대기도 꺼려졌다. 클로이가 당장 문을 열고 들어올 것만 같아서, 관계를 오해할 것만 같아서…….결국 그는 결혼은커녕 자식을 가질 생각도 절대 없으니 당장 수도로 돌아가라고 클라라를 설득했다. 하지만 그녀는 끈질겼다. 쉽게 침실을 나가려 하지 않았고, 초조해진 알렉산드로는 급하게 한 명의 인물이 떠올렸다.

"너와 잘 어울릴 만한 남자를 알고 있다. 그를 한 번 만나 보는 건 어떻겠나?"

다급하게 던진 수였다.

"하지만 저는……."

"그가 마음에 들지 않는다면, 다시 한번 고려해 보겠다."

결국 그는 고려해 보겠다는 말의 목적어를 빼서 클라라를 속여 냈다. 그가 고려해 보겠다는 것은 클라라와의 결혼이 아니라 클라라에게 어울릴 다른 남자를 다시 고려해 보겠다는 뜻이었다. 클라라는 그제야 침실을 나갔다. 그녀로선 이보 전진을 위한 일보 후퇴였다. 대공이 소개할 남자를 얼른 퇴짜 놓고 다시 매달릴 계획이었다. 어쨌든 공작에게 마차를 준비해 달라 부탁했으니 클라라는 당장 수도로 돌아갈 것이다.

"안색이 좋지 않으신데요, 대공님."

"……."

알렉산드로는 괜히 긴장해선 주먹을 쥐었다 폈다. 방금 자신이 쫓아낸 클라라를 그녀가 만났을까 봐 걱정스러웠다. 침실 밖의 복도는 오직 한길이니까.

'분명히 마주쳤을 것이다.'

대체 뭐라고 설명해야 할까?

'아버지가 보낸 여자'라고 말하면 클로이가 더 이상하게 여길지도 모른다.

"정말 괜찮으세요?"

그녀가 걱정스러운 얼굴로 물어 왔다. 그 순진한 얼굴을 보고 알렉산드로는 순간 이상한 감정이 생겼다. 죄책감은 어디 가고, 이제는 묘한 설렘으로 심장이 뛰었다. 그녀가 클라라에 대해서 알게 되면 혹시…….

'혹시 질투를 할까.'

만약 클로이가 물어보면 솔직하게 모든 걸 다 말해 줄 작정이었다. 자신은 그 여자에게 아무런 감정도 없으며, 결혼은커녕 절대로, 저와 그 여자 사이에 그 어떤 일도 벌어지지 않을 거라고. 입술이 바짝 말라왔다. 가슴이 뛰고, 괜히 긴장되고…… 그의 마음속은 혼돈 그 자체였다.

클로이가 제발 질투를 했으면 하고 바랐지만, 한편으로는 아예 몰랐으면 싶기도 했다. 또 다른 한편으로는 자신이 여느 질펀한 귀족 남자들과는 완전히 다른 남자라는 걸 그녀가 제발, 알아주기를 바랐다. 물론 가장 최선은 그녀가 클라라와 마주치지 않아 존재조차 모르는 거였다. 그러나 묻는다면 숨김없이 대답하리라. 하지만 제게 감히 묻지 못할지도 모른다.

"내게……."

먼저 운을 떼 줘야 했다.

"혹시 내게 할 말이 있느냐?"

"……."

클로이는 그의 눈을 피하고 손가락만 꼼지락거렸다. 그녀의 입술이 꾹 다물렸다.

'이 남자는 진짜 속일 수가 없어.'

어떻게 또 귀신같이 내가 도박판에서 모든 돈을 잃었다는 걸 알아챘을까. 어차피 그에게 거짓말을 할 것도 아니었다. 말해야 될거, 그냥 속 시원히 말해 버리고 얼른 죄송하다고 용서를 비는 게 나았다.

"사실은."

그가 뭔가를 기대하는 사람처럼 초조한 눈으로 자신을 주시하고 있었다. 갑자기 바뀐 분위기에 클로이는 의아했지만 일단은 자신의 고백이 먼저였다.

"저어, 대공님이 주신 돈을 다 쓰고 말았어요."

뜬금없는 소리에 알렉산드로의 미간이 살며시 구겨졌다. 그녀가 무슨 이야기를 하는지 깨닫기 위해 시간이 필요했다.

"……무슨 돈?"

"저한테 주신 돈……."

알렉산드로는 그제야 그녀가 무슨 말을 하는지 알았다. 그 돈을 남겨 오라는 생각도 하지 않았다. 지금 중요한 건 그까짓 돈이 아니었다. 알렉산드로는 다급하게 그녀를 재촉했다.

"다른, 다른 할 말은 없느냐?"

클로이는 눈을 질끈 감았다. 그는 진실을 원하고 있었다.

"사실은 도박판에서 다 잃었어요!"

"……."

알렉산드로는 순간 허탈해졌다. 기대로 부풀어 오른 가슴이 푸시식 꺼졌다. 답답했다. 그가 듣고 싶은 말들은 그런 게 아니었다.

'네가 복도에서 만난 그 여자.'

툭 불거진 그의 목울대가 느릿하게 일렁였다.

'나의 침실에서 나왔을 게 분명한 그 여자가 나와 어떤 관계인지 궁금하지 않느냐?'

진정하지 않으면 당장이라도 입 밖으로 쏟아져 나올 것 같았다. 알렉산드로는 물결치듯 동요하는 가슴을 가라앉히려 간신히 고개를 돌렸다.

"……도박장에는 무례한 이들이 많았을 텐데. 다치거나 하진 않았느냐?"

클로이는 눈물이 나올 것만 같았다. 대공은 평소처럼 다정했다. 이렇게 착한 주인이 준 돈을, 도박장에서 펑펑 써 버렸다.

"죄송해요."

알렉산드로는 얼른 시무룩한 클로이를 위로했다.

"괜찮다. 돈은 남겨 올 필요도 없었어."

"정말요?"

"그래."

금세 저를 향해 미소 짓는 클로이 때문에 알렉산드로는 다시 심장이 일렁였다. 고민하듯 입안으로 혀를 굴린 그가 도톰한 제 아랫입술을 깨물었다.

"복도에서……."

혀끝에서만 맴돌던 말이 결국 입 밖으로 흘러나왔다.

"복도에서 누군가를 마주치지 않았나?"

"아, 네. 아주 아름다운 분을 봤어요."

클라라는 그 성격을 전혀 상상도 못할 만큼 정숙하고 우아한 여자로 보였다. 알렉산드로는 이어질 클로이의 말을 기대했다. 하지만 그녀는 똘망똘망한 눈으로 자신을 바라보기만 할 뿐 어떤 질문도 없었다. 침묵이 길어질수록 알렉산드로는 점점 비참해졌다.

'……내가 뭘 기대했던 거지?'

그녀는 저와 클라라가 어떤 관계인지 궁금해하지 않는다. 제 침실에서 나온 여자에 대해, 전혀 신경도 쓰고 있지 않다. 조금도. 쿵쾅거리던 가슴이 싸늘하게 식어 갔다. 차가운 냉기가 온몸으로 번지고 그의 세상 전부가 얼어붙었다. 클로이는 실망으로 변해 가는 대공의 표정을 마주하곤 고개를 갸웃했다.

'왜 저러시지?'

곰곰이 생각하던 클로이는 마침내 답을 찾았다.

'맞다! 대공님은 자기 침실에 타인이 들어오는 걸 싫어하시지! 그래서 날 이 침실에서 같이 재우고 계시잖아!'

그런데 그 미인이 이 복도에 있지 않았던가! 여긴 대공의 침실뿐인데!

"혹시 그분이 대공님의 침실에 멋대로 들어왔어요?"

클로이가 놀란 얼굴로, 조금은 어이없는 듯 묻자 알렉산드로는 잠시 말을 골랐다. 분명히 제가 기다렸던 질문이 맞긴 하지만…… 뭔가 그가 예상한 '질투' 같은 반응과는 상당히 달랐다.

"아니, 세상에! 제가 마을에 가 있을 때 그분이 오신 거죠? 죄송해요. 제가 그때 있었어야 했는데, 지켜 드리지도 못하고……."

횡설수설하는 클로이를 보면서 알렉산드로는 무언가 잘못됐다는 느낌이 들었다.

"그런데 어떻게 그렇게 얌전하게 생기신 분이 혼자 대공님 침실까지 찾아 들어왔지?"

"……."

그녀가 제게 보여야 할 반응이…… 이게 맞나? 혼란스러운 그에게 클로이가 결정타를 날렸다.

"괜찮으세요?"

알렉산드로는 순간 묘한 기분에 멍해졌다.

'내가 괜찮지 않을 건 또 뭐지?'

클라라가 제게 폭력이라도 휘둘렀다고 생각하나? 그 여자가? 이게 클로이가 제게 느껴야 할 감정이 맞는 건가? 알렉산드로는 끝내 적당한 대답을 찾지 못했다. 그야말로 매우 혼란스러웠다. 남자와 여자가 한 침실에 있었다는데, 왜 질투는 않고 걱정만 하는 거지?

'날 지켜 줘……? 나를?'

뒤늦게 알렉산드로는 클로이를 자신의 침실로 꾀어낼 때 했던 거짓말들을 생각해 냈다. 불면증을 운운하긴 했었다. 아니, 아무리 그래도 신체 건강한 남자인데…….

"다음엔 꼭 제가 곁에 있어 드릴게요!"

알렉산드로는 그제야 클로이가 자신을 어떻게 생각하고 있는지 의심하기 시작했다. 물론 정확히는 알지 못했다. 그저 그녀의 반응이 예상과는 완전히 달라 당혹스럽고 불안했을 뿐. 설마, 매일 보는 클로이가 제 성적 취향을 오해하고 있으리라고는 전혀, 상상도 하지 못했다.

햇살이 밝은 아침이었다.

알렉산드로는 눈을 뜨자마자 습관처럼 자는 클로이를 찾았다. 제 복잡한 심경과 달리 클로이는 여전히 태평한 얼굴이었다. 전날 밤 그를 절망시키고 고민하게 만든 것과는 전혀 관련 없는 사람처럼 쿨쿨 잘만 잤다. 깨우기 미안할 정도로 기분 좋게 잠든 얼굴이었다. 알렉산드로는 조심스레 몸을 바로 하고 천장을 주시했다.

아무리 생각해도 모르겠다. 도대체 클로이는 왜, 여자와 침실에 함께 있는데 제 상태를 걱정했을까? 불면증 때문에 타인이 제 침실에 드나드는 게 불쾌하다고 했지, 겁이 난다고는 하지 않는데. 신체 건강하고 맑은 정신을 가진 보통 남자를, 왜…….

"안녕히 주무셨어요."

언제 일어났는지 클로이가 잔뜩 잠긴 목소리로 인사를 해 왔다.

"그래. 너도 편안히 잤느냐."

"네."

알렉산드로는 덮고 있던 침구를 젖히고 침대에서 몸을 일으켰다.

"헙."

기지개를 켜고 있던 클로이는 갑자기 드러난 그의 나신에 숨을 멈췄다. 구릿빛 피부에 매끈한 근육으로 뒤덮인 건장한 몸은 매일 보는 것이지만 특히 이렇게 아침부터 보면 하루 운세가 다 트이는 기분이었다. 다행히 그는 마지막 속옷 한 장을 걸치고 있었지만, 클로이는 그의 완전한 나신을 이미 몇 번이나 본 적 있었다. 자세히 보진 않았지만…… 매우 경이로웠다. 그가 길버트와 완전히 다른 종류의 인간이라고 해도 믿을 수 있을 것 같았다. 클로이는 대공이 뒤돌아 있는 틈을 타서 잘 뻗은 그의 등짝을 훔쳐보았다.

'저 몸에 안기면 어떤 기분일까…….'

그는 물론 아름다운 여자와도 잘 어울리겠지만, 웬만한 남자가 옆에 있어도 연인으로 썩 잘 어울릴 모양새였다.

'그러니 시녀들이 대공님을 상대로 남자랑 그 외설적인 마구간 소설을 쓰는 것도 이해는 간단 말이야.'

세상 남자들을 전부 줄 세우면 그중 맨 앞에 서 있어야 할 남자였다. 압도적인 분위기와 야성적인 몸매가 '남자'보다 '수컷'이 더 잘 어울리는…….

"클로이."

"네, 네?"

알렉산드로를 상대로 애먼 생각에 빠져있던 그녀는 갑작스런 부름에 움찔했다.

"시종에게 면도사를 부르라고 전해 다오."

그는 수염이 빨리 자라는 편은 아니었지만, 영지에 들르면 꼭 면도사에게 면도를 받곤 했다.

"아, 네. 얼른 다녀올게요."

클로이가 번개처럼 다녀왔지만 한참이 지나도록 면도사는 오지 않았다. 알렉산드로의 세숫물을 나르고 그의 의복을 정리하면서도 소식이 없었다.

"제가 가서 다시 물어보고 올까요?"

때마침 밖에서 시종이 침실 문을 두드렸다.

"하필이면 오늘 공작가의 전속 면도사가 몸이 좋지 않아 오질 못했습니다."

시종은 송구스러운 얼굴로 사정을 설명했다.

"당장 마을에서 가장 뛰어난 면도사를 불렀⋯⋯."

"됐다. 내가 하지. 면도칼과 비눗물을 가져오너라."

마을에서 공작의 성까지 오려면 또 한참 시간이 걸릴 것이 분명했다. 알렉산드로는 스스로 하는 면도가 더 익숙했다. 별로 어려운 일도 아니었다. 시종은 고개를 조아리곤 곧 대공이 요구한 물건들을 가져왔다. 그가 면도를 받는 모습을 몇 번 봤던 클로이는 거울과 의자를 준비했다. 알렉산드로는 능숙한 손길로 비눗물과 면도칼을 정리하고 거울을 응시했다. 전면의 제 얼굴에 먼저 눈길이 가는 게 당연할 텐데, 그런데 그의 눈에는 뒤에서 의복을 정리하는 클로이만 보였다.

순간 면도칼을 쥐고 있던 알렉산드로의 손이 딱 멈췄다. 이런 건 사실 그녀가 하는 일이 아닌가? 자칫 얼굴에 상처를 낼 수 있으므로 귀족들은 전문 면도사한테만 면도를 맡겼다. 다 알면서도 알렉산드로는 괜한 심술이 들었다. 어제 일에 남은 감정 때문인지. 클로이는 하녀이면서도 자신의 의복을 입고 벗기는 일은커녕, 목욕 시중도 들지 않았다. 물론 타인의 손길이 닿는 게 싫어 시중은 필요 없다고 클로이에게 거절했었다.

그랬지만…… 자꾸 모순이 생겼다.

"다른 사람의 면도를 해 본 적이 있나?"

뜬금없는 물음에 옷을 개키고 있던 클로이가 번쩍 고개를 들었다.

"제가요?"

면도사도 아니고, 해 본 적 없을 게 분명한데 왜 묻는지 알 수가 없었다. 알렉산드로는 동그랗게 뜬 그녀의 눈을 보고는 살며시 눈웃음을 지었다.

"그래, 네가."

그는 클로이의 당황한 모습이 보고 싶었다. 면도를 해 보라고 하면 손사래를 치겠지. 놀랄 그 얼굴이 안 봐도 그려졌다. 부드러운 미소로 묻는 대공에게 클로이는 안심하고 대답했다.

"아니요. 누가 제게 면도를 시키시겠어요."

클로이는 약간은 장난스럽게 담담한 척 말했지만 알렉산드로는 무슨 의미인지 대번에 알아들었다. 노예인 그녀는 귀족은커녕 평민의 얼굴을 만지는 것도 불가했다. 하지만…… 글쎄, 친한 이성이 있었다면 한 번쯤 도와주지 않았을까. 친하게 지내는 트리거하고도 진한 스킨십을 서슴지 않으면서. 그녀의 저 작고 보드라운 손이 몸에 닿는 걸 싫어할 리는 없을 텐데, 어떤 남자라도.

고민하던 그의 입술이 열렸다.

"……다른 이성 노예들하고 친하게 지내지는 않았나 보군."

그러자 클로이의 반응이 제법 진지했다.

"으음."

그녀는 지난 추억을 떠올리는 듯했다.

'몇 명 있긴 했지.'

엘파사 약방에서 그녀를 좋아하던 남자들이 있었다. 남자 노예들, 평민이었던 장사꾼들. 하지만 그렇게 마음이 가진 않았다. 제국이나 엘파사의 남자들은 자신보다 한참이나 체격이 작은 클로이를 신기하게만 생각했다.

'진지하게 날 사랑했던 남자는 없었던 것 같아.'

클로이는 잘생기고 몸 좋은 남자를 좋아했다. 연애를 많이 해 보지 못했기에 눈이 높았다. 기왕이면 다홍치마라는 말이 있지 않던가?

'그러고 보니 지게꾼 남자애랑은 잘될 뻔했지!'

그녀와 함께 산에서 약초와 땔감을 나르던 지게꾼이었다. 잘생긴 얼굴에 몸도 건장한 그 남자애와 함께 산에 오를 때는 가끔 두근거리기도 했다. 클로이는 그와 친해지고자 노력했지만 그는 곧 돈 많은 상인 여자에게 팔려 갔다.

'그것도 다 추억이었지…….'

지난날을 상기하는 그녀가 대답이 없자 알렉산드로는 조급해졌다. 거울을 통해 그 모습을 지켜보던 알렉산드로는 들고 있던 면도 칼을 내려놓았다.

"네가 좋아하던 이가 있었나?"

결국 몸까지 돌려선 물어봤다. 그의 표정이 좋지 않자 클로이는 대답을 망설였다.

'왜 물어보지?'

더 기다리지 못한 알렉산드로가 자리에서 일어나 급한 걸음으로 그녀에게 다가갔다.

"남편 말고 마음에 두었던 사람이 또 있었다고?"

탁자 옆, 빈 의자에 앉아서 의복을 개키던 클로이는 급변한 그의 분위기에 할 말을 잃었다. 면도해 본 적 있냐고 눈웃음까지 치면서 물을 땐 언제고, 다른 사람처럼 구는 게 아닌가.

"그 남자는 누구냐?"

웃음기는커녕 사납기만 했다.

"남편은…… 좋아한 적 없어요."

클로이는 영문을 몰라 최대한 담담하게 말했다. 마치 죄라도 지은 기분이었다. 그럼 나이가 몇인데 살면서 좋아했던 남자도 없을까?

'있더라도 무슨 상관이람.'

알렉산드로가 초조한 얼굴로 상체를 가까이 가져왔다.

"그럼 누구를 좋아했지? 아직도 그가 생각나느냐?"

의도를 알 수 없는 그의 질문에 거짓을 말할 수는 없었다. 클로이는 그냥 솔직히 대답하기로 했다.

"그냥, 가끔……?"

그러자 그가 충격을 받은 사람처럼 눈을 크게 떴다. 할 말을 잃은 듯 잠시 침묵하던 그가 갑자기 바닥에 한쪽 무릎을 꿇고 앉았다.

"대공님!"

그는 더 자세한 이야기를 들으려 했을 뿐이지만 클로이는 눈높이가 달라져 경악했다.

'내 앞에 무릎을 꿇었어?!'

당장 자리에서 일어나려던 그녀는 알렉산드로에게 저지당했다. 그는 클로이의 의자 양 끝을 잡곤 단숨에 끌어왔다. 드르륵, 바닥에 의자가 밀리는 소리가 선연했다. 그의 무릎과 무릎 사이에 그녀가 닿을 만큼 가까웠다. 클로이는 감히 일어나지도 못하고, 최대한 다리를 모으고 뒤로 몸을 당겨 앉았다. 그에게 몸이 닿지 않도록.

"자세히 말해 봐."

알렉산드로는 뭐가 여전히 마음에 안 드는지 미간을 잔뜩 찌푸리고 있었다.

"뭐…… 뭐를요?"

서슬 퍼런 기세에 눈이 휘둥그레진 그녀는 말까지 더듬었다. 뭐가 그렇게 그를 화나게 만들었는지 도무지 알 수가 없었다.

"아직도 그를 좋아한다고?"

지게꾼? 이미 짝이 있는 남자였다.

"아니요."

"그런데 왜 그를 계속 떠올리고 그리워하느냐?"

떠올리고 그리워한다고는 말한 적 없는데.

"그냥……."

가끔 길버트와 힘든 결혼 생활 중에 한 번씩 생각나는 정도였다. 잘 지낼까 하는 정도.

'잘생긴 남자는 원래 쉽게 잊기 힘든 법이지.'

그 얼굴 때문에 가끔 생각난다고 말하고 싶지만…… 한 뼘 거리에서 캐물어 대니 도망갈 구석이 없었다. 취조를 당하는 기분에 클로이는 난감해졌다.

"가끔 한 번씩 생각……."

"그의 뭐가 그렇게 좋았지?"

심지어 말까지 잘랐다.

"네게 다정했느냐? 어떻게?"

이런 적은 처음이라 클로이는 한층 더 긴장했다. 말문이 막힌 그녀의 얼굴을 샅샅이 들여다보던 알렉산드로는 심장이 다 두근거렸다. 결코 기분 좋은 두근거림이 아니었다. 적을 앞에 두고 느껴지는 그런 감각이었다.

하루 종일 나와 같이 있으면서 그 남자를 떠올리고 그리워한단 말인가? 대체 얼마나 좋아하기에? 그의 뭐가 그렇게 좋아서!

—남자가 넷이 얽혀 있으니 그건 알아서 해.

순간 점쟁이의 불쾌한 말이 알렉산드로의 귓가를 스쳤다. 짜증이 머리끝까지 솟았다. 살면서 심장이 뛸 만큼 그를 긴장시키는 상대는 별로 없었다. 그래서 이런 종류의 감정이 낯설었다. 아주 불쾌했다. 확실한 것은 자신의 가슴이 지금 그녀의 정확한 대답을 원한다는 사실이었다.

"대답해."

결국 그가 기다리지 못하고 엄한 목소리를 냈다.

"당장."

클로이는 푹 고개를 숙였다.

"얼굴이…… 잘생겨서요."

소심한 그 대답에 알렉산드로는 헛웃음을 삼켰다.

'나는?'

그는 외모와 관련된 칭찬을 굉장히 많이 들으며 자랐다. 자만은 아니지만 스스로도 자신이 못난 얼굴이 아님을 알았다.

'그런데 왜 내게는 조금도 관심을 두지 않는 거지?'

정말 눈곱만큼도 이성적인 눈길을 보내지 않았다. 죄인처럼 고개를 숙인 그녀가 중얼거렸다.

"몸도 좋고……."

"……."

알렉산드로는 굉장히 기분이 상했다. 그녀가 이제는 담담하게 제 나신을 본다는 것도 알고 있었다. 그래 놓고는 다른 기사들의 벗은 몸을 볼 때는 쑥스러워했다.

'내 얼굴, 내 몸은 취향이 아닌 건가.'

그럼 도대체 어떤 얼굴을 좋아하기에 과거에 만났던 남자를 아직도 그리워할까…… 제게는 이렇게 철저히 무심하면서! 신경질이 난 그가 거의 노려보듯 물었다.

"트리거를 좋아하느냐?"

"네에? 어휴, 아니요."

클로이는 손사래를 쳤다. 물론 트리거는 잘생기고 귀여운 청년이 틀림없었다.

'하지만 여자를 좋아하지 않지.'

아무리 대공도 게이라지만, 트리거의 사생활을 함부로 말할 수는 없었다.

"그런데 왜 항상 그를 찾지?"

그거야 트리거가 편하니까.

'혹시 대공님은 트리거에 대해서 아시나?'

클로이가 고민하듯 고개를 돌렸다. 그러자 곧장 그의 손에 턱이 붙들렸다.

"내 눈을 피하지 마라."

거의 본능적으로 나온 행동이었다. 그에게 고정된 그녀의 얼굴에 선뜩한 두려움이 서렸다.

"왜, 왜 그러세요."

힘이 들어간 것도 아닌데, 커다란 손을 벗어날 수가 없었다. 열기를 띤 눈은 마주치기도 곤욕스러웠지만 피하는 건 더 무서웠다. 난감해서 어쩔 줄 모르던 그때.

똑똑.

"각하, 에반입니다."

밖에서 구원의 목소리가 들렸다. 여전히 클로이에게서 눈을 떼지 않던 알렉산드로가 천천히 그녀를 놓아주었다.

"앞으로 내 면도는 네가 해."

그가 시선을 꽂은 채로 자리에서 일어서며 명령했다. 몰래 안도의 한숨을 내쉬던 그녀가 헙, 숨을 들이켰다. 청천벽력이었다.

'나한테 왜 면도를 시키지? 미치겠네.'

멍하니 문으로 향하는 그의 뒷모습을 보던 클로이는 얼른 일어나 그가 떨어뜨린 면도칼과 비눗물을 정리했다.

'평소엔 그렇게 다정하고 친절한데, 무서울 땐 정말 무서워.'

그런데 대체 왜 화가 났던 걸까?

'혹시 트리거를 좋아하나?'

실없는 생각에 클로이는 머리를 긁적였다.

에반은 아침 식사도 하기 전에 찾아왔다.

"말씀하신 대로 처리했습니다."

어제 급하게 내린 명령 때문이었다.

"리오 녀석도 갑자기 어떤 영애냐며 궁금해하더군요."

클라라와 리오.

"분명 좋아할 거다."

알렉산드로는 확신했다. 그는 클라라를 보면서 리오를 떠올렸다. 리오는 심각하게 가학적인 성향을 가진 남자로 기사단의 골칫덩어리였다. 그를 세리머니에 참여하지 못하게 한 것도 알렉산드로의 결정이었다. 전쟁에서 세운 혁혁한 공로는 무시할 수 없지만, 알렉산드로는 그가 기사단을 대표하는 인물로 적합하지 않다고 판단했다. 하지만 클라라에겐 리오가 잘 맞을 것 같았다. 그래서 둘을 소개해 주기로 했다.

"잘 어울리는 한 쌍이지."

피식 웃은 그는 대충 에반을 돌려보내고 침실로 돌아갔다. 알렉산드로에겐 할 일이 남아 있었다. 돌아온 그를 보고는 클로이가 얼른 고개를 숙였다.

"아침 식사에 늦기 전에 끝내야 할 것이다."

짐짓 싸늘하게 말한 그가 의자에 앉아 턱을 치켜들었다. 꼭 오만한 왕자님 같은 그 자태에 클로이는 절망했다. 혹시 농담 아니었을까, 했는데 다 부질없는 바람이었다.

'면도는 처음인데.'

저 잘생긴 얼굴에 상처라도 내면 어떡한단 말인가? 클로이는 그게 가장 무서웠다.

"저어, 면도는 한 번도……."

"시작해."

대공은 난감해하는 그녀를 무시하곤 눈짓으로 재촉했다. 당황하던 클로이는 금세 마음을 다잡았다.

'그래, 누구나 처음은 있어. 면도사가 했던 대로만 해 보자.'

비눗물을 수건에 적셔 그의 턱에 묻힌 그녀는 조심스럽게 면도칼을 움직였다. 매끈한 피부에 닿은 손이 어색하게 칼날의 방향을 바꿔 댔다. 클로이의 하는 양을 지켜보던 그가 면도칼을 잡고 있는 손을 고쳐 주었다.

"칼이 날카로우니 조심해야 한다."

"네."

손을 다칠까 봐 한 말이었지만 클로이는 그의 얼굴에 상처를 내지 말라는 뜻으로 알아들었다. 그녀의 얼굴이 훅 가까이 다가왔다. 순간 알렉산드로는 숨을 멈췄다. 집중한 클로이는 그에게는 관심도 없는 듯 오로지 면도에만 열중이었다. 보드라운 손이 입술 근처에 닿았고, 그는 급히 눈을 감았다. 심장 뛰는 소리가 머리끝까지 울렸다. 긴장된 손을 가만두지 못한 그가 주먹을 쥐었다 폈다.

달큰한 숨이 뺨에 닿았다. 봄바람처럼 불어온 그 온기에 알렉산드로는 벼락을 맞은 사람처럼 머리칼이 쭈뼛 섰다. 면도를 얼른 끝내기를…….

동시에 제발 그녀가 천천히 했으면, 이 시간이 더 길었으면 하고 간절히 바랐다.

　조심조심 그의 얼굴을 만지면서 칼날을 움직이던 클로이는 생각보다 빨리 면도가 끝나는 것 같아서 뿌듯했다.

　'생각보다 쉽네.'

　하다 보니 어렵지 않았다. 그래도 마지막까지 긴장을 놓지 않았다.

　'방심하면 안 돼.'

　대공이 시킨 일은 제대로 끝내고 싶었다. 그의 잘생긴 얼굴에 상처라도 나면 그녀는 스스로를 용서하지 못할 것 같았다.

　어느덧 클로이가 마무리를 하려 수건에 물을 묻혀 왔다. 알렉산드로는 무척 아쉽다는 생각이 들었다. 이렇게 빨리 끝낼 줄 몰랐다. 소질이라도 있는 건지. 불편한 심경을 숨긴 그가 천천히 눈을 뜨자 클로이의 옅은 미소가 보였다. 기분이 좋아 보였다. 그녀는 저와 살을 맞대고 부쩍 가까이 있는데도 긴장은커녕, 생전 해 본 적도 없다던 면도를 잘만 해 냈다. 어찌나 침착한지 얼굴에 상처 하나 내지 않았다. 그간 시켰던 일 중에 제일 잘했다. 칼을 든 건 클로이인데, 내내 손을 가만히 두지 못할 만큼 긴장하고 있는 건 저 혼자뿐이었다.

　'전혀 떨지 않는군.'

　알렉산드로는 이상한 심술이 솟았다. 스스로도 온당치 못한 일이라는 것을 알았지만, 그의 이성은 충동을 붙잡지 못했다. 결국 알렉산드로는 면도날이 움직이는 반대 방향으로 힐긋 고개를 틀었다.

　"헉."

　놀란 클로이가 새된 비명을 내질렀다. 동시에 그녀가 들고 있던 면도칼이 바닥에 떨어졌다. 알렉산드로는 태연히 얼굴에 손을 갖다 댔다. 붉은 피가 묻어 나왔다. 큰 상처는 아니었다. 경미한 아픔도 느껴지지 않았으니까. 제 얼굴에 난 상처는 관심도 없었다. 눈을 돌려 클로이를 바라보자 그녀가 경악한 얼굴로 바짝 굳은 채 자신을 바라보고 있었다. 얼마나 놀랐는지 떡 벌어진 입을 다물지도 못했다.

'귀여워.'

슬며시 웃음이 나왔다. 그녀는 제게 관심이 별로 없었다. 모시는 주인에게 당연히 가져야 할 관심, 그 이상도 이하도 아니었다. 그 사실을 알렉산드로가 제일 잘 알고 있었다. 제게 어떤 개인적인 질문도 없고, 불면증을 고백했을 때도 이유조차 묻지 않았다. 그 사실이 더는 견딜 수 없어졌다.

"어…… 어떡……."

클로이는 앓는 듯한 신음을 숨기려 입을 틀어막았다. 알렉산드로는 그 반응이 퍽 즐거웠다. 온전히 제게 꽂힌 시선, 당황해선 어쩔 줄 모르는 모습. 저 때문에 저렇게 놀랐다는 사실에 비틀린 만족감이 차올랐다. 드디어 모든 관심을 차지했다.

그녀가 예전에 좋아했다던 남자 때문에 뭣 같았던 기분이, 조금이나마 풀렸다. 하지만 그의 벅찬 기분은 오래가지 않았다.

"죄, 죄송해요!"

뒤늦게 정신 차린 클로이가 급하게 바닥에 무릎을 꿇었다. 순간 알렉산드로의 심장이 땅으로 곤두박질쳤다. 깜짝 놀란 그는 사색이 되어 당장 클로이를 일으켜 세웠다.

"무슨 짓이냐?"

"조심했어야 하는데……."

알렉산드로는 자책하듯 질끈 눈을 감았다. 이런 상황을 원한 건 아니었다. 절대로. 가슴이 푹 찔린 것처럼 욱신거리고 아릿했다. 비참했다. 알렉산드로는 곧장 자신의 어리석은 행동을 후회했다. 대체 왜 이런 짓을 저질렀단 말인가? 스스로도 믿을 수가 없었다.

클로이의 축 처진 눈썹과 절망에 찬 눈망울에 숨을 쉴 때마다 심장이 사슬로 조여 오는 것처럼 고통스러웠다.

'그러지 말았어야 했는데.'

클로이는 제게 철저히 약자의 입장이었다. 그런데 치기 어린 마음에 그녀에게 상처를 줬다. 깊은 죄책감, 수치심이 그를 뒤덮었다.

"정말 죄송……."

"내 실수다."

사죄의 말을 꺼내려 클로이가 입술을 달싹거리자 그가 말을 가로챘다.

"내가 잘못했다."

"……."

클로이는 예상치 못한 그의 반응에 할 말을 잃었다. 이게 어떻게 그의 잘못이란 말인가? 한데 여전히 제 어깨를 감싸고 있는 그의 얼굴은 미안함으로 가득했다.

'진심인가 봐.'

이해할 수가 없었다. 그가 왜 이렇게 자신에게 어찌할 바를 모르고 당황하는지, 잘못한 사람처럼 절절매고 있는지.

'실수한 건 난데.'

클로이는 미로에 갇힌 느낌이었다. 면도칼로 얼굴에 상처를 낸

건 바로 저인데, 창으로 찌른 사람처럼 그가 사과를 한다. 대공의
반응이, 행동들이 뭔가 이상하다. 제 앞에서만 그랬다.

이제야 클로이는 그간 자신이 철석같이 믿고 있던 진실에 대해
의심을 시작했다.

"크산토스가 점점 살찌는 것 같아요."

물을 마시는 말의 뒷모습을 응시하던 클로이가 말했다.

"예전엔 더 날씬했던 것 같은데."

"대공님이 요즘 잘 안 타시잖아. 달릴 일이 없으니 그렇겠지."

그는 요즘 크산토스를 타고 가는 대신, 클로이와 함께 걸었다.

"아, 그렇네요."

고개를 끄덕거린 클로이가 건초 더미 위에 올라앉았다. 트리거
의 옆자리였다. 대공이 오찬에 간 틈을 타서 마구간을 찾아온 참이
었다.

"너 도박장 갔던 거 솔직하게 말씀드렸냐?"

"네. 이미 알고 계시던데요."

"그걸 어떻게 아셨지?"

"우리 대공님이 모르시는 일이 어디 있어요."

클로이가 담담하게 말했다. 그는 정말 모르는 게 없었다. 그녀의
기분이 어떤지부터 심지어는 몸 상태까지. 말하지 않아도 기가 막

히게 눈치챘다. 무구한 클로이를 보곤 돌연 트리거가 씩 웃었다.

"반도라스 영애가 여기 먼저 와 있던 일은 모르시던데."

"반도라스 영애요?"

대공과 영애? 도무지 안 어울리는 단어였다.

"뭐, 아무도 몰랐지. 그 영애가 여기 있는 줄."

트리거가 중얼거리며 그녀를 돌아보았다.

"너도 본 적 없어?"

"누구를 말씀하시는 건지……."

"클라라 반도라스 공작 영애 말이야. 하긴, 차라리 안 마주치는
게 상책이다."

순간 클로이는 복도에서 마주쳤던 우아한 미인을 떠올렸다.

"혹시 허리까지 오는 금발에……."

"에메랄드빛 눈동자를 가진 늘씬한 미녀."

클로이가 생각하던 그녀가 맞았다.

"마주쳤구나. 너한테 뭐라고 안 하던?"

"네. 아무 말 없으셨는데요."

트리거는 이상하다는 듯 고개를 갸웃했다.

"그분이 너를 그냥 놔뒀을 리가 없는데……."

"그분이 누구신데요?"

"클라라 반도라스 공작 영애?"

어떻게 그녀를 모르냐는 듯, 트리거가 도리어 의아한 눈으로 클
로이를 빤히 응시했다.

"너 차라리 간첩이라고 해라."

"예?"

"클라라 반도라스 공작 영애를 모르는 제국민은 없으니까 말이야."

"……."

그렇게 유명하신 분이였냐 되물어 보려던 클로이는 그냥 말을 삼켰다.

'난 정말 간첩이라고 오해받을 수도 있잖아.'

출신이 그러기에 충분했다.

"제가 실물은 처음 뵈어서……."

클로이는 의심받지 않을 말을 덧붙였다.

"정말 아름다우시더라고요. 소문처럼."

트리거가 피식 비웃었다.

"뭘 모르는 평민들이나 아름다운 얼굴에 고귀한 신분을 가진 천사라고 찬양하는 거지."

반도라스 공작가를 별로 안 좋아하나? 트리거는 드물게 굉장히 회의적인 반응이었다.

"너 조심해. 이미 떠났으니 다행이지만, 또 올지도 몰라."

"제가 왜요?"

"그 미친년은 전하께서 지정하신 대공님의 약혼녀야. 그래서 여기 온 거라고."

클로이는 그가 말한 내용보다 클라라를 칭한 표현에 더욱 충격을 받았다.

'미친년?'

트리거가 충고하듯 진지한 얼굴로 말했다.

"진짜 조심해야 돼. 수도 사교계에서는 이미 공공연한 사실이지만, 반도라스 영애는 성질머리가 정말 더러워. 거기다 그레이엄 전하께서 직접 지목하실 만큼 어마어마한 명문가 출신이라고.”

클로이는 반도라스 공작 영애를 떠올렸다. 점잖고 우아한 그 겉모습과 트리거가 말하는 '성질머리 더러운 미친년'이 잘 매치되지 않았다. '대공이랑 정말 잘 어울리던데.' 겉모습은 분명 그랬다. 성격은 좀 묘한 느낌을 받긴 했지만……

“근데 제가 왜 조심해야 돼요?”

“몰라서 물어? 다들 네가 대공님의 사랑을 한 몸에 받는 미동인 줄 알잖아.”

“아…….”

“기사단 사람들이야 대공님과 너를 아니까 당연히 연극을 한다고 생각하지만, 그녀는 아니라고.”

클로이는 사실 클라라와 대공이 멋진 그림을 이룬다고 생각했다. 태생부터 고귀한 알렉산드로와 우아한 미녀. 잘 어울리는 한 쌍이었다. 자신이 그의 옆에 있는 것보다, 그런 미녀가 있는 게 훨씬 자연스러우리라. 그런 그녀의 망상을 알았는지 트리거가 뜬금없이 말했다.

“똥이 무서워서 피하냐? 더러워서 피하지.”

“……!”

“그게 클라라 반도라스야.”

아무래도 그녀는 클로이의 어림짐작보다 훨씬 대단한 여자인 모양이었다.

15. 진실의 무게

15. 진실의 무게

· · ◆ · ·

 험프리는 말의 고삐를 잡은 손을 단단히 했다. 그는 주인의 바로 뒤에서 따르고 있었다. 다부진 체격의 던칸 그레이엄은 자신만큼이나 강인해 보이는 아름다운 흑마를 타고 있었다. 평생 관리받아 온 흑마의 갈기는 웬만한 귀족의 머리카락만큼 윤기가 나고 부드러워 보였다. 그 위에 탄 던칸 그레이엄은 말과 흠잡을 곳 하나 없이 잘 어울렸다. 위풍당당하고 우아한 그 모습은 누가 봐도 온 세상을 발아래 둔 황제 같았다.

 다만 지금의 장소가, 그들과는 어울리지 않았다. 수도 외곽. 사람들의 발길이 잘 닿지 않는 곳. 많은 호위를 거느린 던칸은 시찰을 나와 있었다. 그는 대귀족과 고위 관리만 다스리면 되는 사람이었다. 직접 시찰을 나온 건 드문 일이었다.

 민간인들이 어떻게 살아가는지는 사실 그의 관심 밖이었다. 던칸의 꿈은 제국을 다스리는 무시무시한 황제이지, 어질고 명예로운 왕이 아니었으니까. 주변 독립국을 상대로 끊임없이 전쟁을 해 온 것도 그래서였다. 던칸은 단 한 번도, 전쟁으로 피해를 입을 약자들을 고려해 본 적이 없었다.

"이곳이 맞느냐?"

"예, 맞습니다."

던칸은 사방을 둘러보았다.

'아무것도 없군.'

물도, 나무도, 사람들의 흔적도. 이곳은 그저 버려진 땅 같았다. 무심하게 주위를 둘러보던 그의 눈에 문득 저 멀리, 우거진 수풀이 보였다.

"아, 저 숲은…… 관리되지 못한 곳입니다."

그의 시선을 알아챈 수하 한 명이 급히 변명했다.

"아무래도 수도에서 거리가 꽤 있다 보니 근교만 정리하고 여기까진 아직……."

던칸은 한 손을 들어 수하의 말을 막았다.

"알고 있다."

이 숲은 험프리가 소년을 데려온 장소였다. 전 황제 역할을 했던, 지금은 죽은 소년.

"사람이 사는 흔적은 없는 것 같은데."

던칸이 숲 근처를 샅샅이 살펴보며 말했다. 그가 움직이는 방향을 따라서 호위들이 함께 움직였다.

"그들은 낮엔 저 숲 깊은 곳에 숨어 있는 걸로 알고 있습니다."

'그들'은 수도에서 소외된 사람들을 말했다. 이 숲은 바로 그들이 버려지는 빈민가였다.

스스슥.

순간 수풀이 급하게 움직이는 소리가 들렸다. 던칸은 곧장 그 방향으로 말의 고삐를 당겼다. 험프리는 재빨리 주인의 뒤를 따르면서도 사실 적잖이 당황스러웠다. 안 그래도 요즘 기분이 오르락내리락하는 던칸은 뜬금없이 오래전 죽은 소년의 일을 물었다. 섭정을 위해서, 황제의 먼 핏줄이라고 데려왔었던 부랑자 소년이었다.

—그 소년은 어디서 데려왔지?

던칸은 요즘 죄책감이 무의식을 짓눌렀다. 자신이 저질렀던 과거의 일들이 그의 의지를 벗어나 시시때때로 눈앞을 스쳤다.

특히 가장 편안한 시간에 그랬다. 잠들기 직전, 혹은 따뜻한 물에서 목욕을 즐기거나 안락한 소파에서 책을 읽을 때 등등.

—수도의 빈민가에서 데려왔습니다.

—빈민가?

—예. 연고 없이 깔끔하게 처리할 수 있는 아이를 원하셨기에…….

—그곳에 가 봐야겠다.

—전하, 빈민가는…… 그 고귀한 걸음을 직접 하실 곳이 못 됩니다.

험프리는 끝까지 말렸지만 던칸은 고집을 꺾지 않았다.

"빈민가는 노예나 평민들이 사는 곳 아닌가? 그런데 왜 이렇게 조용하지?"

"아, 이곳은 주로 버려진 아이들이 오는 곳입니다. 빈민가에서도 버려진 이들이 오는 곳이지요."

빈민가에서도 버려지는 이들이 있단 말인가? 던칸은 상상도 할 수 없었다.

'빈민들의 빈민가.'

너무도 멀게 느껴지는 말이었다.

불현듯 험프리가 숲에 갖다 버렸다던 자신의 딸이 떠올랐다.

—소피아 님께서 낳았던 아이는…… 사실 제가 직접 죽이진 않았습니다. 갓난아기라 사체가 저택에서 발각되면 의심을 받을 것 같아, 숲속에 버렸습니다.

던칸은 속이 답답해서 긴 한숨을 내쉬었다. 과거의 일이 끊임없이 떠올라 그를 괴롭혔다.

'아이들을 버리는 숲이라…….'

사실 제국에는 전쟁고아들이 많았다. 별스러운 일도 아니었다. 다만 한 번도 관심 가져 본 적 없어 새삼스러웠을 뿐. 아마 저 숲으로 들어가면 더 많은 걸 알게 되리라. 호위들이 앞장섰고 던칸이 그 뒤를 따랐다.

숲은 별다를 게 없었다. 다만…….

'냄새가 좀 나는군.'

악취가 코를 찔렀다. 그는 이 냄새를 잘 알고 있었다. 젊은 시절, 기사였을 때 전쟁터에서 지겹도록 맡았던 그 냄새. 시체가 썩어 가는 냄새였다.

던칸은 천천히 주위를 살피며 더 깊은 숲속으로 들어갔다. 그런데 앞서가던 호위가 자리에 멈춰 그를 돌아봤다.

"더 이상은 가지 않으시는 게 좋을 듯합니다."

"그건 내가 결정한다."

던칸은 정면만 응시하며 호위를 스쳐 지나갔다. 원체 두려울 게 없었지만 시체 더미를 봤을 때는 그의 눈썹이 꿈틀했다. 심하게 부패한 사체부터 뼈만 앙상하게 남은 유골까지.

'……전부 어린아이들이군.'

던칸은 자신의 제국에서 이런 꼴을 보리라고는 상상도 못했다. 그것도 수도 근교에서. 큰 충격을 받은 던칸은 이제야 이 숲이 어떤 용도인지 실감했다. 외곽에서도, 사람이 사는 인가와 분리된 곳. 전쟁으로 부모를 잃은 아이들을 버리는 매립지였다.

더 볼 것도 없었다. 모든 게 끔찍해진 그는 당장 방향을 돌려 숲을 나가려 했다. 그때 옆의 덤불에서 부스럭거리는 소리가 들렸다.

"누구냐!"

칼을 치켜든 호위를 저지한 던칸은 자연스레 소리가 난 방향으로 고개를 돌렸다. 그곳에는 이제 막 열 살이나 되었을까 싶은 어린 소녀가, 겁먹은 얼굴로 그들을 바라보고 있었다.

클로이는 문득 하늘을 올려다보았다. 그저 일상이지만 죽을 고비를 수없이 넘긴 그녀에겐 이 평범한 하루의 매 순간들이 소중했다. 클로이는 자신이 여태 살아남아 자비로운 주인을 만나고, 이렇게 제국을 여행할 기회를 얻게 된 사실에 감사했다.

'당연히 죽었다고 생각했는데.'

뺑소니 교통사고 이후 어느 날. 갑자기 눈이 떠졌고 전생에서 본 것보다 훨씬 아름다운 자연환경이 펼쳐져 있었다. 후회로 얼룩진

첫 번째 삶이 끝났으니 이번엔 다시 살아 보라는 새로운 기회가 주어진 게 아닐까 싶었다.

다시 태어난 그녀는 자연스레 일상의 사소함에 감사하게 되었다. 삶은 고통으로 가득했지만, 그것을 이겨 낼 수 있는 좋은 일로도 가득했다. 두 번 다시는 보지 못하리라고 생각했던 것들. 그녀는 두 번째 삶을 살고 있었다.

"하늘이 진짜 예뻐요."

갑작스런 감탄에 알렉산드로는 하늘을 올려다보았다. 새파란 배경에 뭉게뭉게 핀 하얀 구름. 태양은 감히 쳐다보지 못할 높은 곳에서 위용을 뽐냈다.

눈이 부셨다. 여느 날과 다르지 않은, 조금도 특별할 것 없는 평범한 오후. 그녀는 매일 저런 말을 했다. 별다를 것 없는 하늘이 예쁘고, 산이 아름답고, 별이 반짝인다고 했다. 진심인가 하고 보면 눈을 못 떼고 그것들을 바라보고 있었다.

진심이었다.

"매일같이 똑같은데도 아름답다고 생각하나?"

하늘만 쳐다보던 클로이가 뒤늦게 시선을 돌렸다.

"그래서 더 아름다운 거 아닐까요?"

그녀가 미소 지었다. 이제 그를 보며 웃는 클로이의 얼굴은 퍽 자연스러웠다. 알렉산드로는 똑같이 미소로 화답했다.

그녀의 뒤로 칼스버그 공작령의 마을이 배경처럼 흐릿했다. 화려한 축제 분위기로 장식된 마을보다, 클로이의 얼굴이 더 선명했다. 순간 알렉산드로는 그녀의 모습을 그림으로 남기고 싶다고 생각했다.

지금, 이 순간을.

"근데 이렇게 오후에도 시간이 있으신 거예요?"

평소 그가 영지에 들르면 해가 지기 전까지 영주와 바쁜 시간을 보내곤 했다. 그런데 오늘은 굉장히 여유로웠다. 그래서 두 사람은 함께 마을을 둘러보았다. 약속된 오찬만 끝내고 나온 터라 광장엔 사람들이 많았고, 시장은 활기가 넘쳤다.

"걱정할 것 없다."

알렉산드로가 그녀를 보며 눈웃음을 지었다.

'에반이 잘하고 있겠지.'

자신이 기사단을 떠나면 결국 그가 맡을 일이었다. 에반의 책임감을 잘 아는 알렉산드로는 결정을 후회하지 않았다.

그때였다. 화려한 외관의 부티크가 감흥 없이 걷던 그의 눈길을 잡아끌었다. 정확히는, 부티크 앞에 진열된 드레스. 알렉산드로는 자리에 멈춰 섰다. 다른 데를 보고 있던 클로이는 몇 발자국 앞서서야 그가 옆에 없다는 것을 알았다.

"대공님?"

앞에서 클로이가 불렀지만 그는 드레스에서 눈을 뗄 수가 없었다. 섬세한 자수가 들어간 드레스는 목선을 따라서 잔잔한 보석이 박혀 있었다. 물론 수도 귀부인들이 입는 드레스와는 비교도 안 되게 소박했다. 하지만······.

'또 왜 그러시지?'

클로이는 그의 시선을 따라 부티크에 진열된 드레스를 응시했다. 귀부인들이 입는 예쁜 드레스에 그가 왜 눈길을 빼앗겼는지 알 수가 없었다. 알렉산드로는 솔직히 드레스를 좋아하지 않았다. 향수

냄새, 치렁치렁한 드레스 자락, 답답해 보이는 긴 머리 등 귀부인을 상징하는 모든 게 다 싫었다. 그런데 왜일까. 저 드레스를 보자마자 클로이가 입고 있는 모습이 상상되었다.

저런 드레스도 아주 잘 어울릴 것이다. 수줍은 그녀의 얼굴, 계곡에서 잠깐 보았던 하얗고 가녀린 어깨, 검은 머리카락, 상앗빛 피부……. 그 모든 게 자연스레 드레스와 조합되어 눈앞에 어른거렸다. 이번에도 그의 의지와는 전혀 상관없는 일이었다.

"……저런 옷을 입고 싶지 않느냐?"

결국 망설이던 그가 속으로 되뇌던 말을 내뱉었다.

"네?"

드레스에서 시선을 떼지 못하는 그를 보고 클로이가 부티크로 눈을 돌렸다. 전면에 보이는 화려한 드레스는 제국의 여성들에게나 맞는 사이즈였다. 예쁘긴 하지만 그녀에게는 커서 맞지 않을 것 같았다.

'저런 드레스를 입었던 게 언제였더라.'

기억도 가물가물했다.

"글쎄요, 별로……."

굳이 떠올리고 싶은 기억도 아니었다. 예쁜 옷을 입으면서도 전혀 기쁘지 않았으니까. 클로이를 길버트에게 소개하던 날, 엘파사의 왕은 더 야하고 화려한 옷은 없냐며 몇 번이나 그녀에게 새로운 드레스를 권했다. 길버트에게 하자가 있는 왕녀를 약속된 지참금을 받고 넘기기 위해서였다.

'반쪽짜리 왕녀.'

왕궁에서 그녀가 가장 많이 들어 왔던 말이다. 예쁜 옷을 입고 물건 취급을 받던 지난날들. 그때가 떠올라 저 드레스가 마냥 곱게 보이지만은 않았다.

'근데 갑자기 왜 그런 걸 묻지?'

지금 제게 저런 옷이 어울리기나 한가? 머리도 짧고, 화장도 전혀 하지 않았고. 게다가 노예 신세에 예쁜 드레스를 입어 봐야 누군가의 노리개로 팔려 가기밖에 더할까?

'설마……'

클로이는 갑자기 다른 생각이 들었다. 제발 아니길 바라는 불안한 마음이 그녀를 흔들고 지나갔다.

'대공님이 저런 옷을 입고 싶으신 건가? 설마 그래서 내게 묻는 거야?'

엘파사에서 본 남색가 중에 여자 옷에 유달리 관심이 많은 이들이 있었다. 클로이는 드레스를 입은 대공을 도저히 상상할 수 없었지만 그의 취향이라면 어쨌든 존중해야 한다고 생각했다.

'뭐라고 해야 하지?'

불안하게 덜컹거리는 마음을 간신히 정리한 클로이가 조심스럽게 입술을 뗐다.

"혹시…… 저런 옷이 입고 싶으세요?"

순간 알렉산드로는 자신의 귀를 의심했다. 전혀 예상치 못한 말에 그제야 그가 드레스에서 눈을 떼고 그녀를 돌아보았다.

'잘못 들었나?'

물론 잘못 들었겠지.

"방금 뭐라고 했느냐?"

클로이는 그가 상처받지 않도록 최대한 담담하게 말을 꺼냈다.

"저 드레스를…… 이, 입고 싶으세요?"

"……?"

대공은 말없이 클로이를 응시했다. 굉장히 황당해서 말문이 다 막혔다.

'뭐?'

이게 정상적인 반응인가? 여자에게 예쁜 옷을 입고 싶냐고 물으면 보통 '네, 그렇습니다, 입어 봐도 될까요?' 하는 대답이 나와야 하지 않나?

"지금…… 무슨 소리를."

그는 차마 말을 잇지도 못했다. 다시 생각해도 황당했다.

"죄송해요."

자신이 잘못 짚었다는 사실을 깨달은 클로이는 얼른 고개를 숙였다.

"갑자기 너무 뜬금없는 걸 물어보시기에……."

아무리 그래도 이상하지 않은가.

'어떻게 나 같은 남자에게…….'

드레스를 입고 싶냐는 질문이 나올 수가 있지?

'저런 말도 안 되는 생각을 한 이유가 분명히 있을 것이다.'

영문을 묻고자 입을 떼려던 그 순간이었다.

"꺄악!"

뒤에서 달려오던 꼬마 아이가 그녀에게 부딪쳐 세게 넘어지고 말았다. 클로이는 크게 휘청하고 말았지만 여자아이는 바닥을 뒹굴었다. 흙과 자갈에 부딪쳤는지 씩씩하게 일어나는 아이의 무릎이 까져 피가 흥건했다.

"너 괜찮니?"

아이는 더럽고 해진 옷을 입고 있었다. 클로이는 여자아이가 자신과 같은 노예이거나, 가난한 평민의 자식이라고 짐작했다.

"네. 괜찮아요!"

다행히 아이는 무릎이 깨진 것치고 해맑았다. 클로이는 마음이 좋지 않았다. 별것 아닌 상처라고 제대로 소독도 안 하고 방치할 것이 분명했다. 균이 감염돼서 덧나거나 하면 자국이 남고 상처가 오래갈 것이다.

"대공님, 잠깐만 저 아이 좀 살펴봐도 될까요?"

조심스러운 그녀의 물음에 알렉산드로는 흔쾌히 그러라고 대답했다.

"잠깐 한 번만 보자."

클로이는 꼬마를 데리고 옆으로 비켜 벤치에 앉았다. 그리고 여자아이의 발을 자신의 무릎에 대고는 물통을 꺼냈다. 그러고는 아이의 무릎에 물을 붓고 흙을 털어 내기 시작했다. 그녀의 손길은 유리 인형을 만지는 것처럼 조심스러웠다.

꼬마는 대여섯 살 정도로 보이는 작은 아이였다. 자갈에 찍혀 무릎이 제법 깊게 패어 있었는데도 꼬마는 씩씩했다. 약방에서 어린아이들과 많이 지내봤던 클로이는 일부러 더 밝은 목소리로 물었다.

"안 아프지?"

많이 아프지? 하고 물었으면 꼬마가 더 아프다고 느낄 수도 있다. 달래 주면 더 크게 우는 게 저 나이 또래 아이들이니까.

"네, 안 아파요."

웃으며 대답하는 꼬마가 기특해서 클로이는 머리를 쓰다듬어 주었다.

"지혈을 하는 약초나 연고를 바르면 참 좋을 텐데……."

클로이는 바로 옆에 약초와 온갖 약재들을 늘어놓고 파는 약방을 보고 말했다. 그녀는 돈이 없었다. 간절한 눈빛으로 옆의 알렉산드로를 바라보자 역시 아이를 바라보던 그는 거리낌 없이 그녀에게 돈주머니를 건넸다.

"감사합니다."

클로이는 꾸벅 인사하며 옆의 꼬마에게도 말했다.

"너도 얼른 인사 드려."

꼬마 아이도 꾸벅 인사했다.

"감사합니다!"

치아가 빠졌는지 발음은 정확하지 않지만 힘찬 목소리였다. 얼른 연고와 붕대를 사서 무릎을 꼼꼼히 치료해 준 클로이는 밝게 인사하는 아이와 헤어졌다.

'또 왜 이렇게 조용하시지?'

공작성으로 돌아가는 내내 대공은 아무런 말도 없었다. 항상 대화를 주도하던 그였기에 그가 조용하자 둘 사이에는 적막만 흘렀다.

'연고에 붕대까지, 너무 많이 샀나?'

설마 돈을 너무 많이 써서 기분이 상했을까?

'에이, 말도 안 돼.'

그는 어마어마한 부자인 데다 돈을 아끼는 사람도 아니었다. 그녀에게 큰돈을 턱턱 맡기고 신경도 쓰지 않았다.

'몰라, 뭔가 기분이 나빴으면 말을 했겠지, 뭐.'

그의 눈치를 살피던 클로이는 그냥 신경 끄기로 했다. 원래 그는 이해할 수 없는 면이 많았다. 그녀와 하늘과 땅만큼 다른 사람이니 당연했다. 조용히 걷다 보니 둘은 어느새 공작성에 다다랐다.

'연미복으로 갈아입고 가셔야겠지?'

클로이는 그의 저녁 만찬을 기억하곤 자연스레 침실로 향했다.

"……에반에게 오늘 만찬에 가지 않겠다고 전해라."

낮은 목소리가 그녀의 뒷덜미를 잡아챘다. 왜인지 그의 표정이 좋지 않았다. 염려되긴 했지만 대공은 그녀가 걱정할 만한 사람이 아니었다.

"네. 그럼 저녁 식사는 따로 하실 거죠?"

"아니."

그럼 식사를 아예 안 한다는 건가? 물어보려는데 알렉산드로가 급한 사람처럼 몸을 돌렸다.

"대공님, 어디로 가세요?"

에반이나 누군가가 그의 행방을 물으면 뭐라고 해야 할지 몰랐다.

"저어, 대공님……?"

그는 정확한 답이 없었다. 늦게 들어올 테니 먼저 쉬고 있으라는 말만 던지듯 남기고 다급히 어디론가 향하는 그였다. 멍하니 그 뒷모습을 바라보던 클로이는 의아해졌다. 마치 제게서 도망가듯 자리를 피하는 그를 보니 기분이 찜찜했다.

"갑자기 또 무슨 일이지?"

클로이는 괜히 제 옷자락을 한번 쿵쿵거렸다.

알렉산드로는 거의 뛰어가듯 마구간으로 걸음을 재촉했다. 당장 말을 타고 산이든 어디든 가서 차가운 바람을 맞아야 했다. 공작성으로 오는 내내 붉어진 얼굴을 감추느라 고생이었다. 자신이 대체 어떻게 그런 생각을 하게 된 건지 의문이었다.

　'이게 무슨…….'

　스스로도 아이는 낳지 않을 거라고 단언하지 않았던가? 하지만 클로이와 어린 꼬마가 함께 있는 모습을 본 후부터 그는 자꾸만 얼굴이 벌게지는 딴생각이 들기 시작했다. 조심스럽지만 단호하게 아이를 만지던 클로이의 손길, 내내 아이에게서 떠나지 않던 눈길, 다정하지만 엄하고 바른 말투…….

　말도 안 된다고, 아무리 고삐를 매려 해도 머릿속에 떠오르는 상상들을 멈출 수가 없었다. 자신은 푸른 눈동자를 가졌고 그녀는 짙은 갈색의 눈동자를 가졌지만, 어느 쪽이든 클로이를 닮았다면 분명 예쁠 것이다.

　'여자아이든 남자아이든 사랑스럽겠지.'

　이왕이면 그녀를 닮은 여자아이였으면 좋겠다. 클로이의 손에서 자랄 테니 그녀처럼 밝고, 배려심 있는 착한 아이로 자랄 것이다. 자신은 다른 무엇보다 클로이와 아이를 최우선으로 생각하고, 가족과 많은 시간을 공유할 것이다. 그녀는 작은 소녀처럼 가녀린 몸이긴 하지만 동그랗게 부풀어 오른 배가 영 어울리지 않는 건 아니다…….

'내가 지금 미친 게 아닌가. 어떻게 이런, 이런…….'

알렉산드로는 혼란스러웠다. 쿵쾅거리는 심장을 막을 수 없었다. 꼭 머릿속의 주인이 제가 아닌 것 같았다. 피어나는 생각들을 행여 들킬까 봐 그가 큰 손으로 이마를 덮고 고개를 푹 수그렸다. 잔뜩 긴장한 목울대가 크게 한 번 움직였다. 클로이가 제게 이성적인 감정이 조금도 없다는 것을 잘 알고 있었다.

'그런데 어떻게 내가 이따위 저질스런 생각을…….'

멈추고 싶었지만 그를 찾아오는 상상들은 너무도 달콤했다. 그의 침실 문을 열고 맞아 주던 그녀의 맑은 얼굴이 눈앞에 아른거렸다. 동시에 꼬마 아이를 바라보던 클로이의 애정 어린 눈빛이 자꾸만 생각났다.

덥다. 자신의 온몸을 도는 피가 견딜 수 없을 만큼 뜨겁게 느껴졌다. 이대로는 오늘 밤도 자신의 발치에서 잠들 그 자그만 여자를 마주할 수가 없다.

산이든 어디든 떠나 맑은 공기를 마셔야 했다.

에반에게 알렉산드로의 말을 전한 클로이는 한결 가벼운 마음으로 침실로 돌아가고 있었다. 에반의 무거운 표정에 송구스러웠지만 그녀가 할 수 있는 일은 없었다. 클로이는 대공의 일에 관여하고 싶지 않았다.

'내 몫이 아니야.'

그녀는 대공의 시녀가 아니라 그저 하녀니까. 알렉산드로의 침실로 돌아온 클로이는 두 팔을 걷어붙이고 청소를 시작했다. 대공이 침실을 찾을 때 한결 상쾌한 마음으로 쉴 수 있도록 깨끗하게 만들고 싶었다.

'이런 일이야말로 내가 도움이 될 거야.'

먼저 그가 잠드는 침대를 정리하기 시작했다. 보료를 털고, 베개를 들어 올리던 클로이는 큰 베개 밑에서 작은 상자를 발견했다.

"이게 뭐지?"

장식으로 보아 남자가 가지고 있을 만한 물건으로는 보이지 않았다. 예쁘긴 하지만 대공이 쓰는 다른 물건들처럼 최고급은 아니었다.

'혹시 클라라 반도라스가 대공님 몰래 남기고 간 위험한 물건일지도 몰라.'

베개 여럿 중 가장 밑에, 비밀스럽게 숨겨져 있었기에 그런 의심이 들었다. 고민하던 그녀는 결국 상자를 열어 보기로 했다.

"어?"

막상 열어 보니 안에 든 것은 클로이도 잘 아는 물건이었다. 대공과 그녀가 함께 봤던 카나리아 꽃 머리끈. 하지만 새것 같지는 않았다.

─제가 저런 게 어떻게 어울려요. 그냥 아까 본 꽃송이와 닮아서 눈에 띈 거예요.

그녀는 자신이 했던 말을 기억했다. 예쁘기는 하지만 지금의 제 모습과는 어울리지 않는다고 거절했던 그 물건.

'그가 왜 이걸 가지고 있지……?'

알쏭달쏭해졌다.

"각하, 갑자기 또 무슨 소리세요?"

웬 뚱딴지같은 소리냐는 듯, 돌아보는 크리스의 얼굴은 밝지 않았다. 알렉산드로는 손을 다친 그가 말고삐를 놓칠까 봐 크산토스를 크리스의 옆으로 이끌었다. 두 사람은 어느덧 평야까지 다다랐다. 오랜만에 단출하게 이런저런 이야기를 나누고 있었다.

"말 그대로다."

"부단장님이 말하길, 각하께서 기사단 일에 점점 손을 떼려고 하신다던데. 영 틀린 말은 아니었구먼."

고개를 저으며 혀를 끌끌 차는 크리스를 보며 알렉산드로는 피식 실소를 흘렸다.

"처음부터 단장의 자리는 내 것이 아니었지. 내게는 맞지 않아."

"글쎄, 그건 높으신 분들이 결정하실 일이고."

그런 건 머리가 아프다고 인상을 찌푸린 크리스는 돌연 알렉산드로보다 앞서서 말을 몰았다. 어느 정도 거리가 벌어지자 그가 큰 소리로 물었다.

"각하, 요즘 피곤하지 않아?"

알렉산드로는 크리스와 거리를 맞추려 크산토스의 배를 찼다. 하지만 그럴수록 크리스는 더 빨리 말을 몰았다. 얼굴을 보고 이야기하고 싶지 않은 듯한 태도였다. 알렉산드로는 더 이상 그를 뒤쫓지 않았다. 팔을 다친 크리스가 무리하지 않기를 바라서였다. 어느덧 크리스가 방향을 바꿨다. 둘은 어느 정도 거리를 둔 채 서로를 마주 봤다.

"이 행군이 피곤하다면 네 체력을 의심해야 한다, 크리스."

"아니, 몸 말고."

장난스러운 알렉산드로의 대답에도 크리스는 굳은 표정을 풀지 않았다.

"마음이 피곤하지 않으시냐고요."

그가 굳이 심장을 꾹꾹 누르며 강조했다.

"불타오르는 사나이의 뜨거운 마음 말이야."

알렉산드로는 인상을 찌푸렸다. 마음이 피곤해? 요즘 그는 어느 때보다 기분 좋은 날들을 보내고 있었다. 예전처럼 불면증으로 머리가 아프지도 않고, 잠들기 위해서 술이 필요하지도 않았다. 빙빙 돌려서 말하는 건 알렉산드로에게 맞지 않았다.

"네가 하고 싶은 말이 뭐지?"

그는 성격대로 빠르고 정확한 대화를 추구했다.

"아무리 상대가 전혀 의심받지 않을 만한 사람이라도 말이야. 기사단에는 눈이 있다고, 눈이."

여전히 알 수 없는 소리였다. 알렉산드로는 갈피를 잡지 못했다. 할 말이 있으면 제대로 하라고 말을 꺼내려던 차에 크리스가 먼저 선수를 쳤다.

"아무도 모를 수 있어도, 난 아니야."

"무슨 소리냐?"

정색하는 알렉산드로를 보고 크리스는 안타까움에 쯧쯧 고개를 저었다.

두 달 전이었다. 그는 우연히, 새벽녘에 클로이를 안아 옮기는 알렉산드로를 발견했다. 묘한 분위기에 크리스는 저도 모르게 몸을 숨겼다. 그냥 그 순간을 방해하고 싶지 않았다.

'그땐 내가 왜 그랬을까?'

돌이켜 보면 정말 이상한 일이었다. 일단 알렉산드로는 타인에게 그런 수고를 보일 만한 사람이 절대 아니었다.

'그것도 여자한테.'

의아해진 크리스는 그를 유심히 관찰했다. 특별한 변화를 눈치챈 건 대련 이후였다. 자신이 손을 다친 그 일도 이상했다.

'대련 상대를 다치게 할 만큼 아마추어가 아니잖아, 절대.'

알렉산드로가 변했다. 정확히 말하면, 알렉산드로는 변해 가고 있었다. 날씨가 좋다거나 하는 헤픈 인사치레조차 예전의 그와는 먼 얘기였다. 하지만 요즘 알렉산드로는 실없는 웃음을 흘리고, 가끔은 감상 어린 말을 내뱉었다. 하늘이 예쁘다는 둥…… 크리스는 귀를 의심했다. 한 번도 상상한 적 없는 부드러운 미소로 사람을 쳐다보기도 했다. 그리고 그 시선이 닿는 곳엔 언제나 그의 하녀가 있었다.

요즘은 아예 하녀와 막사까지 함께 쓰는지 둘이 따로 떨어져 있는 모습이 드물었다. 본인은 아는지 모르지만 알렉산드로는 항상 외로운 사람이었다. 향락에 젖어 시간을 때우지도 않고, 삶을 굉장히 진지하게 받아들였다. 기사단장, 대공, 그레이엄의 후계자…… 그 책임의 무게를 알기에 알렉산드로를 이해했다. 그래서 더 걱정스러웠다.

갑작스런 그의 변화가 싫지는 않았다. 다만 크리스는 자신의 친구가 행복하길 바랐다.

'그레이엄 전하께서 알면 사달이 나겠군. 정부로 데려가려고 그러나?'

하녀는 노예였다. 정부로 옆에 둔다 한들 던칸은 결코 반기지 않을 것이다. 어떤 길을 택하든, 크리스는 대공을 응원해 줄 생각이었다. 유일한 친구로서.

"……그냥 해 본 소리야. 그건 그렇고 네 하녀는 올해 나이가 어떻게 되지?"

그리고 크리스는 친구의 처음 보는 모습들이 낯설지만 재밌었다. 알렉산드로는 그 하녀를 들먹이기만 해도 있는 대로 인상을 썼다.

"그건 왜 묻나?"

저 반응을 볼 때마다 누군가 옆에서 사악한 마음을 자꾸 부채질하는 것만 같았다. 입꼬리가 자꾸 올라가려는 걸 간신히 다잡은 크리스가 모르는 척 말했다.

"내 시종이랑 나이 차이가 많이 날까 해서. 네 하녀는 너무 어려 보여서 말이야."

"할 필요도 없는 고민을 자처하는군!"

씹어 내뱉듯 대답한 알렉산드로는 있는 대로 기분 나쁜 티를 냈다. 곧장 말을 돌려 크리스를 등지고 평야로 돌아갔다. 예상보다 과한 그 반응에 크리스는 즐거워 어쩔 줄 몰랐다. 덩치만 큰 잘생긴 샌님으로 여기던 알렉산드로와 처음 대련하고 졌을 때 느낀 인생의 패배감이 말끔히 씻겨 내려가는 듯했다.

"내 시종은 키도 작고 왜소하니 네 하녀와 잘 어울릴 것 같거든."

크리스는 태연히 말을 이으며 친구의 뒤를 쫓았다. 알렉산드로는 여전히 묵묵부답이었다. 크리스는 굳이 확인하지 않아도 친구의 표정을 알 것 같았다. 예상대로 알렉산드로는 속이 부글부글 끓고 있었다.

"성격도 유순하니 네 하녀도 아마 좋아할걸? 자고로 여자란……."

"그녀의 이름은 클로이다."

알렉산드로는 듣기도 싫다는 듯 크리스의 말을 뚝 끊었다. 이름으로 부르지 않으면 한 대 때릴 것 같은 그의 위협적인 목소리에 크리스는 얼른 말을 정정했다.

"그래, 클로이도 아마 착하고 좋은 남자를 만나서 편하게 살고 싶을 거야. 내 시종은 그래 봬도 돈도 있고 제법……."

공작성에 도착할 때까지 크리스는 속 긁는 말을 멈추지 않았다. 알렉산드로는 우연히 마구간에서 마주친 그와 동행한 걸 후회했다. 자꾸 이상한 상상을 해 대는 머릿속을 정리할 겸 승마를 하려고 한 건데……, 혹을 떼려다 다른 혹을 붙인 격이었다. 마구간에 도착한 두 사람은 각자의 말을 우리에 넣었다.

"아무튼 내가 클로이에게 한번 잘 말해 볼게."

"……."

대답할 가치도 없었다. 알렉산드로는 친구가 끝까지 헛소리를 한다고 생각했다.

'크리스와는 말도 섞지 말라고 해야겠군.'

알렉산드로는 얼른 그녀에게 돌아가 단단히 주의를 줘야겠다고 다짐했다. 그런 알렉산드로의 뒤로 크리스가 피식 웃으며 중얼거렸다.

"제가 뭘 하고 있는지도 모르는 멍청이보다는 내 시종이 나을지
도 모르지."

대공이 이상했다. 가끔씩 이해할 수 없는 행동을 하는 그였지만,
오늘처럼 하루 종일 지속된 적은 없었다. 밖에서 돌아와서는 뜬금
없이 '크리스는 마음에 병이 있으니 대화를 하지 말라.'고도 했다.
너무 황당했지만 알렉산드로의 표정이 너무 진지해서 클로이는 고
개를 끄덕일 수밖에 없었다. 좋아하는 목욕까지 마치고 와서도 그
의 기분은 나아질 기미가 없었다. 저녁 식사도 거르고, 뭐가 그렇
게 화가 난 건지 그 잘생긴 얼굴이 내내 일그러져 있었다. 그나마
처리할 일이 있는 듯 깃펜을 드는 모습을 보고 클로이는 뒤늦게 안
심했다.

그녀도 할 일이 있었다. 호르헤에게 쓰는 편지는 그간 하루도 거
르지 않았다. 답장은 없지만, 분명 알렉산드로가 전서구를 날려 전
해 주고 있을 터였다. 집중해서 편지를 마무리하던 그녀는 순간 자
신을 쳐다보는 진득한 시선을 감지했다.

'대공님이 할 얘기가 있으신가?'

종종 있는 일이라 별로 신경 쓰이지도 않았다.

'에이, 몰라. 그럼 말을 했겠지.'

클로이는 다시 편지로 눈을 돌렸다. 내일이면 공작성을 떠나야 했다. 이렇게 평화롭고 팔팔한 상태라면 약초에 대해서 몇 장이든 쓸 수 있을 것 같았다.

다행히 기사단의 방문이 도움이 되었는지 가끔 마주치는 칼스버그 공작의 얼굴이 밝았다. 이제 기사단은 다시 여정을 떠날 준비를 마친 상태였다. 예정보다 오래 머물렀으니 그만큼 열심히 길을 가야 했다.

"클로이."

"예?"

갑작스런 부름에 얼른 대답하고 대공을 올려다본 클로이는 그의 착잡한 표정에 내심 놀랐다.

'요즘 도대체 왜 저렇게 기분이 오르락내리락하시는 거지? 뭐 안 좋은 일이 있나?'

막상 저를 불러 놓고도 알렉산드로는 별말이 없었다.

"어디 불편한 곳 있으세요?"

걱정스러운 그녀의 눈길에 알렉산드로는 또 마음에도 없는 말이 터져 나왔다.

"머리가 좀 아프구나."

"세상에."

이번엔 거짓이 아니었다. 몸이야 물론 어느 누구보다 건강하지만 크리스를 떠올리면 가슴 한구석이 꽉 막힌 듯 답답하고 뒷목이 당겼다. 크리스와의 산책은 스트레스만 남겼다.

"대공님, 대공님."

곰곰이 생각하던 클로이가 눈을 반짝였다. 아론에게 자주 해 줬던 향초 목욕이 떠올랐다.

'스트레스가 풀린다고 좋아했었지?'

어쩌면 알렉산드로도 좋아할지 몰랐다.

"나중에 제가 목욕하실 때 향초를 켜 드릴까요?"

"향초?"

"네. 두통이 많이 줄어들거든요."

"하지만 그건…… 여인들이나 하는 게 아닌가?"

"꽃향기가 아니고, 그냥 약초로 하는 거예요."

그는 클로이가 해 보라는 건 별 의심 없이 해 볼 마음이었다. 전부터 묘하게 자신을 약자로 대하는 것 같은 느낌이 들었지만…… 어쨌든 흔쾌히 그러겠다고 말하려던 차였다.

"아론 님도 좋아하셨어요."

"……아론?"

집사의 이름이 갑자기 왜 나올까, 생각해 보니 클로이가 전에 아론의 수발을 들었다던 기억이 떠올랐다. 그래, 클로이가 마구간에 있을 때 아론이 매일 그녀의 안부를 물었다고 했었지. 거기까지 생각한 순간 그의 목소리가 높아졌다.

"네가 아론의 목욕 시중을 들었나?"

"네."

알렉산드로는 입 밖으로 치미는 욕설을 간신히 참았다. 화가 머리끝까지 솟았다. 그래서 자신의 나신을 봐도 아무렇지 않은 건가? 많은 남자들의 벗은 몸을 봤기 때문에?

그녀의 잘못은 분명 아니었다. 클로이에게 화가 나는 것도 아니었다. 다만…… 다만!

‘제기랄!’

가슴이 타들어 갔다.

“오늘은 목욕을 이미 하셨으니까 다음에 해 드릴게요.”

속도 모르고 클로이는 배시시 웃었다.

“그래, 알았다. 휴우…….”

긴 한숨을 내쉬며 돌아선 알렉산드로는 가슴을 두드렸다. 답답해서 견딜 수가 없었다.

“속도 안 좋으세요?”

걱정스러운 얼굴을 하고 물어 오는 클로이가 야속했다.

“아니다. 난 이제 잘 테니 너도 얼른 쉬거라!”

속상한 마음에 얼굴도 안 보고 대답한 알렉산드로는 옷을 벗기 시작했다. 단추를 풀고 상의를 벗어 던진 그는 버클을 풀다 순간 멈칫했다. 제게는 눈길도 주지 않은 채 편지를 정리하는 클로이의 모습이 거울에 비췄다. 제 나신이 그녀에겐 아무것도 아니다. 누군가 망치로 머리를 후려갈긴 것처럼 충격이었다. 그는 기사로서 자신의 갖춰진 몸매가 자랑스러웠다. 선이 뚜렷한 근육은 같은 기사들한테도 멋있다는 선망의 말을 수없이 들어 왔다. 남자고 여자고 다들 제 나신에서 눈을 떼지 못했다. 빤히 쳐다보는 시선을 느꼈는지 클로이가 고개를 들었다.

‘또 무슨 일이지?’

그의 얼굴은 삐딱하게 옆으로 꺾인 채였다. 심기가 불편해 보였다. 그 표정을 보니 클로이는 도저히 그냥 불을 끌 수가 없었다.

“속이…… 많이 안 좋으세요?”

알렉산드로는 뭔가를 참고 삭이듯 꼼짝 않고 서 있다가 ‘아니다’

하고는 푹 한숨을 내쉬며 침대로 향했다. 문득 그가 자신의 벗은 몸을 내려다보았다. 그녀는 완전히 벌거벗은 제 몸도 아는데, 그런데 어떻게 저렇게 담담하게 나를 쳐다볼까. 남자로서 매력이 없나, 내가.

'그럴 리가.'

만감이 교차했지만 그는 곧 스스로를 다잡았다. 어찌 됐든 클로이의 의사를 존중해야 했다. 빈 천장을 바라보던 그가 꾹 눈을 감았다. 그러자 아무것도 없는 망망대해의 세상에 갑자기 배시시 웃는 클로이의 얼굴이 나타났다. 알렉산드로는 더 이상 그녀를 보고 싶지 않았다. 머릿속 상상 속에서도 오늘만큼은 사양이었다.

"하⋯⋯."

깊은 한숨이 새어 나왔다. 지금 그녀가 지척에 누워 있다. 작고 부드러운 몸을 이리저리 뒤척이고 있을 것이다⋯⋯.

'내가 미친 게 분명하다.'

그의 밤은 길고도 길었다.

"마을에서 즐거운 시간을 보내는 걸 봤는데, 내 마음이 한결 가볍더군."

"저를 보셨습니까?"

"내 손자 아이가 마을에서 파는 사탕을 좋아해서 가끔 나가곤 하지."

요하임 칼스버그 공작이 맞잡은 알렉산드로의 손을 놓지 않고 말했다. 공작성에서 며칠을 보내고 다시 길을 떠나는 늦은 아침이었다.

"방해받고 싶지 않은 것처럼 보여 따로 아는 척을 하진 않았네만."

알렉산드로는 슬며시 미소 지었다.

"방해라니, 당치 않습니다."

칼스버그 공작은 어떤 말을 해도 전혀 믿지 않았다. 단지 솔직한 사람일 뿐이라는 걸, 그는 잘 알고 있었다.

"전 맥코웰 가문의 영지도 들르시오?"

훈훈한 덕담이 오가던 중, 돌연 주변 분위기가 싸늘해졌다. 트리거마저 경악한 표정이었다. 뒤에 있던 클로이만 영문을 모르고 주위를 살폈다.

"지금은 하멜 안테노르 공작의 영지이지요."

알렉산드로가 차분히 대답했다.

"그곳은 방문하지 않습니다."

"왜 가지 않으시오?"

"……."

"난 자네 어머니를 꽤 오래 봐 왔네만, 분명 좋은 경험이 될 것이오."

알렉산드로는 고개를 옆으로 돌렸다. 대답하고 싶지 않다는 뜻이었다. 칼스버그 공작은 여전히 잡은 손을 놓지 않았다. 주변의 경악한 시선은 조금도 개의치 않는 듯, 일부러 그의 손을 힘주어 잡은 공작이 말했다.

"무엇을 믿든 그건 본인의 자유지. 하지만 진실의 무게는 결코 가볍지 않네. 그러니 그대 마음속에 있는 게 뭔지, 알아야 하지 않겠나?"

여전히 알렉산드로는 대답이 없었다. 공작은 한 발자국 더 가까이 다가가 대공의 귀에 속삭였다.

"난 자네가 그렇게 나약한 사람이 아니라는 걸 알고 있어. 던칸의 부탁으로 그대에게 제왕학을 가르치긴 했지만, 반역이라는 것을 알면서도 나는 한 번도 후회하지 않았지."

"……."

"나를 실망시킬 거요?"

알렉산드로는 작은 한숨을 내쉬었다. 그는 이상하게 칼스버그 공작의 말은 어길 수가 없었다. 어릴 때부터 그랬다. 공작은 사람의 마음속을 파고들었다.

"알겠습니다. 일정과 맞는다면…… 기사단 일행과 한번 고려해 보겠습니다."

공작은 그제야 호탕하게 웃었다. 그는 손을 뻗어 두 손으로 알렉산드로의 손을 맞잡았다.

"진실이 뭐가 됐든 두려워하지 말게. 이렇게 멋진 사내가 세상에 무서워할 게 뭐가 있나? 하하하!"

알렉산드로의 대답이 마음에 들었는지 공작은 기사단 일행이 떠날 때까지 싱글벙글이었다.

일행이 성문을 나설 때쯤이었다. 공작이 큰 소리로 외쳤다.

"알렉산드로!"

감히 그의 이름을 부를 사람은 칼스버그 공작뿐이었다. 한결 가벼운 얼굴로 돌아보자 칼스버그 공작이 퉁퉁한 팔을 크게 흔들며 그에게 인사했다.

"행복하게!"

행복. 그것이 요하임 칼스버그 공작이 생각하는 인간의 궁극적 바람이자 소원, 존재 이유라는 걸 아는 알렉산드로는 피식 미소 지었다. 공작 또한 스스로의 행복을 위해 권력을 버리고 영지로 내려간 사람이었다.

　"가지."

　일행과 함께 성문을 빠져나가는 그의 마음이 한결 가벼웠다.

　"저 할배, 무슨 뒷배가 있나?"

　"네?"

　무슨 상황인지 어리둥절해하는 클로이의 곁에 어느새 토마스가 있었다.

　"아무리 대공님의 옛 스승이라지만, 간덩이가 부었네."

　그다운 말에 클로이는 웃음이 터질 뻔했다.

　"왜요?"

　"대공님께 맥코웰 가문을 운운했잖아. 감히 그럴 수가 있나."

　토마스는 '맥코웰 가문'을 작게 속삭였다. 마치 금기라도 되는 것처럼 조심스러운 그 태도에 클로이는 입술만 오물거렸다.

　'뭐냐고 물어봤다간 또 간첩이냐고 오해받을지도 몰라.'

　아무리 그가 자신이 엘파사 출신인 걸 알아도, 자꾸 되새길 필요는 없었다. 클로이는 일행과 자연스레 융화되고 싶었다.

　"그러게요, 어떻게 그럴 수가 있죠."

　결국 내용도 모른 채 적당히 맞장구를 친 클로이는 티를 내지 않기 위해 앞만 보며 걸음을 빨리했다.

　"너 지금 무슨 얘기인지 모르지?"

　귀신같이 파악한 토마스가 피식 웃으며 말했다.

"넌 거짓말하지 마라. 다 티 난다."

"하하……."

뜨끔한 그녀가 괜히 주위 눈치를 살폈다.

어느덧 일행은 성문을 빠져나왔다. 알렉산드로는 심각한 얼굴로 에반, 보리스, 크리스토퍼, 엘튼, 마틴과 이야기를 나누며 길을 걷고 있었다. 전부 기사단의 내로라하는 간부급 기사들이었다.

"맥코웰 가문은 공작 가문이었어."

토마스는 목소리를 낮췄다.

"대공님의 모친인 소피아 맥코웰의 가문이지."

클로이는 순간 의아해졌다.

'왜 높임말을 쓰지 않는 거지? 대공님의 어머니라면서.'

그리고 전 공작 가문이라니, 이제는 공작가가 아니라는 뜻인가?

'게다가 왜 소피아 맥코웰이야?'

대공의 어머니라면 당연히 '소피아 그레이엄'이어야 하는 거 아닌가? 그 의문을 예상한 듯 토마스가 담담히 말을 이었다.

"소피아 맥코웰은 반역죄로 죽었어. 그리고 맥코웰 가문은 멸문당했지."

'뭐?'

클로이의 눈이 확 커졌다. 그의 어머니가 그레이엄 영지에 내려가 있는 줄로만 알았다. 수도 저택에서도 보지 못했고, 아무도 그의 어머니와 관련된 이야기를 꺼내지 않았다. 전혀 예상치 못한 사실에 클로이는 숨을 멈췄다.

알렉산드로는 신사였다. 매너도 좋고 교양도 갖춘 데다 점잖은 남자였다. 그렇게 바르게 자랐는데, 그런 안타까운 속사정이 있었다니…….

"벌써 10년도 넘은 일이야."

10년도 전이면 그가……. 그가…….

"실례지만 우리 대공님 지금 연세가 어떻게 되는지 아세요?"

클로이가 조심스레 물었다.

"넌 대공님 나이도 몰랐냐?"

"……."

알 필요 없는 일이어서 신경도 안 쓰고 있었다.

"올해 스물다섯 살이셔."

클로이의 눈이 휘둥그레졌다.

'심지어 나보다 어리다고?'

전혀 상상도 못했던 일이었다. 클로이는 나이에 큰 의미를 두지 않았다. 전생을 기억하기 때문이었다. 그녀가 스스로 생각하는 자신의 나이는 전생에서 죽은 서른다섯 살에 멈춰 있었다.

"우리 대공님은 굉장히 성숙하시네요. 나이에 비해서……."

클로이는 단 한 번도 그가 어리다는 느낌을 받은 적이 없었다. 알렉산드로는 사람을 다루는 일에 능숙했고, 그만큼 좋은 리더였다. 궂은일엔 항상 앞장섰다. 저번에 도적단이 왔을 때만 해도, 나설 필요가 없는데도 자진해서 선두에서 싸웠다. 또래 남자들처럼 흥청망청 노는 걸 좋아하지도 않고, 인품은 겸손하고 배려심이 있었다. 요즘 들어 감정 기복이 심해지긴 했지만 또 금방 평정을 되찾았다.

"가정사가 그런데 편히 지내셨겠어? 원래 집안일이 제일 머리 아프잖아."

토마스는 그렇지 않느냐며 눈썹을 꿈틀했다. 클로이는 자신이 모시는 주인의 가정사를 쉬운 가십처럼 여기고 싶지 않았다.

'우리 대공님도 힘드셨겠네, 여러모로.'

클로이는 일단 입을 다물고 있기로 했다. 더는 대공의 사적인 문제를 알고 싶지 않았다.

"네가 실수할까 봐 알려 주는 거야."

토마스가 피식 웃으며 클로이의 머리를 헝클었다.

"어차피 제국민은 다 아는 유명한 얘기라고."

착잡했다. 물론 제국에서 가장 큰 권력을 가진 귀족으로서 그가 누리고 사는 특권은 상상 이상일 것이다. 하지만 유명인으로 사는 건 그만큼 감수할 일도 많았다.

'자기 어두운 가정사를 세상에 알리고 싶은 사람이 누가 있을까.'

가족은 가장 가까운 사람이고, 그만큼 약점이 되기도 한다. 누구나 본능적으로 자신의 약점을 감추고 싶을 텐데, 기사인 알렉산드로는 더더욱 그럴 것이다. 한데 많은 사람들이 그의 치부를 알고 떠든다는 게, 클로이는 안타까웠다. 섣불리 그를 불쌍히 여기거나 위로하고 싶지는 않았다. 그저 새삼 대공이 정말 대단한 사람이라고만 생각했다.

'많은 이야기들을 가슴속에 묻고 살아왔겠지.'

개인적인 이야기는 꺼내지도 않는 남자라, 클로이는 이제야 수도 그레이엄 저택에서 시녀들이 아무 말 없었던 걸 이해했다. 그는 굉장히 존경받는 사람이다. 그럴 자격이 충분했다.

'심지어 나도 그가 존경스러운데.'

웃기긴 했다. 모르는 사람이 보면 대공은 자신의 철천지원수가 되어도 모자랄 판인데, 오히려 존경하고 있다니. 대외적으론 그가 제 나라를 빼앗고 노예로 데려왔지만, 실제로는 아니었다. 클로이는 길버트와 결혼 생활을 이어 가느니 지금처럼 사는 게 백배는 낫다고 생각했다. 2년간의 결혼 생활을 떠올리면 구역질이 일었다. 게다가 그녀의 의지와는 상관없이 납치하듯 끌고 가서 길버트와 결혼시킨 엘파사의 왕에게, 대신 복수를 해 주지 않았나. 그렇게 생각하면 통쾌하기까지 했다.

'아무리 얼굴 한 번 안 본 딸이라도 그렇지, 어떻게 팔아 치우듯 그렇게 결혼시킬 수가 있어!'

왕가의 정통성을 가지지 못했다는 이유로 버려진 베아트리체를 제외하고, 왕녀는 두 명이나 더 있었다. 진짜 여식은 도저히 길버트와 혼인시킬 수 없으니, 가만히 잘 살고 있는 자신을 데려온 것이다.

'베아트리체'라는 이름을 가진 후부터 클로이의 인생은 급속도로 내리막길을 탔다.

'왕은 불쌍해할 가치도 없는 인간이야.'

클로이는 자신을 사람 취급조차 하지 않았던 왕의 눈빛을 아직도 기억했다.

"뭘 생각하기에 그렇게 무서운 표정을 짓고 있어?"

"아, 아무것도 아니에요."

클로이는 얼른 굳은 표정을 풀었다. 알렉산드로는 여전히 다른 기사들과 심각한 얼굴로 회의 중이었다. 클로이는 그를 방해하고 싶지 않았다. 부르면 충분히 들릴 거리에 있으니 그가 필요하면 부를 것이다.

"그런데 지금 벌써 다섯 달이 다 되어 가는데, 얼마나 더 가야 할까요?"

화제를 돌리려고 아무렇게나 꺼낸 말이었다.

"글쎄. 우리는 지금 대륙을 횡단하고 있으니까…… 아마 대공님의 영지가 마지막 목적지겠지? 그리고 다시 수도로 돌아갈 테고."

"어? 대륙을 한 바퀴 도는 거 아니었어요? 세리머니는 그렇게 되는 거라고 들었는데……."

"사실 세리머니는 제대로 끝난 적이 한 번도 없어. 반란이나 전쟁 때문에 항상 중간에 멈춰야 했지. 그래서 더 유명해진 건 맞지만 어쨌든 유쾌한 역사는 아니잖아? 아무튼 그래서 이번에는 어떤 식으로 진행될지 나도 몰라."

이제 대륙에는 제국밖에 없으니 이번에는 당연히 제대로 끝나지 않을까, 하지만 모를 일이었다.

'변방 영주들의 반란이 더 무서운 거니까.'

그래서 기사단이 전 대륙을 도는 게 아닌가? 제국은 넓으니 황궁의 걱정은 영주들의 반란일 것이다. 토마스와 이런저런 대화를 나누다 보니 나중에는 트리거도 함께 와서 떠들었다.

하루는 금방 지나갔다. 대공은 지도를 보고, 전령을 불러서 편지도 받고 하면서 갑자기 바빠진 모양이었다.

'결국 공작의 조언대로 일정을 바꿨나 보네.'

현재 하멜 안테노르 공작이 다스린다던, 대공의 생모의 영지로 가는 모양이었다. 어느덧 저녁을 먹고 밤을 보낼 야영지에 도착하자 일행들은 분주히 자기 몫의 일을 찾아 움직였다. 클로이도 대공의 옷가지와 개인 물품들을 막사에 정리하느라 정신이 없었다.

알렉산드로는 바뀐 여정 때문에 바빠졌다. 선발대, 후발대와 위치 파악을 하느라 지도를 손에서 떼지 못했다. 사실 안테노르 공작의 영지는 사병을 키우는 숫자가 턱없이 적다고 판단되어 계획에 없던 곳이었다. 그런데 갑자기 에반이 제안했다.

　─안테노르 공작의 영지를 들르는 게 낫지 않겠습니까?

　공작이 영지를 넘겨받고 다스린 지 10년이 넘었는데, 아직도 민란이 빈번하다는 게 그 이유였다. 민란은 솔직히 알렉산드로의 관심 밖이었다. 영주와 영지민들이 해결해야 하는 문제 아닌가. 하지만 이번에는 조금 달랐다.

　─무엇을 믿든 그것이 진실이오. 그리고 본인의 자유지. 그래서 진실의 무게는 가볍지 않네. 하지만 그대 마음속에 있는 게 뭔지, 알아야 하지 않겠나?

　진실이라든지 하는 건 상관없었다. 어차피 모친 소피아에 관한 진실은 가족인 자신이 가장 잘 알고 있으니까. 알렉산드로는 공작이 언급한 숨은 의미에 집중했다.

　'내 마음속에 있는 것?'

　그도 느끼고 있었다. 언제나 침착하고 이성적이던 제가 요즘 들어 이유 없이 화가 나고, 심장이 쿵쾅거리고, 확 얼굴이 붉어지는 둥…… 감정이 제멋대로 치닫는 일들이 잦았다. 그런데 그게 싫은가 하면, 결코 그렇지 않았다. 신기하게도.

알렉산드로는 자신이 처음 느끼는 극단적인 감정에 놀랐다. 하루에도 몇 번씩 기쁘고, 짜증 나고, 설레고, 화가 났던 날들이 제게 있었나? 책 속에서나 간접적으로 느꼈던 모든 감정들, 논리를 벗어난 기적 같은 일들이 비로소 제게 벌어지고 있었다.

이제야 자신이 진짜 삶의 주인공이 된 기분이었다.

"이 아이는 정신적 충격으로 실어증에 걸린 것 같습니다, 전하."

의사는 연신 흐르는 땀을 닦아 냈다. 던칸이 워낙 건강 체질이라 주치의는 정기적인 검진 외에는 사실 별로 하는 일이 없었다. 그런데 던칸이 어디서 빈곤한 차림의 여자아이를 데려왔다.

"다친 곳은 없느냐? 자세히 살펴보거라."

빈민가에서 만난 그 아이였다. 던칸은 왜 이곳에 있는지, 이름은 무엇인지, 나이는 어떻게 되는지 수차례 질문했지만 아이는 백치처럼 아무 대답도, 반응도 하지 않았다. 아이의 몸은 뼈만 남아 앙상했다. 험프리는 어렴풋이, 이 아이가 어떤 패전국에서 온 전쟁고아일 거라고 추측했다.

"영양 상태가 좋지 않습니다."

"그건 나도 알겠다!"

주치의의 대답을 듣고는 던칸이 버럭 소리를 질렀다.

"어디 뼈가 부러지거나 하지는 않았는지 보거라!"

주치의는 주섬주섬 아이의 팔과 다리를 움직여 보고 이리저리 둘러보기 시작했다. 중간중간 그는 심한 악취에 코를 찡그렸으나 티를 내진 못했다.

"당장 먹을 것을 준비하거라!"

신경질이 난 던칸은 자리에 앉아서 시종들과 시녀들이 허둥지둥 음식을 나르는 모양을 지켜보았다. 그는 자신이 이뤄 놓은 제국에 굉장한 자부심이 있었다. 대륙을 통일한 나라는 역사상 노스테로스, 그의 제국이 유일했다. 자신이 토대를 마련했고 그의 아들이 완성한 꿈의 나라였다.

'도대체 이 제국에 어떻게 저런 아이들이 있을 수 있단 말인가?'

던칸은 오직 통일만을 위해 달려왔다. 한시도 전쟁을 멈추지 않았던 제국의 그림자였다. 알렉산드로가 본격적으로 기사단을 이끌고부터 던칸은 황궁으로 들어왔다. 워낙 영토가 넓어서 수도에 사는 사람들은 전쟁을 한다는 것조차 실감할 수 없었다. 던칸도 전쟁의 피해보단 통일의 영광만 생각했다. 눈앞에 들이닥친 이 아이는 그 '결과'였다. 인정하고 싶지 않았다. 지난 과오를 확인하는 것 같았다. 게다가…… 던칸 또한 숲속에 내다 버린 딸아이가 있었다. 누구에게도 용서받지 못할 일이었다.

던칸은 소녀를 꼭 살리고 싶었다. 얹힌 것처럼 답답한 이 마음, 죄책감을 덜어 내고 싶었다. 하지만 시종들이 갖다준 호화스러운 음식을 아이는 먹는 둥 마는 둥 하다가 결국 토해 내기 시작했다.

"커억! 컥!"

"의사는 무얼 하느냐!"

상태를 살피던 주치의가 조심스레 말했다.

"장시간 음식물을 섭취하지 않다가 급하게 먹어서 그렇습니다. 부담되지 않는 수프 같은 걸 먹여야 할 것 같습니다만……."

던칸은 무서운 눈빛으로 그를 노려보았다. 왜 여태 아무 말 않다가 아이가 토하기 시작하니 말하느냐고 묻는 시선이었다.

"송구합니다."

주치의는 황급히 고개를 수그렸다. 차마 던칸의 눈을 마주할 수가 없었다.

"험프리."

"예, 전하."

던칸은 신경질이 난다는 듯 팔걸이를 내려쳤다.

"당장 이 아이가 어디서 이런 꼴이 된 건지, 그 숲에 이런 아이들이 더 있는지 찾아보거라!"

"아마…… 오스난 왕국에서 왔을 것입니다."

고민하던 험프리는 제가 아는 사실을 털어놓았다.

"제대로 알아보긴 힘들지만, 오스난 왕국에서 잡아 온 전쟁 노예에게 이런 재질의 옷을 입혔던 기억이 납니다."

"무슨 소리를 하는 것이냐? 이 아이는 고작해야 열 살 정도로 보이는데……."

순간 던칸의 목소리가 자신감을 잃고 점점 작아졌다. 자세히 보니 아이는 성인 여성의 옷을 대충 걸치고 있었다.

"아마 전쟁 노예로 끌려왔던 여성의 아이가 어미를 잃고 버려진 것 같습니다."

험프리의 말은 일리가 있었다. 수도까지 끌려왔다면 노예일 확률이 높았다. 제국에 흔하디흔한 전쟁고아. 던칸은 손으로 이마를 짚었다.

"……그 숲에는 얼마나 많은 이들이 살고 있는지 아느냐?"

"그 숲은 사람이 사는 곳이 아니라, 죽어 가는 이들이 버려지는 곳입니다. 정확히는 모르겠지만 아마 적어도 200, 300명 이상의……."

"알았다. 물러가거라!"

던칸은 신경질적으로 소리쳤다. 더 이상의 진실을 알고 싶지 않았다. 살면서 수많은 죽음을 목격했지만 자신이 이뤄 놓은 이 찬란한 제국에서, 굶어 죽는 아이들은 다른 문제였다. 그는 자신이 통치하는 제국이 완벽하다고 믿어 의심치 않았다. 그런데…….

던칸은 이름 모를 여자아이의 텅 빈 눈빛이 잊히지 않았다. 결국 그는 그날 밤 내내 악몽에 시달렸다. 수천 명의 비쩍 마른 어린아이들이 그를 향해 다가왔다. 왜 전쟁을 시작했느냐고 그를 원망했다.

"헉."

잠에서 깬 던칸은 주위를 둘러보았다. 고급스럽게 치장된 침실에서는 향기로운 냄새가 났고, 그는 포근한 침대 위에 있었다. 전부 꿈이었다. 던칸은 주섬주섬 자리에서 일어나 창문으로 향했다. 아직 해도 뜨지 않은 깜깜한 새벽이었다. 마른침이 목을 타고 넘어갔다. 두 번 다시는 꾸고 싶지 않은 악몽이었다.

'내가 언제 이렇게 나약해진 거지?'

수없이 많은 짓을 저질렀지만 단 한 번도 죄책감에 악몽을 꾼 적은 없었다. 던칸은 급히 문가로 향했다. 당장 가서 그 여자아이가 무사한지 확인해야 했다.

'잘 먹고, 약도 먹었을 테니 괜찮아졌겠지.'

혈색이 어떤지 눈으로 봐야겠다. 그가 침실을 나서자 경비병과 시녀들이 뒤를 따랐다.

"저, 전하."

아이의 방에 문을 열고 들어서자 쪽잠을 자던 시종이 사색이 되어 일어섰다.

"상태는 어떠냐?"

"그게……."

시종은 아이의 침대를 들여다보곤 놀란 숨을 들이켰다.

"어젯밤부터 상태가 좋지 않았습니다. 의사의 말로는 새벽을 넘기지 못할 거라고……."

주절대는 시종을 밀치고 황급히 다가간 던칸은 눈앞의 싸늘한 시체를 보고는 입을 다물었다.

"제 잘못이 아닙니다. 의사가, 의사의 말로는……."

"당장 의사를 불러와라!"

"예!"

주치의를 찾는 불호령에 시종들이 달려 나갔다. 아이는 죽었다.

'도대체 왜?'

던칸은 이해할 수가 없었다. 먹을 것도 주고, 약도 주고, 편안한 잠자리까지 줬는데 아이는 왜 죽었을까?

"이미 몸이 회생 불가한 상태여서 그런 것 같습니다."

허둥지둥 달려온 주치의가 미리 준비한 변명을 늘어놓았다.

"원래 오늘내일하던 아이였는데, 또 급하게 환경이 변하다 보니……."

주절주절 변명을 내뱉는 주치의가 꼴도 보기 싫었다. 망연자실한 얼굴로 시체를 내려다보던 던칸은 급히 몸을 돌려 자리를 벗어났다. 휘황찬란하게 장식된 황궁 복도를 가로지르던 던칸의 귀로 험프리의 목소리가 들려왔다.

—그 숲은 사람이 사는 곳이 아니라, 죽어 가는 이들이 버려지는 곳입니다. 정확히는 모르겠지만 아마 적어도 200, 300명 이상의…….

현실은 가혹했다. 알고 싶지 않았던 진실을 눈앞에서 목격하자 더 이상 피할 수가 없었다. 진실의 무게가 그를 내리눌러 바닥까지 내몰린 기분이었다.

'세상에 저 체력을 따라갈 사람이 있을까 몰라.'

클로이는 바위에 쭈그리고 앉아서 검무를 추듯 몸을 움직이는 알렉산드로를 바라봤다. 땀이 흘러 벗은 상체가 반질반질했다. 달빛 아래, 예술 작품처럼 아름다운 남자가 벗고 있으니 그야말로 절경이었다.

어느덧 동작을 멈춘 알렉산드로가 깊은숨을 내쉬었다. 그의 맨가슴이 크게 오르락내리락하는 걸 보고 클로이는 얼른 일어나 시원한 물을 적신 수건을 갖다주었다.

"고맙다."

대공은 어떤 사소한 일에도 인사를 잊지 않는다. 마주 본 클로이는 옅은 미소를 지었다. 정오에 공작성에서 나와 쉴 새 없이 걷고,

기사단 위원회와 회의하고, 전서구를 받고 보내고, 정신없는 하루를 보낸 그였다. 저녁을 먹고 회의에서 돌아와선 이제 좀 쉬겠지 했더니 기어코 몸을 단련하러 나왔다.

'정말 괴물 같은 체력이야.'

클로이는 순수하게 감탄했다.

'난 따라다니기도 벅찬데…….'

수건으로 목덜미를 닦던 알렉산드로가 먼저 말을 꺼냈다.

"네가 피곤하겠구나. 이만 돌아가지."

"전 괜찮아요."

클로이는 그에게 방해가 되고 싶지 않았다.

"오늘은 별로 걷지도 않았는걸요."

그가 물통을 집어 들며 피식 웃었다.

"내가 피곤하다고 했어야 했는데, 말을 잘못했군."

그 다정한 대답에 클로이는 딱히 할 말을 찾지 못했다. 이렇게 친절한 남자는 전생의 아버지 외에는 대공이 처음이었다.

'처음부터 저랬었나?'

아니지, 참. 처음엔 굉장히 무뚝뚝하고 싸늘했다. 그런데 친해지자 무척 상냥하게 행동할 뿐만 아니라, 감미롭게 말했다.

'저런 눈으로 쳐다보면 정말 어쩌자는 거야…….'

눈이 마주치자 씩 웃는 통에 클로이는 괜히 헛기침을 하며 딴 데를 응시했다. 말투만 보면 그가 전장에서 칼을 휘두르는 기사라고는 믿기 힘들 정도였다. 도대체 이 남자의 사랑을 받을 남자는 어떤 사람일까? 그가 뛰어난 만큼, 멋지고 눈부신 사람이 어울릴 텐데.

클로이는 새삼 그가 다른 세상에서 사는 사람 같았다. 두 사람은 짐을 챙겨 그의 막사로 돌아가기로 했다. 일행은 조금 떨어진 곳에 있었다.

사방은 조용했다. 나무가 우거졌을 뿐 평야나 다름없었다.

'갑자기 야생 동물이 나올 것 같진 않아.'

클로이는 몇 발자국 그의 뒤에서 걸었다. 선선한 날씨하며, 하늘에 높게 뜬 달과 별 덕분에 사방은 어둡지 않았다.

"그 시종과는 무슨 이야기를 했느냐?"

정적을 깨고 알렉산드로가 물었다.

"토마스 님이요?"

"그래, 작은 키의 그 시종. 네 머리를 만지던."

"아, 그냥 세리머니에 대해서 얘기하고 있었어요. 트리거 님에게만 설명을 들어서 잘 몰랐거든요."

"트리거와는 언제부터 알고 지냈지?"

클로이는 곰곰이 기억을 더듬었다.

"그게……."

언제였지? 아, 날루수완 산에서 하울이 깽깽이풀을 먹어서 해독초를 구하러 갔을 때. 트리거는 그녀를 감시하러 왔던 마부였다. 우연이라면 대단한 우연이었다. 하필 세리머니에 참여할 예정이었던 그가 클로이를 감시하러 왔는데, 결국 이 여정에 함께하게 되었으니.

'트리거가 아니었으면 아마 세리머니에 적응하기도 힘들었겠지.'

그는 든든한 친구였다.

'좋은 인연이 생겨 다행이야.'

한참 대답 없는 클로이가 궁금해진 알렉산드로는 고개를 돌려 그녀를 확인했다. 무슨 생각을 하는지 아주 편안한 미소를 짓고 있었다. 눈이 마주치자 그녀가 생글거리며 대답했다.

"좀 오래됐어요."

트리거다. 그를 생각하면서 웃고 있었다. 덜컥 가슴이 내려앉은 알렉산드로는 순간 손에서 칼을 놓쳤다. 금속이 바닥을 구르고, 돌에 부딪히는 소리에 클로이는 웃음기를 거뒀다.

"대공님……? 괜찮으세요?"

우거진 나무 너머 일행의 목소리가 제법 가까이 들렸다. 수풀 사이로 얼핏 낯익은 얼굴들이 지나다니는 모습이 보였다. 조금만 더 가면 그의 막사가 있을 텐데. 한데 알렉산드로는 자리에 멈춰 선 채 꼼짝 않고 클로이를 마주했다.

"그를…….."

무슨 어려운 말을 하려는지 그가 입술만 달싹였다. 시선은 분명 그녀에게 꽂혀 있었지만 평소처럼 당당한 얼굴이 아니었다.

"그를…… 마음에 두고 있느냐?"

'전에도 물어봤는데.'

당연히 아니라고, 가볍게 답하려던 클로이가 멈칫했다. 알렉산드로의 도드라진 목울대가 크게 일렁였다. 빈손을 쥐었다 펴는 초조한 얼굴, 두 번이나 되풀이된 질문…… 긴장했다는 증거였다.

'정말 트리거를 좋아하시나?'

그렇다면 더는 그에게 불안감을 심어 줘선 안 된다. 클로이는 단호히 고개를 저었다.

"아니요. 트리거 님은 분명 멋지지만, 절대로 다른 마음을 품은 적 없어요."

그러자 알렉산드로는 짧게 한숨을 내쉬곤 곧 다행이라는 듯 웃었다. 하얗고 고른 치열이 드러날 정도로 환한 미소였다. 얼마나 안심했는지 답지 않게 감정이 다 드러났다. 저렇게 좋을까. 클로이는 그가 안쓰러웠다. 혼자 얼마나 고민했을까.

'그「비밀의 마구간」이 사실이었나 봐.'

제국 제일가는 권력자의 아들이자 기사단장, 그리고 평민 출신의 평범한 마부 소년. 두 남자의 진득한 사랑 이야기. 그게 진짜였다. 클로이는 그들의 깊은 사랑이 부럽기도 했지만 앞으로 고생할 두 사람의 모습이 눈앞에 훤히 그려져 안타까웠다. 대공의 아버지가 가만있지 않을 것이다.

'저렇게 사랑하는데, 기왕이면 축복을 받으면 좋을 텐데.'

아무런 방해물 없이, 평화롭게 모두의 축복을 받는 사랑. 그녀가 원하는 이상적인 사랑이었다.

'어쩜 좋아.'

세상을 다 가진 듯 만족스런 그를 보고 클로이는 괜한 죄책감이 들었다.

'트리거가 나랑 친하게 지내는 걸 보고 얼마나 마음 졸였을까?'

아직 트리거의 마음은 모르지만, 같은 남자의 눈에도 대공은 빛나는 사람일 게 분명했다. 알렉산드로 같은 남자를 누가 거부한단 말인가? 클로이는 두 사람을 응원해 주고 싶었다.

"이만 가지."

그녀의 확실한 대답에 걱정을 던 그는 싱긋 웃으며 몸을 돌렸다.

"저는 두 분이 모두 행복하셨으면 좋겠어요."

순간 미묘한 말이 그의 발목을 잡았다. 멈칫한 그가 천천히 클로이를 돌아봤다.

'두 분?'

그녀의 인자한 미소가 이질적으로 느껴졌다. 직감적으로 불안이 엄습했다. 두 분이라면 설마.

'나와…… 트리거?'

나와 그가 행복했으면 좋겠다고? 저런 소리가 대체 왜 나오지?

'대화가 안 맞아.'

상황과는 전혀 맞지 않는 말에 위화감이 들었다. 지속적으로 느껴졌던 이상 기운이 또다시 감지됐다. 서로 다른 말을 하는 데는 분명 어떤 오해가 있을 것이다.

"그게 무슨 말이지?"

알렉산드로는 몸을 바로 하고 클로이를 똑바로 마주 봤다. 이번에야말로 이 말도 안 되는 상황에 대한 확실한 대답을 들을 작정이었다.

"그냥……."

예민한 주제에 더듬더듬 꺼낸 말이었다.

"항상 말씀드리고 싶었어요. 저는 대공님이……."

빙글빙글 돌리는 거추장스런 대화법은 그의 방식이 아니었다. 그녀가 대체 무슨 생각을 하는지 확실하게 말해 주길 바랐다.

"대공님이 정말 멋지고 존경스러운 분이라고 생각해요."

"……."

알렉산드로는 인내심을 가지고 그녀의 말을 끝까지 들었다.

"왜 그런 말을 하는지 잘 모르겠는데."

제 앞에선 철저하게 약자인 그녀에게, 다 맞춰 주고만 싶었다.

"내가 이상한 행동을 했었나?"

"아니, 그런 게 아니라요."

클로이가 황급히 손을 내저었다.

"그냥…… 저는 대공님이 당당하게 세상에 드러내는 모습이 대단하시다고 생각해서요."

'내가 무엇을?'

그는 미로에 갇혀 길을 잃은 기분이었다. 동시에 몹시 불안해졌다. 설마, 설마 하며 외면했던 그 오해였다. 긴장해선 마른침을 삼키자 그의 목울대가 느릿하게 넘어갔다.

"보통은 그렇게 떳떳하게 드러내진 못하잖아요."

알렉산드로는 순간 말을 잃었다. 누군가 뒤통수를 세게 때리고 도망간 것 같았다. 아니길…… 제발 아니기를! 그녀의 오해가 '그것'이 아니기를, 제발……. 초조해진 그가 저도 모르게 클로이의 어깨를 턱 붙잡았다.

"내게 솔직하게 말해."

모두가 하는 '그 오해'라면 반드시 바로잡아야 했다.

"대체 지금 무슨 말을 하느냐?"

"……."

클로이는 갑자기 무섭도록 진지해진 알렉산드로를 보고 괜히 아는 척을 했나, 고민했다. 하지만 게이인 걸 알고 있다고 밝히면 차라리 그가 더 편하게 행동할 수 있을 것 같았다.

'나는 매일 보는 사이잖아.'

게다가 더는 트리거 때문에 마음 졸일 일도 없을 것이다. 고민을 끝낸 그녀가 비장하게 말했다.

"저, 알고 있어요."

"무엇을?"

"걱정 마세요. 제가 이래 봬도 입은 무거워요."

"뭘 알고 있지?"

"에이, 걱정 마시라니까요. 저 안 지 좀 됐어요, 대공님."

알렉산드로의 입술이 바짝 말라 왔다.

"여자보다…… 남자에 관심이 있으신 거죠?"

"……!"

큰 충격에 알렉산드로의 눈이 확 커졌다. 설마, 설마 하고 외면했던 그 오해를 설마 진짜로 클로이가 하고 있을 줄은 상상 못했다. 이제야 그가 느꼈던 위화감들이 이해되기 시작했다.

'나를 어떻게……!'

기막혔다. 제게 마음을 연 듯했던 그녀의 친근한 행동들은 전부 거기서 비롯되었을 것이다. 배신이라도 당한 기분이었다. 솔직히 화도 났다.

"하!"

들고 있던 칼집이 세차게 바닥을 굴렀지만 알렉산드로는 관심도 없었다. 자신을 둘러싼 많은 소문들은 잘 알고 있었다. 제국의 영웅, 전쟁 귀신. 타인이 자신을 두려워하고 도망치는 데 그는 이미 익숙했다. 사람들은 진짜 그가 어떤 사람인지는 모른 채 단편적인 모습만으로 판단한다. 여자에게 관심이 없고, 이성을 기피한다는 이유로 아주 어렸을 때부터 성적 취향을 의심받았다. 단지 여자들과 쓸모없는 이야기를 하고 시간을 버리느니 혼자 책을 읽는 게 더 낫다고 생각했을 뿐인데.

게다가 그는 모르는 여자와 밤을 보내는 게 불쾌하고 싫었다. 그 짧은 쾌락 뒤에는 지독한 허무함과 죄책감, 그리고 자기 자신을 향한 혐오만 남을 거란 걸 알고 있었다. 그래서 어떤 오해를 받아도 억지로 여자를 취하거나 자신을 변명하지 않았다.

'어차피 다른 사람들은 나를 이해하지 못할 테니까.'

하지만 이번만큼은 달랐다. 클로이가 자신이 남색을 하는 줄 알았다니…… 뒷목이 뻐근하게 저려 왔다. 열이 확 올랐다. 그가 획 고개를 돌렸다. 화가 나서 지금은 클로이를 보고 싶지도 않았다.

"후우."

어떻게 나를 그렇게 오해할 수 있단 말인가? 게다가 그녀는 자신을 한 번도 남들과 다르게 대하지 않았다. 그래서 더 충격이었다. 도대체 어디서 온 확신인지…….

'내겐 한 번도 티를 내지 않았군.'

적어도 한 번은 물어봤어야 하지 않나? 대체 누가 그렇게 말했단 말인가? 왜 내가 남자를 좋아한다고 그렇게 확신했지?

따져 묻고 싶었다.

'괘씸하군.'

꼼짝 않고 조용히 분을 삭이던 그가 천천히 클로이를 돌아보았다.

"아, 아니셨어요?"

"……."

분명 화가 났는데. 난감해하는 클로이의 얼굴을 보자 신기하게도 금방 마음이 풀렸다. 동시에 더욱더 당황하는 그녀를 보고 싶다는, 짓궂은 충동이 일었다. 자신을 오해한 클로이에게 작은 복수를 하고 싶었다.

"……알고 싶으냐."

"예?"

"내가 어떤 취향인지."

그녀는 입술만 달싹였다. 그가 게이라고 확신했었지만, 저 반응으로 보아 아닌 것 같았다. 아무렴 어떤가? 그가 게이이든 아니든 알렉산드로라는 사실에는 변함이 없었다. 클로이는 이를 말하고자 했다. '대공님이 어떤 사람이든 저는 항상 대공님을 멋진 분이라고 생각해요'라고. 클로이는 어색한 미소를 머금었다.

순간 대공의 한쪽 입가가 쓱 올라갔다. 아무 대답 없는 것을 알렉산드로는 제 맘대로 무언의 허락으로 여겼다. 허락을 얻자 거칠 게 없었다. 그가 불쑥 클로이의 허리를 안아 올렸다.

"꺅!"

키 차이가 많이 나는 만큼, 놀란 그녀가 그의 어깨를 붙잡았다. 처음으로, 알렉산드로와 클로이의 눈높이가 같아졌다. 새파란 눈동자가 그녀의 얼굴 곳곳을 천천히 훑어 내렸다.

'이렇게 예뻤나.'

항상 내려다보던 클로이를 정면에서 마주하니 성숙한 여자처럼 보였다. 쏟아지는 그의 시선에 클로이는 눈을 피하지도 못했다. 너무 정직하게 자신만을 향하는 그의 눈빛에 사로잡혀, 난감하지만 도저히 고개를 돌릴 수가 없었다. 강철 같은 두 손에 들어 올려져 도망칠 수도 없었다. 대공이 뭘 하려는지 감히 짐작도 되지 않았다. 그의 푸른 눈동자에 당황스런 제 얼굴이 비쳤다. 새파란 보석 같은 그의 눈 속에는 오직 자신만이 존재했다.

그 눈이 살며시 감기는가 싶더니…… 조각 같은 얼굴이 제게 다가왔다. 그리고 그가, 입을 맞췄다. 촉촉하고 부드러운 입술과, 콧속에 훅 들이친 달콤한 체취에 클로이는 그대로 굳었다. 단단한 팔뚝이 엉덩이 밑을 받쳐 들고, 다른 손이 자연스레 그 밑으로 옮겨왔다. 흔들림 없이 몸을 완전히 안아 들자 어색해할 틈도 없이 그녀의 다리가 그의 허리에 감겼다. 민망한 자세였지만 그는 입술을 맞댄 상태에서 자연스럽게 클로이를 움직였다.

그녀는 자신이 어떤 자세를 취하는지도 모른 채 그저 그의 손길을 따라갔다. 두 사람 다 자세에는 신경 쓸 틈이 없었다. 알렉산드로 또한 그녀를 온몸으로 껴안고 싶다는 욕망에 손을 옮겼을 뿐이었다.

"……그랬지 뭐야!"

"뭐? 그게 정말이야?"

순간 기사단 일행의 재잘대는 말소리가 들려왔다. 놀란 클로이가 크게 몸을 움찔했다. 사람들이 가까이 있을 텐데 어떻게 이렇게 대담한 행각을 벌이는지 묻고 싶었다. 하지만 딴생각은 오래가지 못했다. 아랫입술을 집요하게 빨아들이던 그가 이번에는 그녀의 윗입술을 물었다. 아래와 위를 차례로 맛본 그가 이번에는 살짝 입술을 벌린 채 고개를 빗겨 그녀와 입을 맞췄다.

두 사람의 입술이 톱니바퀴 돌아가듯 빈틈없이 맞물렸다. 서로의 입술을 완벽하게 맞춘 그가 먹이를 구걸하는 새처럼 그녀를 향해 집요하게 자맥질했다. 타액이 섞이는 느낌이 기묘했다. 클로이는 알렉산드로의 공격적인 입술에 충격받았다.

'이런 게…… 키스인가?'

그녀가 했던 입맞춤이라고는 전생에 데이트 몇 번 하고 눈 깜빡

할 새에 일어났던, 키스라고도 할 수 없는 뽀뽀가 전부였다. 전남편이었던 길버트와의 입맞춤은 키스라고 생각하고 싶지도 않은 더러운 행위였다. 강제로 당한 추행이나 다름없었다. 전혀 섹시하지 않고, 추잡스럽기만 했다.

그간 해 온 키스가 일방적인 폭행처럼 받기만 하는 행위였다면, 지금 대공과의 키스는 마치…… 서로 인사를 하는 듯했다. 대공의 부드러운 움직임 때문인지 클로이는 아무것도 하지 않았지만 그와 뭔가를 공유하는 듯한 느낌이었다. 제 입술 사이로 혀를 넣지도 않았는데. 그런데도 이런 기분을 느낄 수 있다는 게 놀라웠다.

'……더한 것도 할 수 있을 것 같아.'

눈을 떠서 잘생긴 그의 얼굴을 보고 싶었다. 지금 어떤 표정인지. 차분하게 내리깔린 그의 속눈썹도 구경하고……. 하지만 클로이는 너무 긴장해서 꼼짝도 할 수 없었다. 눈을 뜨긴커녕 손가락 하나 움직일 수 없었다.

긴 입맞춤이 끝나고, 살며시 입술이 떨어졌다. 거의 동시에 눈을 뜬 두 사람은 단번에 눈을 맞췄다. 또다. 그의 눈동자에 오직 그녀뿐이었다. 클로이는 당황스러워서 숨도 쉬지 못했다. 저 아름다운 눈동자가 그의 온 세상이 저뿐인 것 같은 황홀한 착각에 빠뜨린다. 덧없는 바람이란 걸 잘 알면서도…… 지금의 그에겐 오직 저만이 가득했다.

순간 그의 입술이 또다시 다가왔다.

쪼옥.

이번에는 입술에 도장을 찍듯 세게 다가와 부딪혔다. 얼마나 입술을 갖다 붙이는지 그녀의 상체가 자꾸만 허공으로 밀렸다. 그가 단단히 뒤통수를 붙잡고 있었기에 다행이지만…….

"하아."

클로이는 예상치 못한 상황에 바짝 얼어붙었다. 아무 말 없이 사람을 뚫을 듯 빤히 바라보는 알렉산드로 때문에 얼굴만 불타올랐다. 그런 클로이를 일깨우듯 몇몇 시종들의 웃음소리가 지척에서 들려왔다. 반사적으로 알렉산드로의 어깨를 밀쳐 냈지만 그에게선 아무런 반응도 없었다. 알렉산드로는 아무것도 듣지 못했고, 보지 못했다. 눈앞에 있는 클로이가 전부였다. 그가 급하게 다시 입을 맞춰 왔다.

식겁한 클로이가 몸을 뒤로 빼자 그녀를 안고 있던 강인한 팔뚝이 거세게 몸을 끌어당겼다. 뒷머리를 움켜쥐는 커다란 손이 느껴지자 클로이는 아무것도 할 수 없었다. 다시 입술이 닿았다. 그 부분이 화상을 입은 것처럼 뜨거웠다. 격렬한 행동과는 다르게 그의 입술은 크림처럼 부드러웠다.

이러다 녹아 버리는 게 아닐까.

미처 눈을 감지 못한 클로이는 그의 내리깔린 속눈썹을 주시했다. 눈동자가 보석처럼 아름다운 얼굴이라고 생각했는데 눈을 감은 얼굴 역시 모자라지 않았다. 간헐적인 속눈썹의 떨림이, 저만큼이나 그가 긴장하고 있음을 알렸다.

'이 남자가 지금 나한테 입을 맞췄어.'

알렉산드로가 제게 키스를 하고 있다는 사실이 너무도 비현실적으로 느껴졌다. 누가 보면 어떡하나 전전긍긍하던 클로이는 입술을 쓸어 오는 부드러운 그의 혀를 느끼곤 그냥 눈을 감아 버렸다.

그가 제게 키스했다. 알렉산드로 그레이엄이, 제게 키스를 했다.

게이인 줄 알았는데, 명백히 오해를 한 것 같다. 대공에게 큰 실수를 했다는 걸 먼저 걱정해야 하는데 그건 뒷전이었다.

그가 제게 키스했다. 충격이지만 너무 현실성이 없어서 진짜로 일어나고 있는 일 같지 않았다. 이 모든 것이 우주 밖에서 일어나는 일처럼 비현실적으로 느껴졌다. 그런 클로이를 현실로 끌어당기는 건 거세게 뛰고 있는 심장이었다.

피부로, 귀로, 그리고 마음으로…….

모든 감각에 전해지는 이 두근거림은 자신의 것이 아니었다. 두근, 두근, 두근…… 클로이는 알렉산드로의 널뛰는 심장 박동을 온몸으로 느낄 수 있었다.

생전 처음 알아차린 타인의 심장 소리는 그녀를 미치도록 설레게 만들었다. 전혀 상상하지 못한, 하지만 절대로 부인할 수 없는 그의 또렷하고 절실한 감정이 모두 담겨 있었다. 이를 깨닫고 나니 두근거림은 더 거세졌다.

마치 그 존재를 알리듯 귓속으로 점점 크게 들려오는 심장 소리는 어느새 자신의 것도 함께였다.

—베아트리체 3권에서 계속—